故城

GUCHENG

梁谈笑立 著

CNS PUBLISHING & MEDIA 中南出版传媒
湖南文艺出版社
HUNAN LITERATURE AND ART PUBLISHING HOUSE

目录

序

走进故里小城已是夜幕，那些四散在回忆尽头的过往再次出现于我的脑海，挥之不去……

我生命中平平无奇的人们重聚在一起，铁蛋抱着吉他坐在我的身边静静弹唱着歌，小树搭着我的肩膀拿着冰啤随着铁蛋的歌声随着节奏晃动着，阿熊早已经醉倒在了酒桌上，无论怎样摇他就是不醒，伴随着阵阵鼾声完完全全地睡死过去了。

一阵急促的脚步声在门外响起，大壮推开了门，从屋外急匆匆地撞了进来。

“不好意思，不好意思，陪宁夏吃饭来晚了。”

我猛地站了起来，头昏昏沉沉的，眼前有些模糊，我指着桌上的酒：“别说话，先自罚三杯。”

“好，好，好，这酒我该喝，这酒我该喝。”

大壮拿着一瓶啤酒，咕噜噜地往嘴里直倒。

不一会儿，啤酒见底，大壮放下酒瓶打了一个酒嗝，我们的视线才从他身上移开。

“人到齐了，我们来唱首儿歌吧。”铁蛋说。

“唱你三年级六一儿童节表演的那一首？”小树调侃道。

的那一首。”

“啥？”大壮擦了擦嘴上的酒渍问道。

“《光阴的故事》。”

“好，就那首！”阿熊立起身来。

“咦，你不是醉了吗？”小树挑眼问道。

“不装醉，还不被你们喝死。”阿熊笑着说。

“那好，都快过来，还有你，老二，别画了。”

老二收起了画笔：“好嘞！最后一笔大功告成。”

铁蛋说：“准备好！要开始了………”

春天的花开秋天的风以及冬天的落阳
忧郁的青春年少的我曾经无知地这么想
风车在四季轮回的歌里它天天地流转
……
流水它带走光阴的故事改变了我们
就在那多愁善感而初次回忆的青春
啦啦啦……

寂静的夜，岁月无法带走的城经历了一场又一场的青春，一代又一代人缓缓老去，可遗落在小城的回忆依然崭新，歌声飘荡在小城的每一个角落，久久不能散去，画板上描绘出这些年依旧青春的我们，此刻定格的画面是无法被岁月所碾碎的最美好、最美好的时光，这么多年原本应该忘却的故事，又被我一笔笔地镌刻下来。突然发现我的往事如一场哑剧，无声地追寻。

我是你的眼

一

在我纯白的童年时代以及少年时代包括如今的青年时代，陪伴我最久的除了亲人以外，也就是在我的世界来来回回、晃来荡去的那几个人了，哪几个人？想起十几年来的这些过往，仿若昨日重现于脑海，他们微笑着向我走来，甚是美好！

我与他们曾走过的岁月，在青春的结尾，将一一融于笔尖，呈现出一件件平淡无奇的少年旧事。

2015.12.24

冬至过后，异常寒冷，苍穹昏暗，大抵七点，天空才渐渐迫近黎明。在南方的小城，空气冰凉且湿润，虽没有北方的干燥，但寒气浸体易患风寒与感冒，若穿衣厚实，夜里不踢被子还好些，最多流点儿鼻涕，但若在街上行走寒气入肤，那可就了不得了。皮肤皲裂且不说，汗水混着寒气流过长满鸡皮疙瘩的全身，那感觉又疼又痒，简直生不如死！

这会儿老子终于知道什么叫生不如死了，晨时 6：50，街道上空无一人，不时有跑长途的货车从我身边经过，彼时，我站在长途客车站外，等待着我第一个故事的主人公到来。

寒风一阵阵地迎面袭来又从我的领口灌入，鼻涕一缕接一缕地被我吸了回去，恍然间，不远处强烈的灯光闪过，刺痛了我的双眸，光芒的源头是一辆长途客车，我知道这浑蛋终于来了。

阔别多年，此时见到他，眉宇之间一切如故，容颜依旧，是我少年时所记之人的模样。

还是简单的行装，破旧的吉他包背在肩上，硕大的旅行袋拎在手里，下巴有些稀疏的胡须，面颊干燥憔悴，对于我这个世界上最了解他的人来说，变化细微，因为几年前他便是如此。

他叫铁蛋，目光有些呆滞，不大爱与人交流，表情木讷，像木头似的，坚强倔强，一米八的身高，俊俏的容貌，双眼皮大眼睛，浓黑直眉，大长腿，棕色的短发，都定格在泛黄的老照片中。

现在的他好像一个“非洲难民”……

“接着！”他在不远处喊着，随后将他的“冰箱”扔了过来。“什么？”“冰箱！”“啊！”

一个至少六十斤重的包，朝我飞了过来，将我砸倒在地！

“你是在外面欠别人钱逃难过来的呢，还是想不开准备回来啊？”我问他。

“我现在忙着在世界各地跑，哪还有固定的家，这些都是一年四季的衣物与必备的用品而已。”

“可以啊！一个背包客，说得像要处理国家政务一样！”我调侃。

“走吧，我累了！”他默默向前走着。

“哎，我说，这么多年不见了，你不关心问候一下我就算了，在这种鬼天气里等了半个多小时我也不提了，早餐总该有吧？”

“没有。”

“没有？这话你都说得出口？”

“是没钱。”

“没钱？我就奇怪了，没钱还整天到处跑？你是怎么活的？”

“有手艺就行了，饿不死。”他拍了拍身后的吉他包，缓缓说道。我无奈地摇了摇头。

我走在前面提着包，他在后面背着吉他，熟悉而温暖的画面，好似回到了十年前，在小城归家的道路上，一高一矮，一胖一瘦两个少年，在这短短的路线中走过了十年……

我用眼角的余光看向身后的他，我知道每个人出生的那一刻就意味着走上曲折的路程，漫步于生活与琐碎的尘世中，随着年岁的增长我们早已脱离儿时的纯净，世界上有着许许多多的人，他们有着许多不同的生活方式，尽管我们希望在同一条道路上与旧友重逢，但我知道，能陪自己走完一生的人少之又少，谁又能为谁停留一辈子？谁没有自己想走的路，自己想过的生活？既然我们早已选择了自己要走的路与想过的生活，为什么要去探索别人所走的路？或许别人的生活并不适合你。所以没有一条路是最好的，也没有一条路适合所有的人，找到适合自己的、自己想要的路，一直走下去。

他的故事我不想去捧读，他的伤疤我不愿再次揭开……

客房里响起平缓而厚重的呼吸声，我看着床上的他，心中感到微微苦涩，或许他真的累了。微笑着关上了房门，我缓步走向客厅。沙发上放着破烂的吉他包，我走上前去，打开了吉他包，陈旧的气息，飘散在客厅的每一个角落，我拿起吉他，觉得左手握住的背面有些硌手，于是翻过来，看到了背面用木刀镌刻着的一段细小的文字。

再熟悉不过的一段话，勾起了许多倦了的片段……

请你一定要相信，在那无比遥远的地方，
总有一处风景，会让你忘掉所有悲伤与苦楚，
把人生所经历的红尘旧事遗落四方，
如若有一天你终无法遇到属于你的那处风景，
没关系，我是你的眼，帮你去看看这个世界，
去邂逅你人生中的那处风景……
而我潦草的人生遇到最美的风景，
就是你。

2012.4.15

铁蛋很多年前就背着这把吉他与送他这把吉他的人去过很多地方了，恰巧送给他吉他的人我也认识。

她叫朵朵，花朵的朵，人如其名，像绽放的花朵，精致的五官，

柳叶弯眉，微卷的披肩长发，素雅的百褶布裙，与她初见，我印证了铁蛋一直以来对她的评价，对，她很干净，很真实，不用胭脂水粉便露出艳丽，她不算很漂亮，但是绝对耐看，从内而外散发出朴实，这样的气质更能进入人心，确切地说是铁蛋的心。

提起朵朵，不知该从何说起，总而言之在我与铁蛋十多年的友谊岁月之前，朵朵就早已存在于铁蛋的世界中了，他们怎么认识的，何时认识的，我不得而知，我时常问起铁蛋，他闭口不谈，总是微笑带过。而后的几年我也会时不时提起朵朵，他仍缄口不言，同时眼眸也随之变得暗淡。再后来，他便与朵朵踏上了旅途。朵朵什么时候来的，又什么时候走的，他没有正面回答过我，后来我才知道，对他来说，并没有来去之分，离去意味着下次到来，到来也随之会离去，来来往往这些年，他总在旅行，也总是在路上。这是一年后在大理，酒瓶散落的客栈，他对我说的。

有一年，除夕的前几天，在大理，暮色四合，走在古街的灯火中感觉心里格外宁静。曾听人说过：每个人都有属于自己的一座城，无论这座城是宽阔还是狭窄，是繁华还是冷清，只要曾经在这里有过一段记忆，喜欢过一片风景，爱过一个人，都愿为之一生停留。我想在这里我亦是找到了这样的感觉，身处世间，心却不在这个世界。

二

因为是淡季，街上并没有很多的行人，古城也就不会过于喧嚣，一切平静，淡然，如今回想起来依旧如此惬意，古老的石桥下缓缓流过清而绿的河水，夜晚，一盏盏河灯漂浮于水面，灯火闪烁，汇聚成天边的银河。一切的景物布满时间沉淀的痕迹，古旧的气息烂漫在古城的街角巷陌，年代腐蚀了一处处的风景，所有经过时光洗礼的物件景象房屋街道，它们好似在述说着一件又一件的岁月旧事。

漫无目的地走，不知走到何处，也不管去向何处，突然听到有人在远处呼喊着我的名字。

我漠然地转过身，一个高个子青年，在人群中向我招手。

“这里这里！”

我笑着走上前：“没想到会在这里遇见。”

“我也没想到！”青年说道。

我把手搭到他的肩上，拉进我的怀里。

“走，喝酒去！”

我们那次重逢是和他离别后的第二年，他的身边还是站着那如花朵般的姑娘，他紧紧地牵着姑娘的手。深夜的大理编织人们心中不同的梦，就在这样一个宁静夜晚，酒气洒满客栈的房间，他终于说起了这些年她与他的故事……

故事的开头，总是使人满怀期待，故事的结尾又让人黯然神伤。

黔南的边陲小镇，人们的淳朴、知足让贫瘠的气息覆盖在小镇的上空，这样的生活一代传一代，一年复一年，为了生存，年少的人们纷纷走出了小镇，在繁杂的社会做着最底层的工作，而年老的人们就会从外面返回故乡，静静等待着死亡，腐烂化为尘埃，旦夕之间便是无意义的标点了……

“嘿！”

我从回忆中惊醒。

“你走路怎么没声音啊！你想吓死我啊？”我用手拍着胸口顺了顺心中的惊慌。

“我都叫你几遍了，你都没听见啊，在想什么？”

“你不是在睡觉吗？怎么这么快就醒了？”

“你自己看几点了。”

我看向窗外，夜幕初垂，远处星星点点的灯火如繁星，街道上人声杂乱，白昼退去，迎来了小城的霓虹喧嚣。

“你记得的吧？今天！”

铁蛋把吉他收好缓缓地对我说：“当然记得。”

“那走吧。”

他不多说，提起吉他包就往外走，像是想起什么，突然停了下来：“哦，对了，你刚才抱着我的吉他干什么？”

“说故事！”

“什么故事？”

“这你就别管了，好了好了，走了！”我催促着他走出了家门。夜色倾泻而下，天空漆黑一片，在小城的另一端。

2015.12.24 夜　铁蛋的生日

“来来来！”

“一起举杯，祝多年未见的木头，不，是黑炭生日快乐！”

说话的这位叫大壮，名字倒是像挺凶狠的人，却瘦得像一只猴一样，从小就这样，吃啥都不胖，可真气人！他妈见他瘦弱，怕他被别人欺负，也希望他能长得壮实一些，就给他取了一个家名，叫大壮。可这些年来，也没见他长多少肉，倒是越来越欠抽了，嘴特贱，从小就爱欺负我与铁蛋，还给我们俩取了外号，一个叫阿猪，一个叫木头。

为什么不叫马尾呢？（《九月》歌词：一个叫木头，一个叫马尾）

大壮朋友无数，到哪都是朋友，我还好些，只与能谈心的人交朋友，而铁蛋呢，只有两个朋友，我还有大壮。

我时常感慨命运的错综复杂，把三个差异如此大的人连在一起，并且还莫名其妙地建立起了深厚的友谊。

偌大的 KTV 包房只有我们三个人，大壮在唱歌，我与铁蛋在喝酒，铁蛋话不多，但酒能撬得开他的口。

“你说，我们认识多少年了？”他举起半杯啤酒，放在眼前，慢慢摇晃。淡黄色的液体，从我的角度，恰好挡住了他的眼睛。

“十五年应该有了吧。”

“有吗？”

“有了吧。”

他不说话了，还在盯着那杯啤酒，空气仿佛凝固了，他把酒杯朝着我，大壮还在唱歌，高音的时候上不去，把脸涨得通红。

“大壮，干了！”

三

九零后的童年不外乎玻璃球，沙包，洋画，动画片，以及那些遗忘在记忆深处，但再遇到时又能勾起无尽回忆的旧物件、旧歌声、旧气味、旧画面以及无法回望的旧时光。

我们这代人是备受争议的一代，也是最多变的一代，更是压力最大的一代，谁说 90 后就一定是在溺爱中成长的，一定是不愁吃穿、纯白无知的，一定是拥有美好童年生活的？世人所说的那些一定在那时的我们身上走过，不曾停留……

童年时的我们见惯了世间的悲情、冷漠、丑陋以及美好的童话破碎之后布满鲜血的伤口，或许变成如今这样也并非我们所愿，但希望所有人懂得，总有一些人一些事，是无法抉择的，命运并非对每个人都如此丰满，在强烈的风暴过后庆幸初心未改，友谊未变！愿那些勾勒在我们画布上的痕迹，渐渐褪色，散尽……

“前面的小胖子，站住站住。”

我心想，老子又不胖，肯定不是叫我，继续走我的路。

“叫你站住听不见吗？”

他跑过来拉住我的衣角。

我发誓这辈子最恨别人叫我胖子，这小子已经触及了我的底线。

我："你是谁啊你？"

他："我是谁不重要，我在街上遇见了你，见你太胖，就叫着玩玩。"

我："胖你大爷。"

他："有本事弯腰绑一个鞋带给爷瞧瞧？弯得下吗你？"

我："劈叉老子都能做！"

只听见刺啦一声，同晴天霹雳般打得我措手不及。

他揪着我的裤子："哟，真是越活越年轻了，还整条开裆裤啊。"

我："你欺负我……我告诉我妈去……呜呜呜。"

他面露笑容："不哭不哭，哭了不是好孩子。"

我："哭你能把我咋的？你这小身板又打不过我……呜呜呜……"

他："这是你逼我的，别怪我！"

说时迟那时快，只见一道黑影以迅雷不及掩耳之势袭来，只觉眼前一花，两手空空。

我的辣条呢？

他已退出五米开外，嘴巴一开一合，正津津有味地吃着我的辣条，眼睛高冷地看着我。

他得意："打是打不过，跑你跑得过我？"

他咂着嘴："味道还不错……就是有点辣，我不怎么能吃辣，你记住下次买那个'唐僧肉'，那个味道更好！"

我认尿："我不告诉我妈了，也不哭了，辣条还我……"

他："现在你可以哭了，刚才我是怕你沾眼泪鼻涕在上面……"

我："你卑鄙无耻！"

他："停，老子没读过书，骂啥听不懂。"

苍天啊，大地啊，没想到我堂堂大男儿竟被一个流氓欺负了。

我掩面抽泣，突然一个影子挡住了我。

他："拿去拿去。"

那天阳光很大，他的影子也很大，完全挡住了我。

他："我叫大壮，城关幼儿园扛把子，以后我们就是兄弟了。"

我："你这个熊样……哦不，你这个猴样还扛把子……"

大壮："以后我罩你，我就是你大哥。"

我："好呀好呀。（到时候你就知道谁是哥了。）"

大壮："以后谁欺负你跟哥说，哥揍他！"

我："……（你这小身板揍得了谁？）"

大壮："你兜里还有三包辣条。"

我："你怎么知道的？"

大壮："不知道我跟着你干吗？哎，我走了。"

我："你走了我以后怎么找你？"

大壮："这不简单？你对着天空大叫三声，大壮大壮大壮！我马上就出现在你面前，像超人一样，咻咻咻地飞过来！"

我："骗人，你当我三岁小孩？"

大壮："走了，阿猪。"

我："你妹啊，你才是猪。"

我看着他渐渐离去的背影。

如今已经过去很多年了，每当我难过，惆怅，想要放弃一切的时候，我便会在哭泣中大喊他的名字，只有这样内心才会如清风吹进，如河水荡起一道道涟漪，如阳光洒满大地，如他站在我的身旁，对我说："好了好了！不哭不哭！哭鼻子都不是乖孩子，一切都会好的，阿猪，一切都会好的！"也就这样我承受下了人生中许多的闪电与惊雷，骤雨与暴雪，清风与雾霜，明昼与黑夜，虽然我知道他不会出现，或许是不能再出现……

我仍时常想起他，想起他那句"我会像超人飞到你身边"。"阿猪，阿猪！"我转过身，他终从流光里匆匆赶来。

之后的一段日子，我与大壮便时常在一起，不知为何，他总能找到我，甚至能知道我住在哪，每当我用惊讶或疑问的表情看着他时，他说："兄弟是心连心的。我不光知道你在哪，你的快乐，你的忧愁，你心里所想的，我都知道。"

"那我为什么不知道你在想什么呢？"

"因为那是你不愿知道的。"他收起了笑容，淡然说着。

从那以后，我便不会问他的情况，家人、住处以及生活。

我知道那些问题不该问，他也不提起，阳光般的笑容背后是一道道没有答案的题……

我何曾想过另一个人会轻易进入我的生活，两个人，从那日后变成了三个人，之后就一直三个人，一直三个人，我们离不开，别人进不来。

“昨晚我们分别后……”话音停顿，我向身后看了看，又向四周看了看，确保没人。“搞什么？神神秘秘的。”大壮说。我喝了口水，做了一次深呼吸：“昨晚我们分别之后，我在回家的路上，差点没被吓死，走着走着，听见身后有脚步声，我回头一看，你猜我看见什么了？”

“看见什么了？”

“我当时一回头，什么也没有。”

“切，胆小鬼，什么也没有就吓成这样，你个屄货。”

“听我说完，我停下来的时候，脚步声也停了，我起步脚步声也跟着响起……我加快步伐，脚步声也随之变快了，我停下来，脚步声也消失了，然后我鼓起勇气慢慢转头……啊啊啊！”

“装神弄鬼。你大爷，吓死哥了，看见什么？”

“看见！你！身！后！有！个！人！”

“啊啊啊，你大爷的，阿猪。”

我和大壮蜷缩在墙角，抱成一团……

“你们在干吗？”

人声从我们前方传来。

“鬼会说话？”

“不知道。”

“你看看。”

“不，你去看。”

“我是大哥，我叫你去看。”

“我是小弟，你要罩我。”

“我是大哥，你要孝敬我。”

“孝敬你妹，一起去。”

“啊！鬼大王，鬼大王，饶命！我上有三十岁老母，还不爱洗澡，你要吃吃我旁边这只猴子，他肉又嫩又滑，骨头多，煲汤最美味了！——谁踢我屁股？”

“我。”

“臭猴子，为什么要踢我？”

“死肥猪，你敢卖我？”

“你们是在演《西游记》吗？”

我缓缓抬头。

眼前的少年，模样清秀，惨白的面容，脸上无一点血色，后来我发现我错了，我上下打量着他，他不仅是面色白，全身上下都白，寒气逼人，不大的年龄，却让人感觉黛玉般憔悴。

“你是人是鬼？”我问道。

“当然是人啦。”

“你什么时候出现的，怎么走路连一点声音都没有？”

怎么突然觉得这句话在哪说过？

“一开始我就在这里的好不好？”他说，“昨晚我看见你，本想与你说几句话，谁知道你看见我，掉头就跑。”

我：“三更半夜的，有病啊？不回家跟着我干吗？”

他低着头说：“想和你们一起玩。”

我：“去去去！别人不找你找我……不要带你。”

他：“你老实，好说话。”

我：“你丫骂我傻？我长得傻，看起来好骗？”

“不不不，我不是这个意思。”他急忙辩解道。

“开玩笑的，只要你想。”

“我叫大壮！”

“我叫……”

“他叫阿猪！”

“我叫铁蛋。”

从那以后，三个人，一直三个人，还是那三个人，奔跑在青春寂寞的街头，如这个世界上最明亮的光芒在照耀着我们，最动人的诗歌在描绘着我们，最真实的故事在诉说着我们，我们的世界别人进不来，我们离不开。

四

过多的沉淀，却不曾想过换来的是永世不见，那些一一许下的诺言会在花朵再次绽放的那天，慢慢呈现。

我说我想做你一世的眼，替你看看这个世界，你说这辈子你永远在长眠，白昼与黑夜全都是同一片天。

愿每次相逢都如初见，愿每次别离只是短短几天，愿每次出行都有丰富的经历，愿每次回忆脑中全都是你，愿每次晨出亦是夜幕，愿每次旅途亦是来路。

我是你的眼，伴你走过万水千山，我是你的眼，看尽漫漫长夜。

我是你的眼，等待那山花烂漫，缕缕芳艳……

那一年在大理，在遍地酒瓶散落的客栈，铁蛋静静述说他的一切，比起他说话的内容，更让我在意的是此时状态下的另一个他。

黔南的边陲小镇，二十五年前，铁蛋出生在这里，从出生的那一刻起就早已注定他今后的命运，一味为了生活日夜劳作，一味为了生活生儿育女。这里男孩读书识字只能到小学，只有走出小镇到县城读书的孩子才可能有出路，但在这里，这样的孩子少之又少，至于高中大学，或许对于他们来说，仅仅只是一个遥不可及的梦。

又是一年的冬月，衣着单薄的男孩走出了家门，寒风阵阵，细雨带雪，男孩朝小镇东面的山顶走去，手，嘴唇，脚踝，只要是能见肉的地方，即是一片紫红，皮肤皲裂，男孩面无表情地一步步登上山顶。

今天是冬月十四，男孩父亲走的第三年，这一年男孩六岁，尚且幼小的他，承担着家里的重担，起早与小叔去放牛，步行几公里挑水，砍柴，生火，烧水，熬药，给瘫痪的母亲煮饭烧菜，一连串熟练的动作在向人们诉说着，他的童年与大多数孩子不一样。山顶到了，他走到一座土包前，从怀里拿出一个苹果。

“爸，我来看你了。”

父亲走了三年。三年前，贫瘠的小镇，遭遇了一群不速之客的打扰，镇上的牛大规模失踪。作为镇上的民警，男孩的父亲在追击嫌犯时被嫌犯所驾驶的面包车无情碾过，于是在那个黄昏，鲜红染红了天空。

“你看，我带来了你爱吃的苹果。”男孩说，“爸，我好想去上学，小叔叫我和他去外地打工，但我不想去，我想上学，可我走了妈怎么办？况且家里也没有多余的钱了。”

男孩用镰刀清理着土包上的杂草。

“爸，昨天镇里的干部与村长来家里，说是供我去县城上学，妈那边镇里也请了人来照顾，一切都挺好的，我一个星期后就要走了，以后我恐怕没太多时间来看你了。”

无论男孩说多少话，墓前的照片还是一直保持微笑。男孩的泪水突然大滴大滴地往下落，浸透到土地里。

“爸，我才六岁啊！才六岁！为什么老天不公平？镇上的人都过着一样的生活，没有一个变过，我不想也是这样。”

男孩跪倒在墓前用手奋力捶打着墓碑，可父亲一直在微笑着看着他。

男孩就是铁蛋，一个相处十多年我不知曾经的人，在那时旁听的我，红了眼睛。

那天夜里，铁蛋家的屋顶上……

铁蛋："我要走了。"

女孩："去哪？"

铁蛋："去县城读书。"

女孩："真的吗？那可太好了。"

铁蛋："我走了，你怎么办？不，我是说……你找不到伴儿了。"

女孩："至少我还有你这个朋友，不是吗？"

铁蛋苦笑着点点头。

女孩："铁蛋，我是一个看不到光明的人，是一个瞎子，但你并没有嫌弃我，还与我做朋友，所以我很感谢你。去吧，叔叔我会多去看看的，阿姨我也会多帮忙的。"

铁蛋："谢谢你，朵朵。"

朵朵："好了，今晚把天空说给我听听吧。"

每天铁蛋都跟朵朵说小镇的景物，比如山河水木。

铁蛋："好啊，天上有很多很多的星星，如你的眼睛般明亮，它们闪烁着光芒，汇聚成广阔的银河，咦，还有流星划过我们的上空，月亮很圆很圆，像大玉盘……"

那一夜，铁蛋为朵朵说了一夜的天空，可那一夜的天空却什么也没有。

铁蛋走了，来到县城，走时他对朵朵说："朵朵，等我回来，等我有钱了，带你出去把世界说给你听。"

一直到现在，朵朵一直在等他，他也把所承诺的慢慢实现。

而后铁蛋初到县城的第三天，就一直三个人了，谁也不知道彼此的过去，最纯粹的友谊走过了十多年。

后来，随着我们年岁的增加，我们懵懵懂懂地知道了世上除了亲情、友情之外的第三种情感，叫爱情。初中时的我与铁蛋总是在大壮身后，看他一次又一次对心仪的女生表白，然后一次又一次地被拒绝。

夜晚，被情所伤，靠着我的肩头以泪洗面，白天，满血复活，锲而不舍，死皮赖脸，三十六计信手拈来，样样精通，结果还是一次又一次地被拒绝。

夜晚，为情买醉。啥醉？红牛醉。

大壮："你知道吗？"

我："知道什么？"

大壮："听别人说，喝红牛也能像喝酒一样。"

我："一样啥？"

大壮："忘掉所有的人世哀愁，醉生梦死，遗忘过去。"

我："听谁说的？"

大壮："小卖部老板。"

我："他没跟你说，只有他那里的红牛有效？"

大壮："那倒没有，要不咱试试？"

……

"哇，别吐到鞋上。"

大壮："这次真他妈的喝到忘掉人世哀愁了，不仅忘掉人世哀愁，连我妈都忘掉了……呜哇哇！"

我："谁叫你喝那么多，十六瓶，撑不死你。"

大壮："这辈子打死你我也不喝红牛了。"

铁蛋："你要的红牛来了！"

我："不要……唉！"

大壮："呜哇！"

铁蛋："怎么了？"

我："醉了！"

铁蛋："哦，刚才小卖部老板说要喝三十瓶才有效，怎么就醉了？"

大壮："好好好！老子弄死他。"

说完，大壮便倒在地上。我与铁蛋把他扶回宿舍，之后的很长一段时间不能在大壮面前提那两个字，要不就开始条件反射了。

铁蛋："哪两个字？"

我："不能说。"

铁蛋："红牛？"

大壮："呜哇！"

我："你真是木头脑袋。"

又到夜晚（最后一次夜晚了），为情所困，扶在我肩头狂笑不止。

大壮："哈哈哈！"

我："你疯了？"

大壮："你看这是啥？"

我："《搭讪神器，爱情宝典》，什么鬼？"

大壮："昨天旧书摊买的。"

我："确定有用？"

大壮："谁知道呢，至少试过了还有 50% 的成功率，不试的话一点希望也没有。"

我："试与不试，结果都一样，对了，你追的那个女孩叫啥名？"

大壮："宁夏。"

又到夜晚（保证最后一次了），一个被情所伤，另一个为爱痴狂，谁能想到我们三个人中，最先有女生陪伴的会是铁蛋？

那是我第一次见到朵朵，以前曾无数次听到铁蛋提起这位美丽的女孩，只可惜她的双眼是黯淡的。

不知这样的时间保持了多久，或许一个月，三个月，又或许半年，她一直陪伴在铁蛋身边，每天我们去上课，她就到她舅妈家米铺帮忙，一放学，她就会在校门口等着我们，给我们送来她亲手做的饭菜。后来大壮就消失了，他应该和宁夏在一起。铁蛋说："阿猪，唉！"我说："他们什么时候走得那么近的？"

咦，铁蛋人呢？

已是深春，漫山遍野早已芳艳，春天的色彩布满每一处，在一条清澈的河边，缓缓走着两个人。

铁蛋：“朵朵，这里的景色可美了，这里有清清的河水，四周全是绿荫，花朵很漂亮，有白的、红的、黄的。”

朵朵：“铁蛋，我明天就要回去了。”

铁蛋：“怎么这么快？”

朵朵：“都三个月了，舅舅叫我回去了。”

铁蛋：“好吧，那明天我送你。”

朵朵：“嗯！”

第二天，朵朵没来，铁蛋又变成了沉默寡言的木头，天天抱着吉他在宿舍中没日没夜地弹。

我从梦中惊醒，时常听见他在走廊抽泣，静静地弹着吉他唱着：

如果你能看得见
就能轻易地分辨白天黑夜
就能准确地在人群中牵起我的手
如果你能看得见
……
我是你的眼
带你领略四季变化
如果，我是你的眼，让你看见世界就在你的眼前

人称改动，莫名神伤，寂静的夜里，涣散的吟唱，转眼间，

我们的初中时代过去了，我与铁蛋考上了县城的同一所高中，而大壮，在我们三个中成绩最差，竟然奇迹般考上了省城的高中，既在意料之中也在之外，他曾对我说过："阿猪，我要努力学习了！"

"什么，你受刺激了？"

"我要与宁夏考同一所学校。"

"你知道你们之间的差距吗？"

"知道，但不努力一点机会也没有，努力了至少有50%。"

"你努不努力结果都是一样的！"

后来我发现，我每次说这句话，他的梦想就真的实现了。他考上了省城的学校，而且还与宁夏一个班。

我和铁蛋为他送行，在站台。

"我走了，你们的高中时代我不在，你们别打架，等我们高考完那一天，记得收请帖，哈哈！我和宁夏的！"

我和铁蛋无奈地摇了摇头，看着火车走远。

他从窗内伸出头，眼中泛着泪花："阿猪！木头！我走了，等我回来！"

那之后三个人变成了两个人，不知何时，我慢慢惧怕随着时间的流逝，最后只剩我一个人……

后来我与铁蛋回到三个人从前住的宿舍收拾衣物，在铁蛋的床板上我发现了一张纸条，有些破损，有些褶皱，字迹有些模糊，上面写着：

过多的沉淀，却不曾想过换来的是永世不见，那些一一许下的诺言会在花朵再次绽放的那天，慢慢呈现。

我说我想做你一世的眼，替你看看这个世界，你说这辈子你永远在长眠，白昼与黑夜全都是同一片天。

愿每次相逢都如初见，愿每次别离只是短短几天，愿每次出行都有丰富的经历，愿每次回忆脑中全都是你，愿每次晨出亦是夜幕，愿每次旅途亦是来路。

我是你的眼，伴你走过万水千山，我是你的眼，看尽漫漫长夜。

我是你的眼，等待那山花烂漫，缕缕芳艳……

五

高中时代快速到来，意味着将以更快的速度流逝，昏昏沉沉、日复一日、年复一年的快节奏生活使我度过乏味的三年，高考，缓缓来临……

高考结束，我踏上了火车，目的地在哪，不知道，总之到哪算哪吧，漫无目的地游走是我在高考之前曾暗自发誓一定要实现的……

我走之后，铁蛋选择回到小镇，至于为什么，那还用说？

铁蛋：“朵朵，你有手机吗？”

朵朵：“当然！”

铁蛋：“你不是看不见吗？”

朵朵：“也可以听啊，有语音功能的，无论是打电话还是接电话都有语音提示的。”

铁蛋：“号码备注最多可以存多少个字？”

朵朵：“好像是八个吧。”

铁蛋：“要那么多啊？”

朵朵：“你可真笨，可以用来储存一些有意义的特殊称呼呀。”

“朵朵，把你手机给我！”

“哦！”朵朵从兜里掏出了手机。

“朵朵，我现在用我的手机打你电话，你听着。”

“眼睛！眼睛！眼睛！”

手中的电话响了。

意想不到的声音响起，在朵朵伸手不见五指的心中如绚烂烟花炸开。

铁蛋把头凑到朵朵耳边：“朵朵，我想做你的眼睛，带你去看看这个世界，因为世界上有太多难以忘怀的故事或是景色在等待着我们，我将把那些如镜般的湖面，无边的大海，连绵的山脉，还有我们一起走过的路，慢慢说给你听，故事很长，要说一辈子。”

瞬间，眼泪夺眶而出，哗啦啦直往下流：“铁蛋，我无法想象你不在我身边的每一天，我知道你很快就会不见了，我知道我追不上你的脚步，我更知道当天空泛起白边，你也将消失在天际，但我相信总有一天，总有一天，你会带着我，也只有你能带着我，去我们故事中的地方，所以，无论如何请抓紧我，我无法看见你的出现，你的消失，但终有一刻我们会再次出现在彼此的面前，那时，请抓紧我。”

白昼撕破了黑夜，铁蛋去了上海，随着他大学生活的到来，离家越来越远，朵朵则去了广东，听说是和舅舅去学习盲人按摩，故事结束。

新的故事开始，相隔甚远的两个人，开始了一段美好的恋情，朵朵一直在等铁蛋去接她，铁蛋一直在大学疯狂地兼职，挣足够多的钱，想要与朵朵有一份珍贵的回忆。

“这不挺好的吗？”我说。

“是挺美好的，但这一段回忆太短暂了。”

“后来发生了什么？”

“后来啊……”铁蛋点燃了一根香烟，慢慢吐出了烟雾。

铁蛋在大学附近的一家音乐培训机构找到了一份不错的兼职，工作时间不长，有充足时间去做其他兼职。

他是学音乐的，吉他弹得不错，理所当然成为一位年轻的代课老师，能找到这样一份工作铁蛋感到特别欣慰，一来，无论是工资还是提成都还不错，二来，每个星期的课程不多，陪朵朵通视频也好，做自己的音乐也罢，都有充足的时间。

想法容易被计划打乱，计划容易被变化更改，没过多久，铁蛋就隐隐约约感觉事情有些不寻常，或许已经超过了他的预想。

这样的感觉应该是从一次通话开始的……

朵朵：“那个，铁蛋，我想跟你说个事。”

铁蛋：“有什么事？你说，我一定答应你。”

朵朵：“可能以后我们联系就不能太频繁了，因为我本身时间也不多。”

铁蛋：“是吗？最近在忙什么呢？”

朵朵：“我在这找到了一份不错的工作，平时工作忙，下班晚，也比较累，所以时间并不多。”

铁蛋：“做什么的？怎么之前没听你说过呢？”

朵朵：“是舅舅刚帮我找到的，你知道的，像我这样的人，能找到一份工作不容易，我除了去盲人按摩店上班，也没什么别的选择了。”

铁蛋：“那个……我说朵朵，外面挺不安全的，而且我前几天看新闻，沿海城市人挺混杂的，要不回来吧。”

朵朵：“铁蛋，你听我说，虽然这里不那么安全，可工资高，只要努力也会得到同等的回报，铁蛋，你能够了解我们的出身，你也能够感受得到，没办法，真的。”

铁蛋的话语停顿了，沉静了，不知该说些什么了，他仿佛能看到几年以前的自己，几年以前所处的生活。铁蛋不想回到过去，他想和他自己心爱的人有自己想要的生活，铁蛋知道这才是他拼命的全部理由。

朵朵：“铁蛋，相信我，没事的，我们一起挣钱，等我们挣够了一起环游世界的钱，一起平淡度过余生的钱，你就来带我离开这，好吗？”

铁蛋："朵朵，相信我，你不会等太久的。"

朵朵："我相信你，你要记得无论是从前的我，现在的我，还是将来的我，都是爱你的，包括我所做的一切的事，也都是为了我们。"

之后的一段时间里朵朵的声音在铁蛋的世界里消失了，虽然有时会出现，但也是从另一个世界传过来的声音，隔得很远很远……

时间被推到了某一天，一个如往常一样的某一天。

铁蛋结束了这一天的最后一节课，向宿舍赶去。大学几年了，还是老样子，除了工作、上课外，几乎不与别人交流，把自己的思想禁锢得厉害，音乐是他唯一发泄与表达的方式。

上星期朵朵给铁蛋寄了一把吉他，吉他上还贴着一张便签：

这是我用工资买给你的吉他，你的吉他已经太旧了，弹不了了。这边一切都还好，只是工作有些忙，但现在也习惯了。平时我们联系的时间不多，挺想你的，我知道你也同样想着我。用我买给你的吉他，因为你唱歌我能听得见，我看不到的东西，都是你用声音给我呈现的，你构造着我的世界。好好保护它，它是我对你的思念。

这条熟稔的路，今天却充满了陌生的气息，一切的美好换了一个场景。

“嘿！果然是你小子。”

铁蛋转过身，看着身后拍他肩膀的人，脑袋里一直回想着这个人。

“你是？”

“你小子真没良心，连发小你都忘记啦？我，赵牛。”

“赵牛？”铁蛋在记忆中搜寻有关于这个名字的一切。

“就是小时候住你家隔壁，和你一起去放牛，一起上山挑水，一起去偷桃的赵牛啊。”

“哦！我想起来了，兄弟，你怎么会在这呢？我每年回家都不见你，这些年你跑哪去了？”

“这说来话长，事情太多也不想再提了，爷爷去年走了，我回家把他安葬了，这些年去的地方多，也是最近才来到了这，没想到遇见了你，你说巧不巧？我现在就在前面的那个汽修厂工作。”

“好多年没见了，我还以为再也见不着了呢。”

“其实我知道你在这，你是咱们镇上难得的大学生，镇上都传遍了，你小子挺争光的。好了，不是一个好地方，我们找一个饭馆喝两盅叙叙旧。”

“好，走吧。”

随意找到了一家小菜馆，选了个位置坐了下来，点了几个小菜，拿了瓶白酒，聊起了那些年的事。

那些早已涣散的旧事现如今又被慢慢拼凑、黏合，早已被遗忘的山色，隐隐浮现的房屋，干涸长满青苔的沟渠，又在一言一语之间饱满，在记忆尽头被拾起，山间嬉闹的是一张张孩子稚嫩的笑脸。有多少故事在此刻重获新生，从远方匆匆赶来，彼此相遇，漫漶的过往在自己的恍惚中走失了多年。如今它们又出现在你眼前对你说："咱再走一遍。"这是一种喜悦。原来这些经历真的存在，补满了人生的缺失。

酒过三巡，旧事忆完，铁蛋在无尽的感慨之后，被赵牛的一句话拉回了现实。

赵牛："你还记得小瞎子吗？"

铁蛋："你说的是哪个小瞎子？"

赵牛："咱们那有几个瞎子？不就是那个叫朵朵的吗？你忘啦，我们小时候最爱作弄她的，你最坏，还把别人绊倒。"

铁蛋："怎么可能？我和朵朵可从小都是朋友啊！"

赵牛："不会是小时候那次发高烧，把你烧糊涂了吧？你怎么对她的你忘了？小时候你骗村长怕被责怪也就算了，现在都过去这么多年了，只有咱俩，就别这样了，我可是当事人。你可别骗着骗着把自己都骗过去了。"

突兀的绞痛在大脑之中炸裂，纯真的时光也有被黑暗腐蚀的一面……

那个时候……

"小瞎子！小瞎子！小瞎子！"

"我不是瞎子！我不是瞎子！我眼睛没有闭上，我看得见！"

"那你就更可悲了，原来是个睁眼瞎。你如果不是瞎子，怎么会被我绊倒，摔了一个狗吃屎？哈哈。”

“我不是瞎子，我能看见好多东西，妈妈跟我说过，我只是看不清，长大了，就会变好的。”

“你妈妈不仅也是个瞎子，还是个骗子，她骗了你，你永远看不见的，永远！”

“你凭什么骂我妈妈！你凭什么！”

“这就是你妈妈告诉村长我们偷桃的下场，别以为家里有些桃树了不起，本大爷不稀罕，但我也不是个善茬儿，惹到我你也不好过。”

摔在地上的朵朵双手撑着地面，眼泪哗啦啦地往下流。

村长：“你浑小子还敢犯错？”

铁蛋：“不是这样的，我和朵朵是朋友来着，对吧？”

铁蛋用手拧着朵朵的小手小声地说：“快承认！要不然没你好日子过，包括你妈妈。”

朵朵：“是……是的村长，我和他是朋友，他没欺负我。”

一声惊雷刺破了长夜，刺破了一个家庭。

赵牛：“铁蛋，你快从树上下来，你听说了吗？”

铁蛋：“听说什么？”

赵牛：“这你都不知道，那个小瞎子她妈，昨晚死了，你以后可别去见小瞎子了，我估计她以为她妈是被你气死的，你还是离她远些吧，她现在无亲无故的，我怕她报复你。”

空气凝固，慢慢变得寒冷，结成了冰，一碰即碎。

铁蛋再次出现在朵朵生活中的时候，早已换了角色。一切仿佛重新开始，回到了当下。

赵牛："想起来了吗？"

铁蛋："嗯！"

赵牛："我跟你说个事。"

铁蛋："你说。"

赵牛："那个朵朵，前些日子，我去广东打工的时候，遇见她了，你知道现在她在干啥吗？"

铁蛋："干啥？"

赵牛四下看了看，确定没有其他人之后才对着铁蛋耳朵小声说："做鸡。"

"什么？你再说一遍。"铁蛋怀疑自己听错了。

"就是……妓女，卖身的那种！唉，你看那小姑娘长得还挺漂亮的，没想到……"

赵牛话都没说完就被铁蛋通红的眼睛盯得冷汗直流："我……我可没瞎说，我亲眼看见的。"赵牛接着说，"你别走啊！你要是不信，我给你地址，你去看看。哎！哎！兄弟！"

心里一团乱麻，赵牛的话像一根根锥子一样刺疼铁蛋的心，太多太多不想记起的事，太多太多不愿相信的事，太多太多美好的事，都变成一场场噩梦，铁蛋不愿相信，但又不得不去相信，铁蛋想知道答案。

"喂，赵牛，我铁蛋，地址给我。"

铁蛋在自述中同我说过。

那时的我恍若大梦初醒，发疯似的奔跑着，奔跑在与她多年来走过的路上，我风尘仆仆地赶来，却换来撕心裂肺的伤痛，我无力地瘫倒在地上，绝望地捶打地面，血液夹杂着泪水染红了寒烟满布的天空。

暮色早已深浓，我行尸走肉般踌躇在陌生的街道上，我在寻找出口，走出这如同梦境的地牢。我已经被世事浇醒，人世间的冷暖、现实与无奈打碎了我一个又一个的美梦……

我宁愿拥有眼睛的人是她，让我独处在黑暗中拥护我的心灵。

这一夜的大理甚是平静，唯独在这寂静的月夜下，掉落了被撕成碎片的心。

“我真的、真的很相信她。”铁蛋说，“可为什么？为什么会变成这样？我好恨我自己，是我太无能，不能给她想要的生活。”

“你有问过她这是怎么回事吗？”

“问什么？问她是怎样被他舅舅卖的？是怎样无助地看淡现实的？还是怎样在黑暗之中被陌生的男人们侵犯的？我不想问，也不想知道，那样她会更疼，我也会更疼。”

“你真的不在乎吗？”

“在乎？不在乎？我有的可选吗？我爱她，很爱她，我答应会陪她一辈子的，阿猪。我没有选择，我和朵朵注定了只有一条路，就算我们都知道这条路很曲折，我们也只有走下去。这就是现实，我不怪朵朵，至少现在她还爱我，我也还爱她。你说呢？”

此时我没有回答，直至天明，我依旧找不到答案，真的，你说得很对，或许我不是你。

那夜，铁蛋终于把多年来封存于心里的所有过往原原本本地述说出来。我哭红了双眼，看着慢慢站起身的他，他回头对我勉强地做出一个微笑，他的表情没有任何波澜，他在告诉我，刚才的故事与他无关，他又微笑着看向窗外，我猜我是一个讲述者，他是一个安静的倾听者。

“阿猪，帮我记下些东西吧。”

“记什么？”

“你听到的，我内心的声音。”

天空渐渐通透，光亮从窗外照到我的信纸上，我看着他和身边的姑娘紧紧攥住的手以及渐渐模糊的背影，我疲倦地倒在床上，手中滑落的笔掉在地上发出声响，窗户敞开，冷风吹着窗帘“呲呲”地响，书桌上的信纸被吹到了地下，纸上隐隐约约写着这样一段话：

请你一定要相信在那无比遥远的地方

总有一处风景会让你遗忘掉所有的悲伤与苦楚

把你人生所经历的红尘旧事遗落四方

如若有一天你终无法遇到那处属于你的风景

没关系，我是你的眼，帮你去看看世界

去邂逅你人生中的那处风景

而我潦草的人生遇到最美的风景

就是你

六

2015.12.24　铁蛋的生日

大壮：“你有病啊！阿猪，快快快，扶着他，我不管了！”

我：“你去哪？”

大壮：“去哪都行，就不想在这待。”

大壮：“你又要干吗？别拽着我腿！把你的爪子拿开，别抱着我！嘿！别扯我头发，给你脸了是不是？我问你是不是给你脸了！”

大壮：“哥！我求求你了，放我走好吗？你借我的钱不用还了，好吧？”

大壮：“你一个大老爷们你哭什么啊？”

铁蛋：“我想她了，我想去看看她。”

大壮：“那你就自己去啊，你拉上我干啥！我喝酒了，不能开车，你放手，放手！阿猪快过来拉着他。”

我：“你就送他去吧。况且我也想去见见那个‘他’了。”

我眼中泛红看着大壮。

大壮："不是我不愿送，大晚上的，你让她好好休息不行吗？昨天这王八蛋才刚刚把人送回家，还没超过二十四小时，又想带着别人去瞎折腾。谁受得了？"

我："这是最后一次了，带他去吧。"

大壮："你说话不顶用，让他说。"

铁蛋："我保证这是最后一次了，带她去一个我们都曾经说过的地方，然后放下，好好生活。"

大壮："好，记得你说的话，还有，钱一定要还，算利息。"

黑夜上空飘着绵绵细雨，落在脸上冰冰的，我们驱车到了朵朵的家乡，也就是铁蛋的家乡，我和铁蛋下了车，大壮没和我们一起。

乡间的小路因下雨变得泥泞湿滑，我们小心翼翼地行走着，除了手电光芒之外，一片漆黑，仿佛一步踏错，便落下深渊。

二十分钟的路程，我们大约用了一个小时。我们停下，脚下是一片平地，放眼一望极为宽广，四周是荒废的稻田，这是在群山怀抱下的净土，远处有连成片高耸的大山将其包裹，前方有一间农舍，农舍里杂草丛生，几根潮湿腐败的巨木，长着密密麻麻的藻衣，雨后植物的芬芳飘散各处，在前方的山脚下有一个大大的斜坡，斜坡上有突兀而立的几块石碑，我们径直向石碑走去，把石碑下的石板推开，把一个正正方方的小盒子拿了出来。

铁蛋："朵朵，我来接你了，我们把最后一站走完，我就再也不吵你了，你就可以安安静静地睡觉了。"

我："走吧。"

回程的路上我停了下来。

我在另一座墓碑前驻足，弯下腰放上了早准备好的东西，嘴里喃喃道："来看你了，给你带了你最喜欢吃的，你放心吧，我记得的，没加辣。"

说完带着汍澜的笑容转身离开。

朵朵的死无疑是给铁蛋致命的一击，他们俩本该发生的故事并没有如期而至，在此之前一切的妄想一切的计划终将化为泡影。

其实三年前，铁蛋没能带上朵朵出发。

那一年，在大理，铁蛋身旁没有一个人。

无论是在毛里求斯、巴黎、伦敦、西藏、斯里兰卡……能陪在他身边的只有我，我并没有取代朵朵的位置，只是我不愿让自己的家人继续颠沛流离。

一切你们所看到的，一切我所述说的，不过是心中最浅薄的希望。

朵朵在东莞没能回得来。

铁蛋带着她的骨灰走遍了他人的故乡。

梦境没能成为现实，现实打碎了梦境。

生活击倒了美好，美好同样会诠释生活。

四季在更替，一年复一年。

年年都有春夏秋冬，可哪一年又与故人相逢?

我曾无数次想过他们人生中的美好会在何时呈现，可谁又能想到他们的美好在此刻终结?

朵朵在临走之前写过这样一封信:

世界上最最最可爱的铁蛋:

你好!

突然之间又不知道该说什么了,哈哈,总而言之谢谢你。谢谢你陪我走了这么久,陪我度过我最幸福的那段时间,确切来说是你的我的幸福。母亲走得早,家中没什么亲人。我的生活开始变得安静,可就在这个时候,有一个我特别讨厌的浑小子突然地闯入了我的世界,那浑小子以为我看不见,认不出他啦。哈哈,其实我早就知道小时候老爱欺负我的人就是他,可不知道为什么,我如此讨厌的一个人也同样让我如此依赖。我是看不见,但一个人的声音是不会欺骗人的,我知道是他,后来我知道他叫铁蛋,后来我想让他成为我一辈子的铁蛋。

但噩梦也在觉悟中诞生了,铁蛋,你拥有一个并不完整的我,你愿意接受。上天安排我走一条长满荆棘的路,我愿意接受。让你背着一个残缺的我走一条长满荆棘的路,我不愿接受,你也不愿接受。爱情往往就是这样,当自己面对那些自己所遇到的困难时,咬着牙,都能过去,但当两个人都必须要面对两个人的困难时,你咬着牙也很难过去,因为爱情是两个人的,这样的困难是一种负累。我很爱你,但我们终究隔得太远了,终究走不到一起的。那天你看到了,我能感觉得到,我说过的,声音是不会骗人的,虽然只是呼吸声，我也能感觉到很熟悉。我知道那是你，我也知道你应该很悲痛。我再也无法面对你了，就算往后的日子你嘴上不说，我也了解没有人能忍受自己心爱的人残破得如此厉害。我想消失在你的生活中，我不会走的，因为我知道没有你，我走不远。我选择去一个你找不到的地方，在那里我将会是全新的。铁蛋，请让我这样叫你一次，让我带着我们彼此的美梦深深睡去吧。如若有来生，真的希望你是我的眼，让我看看这个世界所有的光亮。而这些曲折蜿蜒、参差不齐、杂乱的文字，表达了我太多的感情，透露着太多的故事。这是悔恨、无奈，也是对上天的哭诉。

最爱你的朵朵

离别前写

七

朵朵去世的第三天铁蛋打电话给我，言语间没有任何波动，就像在告诉我一件微不足道的事，他没有声嘶力竭地大吼或是痛哭，这种异常的表现，使在外地求学的我，奋不顾身地赶去了他那里。

那几天天气异常闷热，到了夜晚一定要打开窗户才能入睡。而在酒店，铁蛋把窗户全闭上，开了暖气的房间如同蒸笼，他抱紧我，身子哆嗦个不停……

“想哭就哭吧，哭出来会好些。”我看着他说道。

“阿猪，没事儿，你用不着管我。”

“老子本来朋友就不多，你是想让我孤独终老是吧？”

“阿猪，陪我出去走走吧，我答应过她，好好地看看世界，好好地替她看看世界。”

“去哪？”

“不知道。”

“去多久？”

“不知道。”

“那你知道些什么？”

“我知道现在想马上走。”

“啥？！”

飞机划破长空，我和铁蛋开始了为期不知多久的漫长旅行。

我们先去了毛里求斯。

“上帝先创造了毛里求斯，再仿造它创造了伊甸园。”这是马克·吐温说的，就是因为这一句话我们来了，我相信人的视觉感应是相通的，既然连老马都认可了，那就应该差不到哪去。

本以为在能看见海上月落的时候到来最好不过，谁知道迎接我们的是一场暴雨。

到毛里求斯之前要先途径香港，在香港的美食与美女中待了两天后，此时此刻的反差不是一般地大。我们经过了路易港，城市不大，幸亏有标志性的赛马场，要不然我真不会相信到了首都。虽然机场不大，但降落前所看到的景色，你会无法忘记。

海岸线把海水的许多种蓝色混合杂糅在了一起，深蓝、淡蓝、湛蓝、钴蓝、冰蓝……

天空把许许多多的红研磨在了一起，深红、赤红、血红、浅红……

铁蛋出去了，窗外淅淅沥沥地下着雨，我独自一人在酒店。

他要去莫纳山，我让他等雨停了再去。

他说："不了，现在的景色很美，我答应过朵朵的，带她去看最美的景，你可别跟着去，破坏我俩的二人世界。"

夜色渐渐深浓，他还没回来，我拿起外套穿上，便走了出去，心中有些不安。

屋外，漫天星光闪烁，仿佛离我很近，伴着海浪拍打着礁石的声响，时有时无，冷冽的海风吹着我的头发和天上浮动的云。

铁蛋坐在海边一块巨大的礁石上，就这样静静坐着看眼前的海。

我想上去叫他，可没走两步我停住了。

只见他缓缓拿起手中的盒子，对着盒子说："朵朵，答应你的事我做到了，你看这里的天空好美好美，好像有一颗硕大的钻石挂在天边，以前我们看不到这样的天空的。这里更美，可我依旧怀念着家乡的夜，怀念那一间间低矮的房屋，那寂寥的夜，在那样的夜晚会有阵阵的蝉鸣，最重要的是有一个陪在我身边的你。"

铁蛋说："至今我还记得那些重复在我心里的画面，那些画面是那样清晰……"

铁蛋："朵朵，你有手机吗？"

朵朵："当然。"

铁蛋："你不是看不见吗？"

朵朵："但我可以听啊，有语音系统的，无论打电话接电话都有语音提示的。"

铁蛋："号码备注可以存几个字啊？"

朵朵："好像是八个吧。"

铁蛋："要那么多来干吗？难道有人的名字是八个字？"

朵朵："你真笨，可以用来储存一些特殊的称谓啊。"

朵朵的手机响了，是铁蛋打过来的。

朵朵的手机有人接了，是铁蛋接的。

朵朵的手机一直在铁蛋那，并且从不离身，铁蛋为的只是听听那一句：

"朵朵的眼睛！朵朵的眼睛！"

这是朵朵给铁蛋的备注。回忆近在咫尺，那些存留下的一次又一次割伤着每一根神经。

临走时铁蛋把朵朵的手机丢向了大海，我问他为什么，他说他已经放下了。

作为兄弟的我最大的心愿也就是他能放下，我只记得那天我在他身后隐隐约约看见两个人在礁石上相互依偎。

铁蛋："我爱你，朵朵。"

朵朵："我也爱你，铁蛋。"

铁蛋的手机在我这，他说想安静一段时间，我打开手机，在通讯录中只找到了一个号码的备注，备注叫“我是你的眼”。

铁蛋去了北极，这是他的最后一程。

有一天一个陌生的号码给我发来一条信息：

阿猪，我放下了，等我回去的时候，帮我写一个故事，把我们空白的记忆给补上吧。

好的，我现在就写。

这个故事叫作《我是你的眼》。

走了很久还是走回了开头

一

后来我发现，我每次说这句话，他的梦想就真的实现了。他考上了省城的学校，而且还与宁夏一个班。

我和铁蛋为他送行，在站台。

“我走了，你们的高中时代我不在，你们别打架，等我们高考完那一天，记得收请帖，哈哈！我和宁夏的！”

我和铁蛋无奈地摇了摇头，看着火车走远。

他从窗内伸出头，眼中泛着泪花：“阿猪！木头！我走了，等我回来！”

开头不一定会有好的结尾，但有的一定是开头之后的之后。

大壮的故事翻过一个章节，有了新的开头，后来的事他没与我们多提起，或许在他这段行程中一直只有宁夏，和另一对大壮与宁夏。

很多次夜里大壮打电话给我，会说些他生活中散乱的事，毕竟他的这一段生活我没有陪他经历，我只会静静听其诉说，依声附和，我知道那时的他很孤独，即使找不到话说，听着电话这头的呼吸声对他来说都是一种心灵的慰藉。

很少会从他口中听到一些有始末或是有关联的事，他虽然话多，语言也犀利，但概括能力不是一般地差，本来可以几个字说清楚的事，他却吧啦吧啦说一堆，最主要的是他丫的说了像没说一样，你说气不气人。

有一次我、铁蛋还有他上街去买东西。

突然，他拽住我衣服使劲摇："快看！"

"什么？"我问。

"有一个眼睛大大的，毛茸茸的，酒红色的，看起来壮壮的，眼睛小小的，长得肉肉的……"

"狮子狗？"我说。

"什么啊！我说的是人，而且是女人。"

"你丫的，就说看见一个美女会咋的！"气得老子东北口音都出来了。

前一段时间我和他在夜市喝酒，在我吃烤串的短短十五分钟里，他竟说清楚了一个情节扭曲且惊悚悬疑的都市爱情故事，看来我是被他传染了，其实就是一个狗血偶像剧的剧情。

男主叫老吴，女主叫李艾。

一般按剧情分析男主要么是财团继承人，要么是公司 CEO，要么是审美取向颠倒，要么是与女主相互制造麻烦日久生情。女主要么是大学毕业去公司应聘的女孩，要么是另一个家族的千金。两人要么是不期而遇，要么是青梅竹马。

可剧情偏偏很奇妙地把这一切都避开了……

老吴给我的印象还停留在高二那年某天下午的数学课上。老吴长长的睫毛下闪过一丝愠怒，他从容地接过我手中的墨水。

风萧萧兮易水寒，壮士一去兮不复还。

那天阳光很好，也有风。刺眼的光线不偏不倚打在我们桌上，强烈得睁不开眼。老吴烦了，像往常一样拿出数学书摊在桌面上，然后闷头睡觉。

数学老师是个正处于更年期的大妈，这个年龄赋予了她非一般的毒舌能力，是学校出了名的“灭绝师太”。

据说这个外号是教导主任取的。

但师太有一颗强烈的少女心，每天坚持把自己打扮得花枝招展，但身材长相却不敢恭维。让她引以为傲、在学校横行霸道的是她老公是学校的教导主任，以及那哺育过两个孩子至今仍未干瘪下垂的胸部。

“男人拼钱，女人拼胸”，至理名言。

彼时她在黑板上写下了一道立体几何题，双手撑着讲台，厚重的眼镜片后传来两道寒光，扫视着台下。

教室大而人少，她一眼就看到正趴着睡觉的老吴。

老吴是差生中的战斗机，一直是我们班的吊车尾。这种学生老师早已放弃，任其自生自灭。但那天或许是太阳照在他身上让他变成一个像如来一样金光闪闪的男子，师太史无前例地点了他的名。

“吴春，上来做这道题。”

老吴揉了揉惺忪的睡眼，脱口而出：“不会。”

师太冷笑了一声，像是得到了她期待的回答。

“不会？你这样做对得起谁？你妈辛辛苦苦供你上学，你来这儿就是睡觉的？……”

夹杂着乡土气息的纯正方言炮弹似的轰炸而来，师太果断开启泼妇骂街模式，不堪入耳的污秽字眼和班上尖锐刺耳的笑声连我都受不了，可老吴仍一脸无所谓的表情。

对他来说，这或许成了一种习惯。

他淡然的样子好像给了师太某种力量，她越骂越厉害。冒出“单亲家庭”“没爸教”这些话时，老吴转头平静地说：“把你的墨水借我用一下。”

我不明就里地给了他。他没钱买墨水，一直都是用我的。

他左手拿着开了盖的墨水瓶，不急不缓地走上讲台。师太看到他这架势，慌了：“你要干吗……我可是老师……”

“老师，师师师，师你妈。”

他提起师太的衣领，让墨水顺着头倾泻而下，用手掌笨拙粗糙地给她化了个烟熏妆。

这叫什么？

牛叉。

忘了说，我平时用的都是黑墨水。

我把这件事绘声绘色地告诉李艾时，她正环手抱着英语笔记，抬头微闭着眼背单词。她依旧像高贵的天鹅一样昂着头，自言自语：“怪不得这几天没见他来烦我。”正好那天李艾请了病假，错过了激动人心的一幕。

李艾是宁夏同宿舍的姐妹，也是和宁夏形影不离的人，而我呢？只有跟在她们身后帮她们背书包的份。

“他这样应该会被学校开除吧？”李艾漫不经心地问。

“啊？什么意思……欺辱老师，可能吧。”

“他这么懦弱的一个人，怎么可能会……”

李艾低下头笑了。长发垂落，她抬起纤纤细手拨到耳后。不愧是校花，她有着南方美女的长相：大眼睛，小鼻子，尖下巴，巴掌大的一张脸。黑发如瀑，比飘柔洗发水广告里的女郎还要飘柔一百倍。

这不是鲜花插牛粪上了么？我暗骂，要不是我早心有所属，你也能找到一个“小鲜肉”。

“怎么可能！春哥那个霸气！你是没在现场，吓得师太高跟鞋都踩丢了。”因为激动，我把称呼换成了“春哥”。

“霸气个屁！你是没见过他那个样……”

李艾掩嘴轻笑，转身走了。

连背影都他妈的那么好看。

这件事很快火遍了一中。在这个镇上最好的高中，全是戴着眼镜的乖学生。老吴这般“英雄壮举”可以说是史无前例。不但没有格格不入，反而让他成了明星。何况还是欺负在学生中口碑最差的灭绝师太，这样一来，大家都亲切地叫他一声“春哥”，以表尊重。

当时有好事的学生抓拍到了现场画面放到校园网上，老吴顿时成了众人膜拜的对象。P 图大神将他的经典动作做成了各种生动有趣的表情包，更是推动了他的人气。一时间，老吴成了大家饭前课后的谈资。东传西传，他一言你一言，竟传出了“春哥其实是个大帅哥，长得像周杰伦”“春哥怒上讲台其实是为了摸师太的胸！奶奶的，这个畜生，得去问问他有多大”之类的流言，吓得我喷饭。

根本天差地别好吧，一个长得像李志的人，怎么会像周杰伦？

实际上老吴已经三天没回学校了。

我仍去找李艾，想套出一点老吴的消息。这几天老吴没回学校，着实害苦了我。我是他为数不多的朋友之一，又兼同桌，所以那些慕名而来的“粉丝”都来找我打探老吴的消息，烦不胜烦。

“我也不知道啊。”李艾耸耸肩，笑盈盈地说。

“你不是他女朋友吗？你不知道？”我有点奇怪。

“他跟你说我是他女朋友？”李艾饶有兴致地问我。

“怎么，难道不是？”原来只是老吴单方面的幻想。

李艾捂嘴轻笑，转身走了。

第五天还是第六天的时候，老吴回学校了。

就是这么巧，那节课正好是数学课。

老吴轻轻推开门，单肩背着一个洗得褪色的黑色布包。飘逸的长发遮住左眼，露出桀骜的右眼。

王者归来的霸气在此刻展现得淋漓尽致。

他一出现，教室立刻炸了。闹事的大声喊着："春哥！春哥！"

"报告。"语气平缓。

师太淡淡地瞥了他一眼，又继续板书。

"进来。"语气平缓。

老吴轻轻关上门，规规矩矩地坐到座位上，像往常一样，打开数学书摊到桌面上。

就好像老吴只是上个厕所迟到几分钟打个报告进来一样，一切平静得可怕，就是因为太自然了，所以才可怕，让我不自觉以为这是暴风雨前的宁静。

两个人像什么事也没发生过一样，一个继续上课，一个继续睡觉。

全班鸦雀无声，但脸上写满了期待和兴奋，都觉得好像应该发生什么才对。

最后当然什么也没发生。

没发生啥倒也是好事啊，只是难免让人有些失望，好戏并没有开场就直接落幕。

老吴并没有因此发愤图强或是一蹶不振，他还是原来那个样子，什么课就翻出什么书摊到桌面上，然后睡觉。

只是变得更加沉默。

我问过他那几天发生了什么事，为什么师太就这样算了，不太科学啊。而他则嫌我吵着他睡觉，用打哈哈来略过。

但后来我用酒瓶子撬开了他的口。

“学校七个领导，我妈领着我像狗一样转着跪。”他弹了弹烟灰，又接上一口，“不过也没我舅舅塞给校长那一万块管用。”

这场风波最后也散了去，再也无人提起。

无论什么事，最终都会被时间遗忘，时间久了，也都会消逝。

没有什么能够永恒，爱也不能。

但这些都不重要，我们要说的是老吴，李艾和老吴。

高三，为了高考，学校划了重点班。我和宁夏还有李艾去了重点班，老吴去了最差的普通班。

换了教学楼，换了宿舍，换了同桌。好久也没碰见老吴了。

偶尔碰面也变成点头问候。

高考，成绩揭晓。老吴年级第一，李艾第二，宁夏第三。

我落榜了。

等等，好像有什么地方不对。

咱倒回去看看。

高中我和老吴同桌，李艾和我们同班。

李艾坐第一桌，我们坐最后一桌。

我发现老吴上课多了两件事：发呆和写情书。

有时我歪头看到他撑着脸目光呆滞地看着前方那个婀娜的背影时真的是把我吓得书都摔地上了。

“……哥，怎么了？”

“……睡不着。”

一个优秀得能包揽全校大大小小主持活动的校花，李艾就像打翻在高速路上的一车火龙果，让人不禁垂涎三尺。

低级的是写情书，李艾桌内常年塞满了各种颜色的信件（情书）。高级的就是送早餐，托了李艾的福，我高中没花过一分早餐钱。史诗级的就是上次有个富二代包了三十多架遥控飞机，绑着清一色红色桃心气球，在我们班窗子外一圈一圈地绕着。富二代开来他老子的玛莎拉蒂，靠着车身拿着个大喇叭不心疼嗓子地呐喊着：“李艾！做我女朋友吧！”

这架势我们什么时候见过？都替李艾激动不已。我看老吴一点反应都没有，有些替他着急。

“……你怎么不着急？有人在追你女朋友。”

“老子这辈子都和李艾绑一块了。这些傻 ×，忙活也是白忙活。”老吴得意地说。

“……你这个畜生！”

“嘿嘿……”老吴不好意思地笑了，他奶奶的竟然脸红了。

呸，这个人渣。

然而无论怎样的方式都没有谁能追到李艾，李艾每次都笑盈盈地接受人家的东西，没有任何心理负担地收下，不拒绝但也没有答应。

多年后我才明白这才是一个女生的最高境界。

老吴每天雷打不动送一盒脱脂牛奶、两根油条和一封情书。后来觉得油条不健康换成了瘦肉粥。我发现别人送的早餐李艾都会选择再转送给其他人，但她会很自然地吃掉老吴的早餐。这让我痛心不已，对他们之间酸臭的关系有了更深的猜想。

我感叹爱情的力量真是伟大，一个连墨水都买不起的人，买得起牛奶和瘦肉粥。

二

服务员忙前忙后，菜差不多上齐了，老吴还没到。大壮烦躁地掏出手机给老吴发微信，他还是说堵车，快到了。

高三毕业那年大壮因为工作的原因，搬离小镇。那时候通信还没现在发达，所以都没有留下什么联系方式。大壮和老吴也只能算是感情好一点的普通朋友，没有什么痛彻心扉的分别。但两年前一个陌生人加了大壮的QQ，看到备注“春哥”时，大壮第一反应就想到了老吴。

就算有了联系方式，但终究还是败给了时间和距离，除了刚开始那几天聊得热火朝天，后来也渐渐发展到节日群发祝福和回一句“同乐，谢谢”。

让大壮觉得老吴真正牛叉的地方就是，那年高考他意外地考上了复旦。

当然后来大壮知道李艾也去了复旦之后就觉得没那么稀奇了。

大壮也问过他和李艾的事，他总是模糊不清地乱扯一通，然后扯开话题。

凭借多年的经验，这肯定是没戏。

迟到半个小时后，老吴才姗姗赶来。老吴变化很大。非主流的长发剪了，换成了短寸，瘦了，也长高了，比我高出半个头。面庞像刀子削过一样棱角分明。戴着的黑框眼镜也遮不住那依旧桀骜的眼神，只是左眼无光。

当初谁说他像周杰伦的？

老吴自罚三杯，白酒。

酒过之后身上的寒气才消散，老吴扯开大衣，里面整整齐齐地穿着白衬衫、黑西服，打着酒红色领带。

“怎么，找工作去了？”他还是像以前那样沉默，看他只喝酒不说话，大壮只好找个话题。

“嗐……别提了，我一个编程序的，好歹也是复旦计算机本科毕业的，人家招我去修电脑。”老吴摆手道，把领带松了松。

“留在上海不是也挺好，怎么回来了？”

“家里出了点事……”他从口袋中掏出一包还算上档次的烟，还没拆封，“听说你做医生了？”

“对啊。”

“是为了她吧？”他说着把烟递给了大壮。

“我不抽烟。”

“哦哦……忘了这茬。”他尴尬地把打算递给大壮的烟收回，插回烟盒时不小心折断了，烟丝脱离束缚，散了一地。他愣了愣，看着地上发呆。

“咱俩……也得三年没见了吧？”他问。

“嗯，是有三年多了。”大壮说。

“……你过得怎么样？”

“还好。”

简单的问候之后，就陷入了尴尬的沉默。隔阂真是让人捉摸不透的东西，就像一堵看不见的墙，两个人站在两侧，看得见对方，好多话却说不出了，不能或是不敢说了。明明只是一张桌子的距离，却好像有万丈之遥。

大壮这次回来，也没有想过会遇到他。他在朋友圈看到大壮回来的消息后激动地邀他吃了顿饭，当时大壮也想着毕竟三年多没见了，就答应今晚约出来见个面。但或许是当初交情也不算太深，这种局面也是大壮能想到的，大壮打算简单吃完之后就散了。

酒过三巡之后老吴话才多了起来，有一搭没一搭地扯高中他们相处时的那些事。但那些事在他的提起下大壮才有了一点印象，不然的话大壮是如何都想不起来的。

他也看出了大壮是牵强附和，便不再自讨没趣，气氛和桌上的菜一起慢慢冷了下来。大壮坐立不安，走也不是，只能学着他一杯一杯地灌酒。

“主人，来电话了，快接电话快接电话！”超大分贝的娃娃音灌入耳蜗，老吴尴尬地从大衣口袋中掏出电话，看了一眼来电显示后表情有些复杂。

“去吧去吧。”大壮摆手。

他站起来，走到门口，不到一分钟后转回来了。

“家里的事吗？”大壮随口问。

“嗯……”老吴夹了一大口菜，胡乱塞着。

“也不早了，你有事先回吧，我再坐一会。”

“没事，我说好了，咱俩好不容易聚一次，下次不知道什么时候还有机会。”

“……嗯。”

“服务员，再上两瓶酒！”

几分钟后，老吴的电话又响了起来，他本想不接，但是铃声实在太销魂，搞得邻座的都投过来杀人般的眼光。老吴挂不住，当着大壮的面接了。

“马上来了，我这在路上呢！”老吴大声地朝电话说。

“吴春，我警告你，再不回来就不用回来了！”电话那头传来一声咆哮，声音大得大壮都听得清清楚楚。

“李艾，我这边还有事，就不能体谅一下？”

听到李艾这个名字，大壮心里莫名地咯噔了一下。

“哼！你少来，你这窝囊废一个能有什么事？”

“我这和大壮聚一下怎么了？你到妈那里简单吃一下吧。”

“聚聚聚，你喝死在外头吧！”

电话挂了，嘟嘟嘟的声音让两人都愣了愣。

“嗐……别介意啊兄弟，孕妇，火气大，话说回来了，宁夏现在还好吧？”老吴说，“这么多年了，该放下了。”

“不说这个了，还有那个……李艾？还是那个李艾吗？”大壮按捺不住，问老吴。

老吴狠吸了一口烟，烟雾缭绕，夹杂着昏暗的灯光，在那属于二十岁的面庞上，有一瞬间大壮看到了四十岁的沧桑。

“不然还能是哪个李艾？既然你都诚心诚意地问了，那我就大发慈悲地告诉你，你不忙就坐着听吧。”老吴抬头看大壮，故作轻松地笑了一下。那个眼神就像一头桀骜的狮子，老了之后的狮子，利爪断了牙齿脱落之后的老狮子，困守在窝里静静等待死亡的狮子，被迫甘于现实而又不甘心的狮子。

大壮抽出一根烟，示意他说下去。

三

“我和李艾，真的是这辈子都绑在一块了。”

“在这世界上能碰到和你同年同月同日生的人概率是多大呢？可能一辈子都不会遇上吧，何况还是一个大院的。我父亲……我父亲还在的时候，和李艾的父亲是一个单位的。那时我们两家关系很好，她母亲都笑着说给要给我们订娃娃亲呢。或许是同一天出生，我们彼此有很多共同点，性格喜好都相差不大。那时我们一起长大，一起玩过家家，一起光屁股洗过澡，玩过当医生的游戏，给对方检查身体。我还不知道男孩和女孩在一起能生小孩的时候，就想和李艾生小孩了。

“我们同一天出生，一起长大，看着一样的风景，活过相同的每一分每一秒，呼吸着同样的空气。我真的是把她当作家人一样了，这种感觉你懂吗？”

“从我妈肚子里掉出来的那一天起，我觉得我就属于李艾了。

“我们一起上学，每天我们都待在一起。李艾长得好看，从小就有很多男生跟在她后面。但仗着我和她是一个大院的这层关系，我‘霸占’着李艾。班上演话剧时，公主肯定都是李艾来演，我就争着演王子。李艾演祝英台，我就抢着演梁山伯。

“但李艾一直都是公主，而我从来都不是王子。

“你记得我的左眼是怎么回事吗？”

老吴说着把眼镜摘下来，左眼分明不自然地嵌在眼眶里，看不到任何光芒。大壮对这却没有半点印象，就好像刚见着他时那样陌生。只是记得他中学时，总是喜欢留着长发，遮住眼睛的那种长发，那时流行那种发型，大壮问过他，他好像也没有给大壮看过，可是他为什么问大壮记不记得呢？

“好像是五岁的时候吧，老师组织放风筝。我和李艾分到一组，那天的天蓝蓝的，飘浮着棉花糖一样的云朵。李艾很喜欢风筝，也喜欢跑。我们俩就像尽情撒欢的小鹿一样，我牵着她的手——当然那个时候我们还不知道男女之间牵手意味着什么，只是觉得是某种习惯，纯粹的牵手而已。我们穿过金黄的油菜田，油菜花沾在她白色的裙子上，传来沁人心脾的清香。这么多年了，这个画面还在我脑子里飘着。

“你见过李艾笑吧？我真的从来没有，而且到现在也没有发现过什么比李艾笑起来还要好看。我才五岁，我就想把那种笑留在她脸上，让她永远都那样快乐。

“那个时候我并不知道这是爱情。

“我们只顾着玩，没发现已经脱离了队伍，但我并不害怕，因为我身边有李艾，我的右手握着她的左手。

“变故发生了，一阵大风把风筝刮到了一棵树上，树并不算高，但是长得很茂盛，我们怎么努力都拉不下来。李艾急了，就哭了起来。

“其实我比她更着急，但我并不是着急取不回风筝，而是李艾。她的哭声真是像刀子一样一刀一刀地捅着我，在我心脏里搅动着，又拔出来，痛到窒息。

“我想回去找老师，因为我怕，我没爬过树，而且我也恐高。但李艾就坐在地上不肯走，大声哭着，我怎么都劝不动。我又不能丢下她——万一她害怕了怎么办？

“树很滑，我怎样用力都爬不上去。我找了一块石头，垫在脚下，但还是差了一个手掌的距离。李艾这时已经不哭了，把头埋在膝间看着我。她的眼角因为哭过红红肿肿的，还有未干的泪痕。我闭上眼，一狠心，用力一跳，抓住了树枝。

“我迈不开脚步，腿不住地颤抖，我感觉不到我的腿了，两眼发黑，好像要晕过去了。但实际起作用的还是李艾——她站起来了，她在担心我。我的心里竟泛起了甜蜜。

“这样做是值得的。

“我完全不知道是如何爬到风筝面前并顺利地拿下它的。李艾很高兴，又开心地笑了。或许她只是为了拿回风筝而笑。但是管他呢？只要她又能笑起来。我只想快点把风筝拿给她，然后我们又能牵着手，一起放飞它了。”

他突然停下来，问大壮：“你有过什么刻骨铭心的痛吗？我指的是身体，只是身体。”

大壮想了想：“没有。”

他顿了顿，好像那种痛重新回到了他身上，面如蜡色。许久，他才缓缓开口：“我下来的时候，一脚踩空了。刚好有一根树杈，直直地插进这里。”他夸张地比画着，用手指了指自己的左眼。

“我感觉很痛，痛到说不出话，一直在地上打滚，左眼完全看不见了，像是被什么遮住了，而且血还在汩汩地冒着。我真的感觉快要死了，头很疼，眼皮不受控制地往下坠。我的手还拿着风筝，那个好看的蝴蝶风筝，但它已经脏了，蝴蝶半边翅膀被染成血色。我爬过去，想把风筝拿给她，那样她就能重新笑起来了。

“李艾看见我爬过去，哭得更大声了，然后……跑开了。”

老吴苦笑一声，低着头，像是在回忆着什么，不说话了。

大壮咳嗽一声，他才回过神，接着说。

“那以后，我的左眼就安上了这颗假眼珠。李艾的家人好像也挺自责的，对我也变得更加热情了，特别是李艾的母亲，总是笑着说我和李艾是天造地设的一对，我并不知道她只是开玩笑，我是认真的。成年人的世界我不知道，但是知道后一切又变得不一样了。

“那时我父亲和李艾的父亲是一个单位的。我父亲好像还是一个主管，是李艾父亲的上司。后来不知道是哪一天起，一切开始变了，近乎 180 度的转变。

“我去找李艾的时候，李艾的母亲——沈阿姨，不再像以前那样拿好吃的招待我了，连微笑都变得很勉强。我不知道原因，也没发觉这细微的变化。然后是李艾，李艾不知道受了什么刺激，像是在……躲我。以前放学的时候我们都是一起回家，后来变成沈阿姨接她回去，像是要避开我。我那时只觉得莫名其妙，我好像什么也没做错啊。

“后来才知道，原来错的不是我，错的是父亲，我的父亲。

“父亲工作上出了变故，下岗了。没了工作后，父亲一蹶不振，母亲不满，然后，他们离婚了。

“我判给了母亲，和母亲离开了那个大院。”

菜已经凉了，大壮看了下时间，已经很晚了。宁夏发来几条信息直催大壮回去，不知怎么，大壮却不想回复她，脑中闪了很多片断，然后索性关了手机。

“服务员！菜热一下！”

“父亲和母亲离婚后，我们的日子就变得很苦了。母亲在街口开了家早餐店，我每天早早就要起来帮忙卖早餐。父亲听说也不太顺利，后来做过几次生意，但都失败了。我选择回来，一是李艾怀孕了，二是父亲病了——毕竟他是我父亲——肝癌。”

“你可以啊，这么快就要当父亲了。”大壮打趣他，笑着笑着发现他脸色变得很难看。他嘴唇嚅动着，紧紧攥着酒杯，青筋鼓起。

“你还记得高中那个富二代吗？就是用遥控飞机向李艾告白的那个。”

“嗯，有点印象。”

“其实，我也是后来才知道，李艾……答应他了。”

“……”

“李艾确实是做了他的女朋友，但没有公布。之后他们一起去了上海。可笑的是，我也是跟到上海后才发现的。

“高考过后，母亲让我就在这儿随便上个学校，离家近些，复旦学费太高供不起。但我怎么可能甘心呢？我想用自己的力量，不再放开她。

“到了上海，我才发现很多事都不一样了，就算是和李艾一个大学，但我也不经常碰到她。她那么好看，那么多人追求她，我又算得了什么呢？”

老吴自嘲地笑了笑，又灌了一大口酒。他喝了很多，怕是已经醉了，说话断断续续。

“你说，你信命吗？”老吴直勾勾地看着大壮。

“……命？”

“命，命运。”

“不好说，信则有吧。”

老吴拿了两个杯子，倒来倒去，浊黄的啤酒翻滚着白色的泡沫。

“命运，就是你怎么想要努力抓，可是都差那么一点，又或是你怎么努力想要丢弃，却怎么也甩不开，它就像是在你身上缠了一根看不见的线，不断折磨你。命里有时终须有。人啊，就是差那么一点，才会觉得不忿，只有面对万丈鸿沟，才会平静。”

“你信命吗？”

“我信。

“我想，我和李艾，或许只是……只是我的……妄想吧。她不属于我，从前，现在，或者以后。

“但我想，我爱她。既然老天安排我们同一天出生，那么，守护她，陪她走完这漫长而又孤单的一生，是我的责任。

“就像这两杯酒，同样的酒，一个瓶子里的酒，再怎么融合，也还是会有气泡产生，最好的方法，就是喝掉它。”

“所以，你的故事是完了吗？”

“是非尽，缘道成空。”

老吴喝完最后一杯酒，拿起大衣，踉踉跄跄地走了。

大壮没有上前扶他，酒力上脑，或者说是心事，很重的一块石头，压在心上，喘不过气。命运么？呵呵，大壮打开手机，宁夏的电话排在第一个。大壮跟宁夏从高中到大学，到就业工作，到安然相依，到惭愧悔恨，这是一个过渡，也是岁月的沉淀。

“喂，宁……宁夏吗？我醉了，昔年路，长安饭店。等着我，我马上回家。”

四

大壮说他和老吴很像，像老吴一样爱着一个人，但又一点不像，大壮爱对了人，不像老吴是爱错了人。大壮像老吴一样去牺牲，但李艾不像宁夏一样去放弃。

开头不一定会有好的结尾，但有的一定是开头之后的之后。

老吴的故事完了，不是一个好的结尾，大壮的故事完了，不是一个好的开头。

或许正如此刻的他所说，走了这么久一直想找一个合适的地方结尾，可走了很久还是走回了开头。

现在我要说的是开头，呸！是大壮和宁夏。

自从大壮和宁夏离开之后的事又被我用锄头刨了一遍，他们之间就像被附上魔咒一般，合不来却也分不开。

宁夏特别不喜欢大壮的脾气、生活习惯、对人的态度，甚至是穿衣风格、饮食口味，所以就造成了两人现在这样的情况。

宁夏：“别跟着我！”

大壮：“你不回头看我你怎么知道我跟着你？”

宁夏：“你最好离我五米开外，我不想让人觉得我上学还要我爸陪着。”

大壮：“我又怎么了？不就是几天没换衣服吗？不就是穿得有些素吗？至于吗？”

宁夏转过身气愤地说：“你这是几天不换衣服吗？你是没换过衣服。你确定你只是穿得有些素？我跟你说吧，你穿的衣服我爸都不穿，你第一天进班，同学们都以为你是老师，还是快退休的那种，我真的不知道我是造的什么孽！”

大壮缓缓低下了头，泪水在眼眶里打转，小声说：“宁夏，你真的是这样想的吗？我在你眼中这么不堪吗？”

宁夏好像说错了什么的样子，用手轻轻拽着大壮的衣袖说：“没有啦！我只是开玩笑的，你别介意，你要相信你在我心中是很重要的。”

大壮低泣着说：“真的吗？”

宁夏：“当然！”

大壮猛地抬起了头，笑眯眯地拉着宁夏的手：“那快走吧！马上迟到了！”

宁夏：“我可真笨，在敌人手上输了这么多次还不长记性，况且还是同一招。”

大壮：“招不在新，管用就行。”

宁夏：“对哦！你不说我都忘了最后一个环节。”

大壮侧过头恐惧地看着宁夏，宁夏同样也侧过头微笑着看着大壮，两人在双目对视间，好像经过了很多年，好像经历着那些难忘的瞬间回忆……

就这样，几声痛彻心扉的惨叫在校园响起。

走到教室门外的老吴看着淡蓝的天际，摇了摇头，叹了一口气，转身进了教室。

上课了，大壮趴在课桌上一只手拿着书，另一只手放在老吴的腿上。

大壮："轻点轻点！别太用力，要死了你知不知道。"

老吴："宁夏也真是的，下手这么狠干吗，你看你身上每一天都是青一块紫一块的，昨天的还没好，今天又添了新的颜色，我看宁夏真的把你当'彩虹糖'了。"

大壮："你知道个啥？这说明她爱我，你不知道吗？俗话说得好，打是亲骂是爱。"

老吴："可我觉得她给你的，是更加透彻的一种爱。"

大壮："什么爱？"

老吴："母爱。"

大壮："为啥？"

老吴："这事儿，不是亲妈做不出来。"

大壮："那李艾对你也是一种母爱。"

老吴："李艾可不打我不骂我。"

大壮："我说的是后妈的爱，只有后妈才不管孩子的死活。"

"疼！疼！疼！你轻点！想要我的命啊！"大壮赶忙收回了手。

"谁让你嘴贱。"

"好，好，好，当我没说。"

每逢周末，应该是每个星期完美的收尾，我仅仅是说对于大部分学生，站在教学楼顶向下俯视，熙熙攘攘的人群中你总会在有意无意之间看见孩子们纯真的笑脸，在那些笑脸的映衬下远处横现半边天的火烧云显得格外地美，你看他们多好，结束疲乏之后的小憩，寻找着下一秒生活的惬意。你再看大壮多好，每个星期完美的收尾，正是他噩梦的开始，他站在教学楼顶，看着远方熙熙攘攘的人群，看着老吴在楼下挥舞着双手大声喊：“大壮！别想不开啊，不就是个做菜吗？有兄弟在，什么坎咱过不去啊，又不是第一次屈服了，再低一次头，再退一步，明天会更美好！”

“春哥，你别劝我了，你知道我这个人的脾气的，我不会向现实低头的，我是个不服输的人，在你看来这是个小事儿，可在我眼中关乎我的尊严，我爱宁夏，我真的很爱她，我可以为了她放弃一切，可我……可我最害怕的就是她想要的，我给不了，我能给的却又不是她想要拥有的……我知道这是歌词，但也是我心里最想说的话。你给宁夏带句话：下辈子如果我还记得你，我们死也要在一起。”

老吴身后的人群中走来了一个人，她缓缓抬起了头，棕色的长发迎着风飞扬，她的妆颜虽浓烈但也掩盖不住迷蝶般的美，刺骨的芳香不属于任何一种香料，那是来自神秘国度的味道，一种自然的味道，她像一个妩媚的天使俘获世间所有人的心，她是宁夏，一个不一般的女孩，这是大壮的原话，大壮说过爱上宁夏并不是因为她的长相而是因为她所附有的味道。这话我相信，因为当我见到宁夏时，我就知道这姑娘的气质和其他女生不一样，而且大不一样。所以说……

宁夏：“你到底死不死？每到周末，你就给老子演一出《蓝色生死恋》，你无不无聊？还有，你别拿我当一个幼儿园小女孩糊弄好不好？你能不能长点心，你用的台词全是歌词。还有，你能不能找一个质量高一点的演员？你这个姓吴的好兄弟，一边劝你还一边嗑瓜子，能不能敬业一点？你身为一个南方的男人，一个从小生长在云贵川的男人，你能不能别尿？就因为不能吃辣，就要寻死觅活？当初是谁向我保证要把世界上最美味的食物带到我的生活里，又是谁说要先拴住我的胃，又是谁说要陪我'辣'一辈子？"

大壮："我！是我！都是我！可你知不知道……"

老吴在边上嗑瓜子，边嗑边说："大壮上课跟我说过，他对任何一个女孩都这样说。"

大壮："你他妈能不能闭嘴，你这个猪队友！"

大壮："宁夏，你知不知道，我什么都能放弃，甚至是为你放弃生命，可你知道的，我宁可死也不吃辣椒，那比要我的命还痛苦。"

宁夏："那你就不能做一些带辣的，做一些不带辣的？"

大壮："当然不行！我连看到'老干妈'都胸闷喘不上气，更别说你喜欢吃的'可爱小剁椒'，我怕我会直接休克。"

宁夏："那意思是你不愿意妥协喽？"

大壮："誓死保胃！"

"那就分手！"

结果往往在人意料之中，大壮又换上了三级口罩、三级手套、三级围裙、三级墨镜、三级铁铲，口中默念着：大吉大利，今晚吃鸡。

一场世纪生死之战正式拉开了序幕……

日子就这样一天一天过去，荒诞的事也在一天一天发生，青春也在一天一天逝去，在雷同中无比单纯的生活也在一天一天忘记。

“合不来分不开”，本就是一种感情的阶段，在这个阶段中我们彼此坚持着自己的立场，用我们以为最重要的尊严去触碰着另一个人的情感，后来你会渐渐地发现，你所谓的诸多不适合在慢慢地相融，棱角也在一点一点地圆润，这时你会发现你真正地爱上了一个人，并且想与其度过余生。

爱情无非也是如此，世上哪来那么多天生绝配，哪里有那么多月老牵的好姻缘，不过是遇上了，爱上了，放弃了，两个“棱角”之间，有一方收起，有一方放下罢了。当那个人出现在你眼前时，你的原则，你的习惯，甚至你的尊严都不再那么重要，她会成为你的例外，而后成为你的原则，成为你的习惯，成为你的尊严，最后成为你的世界。

每当有人被幸福的糖果所包围，想着就这样静静过一辈子该多好，打住！绝不能有这样的想法，这个妄念在思想中孕育并且产卵，然后在不久之后将会崩塌。死神的镰刀可不想让每个人都这样安安稳稳地过一辈子。幸福、快乐、成功、获得……都需要付出代价。波折暗藏在无常中，永生永世，将属于他们的最后一丝美好，撕碎殆尽。

五

“王医生！王医生！你过来看看，9号床的病人好像快不行了！”走廊的尽头一名护士奔跑着冲进了值班医生办公室，办公室里的医生急忙放下了手中的报纸，随着护士往9号病床赶去。

医生已经顾不得其他的了，快速跑到病床跟前，对着护士说：“心脏起搏器、呼吸机、除颤仪……准备。”医生看着眼前的心电监护仪，知道病人已经抢救不了了，但救人是医生的职责，必须要尽到全力，就算无济于事也必须得试试。

医生本就是一个见惯生死的职业，魂魄的来去、轮回、生命的短暂在他们眼中早就不是新鲜事儿了。

可他本不想做医生，确切地来说是很讨厌医生这个职业。父辈、兄辈都是医生，从小家里人也都希望他长大后能成为一名医生，可也就是因为医生这个职业，让他失去了他本该拥有的东西，所以他发誓无论如何都不会从事有关工作，永远。可生活往往就是这样，你越怕什么就越来什么，你越想躲避什么越会遇见什么，或许这就是命运，也是宿命。

医生的父亲也是医生，卖假药被抓，判了无期。

医生的哥哥也是医生，手术失误被病人家属打伤。

医生的母亲不是医生，吃了“江湖术士”乱开的中药差点丧命。

医生很恨医生，医生不想成为医生，医生生病从不吃药。

医生没有一个温暖的童年，医生从小懂得怎样变得坚硬。

医生很讨厌辣椒，医生喜欢吃辣条，医生喜欢吃没有辣椒的辣条。

医生曾认认真真地爱上了一个姑娘，医生曾答应过朋友无论任何时候都会赶到朋友身边。

医生没有在静静的幸福中生活，医生最终还是做了医生。

医生为了一个姑娘放弃了一切，医生叫大壮而姑娘叫宁夏。

大壮和宁夏算一个好的开头吗？我不知道。大壮和宁夏有一个好的结尾吗？我也不知道。大壮对我说："有些人猜中了开头可猜不中结尾，有些人猜中了结尾却想要一个美好的开头。而我呢？既猜不中开头，也找不到结尾在哪，如果真的想要一个完整的段落，下辈子吧。"

高中毕业之后的旅行,是青春的句号,也是下一场青春的过渡。

老吴、李艾、大壮、宁夏，高中最要好的四个人决定在高考之后来一场说走就走的旅行，这最压抑最无奈最苦不堪言的高中生涯结束了，这四个人大喊大叫着从学校飞奔了出来，书本被撕成碎片了，丢在了那个曾经的教室里。

他们想去云南，而且是自驾，宁夏说："跟旅行团也叫旅行？旅行就是去一个别人看久了的地方看看，而且最重要的一定是要自由，想去哪去哪，不受限制，这样的旅行才有意义。"

大壮肯定不用说，宁夏说什么是什么，李艾肯定不用说，好姐妹说什么是什么，老吴肯定想说，因为他刚得驾照技术不怎么好，怕开长途出问题，但说了也没用，李艾说什么是什么。就这样，大家达成了共识，顺利地找了两辆“山地越野”的高配夏利，开始了“在路上”的快乐时光。

开头的两天真是无比惬意和开心，说好的去云南却离甘肃越来越近。

大壮：“春哥，你还说你带路，你都带我们往哪走了？”

李艾：“就是啊，你不是说你去过的吗？”

老吴不好意思地挠了挠头：“很多年前了，有些记不清也是正常的。”

“往反方向走是正常的？我还纳闷呢，据我所知，这一路应该是青山绿水越来越多才对啊，怎么感觉越来越荒凉。”

老吴：“宁夏不是说了吗？目的不是最重要的，最重要的是一路走来的过程。”

大壮：“那还接着往下走吗？”

老吴：“当然！都到这了，还想回去不成？”

“那就走吧。”刚说完，大壮就一脚油门冲了出去，头探出车窗，对着身后蒙了的老吴说，“咱比比怎么样？”

老吴在身后喊着：“臭小子，比比就比比，我吴春啥时候输过？”

他也发动了车追了上来。

老吴刚得驾照谁都不知道，他自称是班里开车时间最长、技术最好的，大壮知道他是吹牛的，可李艾当时在他旁边，大壮没揭穿他。前几个月，大壮对老吴说过：

“你知不知道，咱们几个说好了毕业之后出去旅行。”

“我知道啊！”

“那你知不知道，以宁夏的习惯，一定会选择自驾游。”

“那又怎么样？”

“那你觉得李艾是听你的还是听宁夏的？”

“那还用说，当然……当然是我啦。”

“难道是谁，你心里没有一点那什么数吗？”

“就算是去自驾游那又怎么样？”

“这个问题问得好！那你还记得你在李艾面前怎么说的吗？”

“你会开车不就得了。”

“那你觉得以李艾的性格，会只用一辆车吗？”

“那怎么办？”

“还能怎么办？去考呗，又不是没成年，你都合法进网吧三年的人了，还跟我装嫩呢？”

“呜呜呜……你捂着我嘴干吗？”

“你他妈，非得把老子的秘密全公布于天下你才开心是吧？”

“不是，我是叫你快去考驾照。”

“好好好！我知道了。”

就这样才有老吴“小宇宙爆发”，用连他都不敢想的速度追上了大壮的这一幕。

哇！看着从身边驶过的他，大壮此时此刻终于知道了李艾的作用有多大。

可正当这时前方的货车突然变道真的打了他们一个措手不及，这样的距离，一般情况下应该是可以刹住车的，但或许前方的货车司机并不知道跟在他后方的小车司机是新手。

嘭！一声巨响。小车撞上了前面的货车，大壮急忙踩死刹车，但因为速度过快完全刹不住，大壮怕撞上老吴的车，给他们带来二次伤害，如果真的撞上去了，以这样的速度，他们车里的人命都保不住。

大壮大脑已经运转不过来了，心里想的只是一定不要撞上去。大壮向左打着方向盘，冲出了公路，之后的记忆一片空白。

六

当朝阳从地平线升起的时候，大壮才从黑暗之中缓缓脱离。这是事发后的第二天。大壮很渴，嘴唇干裂发白，从昏迷到现在一滴水都没有沾过。明天就有人会发现他们了，宁夏应该没事，她应该被送到医院了。他安慰着自己，于是又闭上眼睛。只有睡着了才不会感到那么饿，那么渴，生命才不会逝去得那么快，才能回到宁夏身边，他知道只有扛过了，才会有后半生幸福的生活，这才是开头，不能让它结束得太快，他想在黑暗中快一点睡着，可是哪有那么容易就能睡着，饥饿感在疯狂撕裂着他的身体。此时太阳露出了半个头，光线一点一点洒出来。好久没看过太阳出来了呢。他想起以前的时候，和我、铁蛋在一起，天还没亮就爬上山顶等太阳出来。我性子急，总是起得最早，然后把他们俩从睡梦中揪出来。上山的路上有一处潭水，清凉甘甜。爬山的时候我们停下来喝一口，仿佛所有的疲劳都消解了。大壮不自觉地咽了咽口水，口中干燥的感觉似乎减轻了一点。

太阳已经完全露出，光芒万丈，大地也染上了它的金辉。很多人喜欢不辞劳苦爬上山顶看日出，美是其次，更重要的是那种意境。从黑暗慢慢经历蜕变到光明，犹如经历生和死。

他觉得他要死了。

大壮从来没想过，渐渐与自己的身体失去联系是什么感觉。他在电视上看那些中枪倒地的人死去的特写镜头时，总觉得演员的演技不够到位。他从小就觉得自己有一种超能力，总感觉自己有异于常人的生命力，即使是想象子弹穿过自己的身体，或是从高楼上跳下来，他都不会那么脆弱地闭上眼睛，甚至还能站起来活蹦乱跳。当然他也不可能蠢到去尝试，但他就是有一种古怪的思想：人哪有那么容易就能死掉啊，世界缺了我真的可以吗？他现在很清楚地意识到当初拥有“主角光环”是多么稚嫩可笑的一个想法。其实他也知道生命的脆弱，他遗传父辈的脾性，惧怕生命或是美好的流逝，应该就是因为这样的特质，他们生命脉络的繁衍中，也同样包含着职业，那个被人称作“白衣天使”的职业。

但他觉得他要死了。

已是正午，骄阳正烧得火热，刺目的阳光透过浑浊不清的玻璃射在他脸上，细小的血管在强烈的阳光下晶莹剔透。不算长的细青胡茬正坚挺地立着，头发上分不清是草屑还是泥巴，蓬乱地卷成一把干草。此时大壮的情况，或许快到生命的边缘了，意识已经逐渐不清晰。现在他只有一个想法，活下去。

迷迷糊糊中大壮听到有人叫他，是个女人，很轻地喊："大壮，大壮。"从没有一个女人会那样叫他，除了妈妈和宁夏，但妈妈的声音没那般清脆好听。那个声音对他来说简直是太熟悉了，他永远不会忘记陪伴自己这些年的那个姑娘。

他努力睁开眼，光线并不是很强烈，还有种熟悉的温暖。映入眼帘的是一片绿。全都是绿色的，就连天空也是绿的。他的头炸裂般疼，仿佛有什么东西要从里边蹦出来，但是过一会又不疼了。当他又听到"大壮，大壮"的时候，他发现身旁尽是拂面而过的微风，他睁开眼，发现自己到了一个新的地方。

他开始打量他所处的这个地方，但突然他惊恐地发现，他什么也看不清了，就好像眼睛被什么东西遮住了一样，一片模糊。他疯狂地揉着双眼，试图把眼前的屏障抹去，却没有任何作用。那种模糊感在他心里引起异样的恐慌——眼睛是坏了么？

眼睛看不到，他只有用手胡乱地摸，传入手掌的是一片柔软还有丝丝清凉。这里应该是一片草地，长着齐腰高的嫩青草。他乐得笑起来，这里应该是小时候父母经常带他去的那片草地，那时候还有哥哥。在他记忆的最深处藏着的是那被柔软包裹着的浓浓的亲情。一家人唯一的合照就是在那片草地上诞生的。

妈妈曾经对他说过，人死后是会上天堂的，所以他现在……是在天堂么?

“大壮，大壮……”那个声音又从远处轻轻传来，大壮往远处看了看，却没有找到声音的来源。他相信那是在叫他，因为从那声音里他听到了某种……呼唤。

“你是谁？是你在叫我吗？”大壮对着天空大喊，却没有任何人回答他。倒是那个声音叫得越来越频繁，声音越来越近，最后好像在他耳边轻轻唤他：“大壮……大壮……”

他眼前出现了一道光影，他朝着那道光影飞奔而去，但无论他怎么跑，那道光影依旧站在他面前，触摸不到。他想努力记住那容颜，但眼里仍是一片模糊。大壮发出不甘的吼声。

迷迷糊糊中一阵疼痛把他拉回到了现实。

“你瞎号什么！”

大壮缓缓睁开了眼睛，一阵刺鼻的消毒水味，让他莫名地开心，以前这是他最讨厌的味道，可现在他却毫不排斥，因为至少他知道，他活了下来。

视线变得清晰，老吴和李艾，站在病床旁。

“你终于醒了！你可让我们担心死了！”李艾开口说话了。

“你刚才瞎叫唤什么，梦见被熊瞎子追啦？”此时老吴手缠着绷带，微笑着看着大壮。

“我怎么到这的？”大壮问道。

“能怎么到的？被抬到这的呗，难道你以为你是飞过来的啊？”

“谁发现了我？”

“你这不废话吗？当然是警察啊，还有，你命可真大，送你到医院的时候，医生都说无生命迹象了，只能尝试着尽力了，可奇迹的是你居然被救活了。”

大壮花了很长的时间才意识清醒，他猛地坐了起来，老吴被他突如其来的动作吓了一跳：“你干吗！”

“宁夏呢？她在哪？我怎么都没见到她！”

老吴想说话，却被李艾拉了一下，欲言又止。

“你快说啊！”

“我可说了，但你要答应我，无论发生了什么，你好好面对。”

一种不祥的预感呈现在大壮的脑海中，他看向老吴，点了点头。

在宁夏的病床边，站着四个人，大壮、老吴、李艾，还有正在抱着宁夏痛哭的她憔悴的母亲。

惨淡的光在宁夏毫无波澜的眼里出现，那双眼睛呆滞得可怕，仿佛还在回忆上一秒钟的痛觉。周围很吵，孩子的哭声，楼下几个中年男子胡侃发出的大笑，以及母亲的痛哭声，在宁夏耳边萦绕着。

大壮站在病床边看着宁夏，一瞬间失神，分不清这是哪，眼前的女孩是谁，脑子就好像完全空了，什么也没有。

曾经那个活泼俏皮的宁夏或许消失了，一个富有生机的灵魂离开了躯体，只剩下一副皮囊。

毫无疑问，这场惨剧最大的受害者是宁夏以及她那一夜白发的母亲，老吴的车只是追了尾，他手骨折了，李艾轻微擦伤。

我的车滚下了山崖，我被摔到几十米外的洞里，而我最爱的姑娘躺在另一边的石块上。

我从鬼门关挣脱出来，一路上没有看到她，可她也没有醒来，安安静静躺在白色病床上，不吵不闹，没有和我斗嘴。

你怎么就不起来说说我呢？

是我开车不小心才弄成这样的啊，你起来骂我啊。

你起来啊，你醒过来啊。

那些惨淡的语言变得越发无力，我越发分不清世界的实与虚，真和假。

原先以为世间所有事情的发生、经过、结束，都有所谓的因果循环，有因的部分必定有果的部分，除黑之外为白，不对便是错，不真就是假，不爱就为恨。人们总是拼尽一切把规则与制度厘清，可到头来依然夹杂在混沌中，立场难以自圆其说，都是潜意识里的画地为牢。

大壮在此时此刻应该明白自身的规则与立场不是自己，而是宁夏，他想为宁夏做些什么，可他也在想自己能做些什么，为他人，为自己，为想要守护的那些人。

他真的没有想过曾经的“自己”，成为了现在的王医生。

成为了一个从死神手中抢过他人生命的盗贼。

……

时间一直一直在推移着……

老吴喝完最后一杯酒，拿起大衣，踉踉跄跄地走了。

大壮没有上前扶他，酒力上脑，或者说是心事，很重的一块石头，压在心上，喘不过气。命运么？呵呵，大壮打开手机，宁夏的电话排在第一个。大壮跟宁夏从高中到大学，到就业工作，到安然相依，到惭愧悔恨，这是一个过渡，也是岁月的沉淀。

“喂，宁……宁夏吗？我醉了，昔年路，长安饭店。等着我，我马上回家。”

这是大壮每天都记得的事儿，对于他来说也是很重要的事，虽然他知道电话那头是一阵寂静的忙音，可他在一天二十四小时中，唯独这三秒感情是有变化的，在无尽的黑暗之中静止，然后电光划破长空，这也是大壮心灵的蜕变。宁夏还是老样子，醒过来了，却拖着植物的身躯，头部以下不能动弹，生活全靠她的母亲和大壮照顾。大壮说她像一棵树，只会呼吸，只会看着头顶的天花板，只会呼吸着看头顶的天花板，然后慢慢等着日夜交替，年复一年。

七

沉于人世，开始一条苦难或幸运的路，我们必定会停下来，给自己一个认知，我们走到了哪？还要走多远？终点在哪？这些必定是人类作为一个特定的单位所需承认或去构想的事。

一步步往终点走，有些人在原地不动等时间流逝，有些人在起点瞭望着所有赶路的人，而有这么一些人，走了很久又走回了开头，我想他应该就是这样的人。

其实很多时候希望我所记录的是记忆中最美好的一面，总是想不要让生活充满忧伤，所以我尽量偏离主题，尽量去绕过那些伤痕，可有些时候，你最需要骗的不是别人而是自己。

毫无疑问，这场惨剧最大的受害者是宁夏以及大壮所有的亲人，老吴追了尾，手骨折了，李艾没什么大事只是擦伤，当我和铁蛋赶到的时候，只看见白色的长布……

大壮的车滚下山崖,人被弹到了十米外,而宁夏绑住了安全带,也绑住了她的命。

大壮并没有从鬼门关走出来，颅内出血，抢救无效。

一切的故事剧情，我想尽了一切方式去篡改，可就算能让故事自圆其说，最终骗的还是自己，我希望，大壮的一生，别太快走到开头，我已经为他写好了终点……

2015.12.24 夜　铁蛋的生日

偌大的 KTV 包房只有我和铁蛋两个人在唱歌，没有大壮。

2015.12.24　铁蛋的生日

没有大壮，是我和铁蛋开车去的。

我走到一座墓碑前，放上了没有辣椒的辣条，墓碑上是那个人亲切的脸。

几年之后，与老吴相见的不是大壮，而是正在听其述说全部故事的我。

经历他的路程、所有经过，并且把这一切用最好的方式记录，作为我，他最好的兄弟，能做的事，仅仅如此。

此刻的我恍若是他，我在夜晚听他说着这一切，好像他就在我的身边。

如今已经过去很多年了，每当我难过，惆怅，想要放弃一切的时候，我便会在哭泣中大喊他的名字，只有这样内心才会如清风吹进，如河水荡起一道道涟漪，如阳光洒满大地，如他站在我的身旁，对我说：“好了好了，不哭不哭！哭鼻子都不是乖孩子，一切都会好的，阿猪，一切都会好的！”也就这样我承受下了许多人生中的闪电与惊雷，骤雨与暴雪，清风与雾霜，明昼与黑夜，虽然我知道他不会出现，或许是不能再出现……

我仍时常想起他，想起他那句“我会像超人飞到你身边”。“阿猪，阿猪！”我转过身，他终从流光里匆匆赶来。

我们又一起走回了开头。

画梦

给我一支笔，我能为你画下一抹嫣红，让黯然失色的世界布满曙光，那消失不见的黄昏再次复苏于你的眼前，模糊死寂的枯木又会变为墨绿，干涸龟裂的土地开始萌发绿荫，溪流缓慢流过，清晰可见几尾鱼游入你的脑海，一切将重获新生。

你不必惊奇，我并不是造物主，只是一位织梦人。

为你编织你心中的一场场美梦。

我无法确定我下面所说的故事是否真实发生过，事情时隔已久，况且是在我所记认不清的童年，但时至今日，那一幕幕的光景会在某个特定的时刻进入我的梦境，梦里的人与物是那么真实而栩栩如生，恍如昨日经历般熟悉。

我是一个爱做美梦的人，所以无论这个故事是真是假，或梦或实，我都愿意向你们诉说这一段过往，毕竟它是美好的。

假若现如今有一位童年的玩伴对我说："没那事，你做梦的吧！"我定感慨这场梦的疲乏，因为在梦与现实之间我徘徊了五年。

五年后的今天我坐在喧闹的高三教室，正在奋笔疾书地写下关于你的那段回忆，而此刻的你，又在哪为他人画下美梦呢，老二？

我笃定这辈子很难再遇到像老二这样的人了，也再难有一段如此难忘的经历了。

每当有人问我“你的童年是什么样的？”，我都会侃侃谈起除了那些大同小异之外的人与事。

“真的？”别人都会睁大眼睛惊奇地看着我。

“难道还有假？”

“比起你的童年我的就显得太单调了。

“那么你们是怎么认识的啊？”

“怎么认识的？”在我和他朝夕相处的最初的日子里，每一天都无比雷同，而在那些乏味的雷同中，却饱含单纯的魅力，于是我开始回忆，很久很久以前的时光……

在大院生活的那段时光是描绘我童年生活最欢乐的光影。

“捉迷藏要开始了！集合！”

就在这一瞬间，只要家里有小孩的，木门都会大大敞开，然后从里面蹦出一个个嘴上泛着油光的孩子，他们一边用衣袖擦掉嘴角的油渍，一边大喊着奔来：“等等我！”

在这一排整饬而林立的“杂牌军”中，有高有矮，有胖有瘦，有白有黑，有拖着长长的鼻涕的，有头发五颜六色的，年龄从十岁到十六七岁不等，可现在他们都有着同一个想法：待会儿该往哪躲?

大壮：“要是我猜拳输了怎么办？”

我："还能怎么办，输了就去找人呗。"

大壮："如果我输了，第一个肯定去找你。"

我："你确定你敢来找我？"

大壮："你说呢？"

我："哦，忘了，你可能还真敢。"

……

小树："那胖子去哪了？"

大壮："还能去哪？"

小树："唉！你说为什么每次点子最臭的都是我俩？"

大壮："谁知道呢？走吧，去阁楼。"

而此刻我静静地坐在阁楼台阶上无比地悠闲自得。

我就不信他们敢上来，就算敢上来，现在天这么黑，谁又能猜到我竟然在伸手不见五指的顶楼？好，就算他们真的到了顶楼，我就不信他们敢推开这一扇扇废旧的门来找我，等到时间到了，我就出去，哈哈，天注定你们是找不到我的。正当我安然自若地想着，从楼下传来了脚步声。

"哼！这两个脑残还真敢来？我倒是要看看你们找不找得到我。"我自顾自地说着。

气息声渐弱，蹑手蹑脚地走到走廊转角，蜷缩在那一动不动，但听到渐渐清晰的声响，心中还是紧绷着一根弦，细细的汗珠从额头以及鬓角流出。一股腐旧败坏的气味从阁楼的每一个角落散发开来，熏得我睁不开眼，我强忍着这刺鼻的气息的侵袭，捂住口鼻细细地喘着气。

小树："你那边有吗？"

大壮："没有，你那边呢？"

小树："也没有，这胖子到底躲哪里了呢？"

大壮："不急，慢慢找，我猜他现在正躲在哪个角落窃喜呢。"

我抖动着满身的肥肉，"嘻嘻"地笑出来。

楼下传来了房门一间间被推开或是用脚踹开的声响，我慢慢抖动着屁股，一点点地往后移，因为体形过于健硕，重心不稳，一屁股坐到了地上，谁知道如此碰巧地坐在了一块长着角的"可爱"石头上……

"啊——"我赶紧捂住了嘴，喉咙里传出了痛苦的呻吟，眼泪止不住地往外流，像喷发而出的火山岩浆一发不可收拾。

"你听到有什么声响吗？"小树问。

"听到了，上面。"

两人快速地冲到了顶楼，四处寻觅着我的身影。我从阵痛中一下子清醒，缓缓地站起身，尽量不发出任何一点声响，我慢慢地向后退，被逼到一个仅有两人身宽的死角。

我发现在我身后不足五米的地方有一扇半敞开的木门，我摸索着走了进去。

我猛地一个趔趄，差点没跌倒。这一间房与这一层，或许是这一栋楼的房间一点不一样，除了略有潮湿、发霉的陈旧以外，家里的东西，沙发，老式电视，大摆钟……应有尽有。我在屋里来来回回探索，东看西瞧，像发现新大陆一样。

刚走两步我停止了脚步，脑中无意识闪过多年前有一日我与阿熊的对话。

我："这楼太旧了，上面有人住吗？"

阿熊："当然没有啊，这栋楼是大院里最早的了，老爸说他们小时候就有来着。"

我："那里面的住户呢？"

阿熊："早就搬走了，我以前来过这里一次，里面已经废弃了，没有一家住户了，而且也很少有人来这里，因为院里的大人或是小孩都说里面'不干净'，曾经有人跳楼，死了。从那以后大家都心照不宣地不来了。"

我："那我怎么不知道呢？"

阿熊："死人的那一年，我们才两三岁，你当然不知道了，你要是不信回家问问你妈妈去。还有，以后少来这，听他们说这楼的最顶层的房间里有一些奇怪的画，是画在墙上的，更可怕的是，那人当年就是从那间房跳下来的，而且还有人看到，一个惨白的男孩在那些破旧的房间墙壁上画啊画，画啊画，笔敲击着墙面的声响——咚——咚——，记得晚上别去。"

一连串的摩擦声传来，使我头皮发麻，大脑一片空白，心跳似有似无，双腿打战得厉害，完全不听使唤，我本想转身离开，可不知为何，竟向发出声响的房间走去，如黑暗尽头一阵阵充满魅力的呼唤：“来吧！往这里！这里可美了！”就这样我一步步地向里走去，凄冷暗淡的月光照射下，我看见我的四周是一幅幅风格迥异的壁画，它们色彩鲜明，一幅又一幅排列在墙面上，多数画作内容是温馨的，画面上呈现出三个人，一男一女和一个孩子，应该是一个家庭，在白白的云、红红的太阳、漫天飞舞的小鸟、浓密的草地和鲜艳绽放的花朵的衬托下，可以看见他们是幸福的……可壁画到后面仿佛隐隐约约透露出一种浸骨的凄惨，从三个人渐渐变成了两个人，两个人渐渐变成了一个人，最后剩下的那个人，就是那个孩子。

当我看到最后一幅画时，我震惊了，画面上的孩子一个人站在高楼上，带着微笑，好似要跳下去，我急忙看向下一幅画。

一张苍白的脸突然出现在我面前，他呆呆地看着我，然后咧开嘴大笑着！

“啊！有鬼啊！”

我从房间里连滚带爬地冲了出来，与大壮撞了一个满怀。

大壮：“哈哈！我抓到你了。”

小树：“你胆儿真大啊，这都敢藏。”

我：“有……有……”

大壮：“有够厉害对吧！”

小树：“要是我一个人还真不敢来，现在好了，终于抓住你了。”

我：“不是，是有……”

大壮：“有什么？”

小树：“嗯？”

我：“有……”

大壮：“他怎么了？”

小树：“晕了。”

迷迷糊糊中我睁开了眼，整个世界好似完全扭曲，蓦地，才渐渐恢复。我环顾着周围一片死寂与黑暗，月光微微从外面透进，幽寂的蝉鸣与时而响起的犬吠、寂寥冷清的午夜是属于小城的特征，我摸索着打开床头的灯，昏暗的灯光下我脑海中再次闪现刚才所经历的一切，心中的恐惧不由得遍布全身，可一种年少的无比好奇战胜了我的恐惧，好奇心促使我想要天亮之后便去一探究竟。就这样，昏黄的灯光一直伴我到天明。

清晨的第一缕阳光伴着公鸡的打鸣声压垮了我沉重的眼皮。再次醒来的时候，太阳已经升在高空。

所有的山岳、森林、乡村、大院、溪流……在阳光下一片安宁与祥和。站在窗前向前看去，远处的那栋楼看起来如此渺小，可无限的阴森与冷冽还是跳动在它的四周，上空仿佛集聚着层层叠叠流沙般的乌云，凭借本身的力量肆意展开。我希望待会儿的结果是自己期待的结局。

大抵午时，阳光最充裕最温暖的时候，也是人们常说阳气最强的时候，我走出了家门，横穿过大院，来到了这栋阳光触不到的旧楼前，走近后发现早有一道身影在这等待着。

我：“你怎么来了？”

大壮：“我就猜到你会来。”

我：“这你都能猜到。”

大壮：“昨天你吓得半死，是我和小树把你扶回家的，后来我听小树说，才知道顶楼的故事……”

我：“我不相信自己的眼睛，所以我要来求证。”

大壮：“那走吧。”

凄清而富有年代感的旧楼还是一如既往地弥漫陈旧腐败的气味，扶梯的铁框上因无人打扫而落了厚厚的灰尘，楼梯间的墙壁已经裂开，脱落下大块大块的墙皮，蜘蛛网挤满肉眼所看到的每个角落。这旧楼的内部结构此时我才大概看清，以前总是急匆匆地从它身旁路过，并没有发现它破旧得如此厉害。

我们一步步慢慢向上走着，无端吹来的阴风使我停下了脚步。

“怎么了？”大壮有些疑惑。

“要不……咱……别去了吧。”我怯怯地说。

“大白天的你怕啥？昨晚你一个人独自跑上顶楼，那时候你可不是这样啊，现在却敲起了退堂鼓？”

“不是的……这不一样……”我越说声音越小。

“有啥不一样的，昨晚的是你，今天的就不是你了？别担心，有我在。天塌下来，有我这个个子高的顶着。”大壮用手拍了拍我的肩。

我看着他，他对我点了点头，我朝他有些僵硬地笑道：“那……

你走慢点。”

大壮与我并肩走，说：“其实啊，没有什么东西是战无不胜的，只是人的心理在作怪，你越怕，恐惧感也就越强。拿我来说吧，像我什么都不怕，也就没什么恐惧，所以你们总问我躲在坟头旁怕不怕。当然不怕！因为我不相信，所以不怕，你们不敢来找我，是因为你们相信，你们潜意识已经在告诉你们有，所以你们怕了，这就是人心的弱点，也是人心在作怪。只要你能克服这些，以后也没什么能让你恐惧的了。”

他站在我身旁老气横秋地说着。

“哎，你别这样和我说话，听起来怎么这么像我爸嘴里说的。”

“因为啊，我也老了。”他摸了摸一根毛没长的下巴，呵呵地笑道。

就这样我们聊着聊着走到了顶楼。刚走两步我嗅到了一股从空气中飘散的怪异，一缕缕潮湿夹杂着饭菜的香味，钻进我的鼻子。

“大壮，你怎么看？”

“我只想起我还没吃饭。”

“你太肤浅了，根本看不到内在的东西。”我无奈地摇了摇头。

“内在的东西吗？你是说……”他好像察觉了什么，谨慎地说道。

“对！这味道分明是——青椒辣子鸡，油炒青菜，尖椒炒菠菜，还有郭老四家的豆腐，应该是用来下火锅的。”

“哇！厉害，这你都闻得出来。不对！我说你说的内在的东西到底是什么啊？”

“听我说完，郭老四家的豆腐是酸水点的豆腐，全县城唯一一家，还有，青菜和菠菜炒出来的气味是不一样的，他很巧妙地用了气味较重的尖椒来掩盖，可是，偏偏选错人，这样小儿科的东西是逃不过我的鼻子的，哈哈！”

“哦！”大壮好像恍然大悟般点着头。

“你打我干吗？”我气愤地说道。

“这就是你想说的？请问意义何在？”

“这还不能够说明问题？”

“什么问题？”

“说明住在这里的是人，不是鬼。”

一群乌鸦从大壮头顶飞过……

我们慢慢走近昨天我进入的那扇木门。

木门掩着，我抓住已经锈迹斑斑的门把手，慢慢地拉开了木门，里屋的摆设和我昨晚所见的没有太多不同，只是昨晚唯一没注意到的便是散落在地面的画纸还有画笔。

“昨天你是在哪里见到的？”大壮问道

我想了想，然后用手指了指：“里面。”

我见到了昨晚的壁画，一幅幅幸福中透露着凄凉的画再次呈现在我眼前，当我走到这最后一幅画前，我又停下了脚步，按照昨日的剧情来发展，我会在五秒钟后看到那凄冷惨白的笑容，我深呼一口气，朝右边缓缓转过了头——

“啊！”

“嘘……小声点，你瞎叫唤什么？”我厉声问道。

“你踩到我脚了！”

“哦哦哦！对不起。”我讪讪道。

想象中的画面并没有如期而至，在这最后一幅画的右边是一扇紧闭着的门。

我试图用手推，木门纹丝不动，应该是锁死了。

“要不咱俩回去吧，我就知道这里有人住。”我对大壮说。

“大壮，我问你话呢。”身后依然死寂。

我转过了身，空无一人，我朝屋里试探着喊着。

“大壮！大壮！你哪去了？你在哪啊？不要开这种玩笑……你再不出来我就走了啊……好吧，我走了。”我再次从屋里奔了出来。

连滚带爬地跑了出来，跑到了大院，我才气喘吁吁地停下。

我慌乱地观望着四周，在一个不起眼的角落，看到一根早已被雨水腐蚀得生锈的铁棒，我走到墙角把它拾起，在手里掂了掂，又回到那废旧的楼。当我踏上第一级台阶时，我又把抬上去的腿缩了回来，昨日的恐惧又开始侵蚀我的内心，我始终不敢再往前走，就这样在楼下从白天等到黑夜。

翌日清晨，我双眼中布满蛛网状血丝，看起来极其狼狈，整夜未眠，我从未发现大壮在我心中是如此重要，昨夜在困乏之时，只要一闭上双眼，在黑暗中潜意识里总会出现他的模样，无奈我又缓缓睁开双眼，眼前依旧是一片昏暗。时间就在这一张一合间刹那而过。

天初明时，我便从床上跳了下来，一下子钻到床底把大纸盒搬了出来。里面搁置着这些年来收集的兵器，棒（塑料的），大砍刀（木的），AK-47玩具枪（卡壳了），我把能拿的全部拿上，腰间挂着刀，左手拿着棒，右手拿着枪，穿上厚厚的棉衣，把老爸以前骑摩托的安全头盔戴在头上，把老妈给我我却舍不得穿的暴走鞋也穿上。风风火火地走了十来分钟，终于走到了楼下。

而此时我幼稚肥胖的小脸上有着大小不一的瘀青，手腕与脚踝被沙石划破了皮，正由里向外溢出鲜血，这真是名副其实的暴走鞋，一走就停不下来，不到两百米的路，我竟然四脚朝天了三次，狗吃屎两次，猛龙过江一次，费尽千辛万苦终于爬到了这。

我小心翼翼地扶着扶手爬上了楼，暗红色的铁锈散发浓重的岁月之气，沾满我的双手，真的发现有时只顾着身体的伤痛和专心地行走，会使你忘却心里一直弥漫的恐惧。

我双手拿着枪，刀和棒早就在我不经意间不知去向了，我再次朝木门走去，可不知为何，这次木门竟然是紧锁着的，里面传出了流水的声响。

我试探性地敲了敲门。“咚咚咚！”没反应，我又用力敲了敲门：“你出来！我不怕你！你快把大壮交出来！”

“来了来了！瞎嚷嚷什么？”从里屋传来了逐渐清晰的脚步声。

只见门慢慢打开了一角，我利用暴走鞋的飞奔模式，在门外做着“雏鹰起飞”的预备动作，犀利的眼神，高昂的巨头，奋力一跃，停在半空，时间仿佛在此刻凝固，在下一秒，我堆满横肉的双腿结结实实地踢在了门上。

只听“砰”的一声，破旧的木门已经敞开。“大壮！大壮！我来救你了！”

“大壮！你听见了吗？听见就答应一声，没听见我明天再来问问。”

我环顾四周不见一个人影，一种危机感在心中孕育，生长，爆发。

“我……我……我……在这……”微弱的声音从我身后传来。

我转过身，眼前被我踹贴墙的门缓缓关上了，一个人满脸鲜血地看着我，好像在说着些什么，他赤裸着上身，手里拿着牙刷和口缸，血从鼻孔里顺着流到锁骨，缓缓抬起一只手指着我。

呀呵，竟然还敢挑衅我，我不由分说上去就是一拳直击腹部，我紧接着抓着他的手一个过肩摔，他“吧唧”地摔到地上，气息越来越弱，口齿不清，就在他倒在地上的一瞬间我分明看到了他眼泛泪光，极其委屈地看着我，耗尽全身力气蹦出四个字：“阿猪！浑蛋！”便晕了过去。

不对！这声音好像是大壮的。我把他扶起，拼命地晃动着他的身体，他缓缓睁开了眼。

“大壮！大壮！太好了！你终于醒了，你怎么伤得这么重？

你告诉我是谁干的，我帮你报仇。”

“阿猪，我平日待你不薄，你为何要对我下这般毒手？”

“和我有什么关系？”

“和你有什么关系？哈哈哈！问得好！”

他紧接着说：“这门是你踹的吧？”

我点了点头。

“我的肚子是你打的吧？”

我点了点头。

“我是从你肩上摔到地上的吧？”

我点了点头。

“那不就结了，我全身的伤都是你弄的。”

我点了点头。

又摇了摇头。

“我不知道你会躲在门后，而且我还以为你被抓了，我是来救你的。”

大壮上下打量着我：“哈哈哈！你打扮成这副鬼样子，还想救人？别被别人当智障儿童才好。话说昨天你怎么一下子就不见了？”

“你没被抓？”我说。

“被抓？被谁抓？谁敢抓我！”

“我还以为你被那个抓了呢。”

“那个，到底是哪一个？”

“那个字说不得。”

“你不会以为是鬼把我抓了吧？”

我点了点头。

大壮捂着肚子在地上来回翻滚着：“哈哈哈！不行了！不行了！哈哈哈！要死了！要死了！”

“有那么好笑吗？”

“不是，哎，我说你能不能别那么天真，大白天的哪来的鬼？而且你怎么知道我不是先回家了呢？”

“不会的！因为我认识的大壮绝不会先走的，无论什么时候他一定会在我身边陪着我的。”

大壮收起了笑容静静地看着我，他伸手摸着我的头。

“胖子，好了，以后我不会让你担心的，我一定会陪在你身边的。”我永远记得在这一刻他狼狈的模样和阳光般的笑容……

而后大壮为我复述了昨天到现在的全部事情经过。

事情大概是这样的，就在昨天当我正在忙着看那些壁画的时候，大壮在无意间看到一颗玻璃球从另一个房间里滚了出来，这颗玻璃球滚着滚着就滚到了他的脚边。

他拾起地上的玻璃球，然后慢慢走向那一间房，里面充满了潮湿与黑暗，虽然依旧是白天，可那间房的窗户外被巨大的建筑物所遮挡，阳光完全照不进来。大壮隐隐约约看见里面有一个人蹲在墙角面对着墙背对着自己，手里拿着细长的东西好像在墙上捣鼓着什么。

不难看出他的年龄应该和我们相差不大，身体消瘦，短发寸头，走近一看，原来他在是在画画。

大壮知道这或许就是把我吓得半死的那个孩子。

大壮用手拍了拍这个男孩的肩。

“啊！”

“别叫！别叫！”大壮用手捂住了男孩的嘴。

“你听我说，我和我朋友一起捉迷藏才进来的，我们不是强盗也不是小偷更不是智障，至少我不是。其实上来就是向你求证个事儿，说完我就走，好吧？”

男孩眨了眨眼。

“这就对了。”大壮笑着说，松开了手。

“啊！”男孩又发疯似的大叫。大壮又迅速用手捂住了男孩的嘴：“我都跟你说好了，你也答应了，你丫的是不是有病？”

大壮接着说：“别叫了好吧？有什么我们好好说行吧？”

男孩再次眨了眨眼睛。

“这次你可不许骗我了哦。”大壮把手放了下来，但以防万一，把手放下的瞬间，大壮赶忙用手堵住了耳朵。

男孩张大了嘴，大壮暗叫不好，但男孩没有叫，而是打了一个大大的呵欠，此时男孩站起了身。

“你干吗？”大壮问道。

“当然是开灯啊，这么暗你看得见？”

“看得见什么？我对你的长相不感兴趣，而且我的性取向正常，再说我已经有阿猪了，你可别乱来啊！”

“你说什么呢？我说的是画。”

“哦！害得我白兴奋了。”

只见他走到了墙边打开了灯，视线一下子变得明亮，直到这时大壮才看清四周墙壁上都有一幅幅惟妙惟肖的壁画，虽说只是些简单的图画，但能在他这个年龄画出这样的东西，已经使人惊叹。

“这些东西是你画的？”大壮惊呼。

“是。”男孩默默地说。

“你总是把画画在墙上？”

“画的东西多，画得也大，浪费纸，不给家里添负担。”男孩说，“我喜欢在晚上画画，没有光才看不到远方。”

“没有光？”

“对，没有光我才看不见我画的画，不知道为什么从很小很小的时候起，我就特别特别喜欢画画，我画画很差，我妈这样觉得的，我妈说我画画不好，所有的事物因为我的画都变得不好了，包括我的世界和她的世界，没有颜色了。”

他不说话了，大壮感觉四周一片死寂，像即将进入冬天的秋天，枯黄的树叶，结了冰，破碎了。

男孩恢复了正常，抬起头微笑着看着大壮：“你不是有一个问题吗？”

大壮缓过了神：“哦，对了，昨晚你是不是在画画？”

“对啊！昨晚我画画的时候，也有一个人像你一样偷偷地跑进我家，然后不知为啥，他看见我吓得大叫着跑了出去。”

“好吧，其实那人就在外面，在此刻寻找你。”

“怎么听起来这么像歌词？”

男孩说：“你跟你朋友说，乱闯进别人家是不对的，还有，我不是故意吓他的，你跟他说一声，不好意思。”

“没事，我现在就叫他进来，给你说一声对不起，也让他心中的石头落下。胖子！胖子！阿猪！奇怪了，跑去哪里了？”

大壮说：“他可能先走了，咱不管他，对了，还没问你，你叫啥名？”

“妈妈叫我老二，你也叫我老二吧。”

“好的，老二，你的画都是些什么内容？你以前有学过吗？……”

……

“然后呢？”

“然后就天黑了，然后就睡着了，然后就天亮了。”

在这片故乡的土地上开满了花，这些花最终都会有着同样的命运，枯萎腐败沉入地底，我们这些人都是这些花，在这里一生，各个相同却又各个不同，爸爸是花，爷爷也是……但无论是谁，总有一段时日我们曾盛开过。

从那之后我们大院太子党就多出了一个人……

“老二，要开学了。”我说。

他把头转了过来微笑着看着我。

“我是想说我们以后玩的时间会变少。”我埋下头不去看他，有些惭愧，有些不舍，两根肥手指放在肚子那绕圈圈。

“你和大壮都要去吗？”

“嗯。”

他不说话，抬起头直勾勾地望着天空。

我急忙说：“我们周末还是可以一起玩的，主要是答应我妈了这学期好好学，要不然我可以天天出来。要不你和我们一起去读书吧！”

“读书吗？”他说，“你们去吧，我不能去。”

“为什么？”

“我得在家照顾我妈，你们去吧，我在院子里等你们回来。”老二笑着说。

“那……好吧。”我有些失落。

老二一把拉过我的手，微笑着说：“等你周末过来的时候给你看我新画的画。”

……

“老二，老二，我们回来了，你在家吗？”

“等我一下，就差两笔就画好了，我马上下来。”

“我们太子党就差你了，快点。”

“来了来了。”

老二急急忙忙从楼梯上飞奔下来，最后几个台阶已经是直接“飞”了下来。

嘭……

我感觉很不好，可我这身体完全不支持我做出灵敏的躲闪动作。老二整个人都扑到了我身上，虽然他并不重，但在惯性的冲击下我还是不由自主往后倒去，骨头还硌得我生疼。

嘭……

又是一声闷响，随之响起的是一阵笑声，老二手忙脚乱地爬起来，又连忙给我拍去衣服上的泥土，一个劲地道歉。我内心很想原谅他，只是上次“暴走鞋事故”的伤到现在还没好，疼得我龇牙咧嘴一个字都说不出。老二以为我生气了，双眼开始泛红，看阵势眼泪都快掉出来了，我连忙摆手示意没事。

大壮出来圆场：“好了好了，老二你就别担心他了，阿猪皮糙肉厚的，没多大问题的，不用担心。”

“来来来，你来试试，哎哟……”我气不过回道。

“你也别生气了，老二也不是故意的嘛。”

“嗯……对不起……”老二低着头小声嘟囔着。

“你再不起来我们就先走了哦，今天不是要去后山吗？”

“等等我……等等我……”

或许是我喜欢吃的原因吧，看着这夕阳怎么都像颗溏心蛋的蛋黄。是啊，夕阳，下午了呢，从各家各户厨房传出来的炒菜香味阵阵飘散，在院子里四处游荡，老二早早地就回家了，小树和阿熊也各自回家吃饭去了。我对大壮说：“要不今天去我家吃饭吧，不然我今天摔这一身灰还不知道回家怎么跟我妈解释，她肯定又得唠叨我了。”

“行，我替你打掩护。”大壮胸有成竹地回答。

……

“回来了？哎，这不是大壮吗？来来来，今天在咱家吃饭，阿姨炖了排骨。……怎么一回来就往房间里跑，这孩子。”果然，叫大壮陪我回家准能吸引我妈注意力。

“谢谢阿姨。”大壮笑嘻嘻地应付着我妈，又赶忙给我使眼色。我自然心领神会，以迅雷不及掩耳之势直接冲进房间换掉了脏衣服。

“要不等会我们去老二家吧，他上次说有新的画要给我们看。”我想起老二说要给我看画。

“那咱先吃了饭再出门。”

“好，那吃快点，有些等不及了。”

……

院子里的夜晚只有两盏老旧的路灯撕扯着黑暗，明明是夏夜，只因为院子前面的大楼挡住了月光，显得院子更加昏暗。走过路灯下，可能因为年久失修的原因，本来就暗淡的灯光一瞬间灭掉了。我被吓了一跳，好在灯光又重新亮起。

推开旧楼的大门。

嘎吱……刺耳的开门声像针一样扎着耳膜。楼道里的声控灯不知道从什么时候就坏了，也一直没人修。也是，老二自己也不会弄这些，这栋旧楼也没其他人了。一楼味道很重，每次来都得捂住鼻子，到阁楼，也就是老二家就好很多，因为老二家中药味已经掩盖住了其他的味道。

咚咚咚……“老二，我和大壮过来了，你在家吗？”我一边敲门一边喊道。

“来了来了。”

嘎吱……老旧的木门被慢慢推开，门后是一双宛如月牙一样的眼睛，看得出来老二很开心。

“是你说起过的朋友来找你吗，老二……咳咳……”卧室门虚掩着，咳嗽声明显比说话声大很多，有气无力的声音从卧室里传出。

“阿姨，您好。我是老二的朋友，我叫阿猪。”

“阿姨，我叫大壮。您好好休息吧，不好意思过来打扰了。”

狭窄的卧室被一张大床和一张小折叠床挤满，一位中年妇女半躺在大床上，昏黄的灯光让她的肤色看上去没有那么苍白。她想要从床上起来迎接我和大壮，只是尝试了几次都失败了，她叹了口气，神情逐渐变得有些失落又有些痛苦，但很快又把这些表情隐藏了起来。老二的眼睛和他母亲的简直一个模子刻出来的一样，笑起来特别好看。

只是老二母亲的双眼被病痛侵蚀得深陷进去，让人不由得一阵揪心。

狭小的家里每个角落都充满中药味，大壮还好，我一直皱着眉头捂着鼻子。老二的母亲看我这样子，伸手想要推开床边的窗户。大壮连忙上前制止："阿姨不用了，他等会就好了，只是现在不太习惯，您不能吹风的，就不用开窗子了。"

"阿猪啊，不好意思啊，阿姨身体不太舒服，所以不能开窗子透气。"

"没事没事，我还挺喜欢中药味的，嘻嘻。"我放下捂住鼻子的手朝阿姨笑道。

"你们要喝点水吗？不好意思啊，家里没椅子，你们直接坐我床上就好了。"老二一边收拾着家里一边跟我们说。

仔细看了老二家里才发现好多家具都是坏掉了的，并不是生锈或是腐朽坏掉，而是像被故意砸坏的一样。一些被毁坏得太严重的都堆积在角落。

其实老二家并不小，只是老二只用到了卧室、厨房和厕所，客厅全是他自己的画。剩下那个卧室上了锁，甚至锁上全是铁锈。客厅角落就是一些家具掉下来的零件之类的。

窗户是用报纸给糊上的，报纸上的日期就是最近几天，看得出这报纸应该经常换，毕竟不怎么防雨。窗户下放有一块旧木板，发霉得有些严重，边角都开始腐朽了，应该是挡雨后被雨水侵蚀的吧。

一阵风吹来，把报纸吹得哗哗响。

老二好像在杂乱的家里寻找着什么，老二的母亲则是一直在嘘寒问暖。

“最近天气应该不错吧，出门玩要注意一点。”

“玩归玩，要记得回家，要听话，不要跟父母顶嘴。”

……

“找到了，找到了，你们看。”老二拿着一个小手电递到我们面前。

手电上盖着一层灰，缝隙里也全是黑色的泥，灯口的镜片也被灰尘给完全掩盖住，只透射出微弱的光晕。

老二拿手电在衣服上擦了擦，说：“好了，我们去客厅吧。”

“你怎么又往衣服上擦，那么脏。”老二的母亲微怒，却引起一阵咳嗽。

“妈，您别动气，我知道了，下次不会了。”老二拍着母亲的背说。

“行了，你们去玩你们的吧，不用管我了。”

“那阿姨，您就好好休息吧，我们就在客厅这里玩一会。”

本是晚上，院子里的灯光却完全照不进老二家，仅有一点点月光从窗户缝隙钻进来，空气中散发着霉味，让人有些不适，不过显然老二已经习惯这样了。

“我们从这边看起。”老二打开手里的手电，微弱的灯光照在玄关右侧。

灯光微弱得像是随时都会熄灭一样，但又在强撑着。

老二红红的小脸被灯光打亮，老二好像很激动的样子，记得他说过这是他第一次向别人分享他的画，更何况还是同龄人。

“这是我第一次画的画。”老二不光手有些颤抖，声音也有些颤抖。

大壮拍着老二的肩膀赞扬道：“真好，我都想学画画了，只是没有你这样的天赋。”

我张了张嘴，愣了一下：“啊……比我画得好太多了。”

灯光虽暗，但依旧能清楚看到老二上扬的嘴角，有得意，有窃喜，也有些激动。

“你们看，那边还有，那是鱼，那是鸟……”老二开心得都快跳起来了。老二这些画都是用铅笔画出来的，他是这样跟我们说的。

这是老二最开心的时刻，他告诉我们他一定要画下来，等画好会再邀请我们过来观赏他的画作。

几乎是喜欢的老二都会画下来，这是他说的。

介绍到客厅中央的时候他说那是他梦里的场景，他的作品出现在美术展会上，世界各地的专家都来参观，还有人出价跟他买他的作品。

有人买吗？

真的有人买吗？

有人买的吧。

一定会有人买的。

……

老二总是那么乐观，一直挂着一张笑脸。

即使和他开玩笑或是小小地作弄他，他也还是笑着，摔倒了也还是笑着，受伤也笑着，仅仅是后来，母亲去世的时候哭了，那时候我们才到上初中的年纪。

嘴里一句话都没有说，不管如何安慰，他都只是摇着头抽泣。

葬礼是邻居们给办的，葬礼上一个亲戚都没来。

联系不上的有，医院住院来不了的有，答应好了却没来的也有。

老二哭到两眼肿了起来，再也挤不出一滴泪水，紧握着拳头，指甲陷到肉里，就这样跪在母亲遗体旁，将近两天滴水未进，油米不沾，瘦弱的身体支撑不住，晕倒在简陋的灵堂中。

那是第一次见到老二哭，永远将憨态可掬的笑容挂在脸上的老二第一次哭出来。

在那以后老二开始在周围打临工，即使很努力在做，但每家店都做不长，经常是做一两个月就被迫换一份工作，年仅十四岁的他就已经经历了十来份工作。

但好像每一份工作都会离学校很近，以至于我每天放学都会去他工作的地方和他侃上几句。

即使后来又换工作，也还是在我们回家的路上，那是一家摩托车修理店，他在里面当学徒。

初中时期流行玩摩托车和踏板车，我对着父母死缠烂打软磨硬泡买来一辆踏板车。

那时候觉得有车多威风，每天骑着踏板车去上课。

因为老二在修理店上班，我的车出问题都去找他，只要老板不在，他都只收零件费。

那次我载着大壮回家，路上遇见两个混混模样的人站在马路中间，直接把我们拦住。两个人都比我们还要高出一个脑袋，手臂上还有些稀奇古怪的文身，让人看一眼就知道他们是“黑社会”。从来没经历过这种事，我开始不自主地有些颤抖，不知道他们想要干什么。

“哎哎，那小子，停车停车。”一个头发染成黄色的人喊道，看样子应该是他们的领头人。

“这车不错啊。”另一个也凑到车边，走过来时还把衣服撩起来，露出腰间藏着的折叠刀，来意不善。

大壮按住我的肩膀。

“兄弟，车子借哥哥玩两天怎么样？”那语气根本不是在借，就是在明抢。

那时候又是晚上，在路人看来我们好像是闲聊一样。正当我准备大喊时，一声闷响出现在我出声之前。

老二右手持着一根长棍，牙关紧咬，像极了一只炸毛的狮子，以棍作刀劈向那黄毛肩膀与脖子之间。

那黄毛好像察觉到什么，转身只转到一半，“嘭”的一声闷响，棍子应声而断。

黄毛直接被一棍子打倒在地，老二拿着断棍又是一棍打在黄毛膝盖上，这回黄毛是彻底起不来了。

剩下那个见情况不对，从腰间掏出折叠刀，弹出刀刃，朝着老二比画了几下，谁知老二竟毫无后退之意，其中一刀划在老二手臂上，鲜血顺着左手流淌下来。大壮悄悄来到带刀的混混身后，抬起腿用力一踹，混混脚下一个踉跄，我再冲上去“补刀”，一脚踹在混混腿上，我也想踹腰，可我的腿抬不了那么高啊。下盘遭受重击的混混再也站不稳了。

混混倒在老二面前，老二奋力跳起，一脚踩住混混拿着折叠刀的右手，左手垂在身旁，右手举起拳头，一拳接一拳砸在混混鼻梁上，我们一时间也忘记拉住他，直到他把那混混打得满脸是血。鲜红色印在老二的拳头上，敷满混混的脸庞，也流淌到沥青路上。

红色刺激了我和大壮的头脑，我们清醒了过来，赶忙拉住老二去往医院。

后来也不知道有没有人报警，反正那两个混混应该是没报警的。缝针的时候并没有打麻药，医生先帮忙将伤口清理干净，毕竟刚刚没别的东西止血，只好用纸按住伤口，弄得伤口里全是纸屑，医生为了伤口清洁也是丝毫没有温柔。

我在一旁看着都疼，手也不自主地捏紧。老二咬着牙对我说：“你捏的是我的手……”

“啊，对不起对不起。”

第一次见到这种场景，感觉全身鸡皮疙瘩都起来了。

不过这还没完，还有缝针。

这医生也是个人狠话不多的主：“张嘴。”一块白毛巾直接塞进老二嘴里，“咬着。”

小镊子夹住一块被掀起来的皮肤，穿着缝合线的针就往皮上扎，一次还扎不进，得用力往里捅。

受不了了，受不了了。

我直接出了门，就在外边走廊上的长椅上坐着等算了，已经不是鸡皮疙瘩的事了，简直看得我头皮发麻，直到像是触电般全身发麻。

缝合手术从头到尾老二没有喊过一句疼，甚至出来的时候还是笑着的，明明眉头都快拧到一起了，额头上也都是冷汗，可他还笑得出来。

我问他不怕刀吗，要是伤到要害怎么办。他说没想那么多，只是看不得我和大壮受欺负。还好穿的短袖，没划到衣服。说完又笑了起来。

有那么值得开心吗？或许在老二看来的确值得开心吧。

不知道是因为衣服，还是因为我和大壮，也或许两者皆有。

后来拆线都是老二自己动手拆的，也还好，在那样的工作环境下伤口没感染。

每每看到老二手臂上的刀疤都会想起这件事。

老二也只是摆摆手，笑笑，什么也不多说。

老二从来没放弃过他的画作，挣来的钱，除了吃穿，几乎都用在了这方面。

……

他叫铁蛋，是因为他说他家里人都这样叫他，也是后来的太子党成员之一，太子党“颜值担当”，但也是太子党“脑残担当”。

他的帅不光体现在颜值上，主要这货还会弹吉他，打篮球。那时候的小姑娘最喜欢的就是这样的，何况他还长得高。

在南方，能长到一米八都算是鹤立鸡群了，然而这货实际身高一米八三，完完全全就是女生心目中的小男神款式。

每次和他走在一起，女孩子的眼光都被他吸引。最气的是那一次，一个女孩子来找我搭讪，我激动得脸都红了，那一分钟我已经在畅想与面前那女孩子的未来发展了。结果别人一开口就是：“嗯……你好，你能给我一下那个高个儿帅哥的联系方式吗？我不太好意思问他要……对了，我这也是帮别人要的，不要误会。”

这不是误会不误会的问题了，你那娇羞的样子，很明显就是你自己要他联系方式的吧？我又不傻，我看得出来。

但我也只能给了联系方式。

小树还凑上来：“噫，不错啊，阿猪都那么有魅力了，有女孩子要联系方式了。”

“不错你个大头鬼，那是来问铁蛋那货联系方式的，干！”愤恨天理不公的我忍不住爆了粗。

我也解释一下为啥用“货”称呼他，因为他不光是个“二货”，还是个脑回路新奇的“奇葩货”。发生在他身上的事迹就跟段子似的。

曾经，有那么一个姑娘，比他大两三岁吧，不是二货都看得出那姑娘对他有意思，可是呢，他就是个二货。

那姑娘就暂时称为A吧，A为了睡铁蛋，呸，A为了接近铁蛋，和铁蛋在一起，用遍各种套路。

啥逛街偶遇、食堂偶遇就不提了，可是网吧偶遇这就明显是故意的吧，倒不是说女孩子去网吧稀奇，主要那时去网吧的女孩子真的少，几乎会去网吧的女孩子我们都能认出，毕竟县城就那么大一点。

A在铁蛋旁边开了台机子，一直陪他到很晚，A又不玩游戏，就坐在那看电视剧，一看就是一晚上，其间还帮铁蛋买了夜宵。

临近午夜十二点的时候吧，A开始坐不住了，说想回去了。

铁蛋就说："哦，那你快回去吧，路上注意安全。"

我已经惊呆了，坐他另一边的大壮握着鼠标的手已经因为忍笑而颤抖。

A又出一计："我一个人走回去，有些怕。"

铁蛋以风一样的速度从屁股兜里扯出十块钱："那你打个车吧。"

我可以明显看到A脸上错愕的表情。"你不打算回家吗？"

忘了说，他俩顺路的，可以先送A到家，A是自己租的房子，一般都自己一个人住。

铁蛋只说："不回了，我今天包夜。"

A被气得不行，头也不回就走了。

你以为这就够了？不不不，还不够。

后来有一次，也不知道他俩确定关系没有，反正 A 大晚上在 QQ 上跟铁蛋聊着，聊天记录大致如下：

A：有点饿了。

铁蛋：起床煮东西吃啊。

A：可是我不想动。

铁蛋：那好吧。

A：你能不能帮我带碗砂锅粉过来啊？

铁蛋：好的，你等我一下。

据说那晚就 A 一个人在，又是大晚上的，她还说服了铁蛋在她家过夜。

于是……

当然不会像你们想的那样，即使夜深人静，即使孤男寡女，即使干柴烈火，再即使 A 已经拿出“拦精灵”。铁蛋鬼使神差地来了一句：“我觉得时机还不成熟。”

但后来他们还是在一起了。我笑了他整整一年。

又因为异地的原因分开。

那是他俩的事，再来说说铁蛋自己。

一般学校组织活动我和铁蛋都会有节目，他的电吉他加上我的架子鼓。

我可是会架子鼓的，再怎么说也是考过十级的人。

当然，因为上台表演，他站在前面，自然是吸粉无数，我只能沉浸在自己的表演当中。

但我内心不平衡，我就是要爆他的笑料。

表面上是个阳光大男孩的铁蛋，后来打开新世界大门之后对于“岛国爱情动作片”别有一番研究，拿电脑看片没少被家里人发现，家里人也只能黑着脸提醒他节制一点。

后来他也是个满嘴荤段子的“污妖王”，虽然这一面只在我们面前表现出来。

最严重的是他的脚是我见过最臭的，我都想直接在他房间门上给他贴个“生化武器”的隔离标志，一般的臭味也就是感觉有些不适，他的脚那味道有点上头，是的，上头，吸上一口感觉会晕厥。

但他那些小迷妹不知道啊，我有时会想他和女孩子开房的时候会不会被叫去先洗脚再上床。

最开始铁蛋是不抽烟的，好像是被我带坏了吧。出淤泥而不染的大壮是从不抽烟的。小树则是和我一样早就会的。至于阿熊也是早就会，后来才有的瘾。老二也不抽，他的钱全买材料去了，哪还有钱去买烟。

说起老二，他似乎没什么娱乐项目，除了上班时间，几乎都窝在家里，网吧也不去，酒也不喝，有时和我们在街上仙游到一半都会突然跑回家。

有好几次刚说完要回家，但好像想起家里只剩自己一个人，眼神又黯淡了下来。母亲走后老二一直都不习惯，做饭时总是做成两人份，可自己又吃不完。我们也会找理由到老二家蹭饭，老二手艺很好，只是做菜一直都做得很清淡，从不加味精，盐也很少，是小时候一直做菜养成的习惯吧。

老二母亲之前提起过，老二不只是想成为一名画家，他想要办一次自己的画展，不求别人出钱买下他的作品，只要有人能来看他的作品、欣赏他的作品就足够了。

既然这是你的梦，那由我来帮助你实现吧。

后来老二喜欢去听铁蛋练吉他，两人都喜欢搞艺术，老二说能在铁蛋这获得灵感。铁蛋从不对老二的作品做评价，只是告诉老二喜欢就坚持。

刚开始还怕铁蛋把老二给带坏了，结果我多虑了，铁蛋对于音乐和对于生活完全是两个态度，就算房间再脏再乱，摆放吉他的角落也永远一尘不染，果然这些玩艺术的人都比较奇怪。

老二也是一样，有次看见老二作画的样子，左手托住调色盘，右手稳稳握着画笔，双眼放着光，不放过任何一丝细节，好像每完成一笔，嘴角都会上扬几分。

老二的生活除了我们也只剩画了，也可以说穷得只剩画了。

我们也笑话过他：“以后娶老婆怎么办，哥几个给你凑彩礼吗？”

他则是苦笑着说：“我这样的人啊，有谁愿意跟我呢？”

“瞎猫也能碰上死耗子啊，没准真有那么个眼瞎的啊，何况你又不是长得不行。”

他则是再次摆摆手，让我们不要继续这个话题。

我们的根据地也从院子里变到老二家门口，大家约出来的时候都是在老二家门口，老二休息的时候或是没在画他的作品的时候我们都会拉上他一起。

老二在这些年似乎画了很多作品，只是很少邀请我们到他家里看了。

用他的话来说就是打算厚积薄发，给我们个小惊喜。

但惊喜没等到，我就已经到了外地读高中了。

老二也没待在这座小城，他说是多长长见识，阅历够多才能提升自己的作画能力，丰富自己的作品，光看别人的作品是不够的。

说白了就算读万卷书不如行万里路。

从以前的每天见面突然跳转到半年见一次，实在不习惯。

每过一段时间就忍不住给太子党的每个人打一个电话。

后来学校越来越严，手机不让带，就每个周末跑到网吧几个人开着语音一起打游戏，也就是俗称的“开黑”。说是开黑，主要目的还是和哥几个侃天说地。

年后的酒桌上，我满脸通红地说：“这样……不好……我觉得不行……我以后要把我们太子党都聚在一起，一起奋斗，一起享受生活，一起……”话未说完便趴在了桌子上，明显断片了。已经睡到桌子底下的是老二，老二平时几乎不沾酒，只有和我们在一起的时候才喝，所以明显比不过我们这几个酒罐子。

等我们喝完的时候，老二都已经酒醒了，剩下的都醉得不成人样，老二默不作声地担负起了送我们回去的重任。

一个人，五趟来回，硬是把我们全部送回家再自己回去，瘦弱的身子骨哪来的那么大力气？真是辛苦老二遇见我们几个了。

那一晚我迷迷糊糊记得做了个梦，我和大壮还有阿熊在布置着一个场地，场地很大也显得很空旷，梦里老二笑得像个孩子一样，什么都没说，就一直傻笑着直到我醒来。

阳光从窗帘缝中挤了进来，刺入我的眼睛，我只得先抬手遮挡再揉揉眼睛，身上的被子早就被踢到床脚蜷缩成一团，难怪做梦的时候觉得有些冷。

宿醉醒来，身体里的水分随着酒精一起挥发，免不了觉得舌敝唇焦，扶着床沿艰难爬起来之后却又倒回了床上，因为我看到了床头柜上放着一杯水，旁边还有几粒解酒药。这小子倒也还算细心。

高中学业越来越繁忙，时不时就要迎接考试，每天都是做题做题，假期也越来越少，每个星期就剩下星期天下午半天时间。就连寒暑假都得补课，除了过年都没时间回家了。

那个星期天下午的天气很好，半边夕阳挂在山腰上，一个穿着朴素的少年站在校门口张望着，阳光比不上他脸上的傻笑灿烂，所有的学生都穿着校服，他站在校门口显得与众不同。

他灼热的目光锁定在我身上，笑得更灿烂了，甚至有些耀眼。我扬起手臂向他挥舞着，他背后挂着个沉重的背包，从人群中挤到我面前："等了你好久。"

"那你不会晚点再过来吗？话说怎么突然想到来找我？"

"嘿嘿，你不是之前说过这边的口味吃不习惯，想家里的菜了嘛。”

“所以你大老远给我带吃的来了？是不是傻，不是可以快递的吗？看看人家阿熊都是寄快递的。”

“亲自送才放心啊，更何况还能见到你。”

“老二，你是请假过来的吗？”我一把提过老二肩上的背包，真沉。

“嗯嗯，坐了一天火车了，一下车就到学校门口等你来了。”老二放松着肩膀。

说实话，我开始以为老二是把锅碗瓢盆一起装背包里了，沉得要死。

老二似乎看到我不太轻松。“还是我来吧。”说着抢过了背包。

这个少年为了给我送点吃的，坐了近八百公里的火车，还背着那么沉重的背包。

谢谢你，老二。

高考出了考场那一刻，所有紧绷着的神经一下子放松了下来，感觉自己都有些飘了，只是合上笔盖的时候并没有侠客收刀入鞘的潇洒。

烈日下一个少年正站在学校门口，仍然穿着朴素，依旧傻笑着看着我，搞得我也跟着傻笑，一手搂过他的肩膀：“久等了。”我也没再和他矫情些什么。

老二比我还担心我的成绩问题：“怎么样怎么样，考得怎么样？”

“成绩又没出来，我咋知道啊？”我一脸无奈。

“那你自己觉得怎么样啊？”老二不罢休。

“还可以还可以。”只得象征性地敷衍一下。

“那就好。”老二悬着的心落回肚子里。

“先去整点冰棍啥的，太热了。”看着额头上全是汗的老二，真是傻，不会站树下等我吗？真是的。

“阿猪。”大壮的声音从身后传来。

这货也来了？对哦，他去年就高考过了。

小树这家伙从大壮背后跳出来。

我二话不说，扬起手就往他胸口捶了一拳。

大壮手机响起，说了几句就挂了电话，满头黑线哭笑不得地说：“铁蛋那傻 × 跑错学校了，我们在这等他一会。”

他们都是来接我回家的，阿熊也是今天考完，在家等着我们。

几人从车站下车，呼吸着家乡的味道，嗯，糯米饭的味道。

阿熊蹲坐在车站门口的路边，手里还抱着糯米饭自顾自啃着。

居然早餐都不买我们的份。我们几人悄不作声走到他背后，直接一人给他一个“脑瓜崩”。

阿熊哭丧着脸，嘴里还嚼着糯米饭，把手上的递到我们面前：“几位大哥，请慢用。”

“慢用你个锤子，就这么点还不够塞牙缝的。”小树嘴上这么说着身体却很老实，一把抢过糯米饭啃了起来。

“其实我有艾滋。”阿熊低声说着。

“呸呸呸。”刚吃到嘴里的又给吐了出来。

大壮出来控制住了场面，提议先去吃早餐，等会再谈论艾滋的事，哦呸，太子党聚会的事。

我一直便是志在远方，明明在家乡就能报上好的大学，我不愿意，我一定要去京城，我就是这样偏执的人。

别人大学新生报到都是父母陪同，我则是在太子党的簇拥下去报到的，搞得像个“社会人”似的。

只是报到完之后又各奔东西，还是回到了和高中差不多的生活，也还行吧。

走了两步后感觉好像有人跟着我，我便加快脚步继续向前，后面的人也跟着加快脚步，我不得不停下脚步转身，身后的人差点直接撞在我身上，仍是那个熟悉的笑容，我却有些不解与无奈：“你跟着我干吗？还不回去吗？”

“没事，我先送你去寝室，反正我也在这附近找了工作。”

“那你的画……”

“画在画纸上就好了啊。”老二指了指身后那硕大的背包，我现在才明白原来他早就准备好了。

“那走吧。”反正赶也赶不走，有人陪着还是挺不错的。

在别人看来，老二就像我弟弟一样，比较黏我。

我们可能来得太早，布置完我的床位后其余的室友一个都没见到。

接着陪老二看了一下租的房子，结果是个地下室。

老二却刚好喜欢这个，每次问老二为什么喜欢这样的环境，老二总是支支吾吾欲言又止，明明光线好的地方更有助于作画，但他还是选择地下室，也只能由着他了，果真玩艺术的人都比较奇怪。

后来我有时寝室也不回，就和老二挤在这地下室里。

不过还挺好，冬暖夏凉的，就是春季回潮的时候就难受了，地上像是下过雨一样,被子也是湿的,每天起来都得拿被子出去晒。

时常半夜醒来看到老二搬来一张小凳子，画纸铺在画板上，一点点灯光在黑暗中显得拥挤，老二正在一笔一画描绘着，在老二脸上看不到一丝倦意，老二也没发觉我已经醒来。不想打扰到老二，而且隔得有些远，看不清画上的内容，我也只得作罢，躺下来继续进入梦乡。

地下室里看不到阳光，叫醒我的也不是梦想，而是闹钟。

揉着眼睛关掉手机闹钟，老二早已出门，画板也被收了起来放在门外一个废弃的煤棚里。房间里太潮湿，不适合存放画作。

楼上的房子是比较老式的居民楼，也正是这样，地下室的租金更便宜了。

在没有空调和地暖的时候，天冷时每家都会烧大铁炉子，黑得发亮的煤块往里塞，而煤块就专门砌了一排的煤棚来存放。现在都装上了空调地暖，很少有家里还在烧炉子，煤棚也就废弃了，老二硬是一家一家去敲门，最后一对老夫妇愿意将煤棚借给老二用，还说一看就知道是个老实孩子，这小煤棚留着也做不了什么，让老二想用多久就用多久。

这点恩情老二一直放在心里。老夫妇的儿女常年在外奔波，有时过年都不来看望二老，只知道打钱。平时过年过节，老二都会提上些水果营养品去老夫妇家里看望。

二老自然开心，越看老二这傻孩子越顺眼，以至于后来认了老二当干儿子，我发自内心替老二感到开心。老爷子正好和老二一样姓王，当天晚上老爷子就开了一瓶存了有十来年的老酒，不过显然是征求了老夫人的同意才拿出来的。

老二才一杯下肚，那脸红得哟，跟那猴儿屁股似的，也不知是酒太烈还是太开心，红着个脸傻笑着。那晚这对“父子”醉得不行，老爷子不停地说着，老二就一直点头答应说好。后面老爷子都喝得大舌头了，说话都不利索了，老二还是点着头说好。

扶着老爷子回房间休息后，老夫人说要不就在家里休息一晚得了，老二一下子坐正：“不行不行，我得回去画下来。”我则是无奈地对老夫人摊了摊手。

帮老夫人收拾完家里后就搀扶着老二回去，老二整个人跟面条似的左摇右摆。

老二摆好画板和凳子，右手执笔左手托盘，已经醉得不行，手却完全不会颤抖，即使画得很慢很慢。我也酒劲上头，开始撑不住了，倒头就睡着了。

梦想还是没把我叫醒，叫醒我的是手机闹钟。

老二已经出门，他挥一挥衣袖，不带走一片云彩，留下了豆浆油条，还是热的，应该也才出门没多久。

地上还掉落了用来描线条的铅笔，我顺手捡了起来。

潮湿的空气加上身体内未完全挥发的酒精让我感到一阵反胃，捂住嘴冲到厕所吐了出来。

头还是晕，拖着沉重的身体去上课，结果课上说的啥都没听清。

大学这几年寝室没怎么回去，老是来老二这蹭床，去老二干爹干妈家蹭饭，想想就快毕业了，还有些舍不得二老，不过我也得为自己的事业奋斗。

大学毕业后第一件事，把太子党所有人电话打个遍。

成立工作室，把太子党聚在一起。

工作室的名字就叫“朝晨暮事”。

一个月过去，火车站前。

瘦高似竹竿的身躯背着个与身材严重不符的巨大背包，手里还拎着个编织袋，嘴边的烟袅袅而上也遮不住他古铜色的脸庞，只是好像被吐出来的烟熏到了眼睛，这一幕便显得特别滑稽。

青年放下手里的编织袋，从牛仔裤兜里掏出手机，按了两下放在耳边。

我兜里的手机开始震动，不等电话另一边说话我便先开口：“小树你怎么这么慢，我早就到了，再往前就看到我了。”

小树放下电话，把香烟扔到脚下踩灭，从人群中挤出来。

“走吧，就等你了。”

离别已久的小城又回来了。

小城，大院，老二家里，太子党各位席地而坐，先是叙旧，各自说着这几年来的经历。

小树和老二一样，比我们提早进入社会，大壮毕业后实习了一段时间，铁蛋尝试过组建乐队，阿熊则和我一样刚刚毕业，也算是各路人才聚集了。

就这样最早的五人组建了朝晨暮事这个工作室，工作室成立第一件事便是先举行一次公司旅行，年轻人玩心都重，先出去玩一次，玩到收心才会专心工作。

一行人都带着背包，唯独老二背着块大画板，只是液体绘画颜料没法带，老二就揣着一大把铅笔，我们都像是去旅游，老二则像去写生的。

老二从不在一个地方停留作画超过十分钟，但也都没有完成，描绘线条而已，方便自己想起脑海里的画面，一路上所有的作品都是半成品。我们却没能看懂老二的画，可能我们不是玩艺术的不太懂吧。

看小说的时候知道练功闭关，可老二这个闭关绘画却是第一次见，整整三天，除了吃喝拉撒，其余的时间全都在自己房间里，天花板上的大灯从不打开，也从不用台灯，一直带着从家里拿来的小油灯，老二钟爱这小玩意儿。

还是直挺挺的背影端坐在凳子上，左手托盘右手执笔，下笔时而刚劲有力时而飘逸潇洒，其他杂事完全影响不了他的注意力。

老二出关那一天，也不算出关吧，毕竟还在房间里，只是画作收整完毕之后就倒在地板上睡着了，我还以为他是把身体给熬垮了，手机拿出来差点打了120，听到他打呼噜的声音才知道还好只是睡着了。

可他整整睡了一天，还是雷打不动那种，可能我们在他床头蹦迪他都没反应吧，几个人给他抬上床，还是直接给扔上去的，他还自己翻了个身。

老二啊老二，是什么让你对作画如此痴迷？

老二睡梦中张了张嘴，那时还是在那地下室里待着的时候，我以为老二醒了，伸手按下台灯开关，他仍是傻笑着，眼睛却闭着。

是怎样甜美的梦呢？老二把太子党的名字都叫了个遍，唠唠叨叨地嘘寒问暖，平时可没那么矫情啊。原来是梦到自己参加了画展，正准备给我们介绍他的作品呢。

老二把每一幅作品的由来都介绍了一遍，还都是太子党的点点滴滴。

我正仔细听着，还想听出个后续啥的，结果听到的只剩沉稳的呼吸声。

类似的梦，老二做过很多次，但他从来没提起过。

他不说，我们便不知道，就像他会说梦话，我们不说，他也不知道。

他在梦里有着属于自己的画展，而他在现实里有我们。

老二干爹把我叫进房间，老二和干妈在厨房忙着刷碗唠着家常。

老二干爹从抽屉里抽出一卷画纸，将画纸在写字桌上抚平，仅仅一眼我就能看出这些就是老二的画作，与老房子里的画的画风一样，极好辨认。

老二干爹不知如何开口，我便说起了老二母亲在世时跟我说过的话。

老二父亲在印刷厂里上班，工资足以维持一个家庭的温饱。老二母亲则是全职妈妈，问题出在老二身上。

老二到两岁才学会走路说话，直到三岁才断奶，父亲开始意识到不对时却为时已晚。家里微薄的积蓄都用来四处寻医，中医、西医、巫医、神婆、江湖术士都拜访过，病因在于婴儿时期发烧，给烧坏了脑子，之后学什么都要比同龄人慢。

老二父亲不愿意相信，不认为自己的孩子与别的孩子不一样，医院治疗没用就换偏方，偏方不行又换巫术道法仪式。老二毫无改变，家里已是负债累累，老二父亲在这期间不光被骗了钱还被引诱沾上了赌，走投无路不得已还借了高利贷。

每个月工资连利息都不够还，天塌了下来，压垮了老二父亲的肩膀，同时也压断了老二父亲紧绷的神经。老二父亲开始变得癫狂，总是因为一些小事与老二母亲吵架，还动起了手。老二不敢说话，一说话便一起挨打。老二什么都不懂，只知道画画，不敢看到家暴的场面就关上灯蜷缩在房间角落涂画着。家门口时不时就会出现一群满是文身的社会人士来砸自己家的门，门外走廊上全是用鲜红色油漆写上的“还债”一类字眼，老二记得那个颜色，那是每次父亲生气后母亲身上出现的颜色。

老二干爹抬手打断我说话，想知道老二父亲现在如何。

老二父亲后来负债太多，老二母亲没有办法，就算一个人做四份工作也不够偿还债务，老二母亲的身体本就柔弱，终于积劳成疾。高利贷那边收到的钱越来越少，又来“拜访”老二一家，轰然巨响之中，早被油漆染成红色的木门被一脚踹开，一帮人把老二父亲按倒在地，剩下的就到处找值钱的东西，值钱的都往袋子里装，没用的就往地上砸，能带走的带走，带不走的都给砸碎，家里的木桌被劈开，摆钟也被放倒在地，沙发也被划破。老二母亲的哭声响彻家里，本躺在床上不能下地，一激动从床上摔了下来，双手抱住其中一人的大腿，试图阻止他的动作，却被踹倒在地。

老二父亲嘶吼着站了起来，受到的又是一阵毒打。老二害怕却也不知所措，脑袋埋在双腿之间用双手抱住，在角落里瑟瑟发抖。

碎裂声哭喊声嘶吼声随着沉闷的落地声戛然而止，老二父亲在打斗中失足从窗户跌落下去，这群人只得慌忙逃离现场。老二仍低着头不敢看，老二母亲爬到窗户边哭喊着，老二只有捡起掉落在脚边的铅笔往墙上涂画着。

高利贷倒是不用再还了，但老二父亲再也回不来了，老二母亲也没有再下过床，老二则是每天拿起铅笔在墙上涂画着。

……

老二干爹胸膛起伏着，放在腿上的双手也早就握紧，缓了好几分钟之后似乎做好了决定，起身从抽屉里找出一张银行卡塞到我手里："密码就在背面，虽然没多少，也够老二用的了。"老二干爹声音变得沙哑，也有些无力，"我这把老骨头撑不了多久了，能做的没有什么，我也认定这个干儿子了，以后好好照顾他。"银行卡放回老二干爹手里，他有些错愕。"我早就答应过老二的母亲了，老二是我兄弟，是我的亲人，我会照顾好他的，现在我已经有这样的能力了。"

但老二干爹不听，说不收下以后就不要到家里来了，反正这是给干儿子的，帮忙想办法让老二收下。我也只能无奈答应下来。

深呼吸一下走出房间，老二干妈正抓着老二的手问老二有没有女朋友什么的。平复下心情，我坐到二人边上加入他们的话题。

时隔一年后传来消息，老二干爹风湿加重了，出门也只能由老二干妈推着轮椅。这也同时提醒了我，时间不多了，是时候准备了。

工作室里一点声音都没有，每个人都埋头忙着自己手头的事情，小树这个憋不住事的自己跑出去了，老二坐在画室里研究自己的作品。办公用的电话响起，只有叫老二先去接下电话。

老二颤抖着挂断电话，但一句话也说不出，站在电话旁努力平复自己的心情，但眼泪还是掉了下来，我们还以为是出了什么事，老二仍不说话摇着头。足足十分钟，老二结结巴巴地说："我……我……我被邀请……请去参加画展了。"刚刚说完就忍不住掉眼泪。嘿，这不应该开心吗？还哭什么劲啊，老二就是太激动，一下子没缓过来，就是幸福来得太突然。

但他又突然停住了："我没投稿过什么啊，怎么会有人联系我参加画展？"老二觉得可能是骗人的。这时小树正好回来："我给你投稿的，报名费也交过了，怎么样，开不开心，感不感动，刺不刺激？哈哈……"

"你小子鬼点子多，不过这是件好事，现在下班庆祝去。"这等好事必须庆祝，老二整个人都要挂到小树身上了，像是回到了小时候那样。

法国，巴黎。

被欧式建筑所包围的街头，一个穿着朴素的少年正走在路上，少年的东方面孔与打扮并不是最吸引人的，吸人眼球的是他背后的大画板。少年用一口中文说着对不起，在人群中穿梭。少年来到街边一家展览馆，在门前驻足。一位黄头发白皮肤的管家模样的人从门后走了出来，用标准的中文对着少年欢迎道："尊敬的先生，请问您是带作品参加画展的作者吗？"

"是的，我的作品都在这。"少年取下背上厚重的画板，解开了布袋，露出的是一沓整整齐齐的画纸。

"好的，先生请随我进来。"管家模样的人指引着少年进入展览馆。

少年紧张到步伐凌乱，双拳始终紧握着，管家见状拍拍少年肩膀示意其放松。

空旷的大房间里各式各样的画框在墙上挂着，少年知道这些空着的画框正等着用他的作品填满。管家拍拍手，四个工作人员从门后站出来，并向少年鞠躬以示敬意。少年受宠若惊，一时之间手足无措，刚要弯腰，背上的画作全掉到了地上。

工作人员连忙捡起，只是有些愣神，被画作惊到了。不过本身的职业素质让他们继续动了起来。

在工作人员的帮助下，整个展览馆看起来不再单调。贴上了所有的作品后还剩下一个画框，少年灵机一动："这个画框留着给我。这就是注定好的。"

话未说完少年已经从兜里掏出一支铅笔，便开始了。

……

巴黎的早晨，可以说是五米开外人畜不分，巴黎就是雾大，站在街头完全看不到埃菲尔铁塔。浓雾之中五个黑影正慢慢接近少年，就算看不到脸，光从身高判断，少年也绝对认得黑影。

一个黑影从浓雾之中冲出来，冲向面前的少年，少年双手打开一把抱住面前的人："你们来了。"其余四个黑影也逐渐显现："恭喜恭喜，现在梦想成真了。"四人的话像是背好台词一样。

老二颇有一副主人家的样子，盛情邀请我们走入展览馆。原来在我们之前已经有不少人到场，甚至听到有人开始为面前的画作估价。老二脸上在慢慢泛红，我知道他并不是因为有人出价而高兴，而是因为有人欣赏他的作品所以兴奋。

太子党每一个人都发自内心地笑，欣慰地笑，为老二而笑。

老二拉着我们介绍着每一幅画作，但感觉并不是在介绍画作，而是在回忆我们童年时期的繁杂琐事。老二说得很细致，细致到每一笔为什么这样画、代表什么都说得清清楚楚，害怕我们看不懂。

不觉间已经出了神，晃眼间注意到角落的三个字，似乎很努力写好，但仍是歪歪扭扭，要不被拆开来，要不就被挤在一团。并不难认出这在心里默念过无数遍的三个字——“太子党”。

径直走向字画，一位金发碧眼白皮肤的人早已静候我多时：“尊敬的先生，您好，您对我们这一次的安排满意吗？”

我并没有回答，只是因为对这字画已经出了神，走近之后，空白处的痕迹让我很是在意。

那是泪痕吧，老二能写出“太子党”，是因为对太子党的执念还是因为他已经能分辨图画了，他不说，我也不知道。

老二，你为什么落泪，你不说，我也不知道。

过了许久，我才缓缓点头。

其实……并没有画展。

场地是租下来的，一切都是我们亲手策划再外包团队来做的，入场的百分之九十都是请来的临时演员，包括估价的人。

连所谓的邀请函也是我们自己伪造的。

老二也根本不会作画，他的画除了他自己，别人完全无法理解，因为那是老二的梦，也是老二的病。

从小智力方面就不及常人，在各种所谓的治疗下，没有好转不说反而病上加病。

老二开始逃避现实，躲入自己的幻想。

父亲的癫狂作为“催化剂”，催化着老二陷入更深的梦境。

而父亲的死将老二彻底带入噩梦的最底端。

老二再也无法区分梦境与现实，在别人眼中的老二就是精神有问题。

医学角度来说这叫妄想症，但我不这样认为。

老二只是一直在做梦，时而噩梦时而美梦。

关于绘画的一切都只是老二的梦，而我是他的织梦人，为他编织美梦的织梦人。

支票递到面前的人手中。“谢谢先生。”面前的人恭敬地说道，鞠躬后便退下了。

出了展览馆，香烟钻入浓雾之中隐匿了起来，向远方穿梭，带着我的思绪去向远方。

给我一支笔，我能为你画下一抹嫣红，让黯然失色的世界布满曙光，那消失不见的黄昏再次复苏于你的眼前，模糊死寂的枯木又会变为墨绿，干涸龟裂的土地开始萌发绿荫，溪流缓慢流过，清晰可见几尾鱼游入你的脑海，一切将重获新生。

你不必惊奇，我并不是造物主，只是一位织梦人。

为你编织你心中的一场场美梦。

行于我世界的你

在幼时的黄昏，每天放学，我一到家把书包扔到沙发上，便跑出去呼朋引伴地进入属于我们自己的世界，那时候流行玩各式各样的卡片，什么《游戏王》《神奇宝贝》《数码宝贝》……只要是电视上播的，都会引起一阵又一阵的收藏潮流。那时家里不算富裕，父母不会给我太多的“银子”用于爱好，可在大院里卡片最多的就数我了。

我们玩的方式和别人不一样。不一样在哪？比方说，你的卡片 HP（生命值）有 10000 而我的卡片 HP 只有 5000，那我必须猜拳赢两次才能得到你的这张。我猜拳在整个县城是出了名地烂，无论比我大的还是比我小的都愿意和我玩，每次我都输，因此我得到了个特殊的称号——“送卡老人”。无比机智的我选择另一种方式来一洗前耻。“来！来！来！下了！下了！开局！”“老天保佑！”我在心中默念。“红桃！红桃！红桃！哈哈！”我赶忙捂住自己的嘴，对！不能太暴露了！大壮不耐烦道：“快点啊！还玩不玩了？”“好了，好了！着什么急！十张！”我把十张卡片扔了出去。

大壮：“跟了！”

阿熊："跟！"

小树："弃牌！"

"再来十张！"

大壮："跟！"

阿熊："弃牌！"

"好啦，谁让我俩是兄弟呢？开了！不能要你太多！"

大壮："谁要谁还不一定呢！顺子！"

"不好意思了！同花！"

大壮："你出老千啊，每次手气都那么好！"

我赌运是真的好，打小就这样，挡都挡不住。

赌卡只能说是平时的休闲娱乐，真正刺激的要到黄昏时分，天色昏暗时，才能开始。

捉迷藏要到天黑才好玩，一躲就是半小时。别人想找你，找都找不到。那会儿，人小但胆大，哪都敢藏，每次我都藏在一栋废弃的楼里。谁都知道我藏在那，可没人敢上去找，一是太黑，二是那里曾经……死过人！

这是我老妈说的，谁知道呢？估计是怕我跑出来玩吓唬我的。可后来那栋楼里还是发生了一件离奇的事。

在我们中，别人最不想找的就数大壮了，每次都躲在坟堆里，只要你有胆儿，一抓一个准。有一次，我们都忘记叫他了，第二天一早才见他从半山下来。

"怎么了？"

“昨晚你们回家干吗不叫我？害我在坟上睡了一夜。”

“这个……那个……对了，那好睡吗？”

“还行，只是半夜有点冷。可后来好了，有人抱我帮我取暖。哎，你怎么了？别跑啊！”

“奇怪！他怎么了？”大壮木讷地用手挠了挠头。

每一天我们都会玩到深夜。

每次晚归总会被老妈吊到房梁上，她把我身上的脏衣服脱下，用湿帕子把我身子擦干净，从身后拿出衣架，往我身上抽。

“别……别……别……我错了！妈！我真的知道错了！”

“哪错了？”老妈问道。

“不应该玩到这么晚才回来。”

老妈拿起衣架接着往我身上抽。

“哦！哦！哦！我知道了！”

“说！”

“是不应该玩得这么脏兮兮的，洗衣服浪费水。”

“知道就好！”

第二天从大院的左转第二间门后又会传来一声声惨叫，天天如此。

阿熊家

熊妈：“是谁打孩子啊？叫得如此凄惨。”

熊爸：“还有谁？就是我们院子的大胖子呗。”

阿熊：“对，这声音是阿猪的！”（知道是我还不来救救我！）

熊妈：“别管了，快吃饭。”

小树家

树妈：“那孩子平时对咱小树不错，要不咱们去劝劝吧。”

树爸：“还是别去了，上次不是才去过，不去还好，去了越打越狠。”

树妈：“那也不能不管不顾啊！”

树爸：“天天都这样，你能管几天？放心，打累了，自然会停的。对吧，儿子？”

小树：“嗯！”（小树你这浑蛋，你记住！）

半山的坟堆旁

大壮：“阿猪，保重！”（希望夜晚有个人能拥你入睡哦！对不起，又忘了叫你下来了！）

如若说大院的生活是充满阳光幸福的一半，那隐匿在时光之外充满黑暗的另一半，就是我活得“苟且偷生”的小学阶段。

最炫目的夏将缓缓逝去，穿着人字拖嬉闹在大院里的少年渐渐少了。一个汗如雨下的暑期已经到头，一个抓狂的胖小子把自己锁在房里，发着闷气。

“开门！开门！开门！”

“不开！不开！不开！”

“浑小子！你敢不上学？”老妈在门外叫嚷着。

“谁说我不去了？我只是生病了，想请一天假。”

“生病了？呵呵，那你把我刚煮好的猪蹄端进你屋里，你几个意思？别啰唆了！快开门！再不开门，我可砸了，我数到三！”

“三！”我在屋里面喊道。

就在这一瞬间，门竟然慢慢地、慢慢地开了！

只见老妈睁大双眼呆呆地站在门外，手指停留在半空中，仿佛不相信自己的眼睛。

彼时我也睁大了双眼，恐惧地看着门外。

“你不会是用手指戳开的吧？”我吃惊地问道。

老妈用手挠了挠头笑着说：“不好意思！我忘记上次已经把锁弄坏了！”

（一群乌鸦从头顶上飞过……）

“报告！”

“你怎么现在才来？”百变小樱的魔法棒变出来的宇宙无敌嘴最毒的数学老师问道。

“生病。”

“那你这肿成猪头一样的脸是咋回事？”

“水肿。”

“都成这鬼样子了就别上学了，等一下吓着人怎么办？”

“老师说得对！”我点头笑着说道。（你天天吓我我就不能吓你一次？）

“好了，滚回位子上坐着吧。”

有史以来最难熬的一节课，我仿佛此刻正处于人群熙攘的动物园，在阳光明媚的夏季，人们笑着从我身旁经过，抚摸我肌肤的每一寸。稚嫩的儿童依偎在母亲的怀里，画面甚是温馨。儿童看着我，我也看着他，他笑了，我也笑了。

“妈妈，这就是大猩猩吧！”

“是的，宝贝。”

全班的目光一直在注视着，目不转睛地注视着我。

我把头埋在课桌上用书盖着，直到下课铃声响起，我才浮出水面。

小树：“阿猪，又被你妈打了吧？”

我：“你怎么知道？”

小树：“看这血红色的五爪印遮住了你的半脸，绝对是亲妈打的。”

当我正想争辩的时候，只见一肉球朝我急速飞来，我顺势半身旋转腾空跃起躲过一击。

阿熊从地上爬向我。

阿熊：“阿猪，救我！”

说完便停止了……蠕动，飞速爬起躲到我身后，身法轻盈。

我：“你搞什么鬼？”

阿熊：“你看你后面。”

此刻我的身后忽然变暗，所有的光亮像是被乌云挡住。我缓缓地转过了头，一个身材高大的人站在我面前，他头发微卷，满脸痘印的小创口，眉目乌黑，凶狠，破洞的牛仔裤，一条裤链如铁蛇一般缠绕在腰间，上身是一件立领衬衫，衣襟敞开。我的心微微打战，可现在在兄弟们面前可不能尿了，还没开口他却先说道：“你们是一起的？”

“对，我们是一起的，你想怎么样？”

“我先自我介绍一下，我叫陈伟，你们以后可以叫我伟哥也可以叫大哥，我是上一届六年级留下的，也就是留级生，至于留下来的原因嘛，因为我用刀刺伤了人。”他满脸微笑地看着我，我的手不停地打战，双腿也不听使唤，快速抖动了起来。

他接着说：“以后这个学校，我说了算。以后你们每天一个人交三块的保护费，既然你想逞英雄，那另外两个人的钱也由你一个人交。”

“如果我说不呢？”

啪！

上午老妈把我左脸抽肿，现在这个浑蛋又把我右脸抽肿。

小树：“原来这么狠的也不止亲妈啊。”

一阵耳鸣，我晕晕沉沉地被小树扶了起来。

“知道了吗？这就是下场。”说完他转身离开了。

在我们那个时代每天的早餐钱只有五块，其他时候家长都不再给小孩零用钱了，所以一天九块的高昂支出，便成了我的最大难题。幸亏小树和阿熊还有点良心，一起凑了凑还是能交上。可从那时起，我便一直没好好吃过早餐，胃病得每隔一段时间便会一阵绞痛，苦不堪言，这个病根一直留到现在。

我记得有一次我们三个人东凑西凑还是少了一块，当我捏着皱巴巴的钱拿给他的时候，他数了数钱，抬头冷眼看着我。

“怎么少了？”

“真的没钱了。”

咣！我被一脚踹飞到草地上，抱着肚子扭着身子呻吟。

“如果还有下次，你自己知道。”

从那以后，我们无论有多么想买的东西都会忍住，因为比起疯狂的报复这些早就无关紧要了。

我们就这样每天胆战心惊地度过了一个学期。老妈看出了我的异常，每每问我我都会闭口不谈，可就算不说也掩盖不了身子一天天消瘦和晨起时面色的苍白。

其实我也知道老妈担心我，每个夜晚，老妈都悄悄地站在门外，听着房间里的动静，夜里会过来看我是否掀起了被子，怕我着凉感冒。迷迷糊糊之时，我能感觉到老妈轻轻抚摸着我的脸，为我拉好被子，偶尔自顾自地说一些令人心痛的话。我犹如大梦初醒，为何要如此苟且地去听从一个人或者讨好一个人？如果讨好也是讨好抽肿我左脸的人，而不是抽肿我右脸的人。我暗自决定这一切是时候了断了。

新学期开学的第一天，我的生日，常常在外的老爸回到家中，为我买了一辆自行车，我高兴极了，自我记事以来，老爸送我的东西屈指可数，所以每一样我都特别珍惜。七岁时送我的衣裳，我都舍不得穿，一直存放在衣柜里面。每次打开衣柜看着这件衣裳，心里总是美滋滋的，虽然它已经布满了历史的陈旧，纯白的衣袖略有些泛黄，但它在我心里依旧纯白，这些在我生命之初出现的东西都弥足珍贵。

我不记得是在哪一刹那，我决定骑着它去学校。

或许是想告诉其他人，我有一个疼爱我的老爸，为我买了一辆自行车，又或许是想在羡慕的目光下骑车炫耀。

小树：“你敢把它骑来学校，你胆儿真大。”

我：“有啥不敢的？”

“你是被假期的喜悦冲傻了吧？你忘记陈伟了？”

我手紧握车把，细汗从掌纹中流出。我回想起假期所想的，谁敢动我的车，我就和谁拼命!

小树：“唉，真希望你的车安然无恙，多好的车呀！”说完他便摇了摇头唉声叹气地走了。

这是一个难熬的早晨。庆幸的是整个早晨一直没有遇见陈伟，说实话，我虽然有与他拼命的决心，但不到万不得已我还真不想走到那一步，我对他的恐惧还是有的，我还记得我与他见面时他那骇人的微笑与那沉重的耳光，他像一个深不见底的黑洞，一次又一次地蚕食我的信念与勇气。我不得不承认，再回想的这一瞬间，我是想快速逃离的。

我的自行车停在旧教学楼的大梨树后面，那里安全，很少有人会去。况且我还用两把大锁锁住，在安全方面应该是没有问题的。正当我快要走到那里时，我见一个人影匆匆向我跑过来。

阿熊：“快！快！快！大事不好了！”

我：“怎么了？别着急，慢点说。”

阿熊：“你的车，你的车……”

我：“我的车怎么了？你快点说啊！”

阿熊：“被陈伟砸了！”

“什么！”

当我奔到那的时候，我的自行车已经变成了一堆废铁，陈伟把脚踩在破烂不堪的车身上，左手拿着车轮，右手甩动着车链条，坏笑着看向我。

“小子，你可让老子好找。”陈伟生气地说道。

我看着眼前面目全非的自行车，泪水不停在眼眶里打转。我用手触摸着冰凉的车身，曾在脑中不断浮现的美好回忆在今日过后全部化为灰烬，被刮擦的车漆再也无法复原，被卸下的车轮再也无法装回，被砸烂的自行车无法崭新，一切的一切、无法回首的过往化作泪水滴落地面。

陈伟一步一步逼近了我：“你别以为滴两滴眼泪我就能原谅你，你假期跟老子玩失踪？你不知道每天也包括假期吗？这就是代价。你快把钱补上，知道了吗？”他用手拍了拍我的脸。

我攥紧了拳头，心中积压已久的怨恨就在此刻倾泻而出，我拿起身旁的板砖：“陈伟！老子要了你的狗命！”陈伟应声而倒。

就在这一瞬间空气仿佛凝固了，阿熊与小树睁大了眼睛看着我，而我则拿着板砖站在原地喘着粗气，脑海里一团乱麻：“糟了！我杀人了！我杀人了！怎么办？怎么办？”“你小子是电视剧看多了吧，一板砖就想拍死我？”陈伟摇摇晃晃地从地上站起来，鲜血从他的额头沿着脸颊滴落，有的顺着脖子流下来染红了他的衬衫。他用手摸了摸伤口，一步一步地走向我。刚才的愤怒如海潮般快速退去，如若你让我再去用板砖拍他一下我定是不敢的。“你要干什么？”我一步步后退。“从来没有人敢打我，你是第一个，好小子，你有种！”他笑着走到我面前，如一个饥饿暴徒看到了想置之于死地的猎物。我闭上了双眼，静静等待着“死亡”的来临。但即使再让我选择一次，我还是会拍他。不知为何，我竟笑了。

不知过了多久，或许只是短短几秒，又或许过了漫长的一个世纪，我从黑暗的意识中苏醒过来，模糊的世界再次出现在我面前，他并没有像我想象中那样用尖刀刺我，也没有用手里的链条还击，他只是伸出了手停在我面前。

“你以后可以不用交钱给我了，如果可以的话我想我们能成为很好的朋友，你至少有一点和我相同，对心爱的东西强烈的保护欲。我想这辆车应该对你很重要，我曾经也像你一样，最珍贵的东西被夺走，可当时的我不像你现在这样奋不顾身地去保护，如今回想真的很后悔。”

他的背影渐渐淡出我的视线，我呆呆地站在原地，不知为何，我对他的恨一点点被擦去了，或许是对他的执念已不复存在。

他刚刚对我说的话一直回响在我笨拙的大脑中。在我的童年，与世间任何一段童年都无异的童年，有多少人如他这般，急促地来到我的世界，又急促地离开。在我无法感知怎样去生活时，他已经在悄悄改变我的生活轨迹。像这样无从察觉的人在你几十年的人生道路上比比皆是，只是再普通不过的路人，却装点了你的梦，造就了现在不一样的你。然而，在珍贵的回忆中，我却再也没有办法想起他的面容，真是诡异的人生路程。

我想我是怀着对某个人的好奇开启了我寒假之后一个新学期的。

不知不觉渐渐初春，可天还是亮得很晚，晨起寒风擦脸而过，无尽的寒意浸入肌肤，空荡的街上荒凉得能感到细小的沙砾落入眼眸。一阵酸楚，又继续前行，此刻应有许多人还沉浸在自己的梦乡。

昨日所发生的依然存留在自己的记忆中吗？在这个错综复杂危险重重的年纪，本来一切的结局都是无法预料的，正如昨天怀着必“死”之心去等待裁决的我，结果又多了一个朋友，这个大起大落、完全相反的经历使我心中窃喜，这个冬季注定不会太冷！

第一节课下课铃声刚响，我就被小树给拉了出来。

“身上怎么一点伤都没有？”

“我要有什么伤？”

“不对啊，你要是不死现在也该缺只胳膊少条腿了吧？”

“你就这么希望我死？”

“不是，只是你昨天给了他一板砖，他就这么轻易地放过你，不合常理啊。”

“咦，我就奇怪了，你昨天不是在现场的吗？”

“你把陈伟拍伤的时候，我和阿熊就跑了。”

“你他妈真够兄弟。”

“要是不跑，兄弟只能在下面做了。”

“你……”

“别说了，陈伟来了。”

说完他便转身回到教室。

我看着迎面走来的陈伟，脸上勉强地挤出一丝微笑来：“还好吗？”

“你让人拍一板砖试试？”

“真是不好意思，昨天我太冲动了。”

“啥不好意思的，我们还是朋友，况且昨天也是我做得不对。”

“没事就过去吧。”

“走，你跟我来！”

陈伟搭着我的肩膀向校外走去。

“怎么了？”我有些不安。

“你跟着我走就行了，我又不会报复你，我陈伟说到做到。”

一路上他只顾专心行走，没有与我有过多的交谈。他冰凉且干枯的手掌上结了几个茧，老妈手上也有茧，老妈说手上结茧的人都是苦命的人。我当时笑道：“我手上没有茧，我的命是不是特别好？”老妈说：“要是你这个年龄手上就有茧，那你的命就更苦了。”此刻牵着陈伟的手，我想起了老妈的话。

那眼前的陈伟命运究竟是怎样的？

他自顾自地疾步行走，好似迫切地想寻找什么似的，像得到新生的囚徒，奋力地想离开囚牢。

“好了，就是这儿了。”他停下脚步。

如此熟悉的景，同样的人，同样的地方，同样的废铁呈现在眼前，除了时间相隔一天，其他别无二致。

“来这干吗？”我问道。

“记得昨天吧？”

“都说过去了就是过去了，我没那么小心眼。”

“我知道这自行车对于你来说很重要，我也知道重要的东西被夺走时的悲痛。”

他接着说：“既然我们是朋友了，我就不能让朋友难过，你看。”只见他从一小片松树林后推出了一辆自行车，那辆自行车与老爸送给我的自行车一模一样。

“给！”他笑着说。

“你哪来的钱？”我问道。

“钱？我家里最不缺钱这玩意儿了。开心吗？”

“嗯！”一阵暖意如流水般缓缓进入了我的心。

“开心就好！”他傻傻地笑，无尽的欣喜在脸上绽放开来。我能清晰地感受到眼前粗糙的他是一个与我相差不多的孩子，一个不能用成年人眼光来看待和审视的孩子，忽如梦醒，原来他是那么炙热，那么贴近我的内心。

“把车骑回家吧，我先走了。”

翌日，我被小树和阿熊堵在教室门外。

小树："我现在问你几个问题，你一定要老实说。"

我："你问吧，干吗搞得这么神神秘秘的？"

小树："你们现在是什么关系？"

我："谁？"

小树："陈伟啊，还能是谁。"

我甚至没有思考："朋友。"

小树："朋友？你傻了吧，你敢跟他做朋友？"

我："为什么不能？"

阿熊："你这样下去会变成杀人犯的。"

我："你们闭嘴！请你们尊重我，也尊重我的朋友！"

小树："好，我们和陈伟二选一。"

我："陈伟！"

完全不受控制脱口而出的或许正是我内心最真实的想法。我从小在大院长大，我和小树、阿熊一起经历了最纯白无知的童年时代，一起度过了最开心的那段岁月，可无论关系如何亲密，思想不同注定还是会有隔阂。当陈伟出现在我的生活中照亮我世界的一角，如一位失散多年的故人，与我在此刻重聚，我便知道，所谓的一见如故，其实是真实存在的。

我与他们之间的距离渐渐远了，这场没有硝烟的战争，哪一方都没有感到胜利。大壮很少来大院串门了，他总是这样没有征兆地失踪，过一段时间又会没有任何征兆地出现，神出鬼没，丝毫不着边际。没有陪伴的时候，真的连想死的心都有了，我本是一个坐不住的人，每每打开门看见来回奔跑的小伙伴们，心里说不出地难受。

老妈：“你是谁？”

我：“你确定是在问我？”

老妈：“你是谁？”

我：“你儿子。”

老妈：“我儿子才不是这样的，如果是我儿子早就找不到人了。”

我：“有心事？”

老妈：“被孤立了吗？”

我：“才没有。”

老妈：“真正的朋友是要学会换位思考的，如果为了一点摩擦与利益而互不理睬，不是友情是取悦。”

我：“不懂。”

老妈：“憨包，就是叫你找不会随意生气的伙伴。”

我与陈伟在校园相处的这段时间，让我很开心，虽然许多人在我们身后指指点点，可内心每天所充满的愉悦早已将这些异样的目光抛到脑后。

有一天放学，我提出去他家做客，他表情露出一丝急促的惊恐，随后便快速平静：“不了吧，我家挺远的，每次都是我爸开他的宝马车来接我回家，他今天有事不在家，叫我去奶奶家。过段时间再去吧。”

“那你去我家！”

“不了，不了！”

“有什么稀奇的，我们是好兄弟，我家就是你家。”

我一路拖拉着他来到大院，小树与阿熊在门口好像聊着什么，看到我来他们便停下话语，目光一直停留在陈伟身上。我带着陈伟嘴上嚷嚷着：“兄弟，走，去咱家！”

我听到从小树的方向传来牙齿“咯咯”的声音，心里快活死了，暗想：“这就是你们孤立我的代价。”

快走到家门口时，陈伟说：“我记得刚才那两个好像是你的朋友。”

“嗯，只不过现在不是了。”

“为什么？”

我不说话默默地向前走。

“其实你不说我也知道，是因为我吧？”

我停了下来：“陈伟。”

“嗯？”

“你是我的好朋友，甚至是好兄弟吧？”

“那还用说吗！”

“那不就成了。我妈跟我说过，看一个人要看他的本质，不能在没接触或了解之前下结论，人与人是不一样的。”

“不一样？”

“对啊，比如说你对别人差，但是对我好，我不能因为别人说你差就觉得你差啊，毕竟你对我好。就算我再怎么说你好，别人也不会认同，因为你对别人差啊，懂吗？”

“不懂！”

“其实我也不懂，都是听我妈说的。”

我接着说：“但我知道你对我好，我就得对你好。”

陈伟呆呆地看着我，眼神像一片星海那样明亮。现在我才发觉，在不羁的外表下的他，有张温驯的脸，而这副皮囊将在某个时刻被光芒刺破割裂，片片脱落，一个崭新的陈伟就将出现在我的面前。

“走吧！愣在这干吗？”我拉了拉陈伟。

“好！”

到了家门口，我一脚踹开了门。

“妈！妈！我回来了！”

“你要死了啊！”

“不好意思，我太激动了！”

老妈从厨房走了出来：“你瞎嚷嚷什么呢？”

“妈，我带同学回家串门了。”

“阿姨好，我叫陈伟。”

老妈瞬间眼睛眯成一条线：“来，别客气啊，随便坐，就当在自己家一样。你们在客厅看会儿电视，饭就做好了。”

我对陈伟说：“你看吧，在我妈眼里谁都比我好，真不知道我是不是她亲生的。”

陈伟：“别瞎说，我倒是觉得你妈挺好的。”

我：“挺好的？有你妈对你好？”

陈伟：“我妈……忘记了。”他声音弱了下来。

我：“这都能忘，你可真行！”

他并没有回答我的话，好像在思索着什么。

“来，我带你看样东西。”我领着他来到了我的房间。

我走到墙角的柜子前，打开柜子弯下腰用手摸了摸柜子底，我摆了摆手，又用手奋力摸索着。突然，我停下了动作，眉头瞬间打开:“找到了！”我又伸进了一只手,双腿用力把东西抽了出来，放在床上，站在一边喘着粗气。

“该减肥了！”陈伟打趣道。

“你快看啊！”

“这是啥？”

我们面前是一个生锈的小铁盒，方方正正，有点沉，铁盒上贴了几张画纸，一个再普通不过的盒子。

“里面装了什么宝贝？”陈伟拿着盒子上下打量。

“你打开就知道了。”我笑着说道。

他慢慢打开盒子，里面放着一打打卡片，这些卡片乃是我这么多年来南征北战的成果，他拿了一些在手中小心翻看着。

“这些是我最珍贵的东西了，原来还有很多的，但被早更的老妈烧掉了，这些还是我偷偷藏起来的。”我说。

“真好看！”他看得入迷。

“你没见过？”我问道。

他突然回过神：“怎么可能？只是我从小就不玩这些。”

“那你都玩什么？”我好奇地问。

“什么电脑、PSP1、PSP2，还有很多高档的游戏机。”

“真的啊？真想去你家玩。”

“下次再说吧。”

我奇怪地看着他，感觉他有什么想要逃避，后来也没多想，这次交谈便一度被我遗忘了。

“开饭了！开饭了！”

老妈的声音如电磁波一样透过许多遮挡，穿过了许多房间传到我们的耳朵里。

“哦，来了！”我在这边大声答应道。

“走吧，吃饭去。”我对陈伟说。

看着满桌子的菜我顿时就不开心了。

“妈，我到底是不是你亲生的？”

“有什么意见吗？”老妈淡淡地说。

“我陪你这么多年，都没见你做这么多菜。”

“平时都是我们娘俩在家，做多了吃不了。”

“哦，希望如此。”

只见老妈不停地向陈伟碗里夹菜。

“来，多吃点。”

“好的，谢谢阿姨。”

“阿姨，真的不用了。”

“阿姨，我真的吃饱了，不用了。”

“阿姨……阿姨……阿姨……”

我默默吃着碗里的米饭，心里气得要死。

饭吃到一半，我看见陈伟头上布满汗珠，刚开始我还以为是吃饭所造成的，后来我觉得有些奇怪了，陈伟脸上表情慢慢变得不自然，汗珠越来越多，面容越来越狰狞。

“你没事吧，陈伟？”我关心地问道。

“孩子你怎么了？”老妈也问道。

“没事，我就是肚子有点疼，请问厕所在哪里？”

“在那！”

我和老妈这次出奇地一致，手指指向同一个地方，陈伟连忙奔向厕所。

“这孩子怎么了？”老妈道。

“还不都怪你。”

“怪我什么？”

“要不是你拼命往他碗里夹菜，他能这样吗？”

“这也有错？”

“没错，你的出发点是好的，但你也得想想他吃得下那么多吗，你以为是我啊！”

“还真是的，平时喂猪习惯了，突然喂人都糊涂了。”

“你说我是啥都无所谓，但是你是否发现你说我的同时，也在骂自己？因为你是我妈。”

……

十几分钟过后，陈伟从厕所里走出，见餐桌旁一个人也没有。

“阿姨！阿姨！

“阿猪！阿猪！

“真奇怪，人都去哪里了？”

隐隐约约从我的房间传来了支吾的哭声。

此时夜色早已倾泻而下，天空中挂着长长的星河，外面是一片寂静，寂静之中有一阵细微的蝉鸣。

走廊灭灯，黑暗之中仍是黑暗，支吾的哭声还是从我房间传出来。陈伟壮着胆子一步步向我房间走去，每走近一步心中便多一分不安，心跳声在陈伟的耳畔回响，离我房间只有三步之遥时，他停住了脚步。根本不是他不想走，只是双腿颤抖得厉害，鞋里像灌满了铅。

他睁大了眼睛，通过房间门打开的一道小缝隙看到了有些模糊不清的画面。

陈伟此刻早已叫不出声，他头皮发麻，大脑一片空白。

“救命啊！有鬼啊！”只见他狂奔着跑出了大院。

老妈正用麻绳把我挂在房梁上，用我的袜子堵上了我的嘴。

“乖，别乱叫，痛一下就不痛了，等一下你朋友听到你乱叫就不好了。本来我今天不准备打你的，但是你偏偏挑战老娘的极限，何苦呢？”

“呜！呜！呜！”

“啪！”

“救命啊！有鬼啊！”

“好像你朋友的声音。”老妈说道。

我点了点头。

“那还不去看看？”老妈把袜子取下来。

“先放我下来啊！”

当我跑到外面陈伟早已不见了踪影，我又转身回到了家。

“人呢？”

“走了。”

“好吧，那孩子挺可怜的。”

“可怜什么，你知道他家多有钱吗？”

“有钱？看不出，从他穿着打扮到肢体语言，再到皮肤外貌，都不像一个有钱人家的孩子。”

“人不可貌相。”

“或许吧，管他的呢，只要你觉得好就行。”

后来好几天我都没见到陈伟，我去他的班上找他，他同学都说他不在，听说是请了好几天的病假。

没有他在的日子里每天都觉得很无聊，除了在课堂上与小树争吵、互相讽刺之外就是一个人发呆，从来没有如此乏味过，从前总觉得自己能做的事情挺多的，可现在越来越乏味，感觉没有陈伟做什么都没劲。

几天后，陈伟回来了，他脸色有些苍白，前几天应该病得不轻。

“那天你怎么不说一声就走了呀？”

“我还想问你呢，你和阿姨去了哪里？”

他接着说：“你知道我看见什么了吗？”

我摇了摇头。

“我跟你说你别怕，我好像看见了鬼。”

“什么？”

“真的，那天我从厕所出来，就听见你房间传来声响，我看餐桌边一个人也没有，就有点纳闷了，然后就慢慢走过去，离你房间不远时我就看见有细微的亮光从你的房间里照出来，我走上前去，从门缝看到了……”

“吊死鬼！我看见一个人被绳子吊着，伸着长长的舌头（不会是袜子吧？），被一只披头散发的女鬼拳打脚踢（应该是老妈用衣架打我）。”说完他脸色更加苍白，看来是被吓得不轻了。

自从那次以后陈伟再也没有去过我家。

今日初晨，天刚蒙蒙亮，影影绰绰散落无数微光，穿过玻璃照射到床沿与睡眼上。老妈要去城边的村庄，那是老妈的家，她每隔一段时间就要回去一次。在那里老妈度过了她纯白无知的时代，对那里的房屋、树木、花草、溪流都寄托着特殊的情怀。老妈说：“都不见了！小时候的玩伴都不见了。你要好好珍惜你的现在，懂吗？”我似懂非懂地点头。那时无比想成长的我，在许多年后的今日，落笔之时才感到惋惜，这样的顿悟需要时间的沉淀来积累，无论是谁，都是在成长之后才发觉早已错失了那些美好的年岁。

老妈带着我，我不明白对一个夏热冬寒、蚊虫繁多、臭味四溢、连电视都没有的村庄，老妈为何如此钟爱。

“是回忆吧，难忘的回忆，属于我们那个时代的印记。”

我总是把心中的疑惑存在心里，等到父亲回来便去问他。

走在泥泞的小路上，苦不堪言，四周的草丛传来“刺啦”的声响。老妈一个四十出头的妇人，已经把我远远地甩在身后，我一路小跑追赶，有几次差点被石头绊倒。等我追上老妈与她并排行走时，已经到村庄了。老妈露出了难以看到的笑容看向远方，而我站在原地气喘吁吁。

“走吧。”老妈拉着我的手去往她曾经住过的家，走入她童年的回忆与生活。时光荏苒，老妈一走便是二十年，在这个清晨，老妈笑了。

乡村小道是难以步行的，无味所夹带着的惶恐使我坐立不安，像木制的椅子上突兀长起的钉子裸露在外。这让我不愿坐在老妈的身旁，看她与年迈的婆婆拉着家常。

我走了出来，沿着沙尘飞扬布满棱角分明的坚石的小路，缓缓地向前走，我不时踢着石子，要不就是随手拾起一根树枝在空中肆意挥动，发出“唰唰”的声响，鞭打着路旁的野草或是荆棘。

就这样一边走一边玩，也不知道走了多久，我再回头看时，已经看不到屋舍了。四周全是黑绿的山与静静流淌的溪水。植物的气味格外刺鼻，鸟鸣从树林深处传出。所有的恬静都是大自然给予的。

我又转向朝原路返回，可不知道走了多久我才意识到哪里还有什么原路，刚才一路走来完全只顾着玩，根本没怎么看路，这一走又不知道走到哪了。算了，沿着大路走吧！遇到人再去问路。

就这样走着走着我走进了另一个村庄，正准备找个人来问路，可这里的村民好像没有一个在门外站着聊天的或者在院里小憩的。无奈我只有走进其中一户人家。

我推开了吱吱作响的门，里面光线极差，阳光根本无法从那仅有的暗浊玻璃窗透进来，潮湿的气味弥漫整间房屋，屋顶的巨木不知是不是被雨水侵入，已经发霉糟坏了，随时有掉落下来的危险。看着这么破旧不堪的房屋，真不知住在这的会是怎样的人。

“请问有人在吗？”

许久，当我以为没人正准备离开时，从屋内的黑暗处传出了声响：“是谁？”

“你好，我是问路的，我不认识这里的路，请问 ×× 村怎么走？”

只见一个黑影从屋里走出来。

“往前走就到了。”

一个熟悉的声音，划过了我的耳旁。

“陈伟！”

陈伟的神情从慵懒渐渐变成了慌张。

陈伟问道：“你怎么在这？”

“因为我外婆家就在不远处。那你呢？”

“我只是来亲戚家串门，这不是我家，这不是我家！”

“我知道不是你家，你激动什么？”

“我家住在城里的别墅区，当然不会是这穷乡僻壤的地方。”

“我知道你家有钱，你重复那么多遍干吗？”

“不是，我只是想说……哦，那我送你回去吧。”

“好啊，我怕走着走着我又迷路了。”

我和陈伟从屋里走了出来，只见一个中年妇女从远处走来，嘴里喊道：“小伟！小伟！等等！我有事找你！”

陈伟拉着我快速往前走。

我说：“嘿，她好像在叫你。”

陈伟不搭我的话，自顾自向前走着。我停了下来。

“你要干吗？”陈伟大吼道。

我错愕地看着他：“后面的人在叫你，而且好像很着急，你先听听她要说些什么再走也不迟。而且今天你是怎么了？发这么大的火。”

“没什么。”

陈伟站在原地，表情木讷地一动不动。

没过多久，被我俩甩在后面的妇人赶了上来。她拉着陈伟的手搭着陈伟的肩，在原地喘着粗气。

妇人说：“你走那么快干吗，我找你有急事！”

陈伟：“王姨，我刚才没听到，你有什么事等我回来再说吧。”

“你个好小子，王姨老远过来给你传话，你也不请我去家里坐一下，倒杯水喝喝。”

“王姨，主要是我身边有个同学，我要尽快送他回去，要不然他的父母该担心了。”

“耽搁不了你多久，也就十分钟的事。小伙子，十分钟应该没事吧？”王姨看着我。

“没什么，没什么，你们的事要紧。”

“小伟，那咱们先回家聊聊。”

“好。”陈伟忽然脸煞白，一步一步缓缓回到家中。

“王姨，有什么事你就说吧。”陈伟细声细气地说着。

“你今天是怎么了？平常你都不是这样的，今天怎么说话这么小声？”

“感冒了。”

“那你得好好照顾自己了，一个人在家不容易，有个伤风感冒记得买药吃，好好照顾自己。”

“好，好的，我知道。”

陈伟背对着我与王姨说话，不时回头偷偷看着我。

“小伟啊，你姐让你好好读书别再淘气了，她说等你读完初中，就接你过去上那边的高中，这是你姐这个月寄给你的生活费。”

王姨从衣服的内兜里拿出了一个小布包，她把布包层层打开，里面有两张红艳艳的纸币，她把纸币小心翼翼地递给陈伟。

“你姐说了，这个月多给你五十块，叫你多吃点好吃的。哦，对了，隔壁村的张叔说过了，这段时间他来帮你家换房柱，你看这房柱都糟成什么样了，你还真不担心房会塌啊。好了，该说的我也说了，我也该走了，你快送你同学回去吧。”

陈伟不知所措地坐在那，一分钟，十分钟，一个小时。也不知道他坐了多久，他突然站起身脸通红地看向我。

“都知道了？”

我点了点头。

我说：“你为什么要骗我？”

“我也不想，我只是……只是……”

“只是什么？”

“只是怕你看不起我。”

“你觉得我是那样的人？当你撒下第一个谎的时候，就意味着你要用更多的谎来圆自己撒下的谎，然后谎话越来越多，真话也越来越少。但请你一定要相信，我是真心想和你做朋友。”

我不说话了，静静地站在那，我也不知道该说些什么，以什么样的话语作为开头，又以什么样的话语作为结束。

在越来越了解人与人之间的薄弱游戏规则的冷漠之后，渐渐地会想像刺猬一样把自己蜷曲从而保护自己。一些冷眼谩骂欺凌，几乎令人感到生无可恋，但在这一切还没结束之前，还是会这样保护着自己，就算这些仅仅是幻觉。

很多年前这里多了一个生命。从小对父母的印象只停留在我三岁那年，他们一起在外打工，在家里一直都是比我年长六岁的姐姐照顾我。我很少能看到他们，包括春节，每一年的期盼只能换来他们从外地寄来的新衣裳或者糖果。

每年春节，村里在外打工的人们都会回来与家人团聚，只有我们家特殊，就我和姐姐两个人。别人家的饭桌上都是大鱼大肉，换着花样做菜，而每年我家的小木桌上只有一道尖椒炒肉。

突然有一天姐姐告诉我，我的父母在外地打工的时候被工地上掉落的石板击中了，双双毙命。姐姐带着我去了父母所在的工地，当时的我已经忘记了什么是悲伤，我只记得那是我第一次出远门，第一次坐火车，第一次见到川流不息的街道，第一次见到繁华热闹的城市……

我和姐姐，就我们两个人。

那一年，我六岁，姐姐十二岁。

别人用异样的眼光看着这两个衣着破烂的小孩，父母的工友帮我们领了赔偿款，到后来我才知道那家伙只给了一半。

从我三岁以来我就再也没有见到我的父母，谁知道早已涣散不清的画面再次聚会，见到的会是两具苍白的尸体。

那一夜我们登上了归乡的火车，那一夜我与姐姐谁都没有哭。那一夜我们学习如何在这残酷的世界苟活，那一夜我们懂得了太多太多。

为了不被别人欺负，我只有更加强大、凶狠。虽然这并不是真实的我，但至少这样，我会少很多痛苦。我学会了强势、报复、伪装，所以请不要恨我。

陈伟把我送到了村口，便转身离去了，我听见了微风送来细微的抽泣。

陈伟走之前说："谢谢你，给我带来这段时间的美好，阿猪，我真的没想过要骗你。"

很多年后的今天，我写了这样一首歌词，把我所有的遗憾与悔恨都融进了这个春天。

晨

记得那天送你的白球鞋
如今它也引上来星星泥点
时光总留不住黑夜
岁月停留在这个季节
细雨淋湿我的脸
当最好最好的年龄过去
我也慢慢老去
但我还会记得这首歌曲
偶尔想起唱给我的子女听
还有泛黄的白衬衫
爱慕美丽的少年
期待着野玫瑰盛放

可爱青涩的姑娘

渴望与爱人一起流亡

怀着梦想的孩子

拥挤着去北方

放下长发的姑娘

苦笑着不再善良

我与陈伟的故事并没有就此画上句号。

时至黄昏，满天红霞堆积在远方，那一抹浓重的绯红，划破长空，映照着这两个不同的身影，奔向不同的方向离去。

老妈大概是猜到我内心的不悦，并没有厉声训责我。

“吃些东西吧。”

“不吃了。”

“为啥？”

“没什么，出去走走就好了。”

“那你去吧，快点回来，我们要回去了。”

我点了点头，又站起身朝外走去。

彼时我站在旷野之上，回想着一刻钟之前所发生的一切，那些使人痛心的经历在折磨着一个生命，一个近在咫尺、饱经沧桑的生命。

时已春末，我们日复一日乏味的时光总是白驹过隙般流逝。风筝是我们那个时代最珍贵的物件，恰逢春季，田野便是我们的乐园。

我时常想约陈伟一起去放风筝，可他似乎对风筝不感兴趣，总是委婉地拒绝我。其实我与他相处这么久，发现他一直在改变，至少在对待我时，他的言语越来越柔和，他带着刃的那一面在我眼前层层脱落。

在金黄的田野、和煦的春风、波光粼粼的溪水与遍野的翠绿映衬之下，一个孩童尽情奔跑着。这幅定格下的画面停留在我幼时。

黄昏来临，远方的天际是浓厚的云，镶着朱红色的边缘，层层叠叠遮住地平线。

彼时我站在旷野上，回想着一刻钟前所发生的一切，那些使人痛心的经历在折磨着一个生命，一个近在咫尺、饱经沧桑的生命。

陈伟，如果呈现在我眼前的与你述说的是同一个你，那么我无法想象这一路上你走得多么艰辛。

当你在我面前声嘶力竭地痛哭时，我痛恨我幼稚与无知，无法在你最需要我的时候安慰你。

后面很长一段时间我都没能再见到他，我知道他有意避开我，但在一个不大的地方，相遇是在所难免的。

只记得他低头从我身边走过，我和他错开往不同的方向走，就在我们擦肩而过的一瞬间，我用手勾住了他的肩，他颤抖了一下，回头看我。

“我们重新认识好吗？我叫阿猪，我想和你成为最好最好的朋友。”

他的眼睛里闪着光点，吞噬万千山脉中的所有寂静。

我们又回到了那最初的时光，仿佛这一切都没有发生或者结束。

再后来的很多时日里，他好像完完全全消失在我的生活中，抹去了一切有关于他的痕迹。

他对我说：“在所剩不多的岁月能与你相遇，是我的幸运。我的尖锐是因为怕被伤害，我的柔软是因为认识你。阿猪，好好的，谢谢你行于我的世界。”

头像灰暗了，不久之后他走了，彼此都为彼此生命中的历程，彼此都为彼此生命中的过客，彼此都是彼此的一部分，彼此既没相遇也没相识。其实也谢谢行于我世界的你，我知道不久之后我将会忘掉这一段快乐、哀伤的经历，人就是这样，在时间之中彼此遗忘。

故城

一

“不好意思，麻烦让一下。”

几位护士将一位出了车祸的病人送到急诊室，身后跟着几位男子。

嘀……急诊室灯光亮起，几位男子在门外焦急地等待着，眉头几乎拧到一起，坐也不是站也不是。

咯吱……咯吱……病床下的轮子转动着，医生也随着走了出来：“请问石彦俊的家属在吗？”

“医生，我是，请问他怎么样了？”其中一位微胖男子上前询问。

“请随我到这边来。”

……

“他应该没什么问题吧？平时身体素质挺不错的，刚刚都还活蹦乱跳的。”

“先生，请问一下您是他什么人？”

“我是他哥。他怎么了？”

“先生，是这样的，您弟弟患有肺癌，伤势过重，我们将尽力抢救，麻烦您在这里签——”

男子打断医生的话：“等等……医生……麻烦你重新说一下，我好像没听明白。”

“先生，在这份协议上全部情况都有详细说明。我能理解您的心情，请看完在家属一栏签下名。”

男子脑内一片空白，甚至不知道自己怎么签下了名，呆呆坐在医院走廊的长椅上。

急诊室门上的灯还亮着，男子时而双拳握紧，时而双手抱头，其余几位男子也只听到微胖男子念叨着“肺癌晚期”……

二

鱼龙混杂的火车站前，熙熙攘攘的人群里总有那么几个“脱颖而出”，我即是其中一个。接近一米八的个子在南方地区算是比较高的了。再加上身材偏瘦，整个人站在那像立着一根竹竿似的。

一副打工仔回家的形象完美呈现在我身上：背着一个与身材不相符合的巨大背包，手上还提着一个编织袋，探着脑袋在人群里寻找着。

我将嘴角的香烟吐到地上踩灭，正掏出手机拨下熟悉的号码。

“小树！这边！小树……”穿着时髦的男子在人群里扯着嗓子大喊。

我也挥手示意，不过背包和袋子太大了，硬是挤了好久才出来，毕竟现在算是春运。

肩膀被捶了一拳，我还没叫出来就听到身后哼哼唧唧："嘿，还以为外面伙食好点能把你养胖，结果还是这么瘦，小树，这样不行啊，我喝多了可是要靠你拖我回家的啊。"一边说着一边揉搓自己的手。

"哇，你打了我一拳还怪我骨头硌着你了，阿猪，你这恶人先告状玩得挺溜啊。嘶……死胖子下手真的重。"

说是死胖子，实际上也只是稍壮了点，但小时候是真的胖，所以都叫他阿猪。

"行了，我才用了不到五分力好不？刚刚下火车还没吃东西吧，先把行李都放我那，想吃啥跟哥说，我给你接风洗尘。"

"嘁，我还不知道你哦，明明就是自己饿了。那快走咯。"

"就你小子有嘴，一天叭叭叭的。你是把锅碗瓢盆油盐酱醋都装行李里面了吗？怎么这么沉？"阿猪一把抢过我的行李自己提着，说是提着还不如说是拖着。

"好了，我自己来吧，你该多锻炼了，不把那脂肪练成肌肉，还养着那一身肥膘干吗？"

嘭……又是一拳。"你小子……让你嘴欠……"

"哥……别……我错了。"

……

"嘿！你是不是打算把我钱包吃空？真不知道你小子怎么这么能吃还长不胖，你这是身体里只剩下消化系统了吧？"

"唔……你才是……"我已经很久没吃到这样正宗的贵州酸

汤火锅了，在贵州都是叫酸辣烫或者红酸汤，嘴里塞满食物也要和他斗上几句。用贵州话说就是吃得“包口包嘴嘞”。

“一边吃饭一边说话，你也不怕噎着……服务员，麻烦拿两瓶矿泉水。知道你几乎不喝饮料，看哥对你多好。”

“咳……咳咳……”

“看吧看吧，让你吃慢点。”

“我是被你恶心到了，一个大男人婆婆妈妈的。”

“你那瘦脸好像不够我放一拳的吧？”

“行行行，我吃饭，不跟你多说废话。”我不得不屈服在他拳头之下，毕竟今晚可是他请客。

“之前在广东那边怎么样？”他掏烟盒，递了一支到我面前。

我顺手放耳朵上夹着：“别提了，完全吃不习惯，三天两头买老干妈下饭吃。”

“我是问你过得怎么样，你就知道吃，吃了就拉出来，肉也不长点，还不如不吃。”阿猪点燃手里的香烟，吸了一口。

“还在吃饭，别扯到关于排泄系统的话好不好？喏，过得就这样啊，所以这不就回来投奔你了嘛。”我指着自己去广东之前买的衣服，现在回来了还穿着。

“回来了就好……对了，不打算回去看看你爸和你……继母吗？”

我猛吸一口烟，叹了口气：“算了吧，还不如不回去，他们要知道我现在活成这样，又得替我担心了。”

在外面奔波两年，一点“出息”都没有，也没这个脸回去。高中辍学后直接进入社会是我自己的选择，到头来自己养活自己都困难，过节都不敢往家里打电话。

想想当初也是太过叛逆，书没读好，抽烟、喝酒、打架、上网、泡妞倒是一样不差。整天放学就泡在网吧浑浑噩噩耗过一天又一天。还幻想过去打职业联赛，哦不，不是幻想，简直就是痴心妄想，也是每个“网瘾少年”的梦想，连个县城队伍都打不过，拿什么去打职业赛？拿头打也打不过啊。

还记得那天是个好天气，也就是辍学那一天。刚刚在网吧通宵上网直接来到学校。“真是个适合睡觉的好天气。”心里这样想着，来到教室倒头就睡。任课老师看到我这样也只能摇摇头微微叹气。高中之前可不是这样的啊。

我睡觉的样子太有损我形象了，也可能是因为天气好，睡得太舒服，口水滴落到了未翻开的书本上。恰巧这一幕被前来“查岗”的班主任给看到了，她直接冲进教室，铁皮包裹着的木门直接砸到了墙壁上，发出“咣当”一声巨响。我？我睡得正香呢，自然是无动于衷。疼痛感伴随着清脆的耳光声袭来，面前的书也散落一地。

我抬起头，用一副死猪不怕开水烫的样子看着她。

“你看看自己现在是什么样子，人不人鬼不鬼的，这是一个学生该有的样子吗！”

“说完了吗？”我慢悠悠捡起掉落在地上的书。

“这么喜欢睡觉就滚回家睡！”

“嗯，好。”

“滚了就不要再回来！”

我也没有再回答，但我有再回来，交退学申请罢了。

“喂！还没喝酒你就醉了吗？发什么愣啊，嗯？”阿猪伸手在我面前晃了晃，轻轻拍了拍我的脸。

“没有没有，虽然我酒量差，但也没到这地步吧。就是想到了以前的事。”

“想到了啥？”

“哈哈哈哈，和你坐在一起当然只会想到以前你做的那些糗事了。”

“臭小子，好的不记，那些破事倒是记得清清楚楚。”

“不光清清楚楚，简直刻骨铭心啊，哈哈哈哈……”

……

“妈的，都快被你打散架了！”

“还嘴欠不？这次是七分力，下次让你尝尝十分力！”

“算了吧，猪哥，大人有大量，我随便说说你就随便听听得了呗。”

三

我和阿猪算是发小级别的关系了，从三岁搬到这小县城的大院里，我就认识了阿猪、大壮还有阿熊。刚来到这边的时候我还脸皮特薄，看着他们都在院子里玩，我也想去，但又觉得不认识，就这样过去不太好，于是就在窗子边看着他们玩。

大壮注意到了我，然后便向我招手："我们这人少，下来和我们一起玩吧，玩躲猫猫怎么样？"

"好啊，我马上下来！"等的不就是你这句话嘛。

再到后来认识了其他人，组建太子党。

直到一年后，母亲开始和父亲吵架。但父亲一直都让着母亲，也从不让我听到他们吵架的内容，只是在那之后再也没有看到母亲笑过一次。

每次他们一吵架，我都自觉跑出去玩，直到父亲从窗口叫我回去吃饭。有一次吵得很严重，家里却没摔坏任何东西，甚至枕头被子都整整齐齐。只是那天我回家之后，母亲抱了我一下，很用力，勒得我有些疼，母亲抹了抹眼泪就出门了。父亲说母亲是回外婆家了。我每天都会问母亲什么时候回来，父亲总是说过几天。"可是我想妈妈了。"虽然父亲做的菜也很好吃，但我想见到母亲。

我已经不记得那天天气是怎样的了，只记得那时候正在学前班上课。老师出门接了个电话，然后让我提前放学回家。年幼的我只觉得提前放学还挺开心，就跑回了家。

父亲平时很少抽烟，但回到家之后我不得不捂住鼻子，家里全是烟味。我仰着头看着父亲，父亲眼睛有些红肿，身上全是烟味。爸爸虽然不高，但很强壮，也许是因为以前干农活和在工地上班的原因。只是父亲浑身颤抖着，好像随时会倒下来一样。

我还没开口，父亲就跪了下来，也许说倒了下来比较好，紧紧地把我抱在怀里，比母亲那天抱我还要紧。父亲嘴唇时而闭紧，时而张开，好像有什么事要说。但我只听到了对不起，对不起，对不起……

家里的顶梁柱，这个铁打的男人哭湿了我的肩膀。那是我第一次见到父亲哭，我有些不知所措，懵懂无知的我也不明白父亲为什么会哭，只能拍着父亲的背，嘴里说着不要哭，不要哭，不要哭……我哭的时候，父亲也是这样一直拍着我的背，哄我。

……

面包车门打开，秋风带着一丝凉意灌进我的衣领。父亲替我整理好衣服，把衣摆塞到裤子里。“注意别着凉了。”声音很沙哑，已经是近乎失声那种，不知道是抽烟抽多了还是……

我记得这里，是外婆家所在的小镇，在贵州的大山里。与其说是小镇，倒不如说是个乡村吧。由于前一天晚上下雨，坑坑洼洼的黄泥路变得更加难走。相比其他地方，这里很落后，甚至在街上住的人没有在山上住的人多，第一是因为没钱修房子，第二是因为四周都是山。外婆家以前是住在街上的，后来不得已搬回山上的老房子，只听亲戚以前提起过是因为舅舅好赌。

从镇上到外婆家走了接近两个小时，因为天气原因，路太难走，而且坡度大，开车根本没办法上去，还有一段是山间小路，所以也只能徒步。一路走下来，鞋底鞋边沾上了一层厚厚的泥土，走起来都费劲。快到外婆家的时候有十来步的石阶，全是用石块垒起来的，石块间用黄泥来固定，这些石阶的棱角上也有不少泥土，看来今天来外婆家的人不少，利用石阶刮下鞋子上的泥土后走上石阶就到外婆家了。

走得越近香纸味越浓，外婆家的房子已经朴素到了极点，典型的农村草房。房子和土地是一个颜色，因为墙上糊着的就是黄土，有些地方已经脱落下来，看得到里面的砖头和石块。房顶用一根根圆木支撑，再铺上一层厚厚的稻草，稻草上再盖上一层塑料膜之类的东西。

房子正门门槛很高，不像现在的居民房的门槛走过去就好，这个门槛得跨过去。

看到房子的正堂被布置成了一个灵堂，我才开始意识到不对。因为我在很小的时候，在广西的老家也见过这样类似的场景，那是祖奶奶去世的时候，父亲和家里的亲戚都说祖奶奶只是去一个很远的地方“买盐”，但从那之后就再没见过祖奶奶。我伸手去拉父亲，父亲松开握紧的拳头颤抖着拉住我。后来我不记得了，只是一直在哭，嘴里一直说着不要母亲去“买盐”，因为我知道，这一去就像祖奶奶一样，不回来了，一直到我哭到发高烧昏了过去。

后来我长大才知道，母亲是自杀，服毒自杀。

母亲被绝症缠身，父亲并不相信不能治好，母亲却因此抑郁，总是和父亲吵架，最后回到外婆家服下毒药，抛下我和父亲。

父亲开始喝酒，好几次喝醉后说母亲是个自私的人，什么事都不跟他商量，擅自做决定。

但我也明白，那只是母亲不想拖累父亲，毕竟那时候家里根本负担不起治病的高额开支，母亲不得不狠心离开。

从那以后好几年，一直是父亲一个人当爹又当妈拉扯我长大。

只是我变得越来越叛逆不听话，也不知是从什么时候开始混迹县城里各个游戏厅。每天作业也不写，放了学就一头扎进游戏厅。

父亲一个人经营着一个理发店，来理发的人很多，每天都会很忙，每天也只是把饭钱放在我书包里。

邻居都知道我家里没人做饭，阿猪和大壮经常叫我到他们家里吃饭，我当然都婉拒了，也有那么几次被直接硬拖着去。

也不知道从什么时候开始，厌恶待在家里的感觉，每天放学回家，书包往床上一扔就转身出门，去哪都好，去院子和朋友玩耍，去游戏厅打打游戏，去河里洗洗脚摸摸鱼……

四

我就算作业不做成绩也一直不错，老师批评很多次也不听，被叫家长之后反而学会抄作业了。

小学的时候阿猪就在隔壁班，我们经常放学结伴回家。

初中在同一个班更不用说了，直接想方设法调座位坐到了一起。

阿猪和我相比就要老实多了，作业都会按时完成。但每次考试我的分数还是比他高。他也总是抱怨道：“不公平啊，这家伙不是人吧，作业不做，随便看看书都比我考得高。”

“这是天赋，你学不来的，哈哈哈……”

“那有本事作业以后别抄我的。”

“哥，有事好商量嘛，我不是也帮你看你哪道题出错了嘛。”

“那你自己做去啊，抄我的干啥？”

“哎呀，我这不是平时懒得动脑子嘛，来，哥，这是今天的酸奶。”说着从书包里拿出一瓶酸奶，一直以来最爱喝的津威酸奶，也是阿猪最喜欢的。

“这不就对了嘛，作业拿去随便抄。”作业本直接扔到我这边桌子上。

就凭这抄作业，我练就了一手写字速度。

每次寒暑假作业都是两天到三天全部抄完，这速度可不是吹的。

只是速度一般和质量成反比，写的那字有时连自己都认不出，真是为难老师了。

后来游戏厅也很少去了，因为开启了通往网吧这个新世界的大门。

近朱者赤，近墨者黑，阿猪后来也和我一样到周末就泡在网吧打游戏，成绩开始慢慢下滑。

老师以为是我们上课老是聊天不听课的原因，于是把我和阿猪这对搭档给拆开了，但也是“治标不治本”。

刚读初中的时候流行玩 CS，进网吧全是在玩 CS 的，我和阿猪自然也紧随潮流。只是阿猪刚开始有些晕 3D，有好几次直接玩到吐，我完全没有这样的状况。我就笑他：“你才玩个游戏都会吐，要是让你和我去喝酒，那不是还要吐血啊。”

两年后过生日的时候我才知道我错了，错得很离谱。

生日是在6月14号，在高考之后中考之前。那时候KTV什么的全都停业，我们太子党的成员就投票决定要怎么安排生日行程。

那时候县城并不大，一个多小时就能走遍整个县城。

县城中心是一座山，叫作“天灯坡”。在我们这比较小的山都叫“坡”，大的才会叫作“山”。

天灯坡顶上修有一个类似博物馆的建筑，建筑的四面有四面钟，在我来这之前就已经建好了，可以说比我年纪还大。在印象中，这个钟楼里面从来都没人。

这里便是今天的目的地。

在家吃过晚饭之后都在院子里集合，我是第一个到的，因为家里没人做饭，父亲记得是我生日就留了两百“大洋”在桌子上，还留了字条，仅仅是一句“生日快乐”而已。

当时的两百已经很多了，一碗炒饭才五块，一碗牛肉粉也才四块。自己解决了晚饭问题之后就爬到院子里的树上等着其他人。

残阳如血，渐渐沉没在山林之中，天空的东边开始漫上一丝丝墨色。很难得见到这种景色，或许是我以前没怎么注意到。

开始有些喜欢上这种感觉，凝望着天空发呆，观察着天空的每一丝变化。

看着火烧云逐渐消散，不觉出了神，眼皮像挂了秤砣似的越来越沉越来越沉。

……

县城的夜景是真的美，站在山顶便可以看到整个县城的概貌，因为在这生活时间长，看一眼就能知道哪是哪，甚至附近有什么店铺都记得清清楚楚，当然，有什么吃的就更别说了。

“当……当……当……”悠长的钟声从钟楼传出来响彻整个县城。细数一下总共响了八声，那么现在就是八点了。

“醒醒，怎么在这睡着了？”原来我是睡着了啊，醒来还隐隐约约听得到钟声的回音。

在还读一二年级的时候总以为钟楼里住着人，每天早上七点、中午十二点、晚上八点都会敲响钟声响彻整个县城，以告知人们时间。

太子党集合完毕后便向着天灯坡出发，从上山的水泥台阶就看得出来有些年份了，越接近山脚的水泥台阶越是残破，但同时也是最新的，因为翻新次数一样是最多的。很多人开始不愿意到山顶，毕竟从山脚到山顶最少需要四十分钟，而且坡度并不小，每次登到山顶两条腿会像是灌了铅一样，变得沉重。从未见过任何一个人能够脸不红气不喘登到山顶。

因为后来到山上来的年轻人越来越少，老人家休闲也不会爬上山顶，往往都是在山脚乘凉，所以在山脚用水泥修了好多休息用的长凳。这样一来，懒人更多了，更加没人愿意上山顶。

上到山顶之后，有些说不出话，说一个字能喘两口气那种，也可能是我自己体能原因吧，虽然大壮看着也挺累，但他说话还是没什么问题。

尽管天灯坡并不高，但到了山顶便感受不到喧嚣，仰望夜空甚至会有一瞬间与世隔绝的错觉。

山顶只剩下几个少年的喘息声，微微风声，树叶之间摩擦发出的沙沙声，还有阿猪沉重的脚步声。

“你倒是走快点啊，等你慢慢上来，我们都下山了。”我休息差不多后笑骂道。

“说实话，不是我打击你，阿猪你真该减肥了。”大壮也忍不住附和。

只不过一般说“不是我打击你”就开始打击别人了。

阿猪喘着大气，一只手撑住腰：“哎哎哎，不准拿我体重说事。呼……不行了，我得先休息一下。”一边说着一边到达山顶一屁股直接坐下。

山顶的钟楼旁是用水泥砌起来的两个小平台，正面有个大铁栏杆门，门上有一把大锁从外面锁上，只是锁上并没有太多锈迹。

透过门往里看，墙上挂有好几幅画像之类的，只是上面的字迹太潦草，看不懂写的啥。

休息一会后发现已经快九点了，时间当然是抬头就看到了，头顶可就是钟楼。

钟楼上有两个类似于探照灯的设备，两束强烈的灯光好像想要撕开黑夜一样左右拉扯着。

夜晚的钟楼除了两个探照灯，其他的灯光都很微弱，时钟上的时针、分针和时间点都是荧光绿的颜色，秒针则是显眼的红色。

“那么差不多开整？”大壮提议道。

“话说，你们有谁之前喝过这酒吗？”阿熊提出了关键性的问题。

“嗯……应该还不错吧，大人都喝白酒，应该比啤酒好喝吧。”我是这样觉得的。

“别吧，闻着味道好像很难闻。”阿猪已经把兜里揣着的二锅头拿了出来，闻了一下就捏住了鼻子，皱着眉头说道。

“买都买了，总不可能扔掉吧？”我倒是一脸可惜。

太子党众人围成一个圈，把拧开的酒瓶子举在自己面前，浓郁的酒味飘散开来。

“天，我们买的不会是酒精吧？”阿猪一手捏住鼻子，另一只手拿着瓶子端详着上面每一个字，酒精含量 56%……

“喝吧喝吧，等会还得回家。”大壮提议。

“3，2，1，生日快乐，干杯！”几个人在山顶扯着嗓子喊，居然能听出那么一丝悲壮的感觉。

风萧萧兮易水寒，壮士一去兮不复还。

干！

咕嘟……

呕……

咳咳……

几乎同时都往自己身后呕吐了出来，但每人还是咽下去一大口。

几个少年脸涨红得像那猴子屁股似的。

感觉咽下去的酒像是在体内点燃一般，从喉咙开始燃烧，滚烫的酒液再慢慢流往食道，最后到胃里。

一张嘴又开始觉得一阵反胃，我整个人就挂在空地旁的护栏上又吐了起来。

是的，没看错，就是挂着。两只手伸到护栏外，栏杆支撑着腋下。

几个人里面就我反应最大，其他人只是一般喝酒上脸而已。

我呢，我这是喝酒“上身”，脸红就算了，全身也开始发红。

虽然灯光昏暗完全看不出什么，但我觉得身上开始发痒。

阿猪开始冷嘲热讽：“嘿！之前我记得你好像说我喝酒怎样怎样的吧，怎么我还没事，你就不行了？来啊，继续啊，哈哈哈……”

我这暴脾气当时就上来了，最听不得别人说我不行。

捏住酒瓶，往阿猪手里的瓶子上一撞，发出清脆的响声。“来啊，谁怕谁啊，才这点酒而已。干！”

这次比第一次咽下去稍好一点，但也仅仅只是稍好一点点。

满嘴酒味让我感到胃里一阵翻江倒海，得了，又跑去挂着吐了。

真丢人……

其他几个则在旁边偷着乐。好你个阿熊，就你笑得最欢，整死你。

“阿熊，今儿个我生日，不祝我生日快乐敬我点儿酒？”虽然我当时看不到自己的脸，但脸上也肯定写满了“阴险”两个字，毕竟一瞬间口音都变成了北京腔，尽管并不标准。

话音刚落，阿熊涨红的脸也掩饰不住那苦瓜色：“啊……这个……行行行，你生日你最大，你说了算，生日快乐，走一个。”

咕嘟……

呕……

我这不争气的身子又在护栏上挂着了。

六月的微风拂过我燥热的身体，让我感到一丝凉意，可完全吹不散我身上的酒味。

脑袋开始越来越沉重，眼皮也像是挂了什么东西一样忍不住往下坠。

一只手在轻轻地帮我拍着背，胃里翻腾得也没那么严重了。

“怎么样，感觉好点了吧？喝不了的话就别喝了，好好休息一会儿。”原来是大壮。

“你小子喝不了就别逞能了，酒这东西伤身体，好好歇着吧你。”阿熊虽然说的话不怎么中听，但我也知道是在担心我。

“晓得了晓得了，回克坐起咯你（回去坐着吧你）。”嘿，这会儿当地方言都给整出来了。

我也记不清自己后来还干了啥，吐完之后我是彻底醉了，醉得不省人事。

后来的“英雄事迹”还是从他们口中得知的。

比如，躺在地上叫他们帮忙拿床被子，晚上有点凉。

还有，抱着棵树哭，嘴里还叨叨着一大串他们听不懂的广西方言，还死不撒手，谁来拉就揍谁那种。

最后死活要去吃宵夜，就要吃地税局楼下那家酸辣粉，还把醋当酱油倒进碗里，还问老板家的酱油是不是过期了，怎么一大股酸味。

他们应该是编出来的吧，我这么正经的一个人怎么可能做出这种事来?

好好好，我最多承认百分之五十，其他的肯定都是添油加醋扯出来的。

五

父亲的教导我从来都没有认真听，他是个合格的父亲，也是个失败的父亲。

我在以前就辜负了父亲的期望，成了一个废人。

父亲告诉我，成绩不好不要紧，会做人就好。要堂堂正正地做人，做一个正直的人。

我直到现在还没完完全全会做一个人。

……

与街上火药味不同，网吧里满是烟味，一帮子“修仙者”在这，春节期间大晚上不睡觉，跑到网吧“修仙”，还弄得网吧里满是“仙气”。

“阿猪，救我，我被人包了！

“啊！阿熊，快过来帮我抓下对面，我快被打炸了！

“大壮！大壮！哦……没事，我已经死了。”

可能整个网吧就我声音最大了，但也没人会说什么，经常来网吧都已经混熟了。

那时候流行玩《英雄联盟》，整个网吧百分之九十都是玩《英雄联盟》的。

那时候和别人搭话都是：“哎，朋友，你哪个区的啊？啊？我也在这个区，有时间一起开黑怎么样？”

所以，大过年的，刚刚从父母手中拿到压岁钱就直接跑来网吧。

未成年不能进入网吧？别逗了，那时候网吧赚的就是未成年人的钱。身份证没满十八岁，那就去借别人已经满十八岁的来啊。或者网管那就有多余的身份证。

当然也会有警察来检查，只是一般检查之前网管都会收到通知，突击检查也一样，其中有什么内幕就不得而知了。

直到后来成年后又觉得禁止未成年人进入网吧是正确的。

未成年人把网吧都挤满了，我们玩什么？

所以我正义感爆棚，他们都还只是孩子，他们还在学习的阶段，劳逸结合虽好，但不能让他们继续沉迷游戏而耽误了学习啊……

所以，我报了警。

“您好，我要举报 ×× 网吧纵容未成年进入。”

“好的，我们尽快派人进行检查。”

五分钟……

十分钟……

二十分钟……

网吧里走出一群群青少年，有的沮丧，有的惊恐……

唉,都是一群被网络游戏“精神鸦片”祸害的祖国的花朵啊……原本应该在校园里积极向上、奋发图强地徜徉在知识的海洋里的年轻人怎么会变成这样?

我感到非常痛心，这次也仅仅是微小的帮助，并不能完全让他们明白这些道理。

对此我只能说：

网管，充二十，包夜。

太子党里也就我经常去网吧，他们家教都比较严格，我家也严格啊，但就是太叛逆。

小时候没少因为去游戏厅被打，打到什么程度呢，邻居直接来敲门劝父亲别打了。

我家里换扫把换拖把都是因为我，打我打断的。

我又是那种好了伤疤忘了疼的人，不，伤疤还没好就已经忘了疼。

那次是星期六，我大清早就起床，不为别的，就为了去游戏厅打游戏。那时候没有电玩城，就算有了电玩城，我觉得也没游戏厅有意思。

游戏厅老板也算是“看着我长大”的了，他家游戏厅就开在幼儿园旁，以前我就在那家幼儿园上学，小学六年也都在他家游戏厅“度过”。

老板是个三十来岁的中年男子，我们都习惯叫他“宏叔”或是“宏哥”。

当时他家算是县里设备最好的一家了，街机、老虎机、水果机、游戏主机都有。

就一间四十平米左右大的小门面，可算是麻雀虽小五脏俱全了。

我当时最喜欢的就是 PS2 主机了，最先进的也就是 PS2，我天天混迹游戏厅还混了个“全县第三”的名号，因为在 PS2 上最具有竞技性的游戏是“龙珠”，我有事没事就花十来块钱开机子，打上几把龙珠，没少有人来挑战我，但只有两个人能打赢我。

宏叔自己也玩龙珠，但也是我手下败将。

像往常一样，我开着机子，自己玩着游戏。

可怕的事情发生了。那时候父亲腰间挂着一大串钥匙，也不光父亲，很多中年人都会把钥匙挂在裤腰带上面，但我能辨别哪一种响声是父亲的，那种走路时钥匙碰撞发出的响声。

“哐啷……哐啷……”我一下子愣住了，不是吧？完了完了完了。

父亲拍了拍我的脑袋，我没转身，说：“先生，你认错人了。”

一个爆栗直接敲在我脑袋上，我转身就是认错三连：“爸，别打了。”“爸，我错了。”“爸，我以后不敢了。”

拎着我回家又是一顿揍，揍完不忘给我煮了碗面，父亲知道我又把早餐钱拿去打游戏了，没有好好吃早餐。

我就真的是好了伤疤忘了疼，现在已经记不清当时有多疼了。

如果仅仅是这样还不足以说明我这一特点，重要的是父亲给我煮了面之后就出门了，我呢，吃了两口面，赶在父亲后脚就也出门，又去打游戏。

宏叔看我的眼神有些奇怪，但毕竟我是老顾客，也没说什么。

好景不长，不知道父亲从哪收到了风声，又一次把我逮回家。

你问我经历过绝望吗？或许那就是绝望吧。

那是被揍得最惨的一次了。

父亲的文化水平仅仅小学毕业，以前也一直住在农村里，但父亲的思想却与时俱进。

年轻时的父亲可谓一届“潮人”，看过父亲年轻时的照片，花衬衫，喇叭裤，三七分发型，微眯着双眼，嘴角一丝丝上扬，就是矮了点，皮肤黑了点。

那时候才 90 年代，因为母亲喜欢小虎队，父亲也学着小虎队来打扮自己。

直至后来，有了我之后，父亲开始接触美发行业，在这之前是开蛋糕店的，再早一点就更多了，打杂工，进工地，挑水泥。

身高不到一米六是因为小时候生病，家里没钱治，后来自己熬了过来，又常常吃不饱饭。

但父亲练成一身结实的肌肉，还是和他这身材不合比例的那种。

在学成之后就来到这个小县城租了个门面，自己开店。

不知道怎么招生意，普通话里又掺杂了太多广西方言，思来想去就把自己做成招牌。

于是……就看见一个不到一米六的结实汉子，顶着一头金发，右边耳朵上还挂着一串耳环耳钉，是的，一串！

那时候才 2003 年，“非主流”还没流行起来。

顶着这一头金发回到老家，村里人看着就说：“造孽啊，年纪轻轻营养不良，你看，头发都黄了。”

父亲在我读初中之后就再也没揍过我。虽然小时候没少揍，但后来我还是太叛逆了。

父亲关心我的时候简直无微不至，每次回家第一句就问我饿不饿，因为他知道我多半又把零花钱拿去打游戏了。

在我生病的时候父亲先把我送到医院，等一切安排妥当才放心离开回到门面，即使只是一次小小发烧而已。

还有过那么一次，我装病，不想上课，父亲以为是真的生病，抱着我就去诊所，一边走着一边打电话给我请假。

去了诊所怎么看都看不出啥毛病，那是一位老中医，一把脉，屁事没有，最多也就有点上火。

虽然听到父亲嘀咕了一句“没事就好没事就好”，但他回家还是把我揍了一顿，揍得下不了床那种。

我从那之后再也没装病过。

父亲跟我说过：“不要被别人欺负，更不要欺负别人。”

我的亲爹啊，我这小胳膊小腿的，我怎么欺负别人啊？

不过也是有阿猪、大壮、阿熊，让我这些年来就没被欺负过。

只是打架又是另一回事了。

父亲说的不被欺负也包括老师。

平时在学校被老师揍了，回家我也不敢说，大多都是说和朋友闹着玩或者自己摔的。

只是有那么一次，上课调皮，被老师掐耳根子，都掐出血了。

父亲看到后我不知道怎么说，支支吾吾道：“上课不听课……被老师掐的。”

第二天一早父亲就领着我去校长办公室问这学校的老师是怎么回事。

在我父亲眼里，我是他儿子，只有他能揍我，其他人不可以。

父亲跟我说过最多的一句话就是，要知道怎么做人。

这么久了，我懂了，但我也没懂。

怎样才能算一个“人”？

六

“期待着你的回来，我的小宝贝……期待着你的拥抱，我的小宝贝……”

这是我对丽江的第一印象。

哦不，是已经被洗脑了。

10 月 7 日，贵阳。

多云，23℃，湿度 69%。

本该国庆放假的我们正坐在工作室里埋头苦干。

“呼，终于他妈的整完了，我们去丽江吧。”阿猪长出一口气，整个人瘫在椅子上。

“什么鬼？”我、阿熊、大壮三人都是同样的想法，毕竟他这话前半句和后半句转弯也转得有些太快了吧。

“虽然我去了好几次，但是你们好像都还没去过吧？”阿猪没注意到我们三人头顶上的问号，自己在那继续嘀咕着。

等等，云南，丽江，古城，大冰的小屋！

脑袋上的问号瞬间变成感叹号！

不过看着其他两个的表情，可能丽江吸引他们的只有艳遇吧。

“那我们明天去还是后天去？我等会订票。”我询问大家的意见。

“今天啊，择日不如撞日咯。”阿猪轻描淡写道。

感叹号再转换到加大加粗字体。

得，这货就是想到啥就立马去做。

也罢，人生就该有那么几次说走就走的旅行。

登机时间晚上八点二十，距离登机时间还有两小时三十分钟。

收拾好行李出门。

最后还是错过登机时间，不得不改签。

原因是阿猪非得去剪个头发，耽误了，还得取机票，托运行李，过安检。

到那的时候，工作人员直接跟我们说："不好意思，只能改签了。"

说走就走的旅行必定会出现意外。

行，那就改签吧。

那已经是当晚最后一班飞往丽江的飞机了，只有先到昆明，第二天一早转丽江。

接近十一点才登机，终于坐上飞机了。

对了，这还是我第一次坐飞机。

我还在思索着怎么做才显得不像是第一次坐飞机，阿猪就已经把我给推到座位上去了。

"尊敬的旅客，请关闭您的手机以及其他电子设备……"

还好有提示，不至于让我出洋相。

有些小激动，不觉地握紧了拳头，正好被阿猪看到："第一次坐飞机？"

我点了点头。

"没事，放松，飞机起飞后可能遇到乱流有些颠簸，别怕。要是耳朵有嗡嗡声的话就吞口水。"

为了自己不出洋相，我都记住了。

飞机起飞，推进器好似竭尽全力发出嘶吼，飞机猛然加速便蹿上了天空。

坐在座位上能感受到飞机在一点一点不断向高空飞行。

我激动得两只手握紧座位旁的扶手。突然，飞机开始有些摇晃。

阿猪朝我微笑，轻轻拍了下我的手示意我放松。

他是以为我害怕吧，实际上我这种神经大条的人觉得跟坐过山车似的。

只是没过山车刺激，因为坐的是中间的位置，看不到窗子外都是怎样的景色，有点可惜。

四个人的座位都在同一排，只是中间隔着一条过道。然而那俩货上了飞机就开始睡觉，直到快下飞机才醒来。

飞机开始往低空飞行准备降落，又遇上乱流，只是飞机颠簸的幅度比之前要大些。

我两眼开始放光，哎哟，真好玩！

然而，阿猪却一下子没忍住叫了一声，虽然声音不大，我还是听到了。“有点刺激啊。”阿猪掩饰自己的尴尬。

下了飞机之后席卷而来的并不是凉意，而是困意，那时候已经半夜零点二十左右了。在机场附近找了个小旅馆便住了进去，还和老板说了半天只开一个双人间，又砍了价格，我们可不是那种会吃亏的人。

得，反正对于这种便宜的小旅馆也不抱太大希望，凑合着睡一会就好了。为什么是睡一会不是睡一晚？因为飞机是早上六点五十的，四点多就得起床洗漱，我可不想再改签了。

……

真的是睡得比狗晚，起得比鸡早。

清晨，公鸡都还在熟睡中时，四个伪文艺青年急急忙忙地起床洗漱。

“住手，那是我的内裤。先开灯啊，这么黑，鬼都看不见。”阿熊一把抢过阿猪手里的内裤。

“要是能看到鬼，怕是你得吓哭。”

刺眼的白炽灯光亮起，眼睛一下子适应不过来，短暂失明后我才找到我自己的衣服。

完全没睡够，整个人迷迷糊糊登了机，上了飞机不到一分钟，我的呼噜声就响了起来，只不过后来应该被推进器的轰鸣声给掩盖住了吧，至少我是这样认为。

该怎么形容我的呼噜声呢，朋友给我形容过很多种：

比如压路机、拖拉机，还有说轰炸机的……其中描述得最全面的是“工地施工现场”。

空姐很耐心地将我们四个叫醒。一行人明明是从机场出来的，却像刚刚通宵一脸“仙气”从网吧里出来的样子。起码我还记得拿行李，没有丢三落四已经很好了。

特意订了个有人负责接送的酒店，就不用傻站在机场等车了。

云南和贵州虽然都属于云贵高原，但风景却截然不同。

贵州的山和云南的山都差不多高，但是贵州的山给人的感觉是宁静，云南的山给人的感觉则是雄伟。

贵州的云层特别高,而云南的云层总是积压在山顶,这才是“高耸入云”。我脑海里这样的想法一闪而过：“那飘浮着的云层不会是仙气或者是阵法之类的吧？山里是不是住着一些得道高人？”

好吧，我承认我修仙小说看多了，我这三百二十五度近视也就是修仙小说给残害的。

你看，那盖在山顶的云像不像家里那厚实的大棉被……

呼……哈……呼……哈……

果然，引人入胜的景色都抵挡不住我的困意。

回到客栈再次醒来时，窗外刺眼的阳光已经替换成了柔和的月光。

看着那月亮，真想吃个油炸饼（贵州小吃），嗯，对，还是没加葱和辣椒的那种，越看越觉得饿。

潦潦草草解决了晚饭就赶往大冰的小屋。

和想象中的还是有些差别，比想象中还要简单朴素。

一道仅容一人通过的双开木门旁挂着门牌“大冰的小屋”。

一扇从内部遮挡住的小窗子上的一块小板子上用彩色笔写着：“40 元一瓶酒，可以坐一天。”

还未进小屋，仅仅从外观以及大冰的书里已经给我一种“斯是陋室，惟吾德馨”的感觉。

“请问里边还有位置吗？”我和阿猪上前询问一位坐在门口负责接待和收银的小姐姐。

阿猪表现得一副常客的样子，而我也装作一副常来的样子。

“你们一共四位对吗？等我看一下里面。”小姐姐朝我们微笑道。

还好我们来得并不算晚，还有座位，只不过已经是人挤人的状态了。

小屋中间摆放着一张膝盖高的小木桌，木桌上摆放的只有酒水。

一位歌手抱着木吉他弹唱着，嗓音显得特别干净，简单得干净。

没有音响话筒，更没有调音师。

不过是一桌、一凳、一人、一吉他而已。

简单，干净，纯粹。

小屋占地面积和想象中相差不大，十来平米的样子，只是屋顶比想象中高。

似乎是又向下挖了一米左右，因为进屋还需要走几级向下的石阶，地面和门口的街道不在同一水平面上。淡黄色的灯光从屋顶和小屋右边的角落照射出来，灯光足够让你看清小屋里的一切，但丝毫不觉得刺眼。

小屋的墙壁看得出是完全没有装修过的，和屋外的墙一样，有的地方甚至更显得古老，墙表面凹凸不平，或者用坑坑洼洼来形容也不会觉得夸大其词。

但在我看来，也正是这样才符合小屋的氛围，才能给人这种与世隔绝、世外桃源一样的感觉。

在我观察这些的时候，歌手已经演唱完当前的歌曲。我并不是一个民谣爱好者，说不出这歌的名字，但我喜欢这样的感觉。

所有人发自内心地为这位我所不知名的歌手鼓掌。

“咳咳……各位挤着点儿，又来了四位哥们儿。”歌手清了清嗓子，掌声也随之而减弱，他又转头问我们，“四位帅哥想要喝点啥？”从他口音不难听出是从北方过来的。

“啤酒就好。”阿猪自己伸手就拿了罐“风花雪月”。

我们也学着阿猪拿了罐啤酒。

“歌也唱完了，大家一起，来，走一个。”怀里还抱着吉他的歌手高举着手中的酒杯。

“干！”小屋里其中一个游客喊了一声，像是一滴水蹿进了滚烫的油里，一下子就炸开了锅。

“干！……干！”

所有人都把手中的酒水高举过头顶，端杯子的一饮而尽，拿罐子的也狠狠灌下两大口，原来还有喝汽水的哦，哈？还有喝豆奶的？

两口啤酒下肚，我张口就打了个嗝，还是特别长特别大声的那种。

阿猪也忍不住打了个嗝，一下子就引起连锁反应，喝啤酒的、喝汽水的都打了个嗝。

一时间忍不住被这场景给逗笑。

我喜欢这气氛。

我们进来听到的是这一场最后一首歌，歌手放下手中的吉他，将它靠在石阶旁，向着小屋里的人深深鞠躬，然后离去。

我竟觉得有些潇洒。

我喜欢这里的歌手。

没过十分钟，进来一个人，一个男人，但我一眼就看出他是即将演唱的歌手。

他给我的感觉就是一个歌手。

果不其然，他径直走向小木桌旁坐下，拿上吉他架在腿上，扫了一下弦："大家好，我姓骚，叫狐狸。你们可以叫我……咳咳，算了，还是叫狐狸就好。"

嘿，一个东北爷们儿。

他一边给吉他调音，一边环视着小屋里。

"各位有啥想听的歌，尽管说，反正我也不会唱。"只见狐狸厚着脸皮笑道。

开始唱之前，几乎查户口一样，每人都被问了一遍从哪来。

"你呢，从哪儿来的？"问到了我。

"我们四个都是从贵州来的，只是我老家在广西。"我指了指我们四人。

"你们该不会是……两对……哈哈，开玩笑的。"

"×，我们四个是发小。"我满脸黑线，因为已经不是第一次被别人以为是同性恋，并不是歧视同性恋，只是并不喜欢这样，忍不住说了句脏话。

不过，狐狸也看出我并不是真的生气，只是有些不悦，换个话题继续打趣道："贵州……嗯……好地方啊，去年冬天去了一次，差点没冻死在那，南方的冬天真的是魔法伤害，得靠一身浩然正气才撑得住。"一边说着，他还一边裹紧他那类似于唐装的外套，装作后怕的样子，引起又一阵笑声。

还真是个"骚狐狸"，满嘴的"骚话"。

这骚狐狸又开口说话："其实，我也似贵邹嘞，我似贵邹遵义嘞。"操着他那口蹩脚的贵州话。不过贵州话的精髓被他掌握得炉火纯青，贵州话特点就是几乎不存在翘舌音，还有就是云贵川特有的腔调。

只是他的腔调不怎么对，我们几个吃贵州山喝贵州水长大的人自然听得出来。

"你可拉倒吧，老铁，你还是做回你的东北人儿去吧，你这贵州腔调都不标准啊。"我这一开口就是一股浓重的东北味。

狐狸眉毛一抬，瞪大了眼睛："哎，小伙子不错啊，这东北话说得挺溜啊，不会在东北待过吧？"他那口蹩脚贵州腔没惊到我们，他反而被我这东北话给吓了一跳。

有趣的东北爷们儿。

让我再看你一遍

从南到北

像是被五环路

蒙住的双眼

请你再讲一遍

关于那天

抱着盒子的姑娘和擦汗的男人

我知道

那些夏天

就像青春一样回不来

代替梦想的也只能是勉为其难

我知道

吹过的牛逼

也会随青春一笑了之

让我困在城市里

纪念你

……

这首是民谣歌里我喜欢的之一，宋冬野的《安和桥》。

“狐狸，你会《春风十里》吗？”没注意到是谁说的这句话，只听声音知道是个女孩子。

狐狸没有回答，只点头笑了笑，旋律骤变，却没有任何违和感，张口就唱。

我在二环路的里边想着你

你在远方的山上

春风十里

今天的风又吹向你

下了雨

我说所有的酒都不如你

……

只怕我自己会爱上你

不敢让自己靠得太近

……

哇，他这是在找回场子吧，不得不承认我被他这一手给惊到了，不愧是“骚狐狸”。

这突如其来的骚，闪了我的腰。

只见他一边弹唱着一边朝我抬眉毛挑衅，果然是找场子的。

这还是个记仇的东北爷们儿。

每唱完一首歌，大家都会为歌手鼓掌，然后拿起面前的杯子罐子一饮而尽。

有的是来听歌的，听了几首，心满意足便走了。

有的是来喝酒的，畅饮几杯，志得意满便走了。

也有两者兼备的，也走了。

而我们不仅是两者兼备，更是来这玩的。

啤酒也换成了当地的梅子酒。

“这跟饮料一样的，啥东西啊？”我抬起手中的杯子问狐狸。

“来丽江就得喝风花雪月和这个，这叫梅子酒，觉得是饮料你就多喝点啊。”

我怎么感觉他这笑容有点阴险呢？

不过口感还不错，入口感觉酸涩，回味却又香甜。

好酒，好酒。

这酒也不知过了几巡，狐狸的独唱都变成了大家的合唱，还是我们几个带起来的气氛，也是咱太子党声音最大。

一曲好歌，一杯佳酿，一位新朋，身旁几位老友。

这样的气氛直叫人越喝越开心。

“欢迎来到大冰小屋 KTV。”说这话的自然是那骚狐狸。

喝着喝着越来越觉得脑袋开始变重了，有些左摇右晃。

再后来的事我记得不太清了，自己怎么喝醉的也不知道。

但我居然没忘留狐狸的联系方式。

我们应该是到打烊后才走的吧。

然而阿猪、阿熊、大壮、狐狸居然都没看出我喝醉了，还好我没做啥出格的事。

不过我这酒量还真差，其他人都没啥事，我这人喝多一点就酒精过敏，全身发红，有时还痒。

丽江，艳遇之都，可却没有艳遇。

也许和老婆饼里没有老婆，夫妻肺片里没有夫妻，螺蛳粉里没有螺蛳是一个道理吧。

但我依旧喜欢上了这个地方，喜欢它古城里古香古色的街道，喜欢这里慢节奏的生活，喜欢这里的人文风情，喜欢这样的火塘文化。

我喜欢上了这个地方。

七

我家那时住在阿猪家旁边的单元。但楼道里太黑，阿猪又怕黑，初中时期晚自习都是我先送他回家再自己回家。

那时候不学好，觉得抽烟帅，也是从那时候开始染上的烟瘾。每次上楼的时候点上一支，送他到家也差不多抽完。他家住六楼，也是顶楼，当时那种大院子是没有物业的，楼道里的声控灯也经常是坏掉的，楼道里仅有手机屏幕和指间正在燃烧的香烟那么点点光亮。

我不怎么信牛鬼蛇神，阿猪倒是比较信，他还跟我说过他自己遇见过鬼，说当时我也在场。

在我印象中也听别人说起过，我们读的小学里曾死了一个老师。

自杀，就是在学校里唯一的梨树上吊死的，从那以后这梨树就只开花不结果。

不结果倒是没有吧，分明就是学生太调皮，果子还没长好就被拽下来了。

这棵梨树所在的位置就是阿猪说他见到鬼的地方，梨树也就一般高，看起来三米左右。

贵州的节气感觉并不稳定，难以判断什么时候才进入春季，毕竟春天和冬天都一样冷。

坐在教室里，感受从鼻孔钻进再深入大脑的梨花清香，呼……上课睡觉都多几分舒服，梦境也多几分甜意，只不过被老师抓到就不太好受了。

“只是这花香越浓郁，梨树也就越诡异。”阿猪是这么跟我说的。我又不信这个，自然不以为意，内心毫无波动，甚至有些想笑。

只是看着阿猪沉重的表情，我也笑不出来。

虽说校方有规定不许攀爬树木，但老师也得下班回家，这时候学校就成学生的天地了。

也就是这样出了事故，一个学生从梨树上跌落了下来，摔到了脊椎和脑袋。

当时我和阿猪都在场，只是我的脸色比阿猪的看起来好多了，阿猪脸上刷了墙灰一样苍白，身体和嘴唇也微微颤抖着，才是别人摔倒就吓成这样。

我赶快提醒别人去叫救护车，别人都凑过来看热闹，阿猪则拉着我远离这是非之地。

阿猪过度紧张了，捏得我的手臂都有些疼，远离学校之后就对我说那个地方不干净。

“不过是摔倒而已嘛，老是想这些乱七八糟的。”我嗤之以鼻。我从来没看到过这些，自然不信。

“那学生爬的树就是当年有个老师上吊的树。”

“这我当然知道，学校里就那么一棵梨树。”

“就那么一棵梨树怎么会有那么浓的香味？我梦到过是那死去的老师穿着白衣在教学楼里飘来飘去。”

我白了他一眼：“梦都是假的，多大的人了，胆子这么小。”

“可是，刚刚我看见一个白衣服的人就在梨树下边，就是那学生摔倒的那个位置。一根树枝当然承受不住两个人的重量，那肯定就是吊死在那的老师！”

感觉有些像是被他给洗脑了，鸡皮疙瘩顺着脊椎爬上后脑勺，身后也凉飕飕的。

算了，还是赶快回家吧，心里这样想着。

我还是选择不信，我又没看到，眼见为实，耳听为虚。

听说那学生一直躺在病床上，成了植物人，也有传言是那死去的老师拿走了他三魂七魄中的“伏矢魄”，所以他一直没有醒来。

出了这事之后学校再也没有梨树，也闻不到梨花香，春季冬季也分不清了，但阿猪还是绕过那块地走。

我也不知道世上有没有鬼，阿猪认为有，他完全可以扔下我这个看热闹的人独自离开，但他还是选择拉上我一块走，怕我沾上什么不干净的东西。

阿猪肚子里鬼故事多得很，每次都能倒出些新玩意儿。“这些都是真的，不是骗人的。”他也每次都在我反驳他的时候这样回答我。

怎么说是他的事，信不信又是我的事，他也提醒过我要注意什么走夜路有人叫也不要回头答应之类的，他上辈子多半是个“神婆”吧。

嘴上说着不要，身体却很老实，他跟我说，我也照着做，弄得我一个大男人都有些害怕走夜路了。

说到走夜路，喜欢看鬼片的绝对记得那么个经典镜头，一排灯逐渐熄灭直至陷入黑暗。看过是看过了，很多恐怖片都套用那样的拍摄方法，可是我和阿猪却是实实在在地经历过。

初中时期的学校在城边上，放学因为想叼着支烟走路，就顺着学校旁的小河边上走，毕竟这条路上没老师。

小河边铺有地砖，两旁全栽着柳树，路灯亮度刚好能让人看清这条小路。

临近放学就听见雨点撞击在玻璃窗上发出啪嗒啪嗒的响声。“阿猪，你有没有带伞？”我朝阿猪座位方向扔了个纸条，三分球，直接砸在阿猪脑袋上。

阿猪先是白了我一眼，又一脸无奈地点了点头。我一般不带伞的，即使知道要下雨也不想带，怕麻烦。要不是为了做样子，我连书包都不想背回家，反正又不看书，怕麻烦。

奈何阿猪的伞实在小，两人挤一把伞都有半边身子露在外边，也将就了。

雨伞向前微倾，挡住从正面吹来的风，点上一支烟，嘬上一口，吐出一半，再吸入肺里。

多走几步之后发现小路上就我们两个人，雨水化成子弹射入水里带起一片片水花，像是水面上游荡着一层雾气，更增添了几分阴森。

“你说……这河里会不会等会儿漂上一具尸体什么的？《山村老尸》里面尸体不就是在河里的吗？”

“别吓我，不然踢你出去淋雨你信不信？”阿猪抬起脚正准备踹我。

我向后退了一小步，正好瞅见身后的路灯一盏接一盏熄灭。

“咋回事？”

我还没反应过来，阿猪拽着我的衣服就跑，路灯的熄灭紧跟我们的脚步。

两个十几岁的大男孩，一路哭喊着叫妈妈。

算是体验了一回“冷冷的冰雨在脸上胡乱地拍，暖暖的眼泪跟寒雨混成一块”。

至今仍然没弄明白路灯为什么这样，只是再也不会在雨夜走这条小路。

那一晚发生的一切都记忆犹新。

记得那晚还打雷闪电，记得那大雨倾盆，记得小路上地砖的花纹，记得那时抽的是十一块一包的磨砂黄果树，还记得阿猪伞顾不上拿也要拖着我跑过的路……

“什么时候才能再见呢？”

“放假我会回来的，家在这嘛。”

是啊，家在这，可我后来又搬家了啊，这一搬家，就过了四五年才相见。

八

但实际上我都想先不再见。

听说两个人之间见面的次数是有限的，见面一次，未来见面的机会就少了一次，当机会用完，就代表其中一方不在人世。

我可是希望你能长命百岁啊，阿猪，像我这样铁定能长命百岁的人不多了。

高中辍学之后我便外出打工，换了很多份工作，啥都会一点，但是都不精通。

也跑了周边几个城市。最后还是回来了。

除了一事无成，其他的都一事无成。

KTV 里几个男人勾肩搭背坐成一排，左手捏着酒杯，右手拿个话筒，扯着嗓子就瞎唱，还是傻笑着唱。

要是大家都会唱的歌，话筒也不拿了，几个大老爷们儿就一起凭着嗓子唱，看谁嗓门更大些，硬是唱到我第二天几乎失声。不过这是后话。

天哪，谁点的儿歌？还是《丢手绢》。我丢，丢你老母啊丢。

年纪也老大不小的了，还唱着儿歌在包厢里傻笑。不过，只要太子党在，怎么都开心。

像是小时候几个人坐在院子里那大树底下吹牛，有次胃不舒服都给我笑吐了。阿熊则笑不出来，因为这笑话是他说的，他满脸黑线问我："我这笑话有那么恶心吗？还给你整吐了。还是我这笑话太醉人了？"

整个院子最调皮的也就我们哥几个，过年的时候整个院子到处都是蜂窝煤渣的碎块，全是哥几个的杰作，从家里提着一袋烧过的蜂窝煤渣，兜里揣满炮仗就跑到院子里。

蜂窝煤渣往地上一放，手里炮仗一点着就往煤渣里塞，然后？跑啊！

嘭！威力稍大一点的炮仗能炸得煤渣就只剩下渣。

坏事做多了会遭报应，只是报应来得太快……就像龙卷风。

我点上炮仗刚跑两步就摔了一跤，还作死往爆炸的方向看，一粒煤渣飞到眼睛里。

眼泪吧嗒吧嗒往下掉，阿猪帮我去找纸，大壮抱着我的脑袋朝我眼睛里吹气，最后还是到医院让医生帮忙给弄出来的，但眼白那一块留下了一个疤。

回家就领了顿揍，一手护着屁股，一手拿着扫把在院子扫地，父亲就在一旁看着我扫。

至于那几个，就在窗边偷笑。越想就越委屈，说好的同甘共苦呢？

随着年纪增长，能够相聚在一起的时间越来越少，相见自然是最好的，但也是最不好的，见一面则少一面。

总有那么一类人笑点特别低，比如，自己脑子里想到某个笑话都会自己扑哧笑出来。

但我们已经习惯了，他也知道自己笑点低，会尽量忍着。

没感冒还好，遇上感冒流鼻涕，忍笑的时候“二龙”会直接从鼻孔喷射出来。

有次考试凑巧就和阿熊在一个考场。大冬天的，考个试手都冻肿了，一个考场总共两个监考老师，前边一个，后边一个。

监考老师还比较舒坦，烤着个小太阳电炉就坐在那玩手机，监考完全不严，这样学生也开心。

正在我和阿熊传纸条对答案的时候，“哼哼”，后面角落传来奇怪的声音。

我们不由得坐直身子，这已经是一种学生的条件反射了，偷偷瞥了一眼后边的监考老师，还在玩着手机，我们还以为被发现了。

其实有的监考老师是知道的，只是睁只眼闭只眼不点破罢了。反正先抄，分数可是和压岁钱成正比，能抄的都抄上。

“呵呵呵……”那老师不会也是个笑点低的吧，但似乎想着这样的场合笑出声不太好，一下子又收住，一个深呼吸，留下“咯”的一声。

笑是会传染的，明显阿熊是抵抗力差的那种，其他人仅是抿嘴偷笑不发出声音，阿熊就不行，双拳握紧，眉头都已经扭曲了，身体微微颤抖着。

“嘁嘁嘁嘁嘁嘁……咯……”老师，求你别看了，考场里这样真的不好。

监考老师呼吸逐渐沉重，一个深呼吸，似乎没控制好，发出类似猪叫的声音。

哄，再也没人能忍住，直接笑了出来，讲台上的老师也低着头笑了出来。

“咳咳，请注意场合，现在是在考场，安静！”监考老师强忍住笑意，板着脸严肃地说道。

所有人都安静下来，仅剩阿熊还在捧腹，拍着胸口深呼吸想要克制住，但笑得太厉害，收的时候整出又一声猪叫。

得了，整个考场的气氛又一次沸腾了起来。

弄出那么大个动静，最后阿熊被通报批评，还全记零分从新补考。

但也只有那一次是和阿熊在同一个考场。

在一起捧腹、一起大笑的次数越来越少。

九

后来的相聚即是久别重逢，街巷如新，故人依旧。

阿猪曾在我离家漂泊的时候给我写了一封信。

为什么不发短信？矫情吧，这人就喜欢整点文艺的。

内容仅二十六个字，六个标点符号，四个逗号，一个分号，一个句号，再加上他自己的标志图——猪猪花。

君乘车，

我戴笠，

他日相逢下车揖；

君担簦，

我跨马，

他日相逢为君下。

可你不仅仅是“下”，你这“下”是为了扶我“跨马”。

两个男的大六月天非要作死吃火锅，还是小巷子里的一个小店，不带空调那种，弄得一地的纸巾。

点个麻辣锅底，右手拿着筷子，左手抓着纸巾，边吃火锅边擦汗。

贵阳被称为“林城”，也是第二个“春城”，避暑之都嘛，说的就是气候好,但作为一个在贵阳从小待到大的人,跟你说实话，除了清晨和半夜，白天的阳光可以把人给晒伤，最高温度也可以到三十多度。

“老板，再拿两瓶矿泉水，拿冰的。”

一顿火锅吃下来，几乎都是喝水喝饱的。

“啪”，碗从我的手里摔落到地上，其中一块碎片划破了我的脚踝，随之响起的是我的咳嗽声。

“好好吃饭你发什么脾气啊，还摔碗。”阿猪故作生气。

“我这不是和你吃饭，紧张嘛。老板，不好意思，帮我顺便拿个碗。”我清了清嗓子对阿猪说，再顺手拿纸巾把地上咳出的痰遮住。

“这次回来就不出去了吧？”阿猪换了个语气跟我说话，他也不想我再这样漂泊。

“看看吧，在这边能混口饭吃就不出去了，反正出去也吃不饱。”话毕便往嘴里塞土豆片和毛肚。

“那你来我这帮我，我先包你吃饱，再满足你吃香喝辣。”阿猪双眼直勾勾看着我。

“有饭吃就行，更何况还能和你们聚在一起，求之不得。”我一直就这样嬉皮笑脸打趣。

阿猪办了个工作室，把我们太子党的人都聚在了一起，合租了一套房子，感觉像是回到了小时候那样。

大壮还是显得那么老成。

阿猪没以前那么胖了，但他还是阿猪。

阿熊留起了胡子，还发誓不成功便不剃下巴这几根“须须”。

老二还是那么爱笑，也还是一直坚持作画。

铁蛋却开始发福，原本棱角分明的脸庞都变成“脸蛋”了。

创业路上绝无可能碧波浩渺风平浪静，无数航海者向辽阔的大海进发，我们亦是其中九牛一毛的存在。

刚离开海岸就几乎被浪花按死在沙滩上。船是阿猪出的，掌舵者也是阿猪，加上我们几个船员便是一支队伍。

船太小，仅能穿梭在无数大船夹缝之间。

触礁，大家全力修补漏洞。

漩涡，毫不犹豫立即转舵。

顺向浪潮，便乘浪而行。

逆向浪潮，迎面破其浪。

从未放弃亦从未返航，阿猪双手死死抓住船舵。船帆拉满，摇桨向前。

此去欲何？

长风破浪以济沧海。

若不复返？

那便不复返！

正享受悠闲下午茶时光，阿猪把一张照片扔在我脸上："那次骑马上山的事还记得吧？"

"别提了，第一次骑马，想起来就屁股疼……"看见照片我一时愣了神。

"自己找个合适的相框装起来吧。"说完阿猪拿起我的咖啡一饮而尽便离去。

照片油墨味很重，显然是刚洗出来的，背面有些粘手。嗯？沾了一手墨水，原来后面还有字：

君乘车，

我戴笠，

他日相逢下车揖；

君担簦，

我跨马，

他日相逢为君下；

我启程，

携君与，

来时与君共跨马。

照片是一张合照，当时在山路上，阿猪，大壮，阿熊，我，一行四人四马，身后绿林深山，头顶浮云长空，脚下滇水黄土，何其美哉。

十

一张可能一克重量不到的体检报告操纵着人类见到它的表情，也决定生老病死。

对于我来说，这是死亡通知书。

点上一根烟，又扔到地上踩灭。

再抽出一根，点燃，吸入再吐出。

烟雾缥缈中恍惚看到，死神身着黑袍，手持镰刀，低沉而沙哑的声音响起：

“You are dying（你要死了）。”

走出医院开始不知何去何从，手里的牛皮纸袋早被我捏成一团。

客厅的烟灰缸里一个个都是烟头，整个人瘫软在沙发上，脑子从一片空白再到胡思乱想。

我这样的人会下地狱吗？

会下地狱的吧，好事做不多，坏事倒不少。

电话铃声响起，是大壮打来的：“阿猪叫过去开会，一小时后在工作室集合。”

未等我回答便挂断了电话。

不记得会议上的内容，只是想记住会议上太子党全员的脸。

我还不能死，脑子里只剩这样的想法。

我就要看看我还能活多久，于是向所有人隐瞒病情。吃药可以，化疗不行，一直向往自由的我，若是约束了我的手脚，折断了我的翅膀，让我整天躺在病床上，那对于我来说，和躺在未入土的棺材中有何区别？

该吃吃该喝喝，麻痹自己不去想自己已是个将死之人。

双手撑住膝盖，一直咳嗽。还好是在家里，我并不想让任何人看到我这样子。

咳出来的痰还带有血丝，红色的血丝刺激着我的眼睛，像是在提醒我时日不多了。

对不起，我不信。

尽管心里这样想着，身体还是感到一阵寒意，刚刚进入秋季就披上了大衣，明明已经裹成了粽子，可冷风不肯放过我，从衣袖、领口、裤脚，爬过每一根汗毛，使得其根根立起。

咳嗽也越来越严重，时时会咳到双眼昏黑，每咳一次都可以感觉到肺都在抽动，好像会把肺都咳出来一样。

稍作休息又不知死活点上了烟，烟雾缥缈中恍惚看到，死神身着黑袍，手持镰刀，低沉而沙哑的声音响起：

“You are dying……”

十一

阿猪看着一直咳嗽的小树有些担心：“要不去医院看看吧，不是说是感冒吗，怎么一直没好？”

“没多大事，就嗓子这一块发炎了，一直在吃消炎药的。”小树指着自己喉结说。

“走走走，去医院。”阿猪拉起小树就往外走。

小树有些慌了：“真没事，过几天就好了。”

“真没事？没骗我？”阿猪仍有些怀疑。

“嗯！”小树回答道。

但阿猪还是怀疑，直到亲眼见到小树自己吃下消炎药才稍微放心。

大壮懂的医学常识比较多，也上前问道："要不还是去医院吧，看你咳得这么严重，再拖下去要出事的。"

"没事没事，都好很多了，还一天比一天精神了呢。"小树挺直自己腰板，沉声说。

"补刀王"阿熊说："我看你是一天比一天神经了。"

"嘭"，沉重的撞击声，与之一同响起的是尖锐刺耳的急刹车声。

阿猪等人一回头只见到小树倒在了马路上，身下殷红的鲜血在地上慢慢扩散开来。

小树双眼还睁开着，只是眼神在渐渐涣散。

阿猪轻轻拍打着小树："兄弟，别睡，千万别睡……"

大壮回过神来第一时间叫了救护车。

阿熊则是和铁蛋逮住想要逃逸的司机。

路上行人都停住了脚步，有的上前凑热闹，有的拿手机拍照，当然也有好心人帮忙报了警，叫了救护车……

阿猪仍然轻轻拍着小树的脸，大壮脱下衣服包裹住流血的伤口，铁蛋把司机按在了小树面前，阿熊用膝盖顶住他的背，司机半边脸上也都是血，那是小树的血，淌到地上的血。

"不好意思，麻烦让一下。"

几位护士将一位出了车祸的病人送到急诊室，身后跟着几位男子。

嘀……急诊室灯光亮起，几位男子在门外焦急地等待着，眉头几乎拧到一起，坐也不是站也不是。

咯吱……咯吱……病床下的轮子转动着，医生也随着走了出来：“请问石彦俊的家属在吗？”

“医生，我是，请问他怎么样了？”阿猪走上前询问。

“请随我到这边来。”

……

“他应该没什么问题吧？平时身体素质挺不错的，刚刚都还活蹦乱跳的来着。”

“先生，请问一下您是他什么人？”

“我是他哥。他怎么了？”

“先生，是这样的，您弟弟患有肺癌，伤势过重，我们将尽力抢救，麻烦您在这里签——”

阿猪打断医生的话：“等等……医生……麻烦你重新说一下，我好像没听明白。”

“先生，在这份协议上全部情况都有详细说明。我能理解您的心情，请看完在家属这位置签下名。”

阿猪脑内一片空白，甚至不知道自己怎么签下了名，呆呆坐在医院走廊的长椅上。

急诊室上方的灯还亮着，阿猪时而双拳握紧，时而双手抱头，其余几人也只听到阿猪念叨着“肺癌晚期”……

几人在急诊室外一等就是一天。急诊室外，阿猪双手抱着头埋入膝盖，阿熊急得坐不住，一直在徘徊着。

急诊室的灯光熄灭了，一个医生样子的人走了出来，大壮立马上前："医生，请问病人怎么样了？"

"你们都是病人的亲属对吧？病人已经抢救过来了，只是现在进入重度昏迷状态。"说完，满脸疲惫的医生便走了。

"大壮，这个重度昏迷是什么意思？小树还会不会醒？"铁蛋拉住大壮说。

"会的，肯定会的，我就不信他敢一直睡。"大壮未开口，阿猪便站起来说，只是这话说得毫无底气。但几人还是选择相信。

小树戴着氧气罩的脸上看不到一丝血色，他平静地躺在病床上，一时间看起来竟像是躺在未封盖的棺材里一样安详。

小树知道迟早有这么一天，也早就跟阿猪他们说过，不管出什么事，是好是坏，除非死掉了，否则不用代替他通知他的父亲。

小树除了过节，一般不会往家里打电话，他不想家里人知道他过得不好，不想家里人担心。

他从来有什么事都自己扛着，想随时都表现出自己光鲜亮丽的一面，就像他早知道自己得了肺癌，却像个没事人一样自己撑了那么久。

他也仅仅是不想让任何一个在乎他的人为他担心。

他也不想躺在病床上，躺在这未封盖的棺材之中，只是他无能为力，身体完全没有知觉，失去意识。

我就是他，我静静地站在病床旁，目睹着发生的一切，可是我什么也做不了。

我尝试张嘴却发不出声音，想要拍拍他们的肩膀可手臂却直接穿过他们的身体，尝试躺到病床上却回不到自己的身体里。

我该怎么办？

没有人能够看到我。

我也看到几个与我一样的“东西”和我一样尝试做这样的事情，只能看着医生把那些完全不认识的管子插到我身体里，再接上一些仪器。

还是到了这种地步了吗？

无力感占据我内心每一个角落，欲哭无泪，用尽全力嘶吼却发不出一丝声音，跪倒在地双手捶击地面却一次次从地面穿过。

绝望，看着他们围坐在我旁边，个个神情低沉却仍带有一丝期望，我却不能为这一丝期望做出什么。

低下头，看见自己的双腿正在一点点消失。

我真的要死了吗？

绝望使我逐渐清醒。

十二

归乡，对于我来说算是落叶归根吧。

阿猪他们把我的身体送回了这座小城，我也随着他们一起回家。

站在门外，不敢再往前一步，只要看到父亲一眼，我会崩溃的。

可这没用，父亲哭了出来，哭声直接穿过门直击我灵魂深处。

我只能选择逃离。站在路中间，来往的车流从我身上直接穿过。

一头扎进水里却等不到想要的窒息感，父亲的脸庞不断在我的脑海中出现，父亲的声音好像在我耳边响起，叫我回家。

站在房间里的镜子前能看到房间里的一切，却唯独看不到我自己，房间里的一切都井然有序，也一尘不染，看来父亲一直都在等我回家，只是没有想到我是这样被送回来的。

渐渐地，已经开始看不到自己的双腿。这么快吗？我突然开始舍不得。

仪器上的显示线每跳一次，我脑子里的跑马灯便换一幕……

“你好，我是大壮，这是阿猪，以后咱们就是邻居了。”名为大壮的少年对我说道。

“以后你就是我们太子党中的一员了。”阿猪双手抱在胸前，一副“太子”模样。

还真是“太子党”啊，完全不给拒绝的机会。“哈哈，太子党终于有个比我瘦的了。”阿熊似乎很得意，但他没想到我后来长了点肉，他仍是太子党里最瘦的。

后来再遇到老二，整个太子党话最少的，说好听点就是他笑容憨厚吧，不然就是笑得傻兮兮的。不善言辞的老二却也是最看不了我们受欺负的，他手上那道疤便是当年为哥几个出头的时候留下的。

铁蛋呢，呼噜声比我还大。我总以为我打呼噜已经很严重了，遇见他之后我便释然了。“一胖毁所有”这句话在他身上得以体现。

太子党的合照在我脑海中逐渐清晰，每个嘴角上扬的角度、眼角弯曲程度、手背上的伤痕都一一记得，但画面也在这一刻停格。

嘀——仪器发出长鸣，显示器上的线条也不再跳动，以后的合照上再没有小树了。

与他们相遇在这座故城，这样一群人几乎占据了我的这一生。

每个人的心中都有着一座故城，也许是因为生活在那的时间长，也许是在那有太多牵挂，而我庆幸在这认识你们。

故城里充满酸甜苦辣，故城里有你们。

再见了，我的朋友。

再见了，太子党。

再见了，故城。

南墙北窗

一

梦里的那场雨下得很大，伴着轰鸣的雷声，窗户被震得发出炸裂般的响声。

她来了。他知道自己是在梦里，在他的梦里，他是安全的，但心里的恐惧仍没有减少，反而随着不规律的心跳而逐渐增加。他想睁开眼睛，又不敢。害怕看到她，又害怕看不到她。他应该是醒了，隐约听到开门的声音——有人进了他的房间，脚步放得很轻，但高跟鞋踩过实木地板的咚咚声让他瞬间清醒了。应该是她来了。气味，对，她总是喜欢喷一些水果味的香水，今天是橘子味的。

进来的人在他床边轻轻坐了下来，然后再也没有了动静。他不得不装睡，毕竟一个三更半夜还没睡的病人，怎么也会让人吓一跳吧。他的心提到了嗓子眼，剧烈的心跳让额头上的青筋毕露。他想睁开眼，哪怕是偷偷看一眼也好。

当然什么也没有。

谈不上失落，他自我安慰着。他不觉得这是梦，是他自己的错觉，因为房间里还残留着橘子香水味。她应该走了吧，要是自己睁眼早一点就好了。外面的雨好大，希望她不要淋着了。

他这样想着，意识又逐渐涣散，呼吸也慢慢变得平稳。他睡着了。

成为两个世界，我知道的，我们就像是南面的墙和北面的窗，看似在同一平面，却不在同一空间。

有些故事不该是悲剧的结尾。

每当回想起十二岁的那一天，我都怀疑它是否真的值得纪念。

大概就像身体里的细胞，单一存在时没有任何意义，只有经历过亿万次的复制粘贴，如同沙丁鱼迁徙一般大规模地跋山涉水，最终栖息在某个重要位置，才能够维持皮肤光洁如新，支撑眼球转动、嗅觉灵敏，或是长期负责手指的灵活。诸如此类，它才有某种存在的理由。无论是这些时刻发生的当时或是运转直到死去，没有任何一个细胞会被保留、记录、命名。

没有任何意义。

我开始回忆那些年所发生的事。

2001 年，我上小学六年级。网络上很多的 80 后“情怀党”，都在拼命回忆他们小时候的玩物，玻璃弹珠、神奇宝贝卡牌、陀螺等诸如此类甚至现在的小孩都不知道的玩物，感叹：那时候我们的童年多么快乐幸福啊，看看现在的孩子，就知道手机、《王者荣耀》，唉，时代变了啊。然后默默低头刷着微博、朋友圈，昨天“爱豆”露身某处，今天朋友圈谁谁又在发牢骚。

好像这网络，比现实生活来得直接、重要些。

2001年距现在不能算远，国家都进入第十个五年计划了，变化也是翻天覆地地大。那时候手机确实没现在这般火，因为没啥好玩的，高级点的就能登个QQ，但那时候QQ就是个白板，聊天见面不能聊么？还搞得那么麻烦！还没有游戏来得好玩。那时候正是游戏崛起的时候，那火热程度丝毫不亚于明星偶像。记得小镇那时也顺势开了一家黑网吧，仅有四台电脑，小小的一间屋子每天一放学就挤满了人。但大多数都是没钱上网的，两块一小时对我们来说已经是天价了，这得不吃多少天的早餐才能在这玩个痛快啊。所以都是站在旁边观望，想象是自己在玩，希望从中找到某种快感。那时我也整天往那跑，但后来人家嫌我占位大，不让进了。

我打小就胖，不是一般的强壮，而是进入了胖墩的行列。但那时候只知道下河摸泥鳅，上树捅马蜂窝，玩火炮炸牛粪，以及在墙上写新来的王主任的坏话，对“胖”这个词完全没多少概念，只有一种隐隐的自豪感：这些肉都是老子自己长的，这辈子老子都不想丢弃。

太奶奶每次都笑着说这是我们家族基因好，别家的孩子想胖还胖不了呢。农家以胖为傲，长得胖就说明家里油水好，是一种变相的炫耀。所以每次我捏着我的胖肉时，都有一种“你们这群瘦鬼在老子的肥肉下颤抖吧”的优越感。

好景不长，渐渐长大后这堆肉再也无法给我带来别人赞叹后眼中的慕羡，而在他们的眼里我发现了一种新的东西，这种东西我在动物园看见过，他们丢食物喂猴子，猴子为了抢食物上蹿下跳时他们眼中也会有这种东西。

某一天我听到有人说：“这个人这么胖，他是猪吗？”

这个世界很美好，我却感到了它的邪恶。

你无法知道这句话给一个十二岁的孩子多大的打击，所以当时我也决定给他一点打击，不然他以为我的肉是白长的。

就他那小身板哪禁得起我暴走后的攻势，一会就哭着找王主任去了，临走时放了句狠话：“梁小胖你等着，我舅舅不会放过你的。”

敢情他与这王主任关系还不浅啊，王主任可不是善茬。他虽然是新上任的教导主任，威望却不小，据说之前是混某个帮派的。这种人在我们那里的农村很常见，三无人物，没文凭没技能没工作，就跟着某些类似传销组织的吼着“老子们一定会出人头地”的帮派，整天打打杀杀，靠着一双硬拳头闯出来。那时我对这种乡村古惑仔可向往了，骑着拉风的摩托车，后座上坐着个美丽的女子，你是风儿我是沙，缠缠绵绵到天涯！所以当老爹学着汪峰导师问我“你的梦想是什么？”的时候，我完全没注意他眼里那种希望听到考大学挣钱给老爹买房养老的光彩，而是脱口而出，我要当乡村古惑仔。我能看到老爹脸皮跳了一下，然后便是他的暴吼：“好啊，那老子先给你练练手！”

再说王主任这人，在小镇也是出名的人，以前在帮派也是个有头有脸的人物。老百姓对这种狠人都有一种忌惮，因为比起下田种菜，打架这种事对于他们来说就有点太暴力了。所以他们对王主任都有一点敬畏。这王主任不知道怎么就到了学校，还成了专门“教导”不听话的学生的教导主任。新官上任三把火，何况还是王主任这种狠人，他制定了新制度，严惩迟到早退者、上课扰乱纪律者，搞得鸡犬不宁。他有很多手段整治问题学生，这种环境下，他以前的英雄事迹也被挖掘出来，传到我耳中的时候已经是“王主任其实是从 M78 星云来的奥特曼”“王主任跟毛主席参加过抗日战争”之类的神话了。

其实我也有点怕王主任，就凭他那一米八的大块头，面对他时我腿都发软。

“梁小胖同学,你为什么动手打人啊？”王主任笑眯眯地问我。

果然这王主任不好对付，从他的笑里我感觉到了阴森森的寒气，敢情是个笑面虎啊。他那小外甥此时趾高气扬地站在他身后，满是得意之色，一副“梁小胖，看我舅舅怎么收拾你”的欠揍表情。

俗话说得理不饶人，此时我处于劣势，毕竟是我动手打人。不能这么被动！得转变一下局势，先发制人。

我觉得这些年电影剧组不找我当演员真是可惜了我这么个人才，眨眼之间我就能哭出一大盆眼泪。我泪涔涔地说：“他……他侮辱我！”说完抛了个小媳妇受气的眼神。

王主任显然一惊，不说别的，单凭我这幽怨的眼神就足以让人浮想联翩了……

“哦，张同学怎么侮辱你了啊？”王主任依旧笑眯眯地问。

“我……我不好意思说！你让他说！”

这怎么好意思说嘛，难道让我说，他骂我是猪？

张同学也被这突发情况吓傻了，死活也想不出到底对我做了什么侮辱我的事，支支吾吾说不出话来。

“咳咳，梁同学，你大胆说，王老师会为你主持公道的！”王主任也变了脸色。

就在这时，突然响起了一阵急促的敲门声。

“请进。”王主任没好气地说。

门推开来，一个风风火火的身影跑进来，疾声说：“王主任，于老师和潘老师在球场上要打起来了。”

这闯进来的人，是我们班的班长，也是我的发小，石小姐。而这于老师和潘老师我也不陌生。潘老师是我们班的体育老师，于老师是隔壁二班的体育老师。我们学校的规模小，也仅有他们两个体育老师，因此所有的班级的体育课都是这两个老师分配。而学校里的体育设施也少得可怜，篮球场就只有一个。两个老师要打架，应该是争出问题了。

“你们两个家伙留在这等着，我去看一下。”王主任气汹汹地说。

石小姐这时才看向我。哎呀，我怎么这么多年才突然发现这妹子其实挺好看的啊。水灵灵的大眼睛，灵巧的马尾辫，白皙的皮肤……抱歉抱歉，最近玄幻小说看多了，反正就这般比喻吧！

但她这眼神看得我有点头皮发麻啊，大眼睛藏着一股狡黠。

“梁小胖，你怎么会在这里？”石小姐突然关心地问我。

虽说是一个班的，也是发小，可关系不知道该怎么形容才好，简单地说就是没关系吧。

石小姐是班长，天生与我们这些班级不安分分子是死敌，她手里的纪律册可比我老子的话还管用。

“呃……和我们亲爱的张同学发生了一点小小的争执。”我笑着说。

“是打架吧？”石小姐一针见血。

“那等王主任处理完了，你再去找班主任解释一下吧。”石小姐狡黠地笑了笑，跟着王主任走了。

不仅被王主任教训，等会还要过班主任那一关，要是再被老爹知道，那后果……

一想到这我就气得肥肉乱颤，而这一切的罪魁祸首，就是我们可爱的张同学……

张同学看到了我咬牙切齿的样子，哆嗦着说：“你……你要干吗？”

一不做二不休，反正都死定了，送佛送到西吧。

其实我真的很讨厌暴力。

我轻轻地，就那么轻轻地把可爱的张同学举过头顶，又缓缓地，就那么缓缓地把可爱的张同学放在了地上，又轻轻地……动作重复数遍。

张同学瘫软在地上："哥，我错了，我认㞞，我下次不敢了。"

"我又没干吗，难道不是吗？"我笑嘻嘻地看着张同学。

"是！是！我是不小心摔倒的。"

一阵急促的脚步声响起，张同学马上从地上爬了起来。

不知道发生了什么，王主任回来后面色阴沉得可怕，看到我们俩还直挺挺地站着的时候，他不耐烦地摆了摆手："回去上课，下次再闹我饶不了你们俩。"

我和石小姐的相遇都有些偶然，而后的很多次又变成了必然。

我发现人总会有春天，胖子也是人，我发现我竟然会特别在意我在她眼中的形象了。说话不再粗糙，举动斯文，下课第一个冲到厕所，开着水龙头用纸把鞋擦一遍，节节课如此。虽然鞋已经不再是本来该有的样子了，可现在依然还躺在我的柜子里，我还是像以前那样有事无事把它们拿出来擦一擦。其实吧，想擦去的并不是早已深陷内部的泥点，而是掺杂着许多陈旧过往的记忆，这些棱角分明的阶段缠绕着我。

二

怪异的表现早已经被全班人所注意，作为班长的石小姐与我交战了第一回合。

“哎！哎！”彭纯拦住了我的去路，“胖子，我叫你你没听见吗？”

我看着眼前这个尖酸刻薄的姑娘，她叫彭纯，我们班的副班长，石小姐的闺蜜，长得像卡布达，也是个胖子，呸！其实说实话她连胖子都不配，胖子界，我没见过像她这样刻薄的。都说胖子都特别好相处，“心宽”才“体胖”嘛。都说胖子是潜力股，瘦下来就是二次整容，帅得无法无天。都说胖子有才华，多才多艺。都说彭纯不配当胖子，梁小胖才是胖子界的骄傲。虽然这最后一句是我说的，但这也是大众点评的结论。其实我也不知道这货有什么长处，石小姐会视她如亲生姐妹，感情好到不行，去哪都一块去。她副班长的职位就是石小姐安排的，石小姐跟班主任说，她只有和彭纯配合才行，要不然就不当这个班长。谁让石小姐是我们班第一呢？班主任只有妥协了。

“我尊敬的彭大副班长，首先我不叫‘哎’，其次你叫我胖子不是打你脸吗？最后你到底找我有啥事？别耽误我上厕所。”

彭纯双手叉腰不屑地看着我：“你别以为我不知道，你去厕所不就是擦你那双破鞋吗？别擦了，再擦就只剩鞋带了。还有，不是班长叫我来找你，我才懒得来呢。”

“啥？你说是班长叫你来找我的？我没听错吧？”

“要不然呢？你一个登 QQ 挂机一个月都没人找你的人，你真的以为本公主会来找你？你想多了。”

“别说这些没用的，班长叫你来干吗？快说！”

“班长叫你放学等着她，她有话跟你说。”

幸福来得太突然了，直到彭纯走的时候，我都还没缓过神来。

“怎么办！怎么办！要被表白了！人生第一次啊！待会一定要矜持！不能答应太快，要说我考虑一下。对，就这样，用高冷的态度，来赢得她的芳心！”我心里暗暗想着。

被喜悦冲昏头脑的我，陷入了痴迷的妄想中，想了些啥，都不怎么记得了，大概一个下午过去，应该想到给孩子取名了……

一整个下午每个人都用奇奇怪怪的眼神看着我，就连彭纯也不时斜眼看我。我心想，难道我的愿望真的实现了？真是潘安保佑！果然没认错偶像。

我笑嘻嘻地走向彭纯：“看出来了？”

“看出来了！”她呆呆地看着我。

“我其实一直都这样，只是平时不怎么展露。”

“真的？你父母怎么不带你去医院看看？”

“不要羡慕，是父母给的，是天生的。”

“父母给的？你父母小的时候头上也飘着云？”

“什么？云？我头上有云？”

“对啊！不然你以为我是在看啥？整个下午你头上就飘着一朵云。”

身旁走过一个同学：“那不是云，是白日梦。”

石小姐约我到小操场，我的心扑通扑通跳个不停。她想说话，我用手示意她停下：“停！先让我做好心理准备。”她刚张开口，我又阻止了她：“停！我先说好，我不是一个随便的人，这事儿不能告诉我家里人，他们肯定会兴奋得晕过去的。”

“好了吗？我可以说了吧？”

“你说吧，我的回答是，答应。”我羞红了脸躲到了一棵树下。

“好吧，那我就把你和同学打架的事儿跟你妈说了。”

“什么？你来这就想告诉我这个？”

“不然呢？那天不是我说谎话，王主任能就那么放过你？后来我想，不能因为和你从小一块长大而徇私枉法吧。所以我决定，跟你妈说。”说完她转身就走。

我站在原地愣了至少五秒，才跑上前追上了她：“班长！姐！阿姨！干妈！”

她转过头来看我：“有话就说。”

“你不能这样对我。”

“为什么？”

“因为我喜欢你。”一句脱口而出的话，我到底积压了多久，我自己也不清楚，只知道身体一下子轻松了好多，无比舒适顺畅。我尽量显得这是一句玩笑话，要不然她拒绝，我可丢死人了。

“哦。”她转过头继续走。

“哎，你还没回答我的问题！”

她又停下了脚步回头看我：“同意。”

“你同意第一个还是第二个？”

她不说话继续向前走。

回到家，老妈没有骂我，还如往常一样。我的心情无比沮丧，现在真想被老妈毒打一顿，或许这么急切渴望被揍的心情真是头一次。事实证明她答应的是我第一个问题，事实证明她不喜欢我，事实证明我没机会啦！

其实我真的不知道我和她究竟是一种什么样的关系，从很小的时候就认识，他父亲和我父亲是战友，她家就住在我家的对面，一晃就过去了这么多年。按道理来说我们应该是旧相识、老熟人，可我和她的相处，从来不自然，我想，还是孩子的时候，在我稚嫩的心里她是一直埋藏着的唯一的一丝悸动。

我细数我的前半生，她总是时隐时现，时有时无，进进出出，像蒲公英飘落各处，在哪都能想到她，在哪都有她的影子。可我知道，我和她是不会在一起的，我们只是彼此生活中的羁绊。

就像南面的墙，和北面的窗，窗是镶嵌在墙里的，二者合为一体。可我和她看似在同一平面，却不在同一空间，分成了两个世界。

我再见到王主任时，应该是去年，我回到了小城，在街上，他主动和我打招呼，我仔仔细细看了一会 ，才从记忆的犄角旮旯里把他给抽出来。

他说他两年以前刚退休，现在在家里帮儿子带孙子，可幸福了。他问我结婚了吗，我摇了摇头：“没呢，还早着呢。”

“对！男孩可以不怎么急，但也要给女孩一个交代，女孩可等不了。哎，梁小胖，你和以前你们班的班长还在一起吗？”

“啊，早就没联系了，她应该已经结婚了吧。”

“那可真是可惜，那次你和姓张的那小子打架，就是她一直在求我放过你，她说你是她男朋友。我问她，这么小，就谈恋爱？她说她喜欢你，她说以后你一定会跟她告白，她一定会答应你，但她说一定顺顺利利毕业，好好读书。没办法，我那次只好原谅你了。好了，我也该走了，记得找个好姑娘，结婚了说一声。”

我痴痴地站在原地。

原来她那一次就已经答应了我，可我也知道无论是早还是晚结局终究都是一样的，那就是，彼此错过。

三

有些故事不该是悲剧的结尾。

每当回想起十二岁的那一天，我都怀疑它是否真的值得纪念。

大概就像身体里的细胞，单一存在时没有任何意义，只有经历过亿万次的复制粘贴，如同沙丁鱼迁徙一般大规模地跋山涉水，最终栖息在某个重要位置，才能够维持皮肤光洁如新，支撑眼球转动、嗅觉灵敏，或是长期负责手指的灵活。诸如此类，它才有某种存在的理由。无论是这些时刻发生的当时或是运转直到死去，没有任何一个细胞会被保留、记录、命名。

而那一天，不过碰巧是我另一段人生的开始，它就像一个开关。没有人会在乎一个开关的命运，它被销毁、弃置，还是装在盒子里小心收藏，都不会阻碍那个被我们称为命运的东西如期到来。

“庞加莱重现你们知道吗，就是说宇宙的物质是有限的，其排列组合也是有限的，所以这个看似巨大无穷的鬼东西里，其实所有可能发生的事都已经发生过了。简而言之呢，宇宙其实不过是一场循环，所有发生过的事，都将再次发生，还未发生过的事，都早已在历史回音里重演了无数遍。所以，我要说什么呢……即便有人死去，那在某个未知的未来和过去里，他也依然存在。”

我开始回忆那些年发生过的事。

那年，小可搬到我家隔壁。你没看错，小可是个人名。隔壁家前阵子有老爷子自杀，之后就举家搬走了，本以为房子空置没人接手，小可跟她父亲却住了进来。

我其实第一眼挺瞧不上她的，身材瘦小，皮肤白皙，说话奶声奶气的。那个时候的美女审美是以刘亦菲为标准的，她只能算是能看出来是女生，可外貌比男生还丑。每天我浑身狼狈地回来，单肩背书包，校服捆腰上，自认为帅到不行，在楼下碰到跟我不是一个频道的小可，会忍不住调侃她几下，主要是因为她长了一张特别讨人厌的脸，这就算了，她还不爱讲话，简直不把我放在眼里。我们为数不多的几次对话，只是一大早开门，双方父亲见着，逼着我俩彼此打的招呼。

直到某天，我看到几个高年级的人围着她，抢了她手里捏皱的五毛钱。敢欺负我欺负的人，我当下就不乐意了。我反手抓起书包砸到那个最高的男生头上，捡起路边的牛粪就往那几个人脸上嘴里抹。

我肚子被踹了一脚，眼睛肿了一只，但仍自鸣得意，就没有我打不赢的架。小可却吓得不轻，带我到餐馆边的水池冲手，那是我俩第一次正儿八经地聊天。他父亲和我父亲是战友，在部队就是好兄弟，他父亲用所有积蓄和向我父亲借来的钱，买了我家对面那套最便宜的房子，后来成了我家的邻居。我还吓她，我说那房子闹鬼，她却说，有爸爸在什么都不怕。

那一年，我们成了同学。她经常会带一些去县城买的稀奇玩意儿，比如苏慧伦的《鸭子》CD，还借我一本叫《第一次的亲密接触》的小说，尽管到现在我一页都没读下去。

而我呢，就尽量让她笑，在我那狭小的世界里，没什么是我罩不住的，所有不开心都见阎王去吧。太阳从东边冒出来，就告诉我，该我闪亮登场了。

初一那年我们升到同一所学校。我们的相处模式趋向于技能交换，说是交换，其实是我在找借口能多跟她相处一会儿。可能当时出于爱慕者的私心，总想让她过得开心，不要只是圈地自娱自乐，花上一周饭钱加入那个什么贝塔斯曼书友会，读书看报，大好人生多无趣啊。比如做饭这事儿，我擅长寻找食材，她搞定锅碗瓢盆，于是我就教她钓鱼钓虾，她教我怎样把它们做成美食。再比如当时父亲给我买了一辆单车，我就教她骑单车，她教我论一个怎么学也学不会骑车的人是怎样炼成的，作罢，我只好载着她，在巷子里来回窜，离学校就五分钟的路，也要骑车走，把同学们羡慕得不行。当然了，以我大魔王的性格怎么可能没几个防身技能，我教会了她如何脸不红心不跳地蹭书店里的《机器猫》看，以及如何玩好猫鼠游戏——偷完水果不带喘气儿地躲开果农的一顿追。

还有我天赋异禀的舌头，我能用整个舌头顶住上颚，然后弹下来发出超响的声音。曾经我们无聊做过一个实验，她在距离我一百多米的地方，隔着民房小店，都听得一清二楚。她把舌头弹抽筋了也学不会。但她有个技能我也永远都搞不定，就是极限天才般的学习。她学习真的是天赋，我玩她也在玩，我不及格回家被父亲揍，她考试满分回家吃香喷喷的糖醋排骨。

我们学校后面有个工地，听说老板卷钱跑路，里面的楼修了一半就废弃了。最后那栋大楼变成了我们的秘密基地，小可给其中一间起了个很梦幻的名字——“南墙北窗”，其实就是一间砖瓦掉落，只有一扇窗的破房子。我常拉着她在水泥砖头空间里探险，刻意在木板桥上走，脚下几米就是水泥地。我们爬着没有遮挡的楼梯到最顶层，拨开绿色布网，就能在落日时眺望整个小镇，一人抱着一桶方便面，也不管家里人是不是已经做好晚餐等着收捨我们。

我很严肃地跟她说，我长大以后要天天吃泡面，太幸福了。那时的我应该不知道，长大以后啥都是空谈，只有这个梦想最容易实现。

手足口病肆虐的时候我们正备战中考。你能相信吗，其实我成绩比小可好。我就知道你不信，我自己也不信。其实她是那种平时不怎么听课，考试前过一遍书就能拿高分，简称天才的人；我是那种平时特别认真，笔记记好几大本，红橙黄绿青蓝紫记号笔画满全书，但一遇上考试就“歇菜”的人。而且我还有个毛病，特别怕被提问，尤其怕站上讲台，我无法对着几十双眼睛完整吐出一个句子。所以老师一点都不喜欢我，还经常说我：“平时在下面话那么多，怎么一回答问题就不说话啦！”

然后每每换座位，就往后排挺进，入驻了坏学生专用地盘，恶性循环下，成绩就没好过。

谁知道手足口病来了之后，我们在学校见面的次数也少了。大人们都草木皆兵的，学校全面戒备，校长每天在校门口把守。有天我上学快迟到了，单车蹬得有点狠，被风呛到，停下来的时候不停咳嗽。校长见我这个样子直接把我送到了隔离室，我硬生生在隔离室住了三天，连我父母都只能在楼下送饭。

有天夜里，隔离室的窗户被敲碎了，我从外面透过的月光辨认出趴在窗户边的小可。此时的她太令我刮目相看了，我心口不一地怪她怎么这个时候才来，她大口喘着气，说她从我被关进来第一天就开始做心理斗争了。

那晚我们没敢回家，逃出学校就爬到“南墙北窗”，裹着布网凑合睡了一夜。整晚她止不住唠叨，自问自答地说自己是不是做错了，就连做梦都在一个劲儿地道歉。我实在忍不住，把她叫醒，朝她吼了两嗓子：“干吗要躲在角落里觉得天塌了？别那么悲观，你他妈还没我高呢，至于要你顶吗？”

最后手足口病特殊期安稳度过，不过我和她的大名醒目地出现在了通报栏上。门卫大爷那晚看见了趴在三楼窗户边的小可。我安慰她：“没说让你顶，但是咱们有过一起记嘛。”她红着眼瞪了我一下，用充满委屈的奶声说：“你知道的，我中考万一有什么闪失，就只能去外面读书了，我们就不能一起上同一所高中了。”

就为这话，我放学后不去浪了，从此“金盆洗手”，在“南墙北窗”和她一起做完作业才回家。她比我妈还紧张地督促我“只要学不死，就往死里学”，在我书包、饭盒、书桌里塞满温馨小纸条。考试没有秘籍，借我胆子也不敢作弊，那只能背啊，整本书来来回回地背，我就不相信分数上不去。

在我的不懈努力下，我们终于顺利升入高中，虽然不是一个班，但至少还能一起“为非作歹”，霸占彼此的人生。

当时流行看手相，什么生命线事业线爱情线的，仿佛人人都变成了神算子，一眼看破漫漫未来。小可说我生命线短，炫耀自己的老长，我呛她：“你最好比我晚挂掉，我可不想在你坟头那小照片儿上看你的音容笑貌。”她把我的手扯过去，煞有介事地研究道：“你的爱情线波动很大啊，感觉你的桃花要来了。”

我反问道：“难道我的桃花不是你吗？”

她没说话，哼的一声走了。

那时的我心高气傲，能看上的女孩子都在画报里，总觉得身边的女生不是过分幼稚——谈恋爱以写交换日记为日常，就是过分成熟——牵个小手都要摆起架势问：我们会在一起一辈子吗？毕业之后我们如何打算啊？

麻烦！谈恋爱不就是图个开心，给日后回忆起初恋留个美好的念想嘛。

就凭这句话，她就一个星期没理我。

以前在院外向左走五十米就是一家音像店。

说到音像店，我表哥在那家买过碟。某天我去他家找他，见他神神秘秘地把碟放到柜子顶上，出于好奇，我在那个夏天第一次看见女人全裸的身体。

我小魔王的初恋，也要取之有道，好歹也是正人君子，不搞邪门歪道瞎幻想，就玩些偶像剧中的浪漫。回家要路过一大片油菜花地，我骑车，小可在后座。我俩每天放学都一起，偶像剧里都是这么演的，老大在背后默默保护心爱的女人。可老大骑车技术不行，一骑快点，就是一个标准的“狗吃屎”。后来我的后面少了一个心爱的女人。

我的初恋宣告失败，应该是我的第一次追求宣告失败。

我在“南墙北窗”里猛灌啤酒。父母像疯了一般到处找我，警察也联系了。警察让他们再等等，父亲一个健步冲上去拽着警察同志的衣领嚷嚷道：“你知道失去一个人是啥滋味吗？”

母亲去找小可，小可冲到了“南墙北窗”，上来就给我一巴掌：“你这浑蛋，你知道你父母有多紧张吗？快跟我回去！”我用手捂着脸对她嚷嚷道：“你知道喜欢一个人是啥滋味吗？！”

她站在原地不动，空中只有电筒的微弱的光，光束之中飘散着灰尘。很久，我好像听到微弱的一声“知道”。

小可说：“我知道喜欢一个人是啥滋味，但我更知道失去一个人又是多么痛苦。人的一辈子，就只有亲情、爱情、友情，相互交错，相互串联，你以后会像现在一样地去感知。喜欢一个人不难，难的是和他一起去生活。失去一个人不难，难的是失去之后，用喜欢一个人十倍的时间去忘记一个人。我生活中有爸爸，有同学，有朋友，还有你，是我一生最重要的事。”

四

小可和我一直都是同学，小学、初中、高中，甚至到后来的大学。

在哪一个阶段，在哪一个年代，在哪一种思维，小可都是我暗恋的人，或者说是最想保护的人。

以我的长相、气质、穿着、装饰……母亲骄傲地说：“我儿子应该是属于那种神不知鬼不觉地爱上别人的多情浪子，然后到最后就会是，死都爱不上得不到，错爱圣僧。所以他老爸，我们也该为孩子的后半生做打算了，我们以后省省，存些钱，去越南给他买一个老婆。”

每天夜里我都会看着镜子中的自己失声哭泣，每天看着肿得像猪头一样的脸，脸上还有着绽放的青春痘，我心里越发接受不了自己。于是倒不如收拾好自己的心情，主动跑到某个女生跟前，自以为是地告诉她：“本大爷喜欢你。”

于是你就会得到别人无法得到的两个小时的罚站与不少于三万字的检讨。

我觉得我特别畜生，因为我刚借酒浇完情伤，回头就喜欢上了别的女生。我对自己特别失望，平时生活里缺少发现美的眼睛，吊儿郎当惯了，惦念着外面的饭菜，却忽略了自己身边除了小可没有其他女生的耻辱。

我后来喜欢上的那个女生名字好听，叫简言之，对，就是简而言之的简言之。

那天见着水灵的简言之，我仍然镇定自若地告诉她，我有个兄弟喜欢她，但是我那兄弟害羞，所以让我来问她要QQ号。简言之给了我，我激动得整晚睡不着，第二天一大早就去我家附近的黑网吧，改了网名，以我并不存在的兄弟的名义，展开猛烈的追求。

聊天记录：

爱上让我伤痛的人：你好！

走散：你是？

爱上让我伤痛的人：一个注意了你很久的人。

走散：好的，我已经报警了。

爱上让我伤痛的人：我是昨天跟你要QQ的那个胖子的兄弟。

走散：哦。

爱上让我伤痛的人：你在干吗？

走散：看书。

爱上让我伤痛的人：吃饭了吗？

走散：没有，你想请我吃饭？

爱上让我伤痛的人：不是，你家楼下应该有吃的，你下去买吧。

……

就这样，我们变成了最熟悉的陌生人。每次在学校偶遇她，我就努力克制不去看她和她脸上不由自主的笑容。吃饭时若是遇见，怕见面打招呼，怕尴尬冷场，还躲到厕所里，自己一个人默默地在那吃饭。

现在每次去公共厕所，就会觉得那时的我很厉害，什么都敢做，现在落下了病根，觉得吃饭总有一股厕所味。

后来没办法，我只有去询问我的好兄弟，铁蛋给我出谋划策：“在电影院看电影太僵硬，两人轧马路又太枯燥，最自然的泡妞办法就是打台球。手轻轻揽过她的腰，温柔地撩拨她耳后的头发，然后握住她的左手，帮她架杆，右手再与她的手叠握在杆上，你们彼此贴着，让她感受你从胸口到手心的温度。接下来，就不用我教了。”

结果我铩羽而归，挂着张苦瓜脸说：“我照你说的做了，结果她反手一杆，球陆续进洞，当时那场面她简直就是一当代女球神，全程都是她在教我。”

本以为这段实力悬殊的感情还有转机，直到有一天，我找到了小可和我配合完成了一个华丽的投篮，我第一眼就朝简言之看过去，发现她居然在看小可！

那天以后，我就知道，我和她完全不可能了，因为我为她再怎么去改变，也改变不了性别吧？

其实到今天我都不太确定我是怎样看上简言之的，或许是那天从“南墙北窗”回来以后，去躲避对某人的爱意，给自己内心的一种假象吧。

有些事，不用弄那么清楚，就让它淡淡的，略过起因经过，记着结果就好。

至此，“南墙北窗”永远闯不进第三者，我和小可又回到了以前的生活。

那会儿我们没手机，小可有一台很厉害的 MP4，听歌拍照看电子书看视频无所不能。快女比赛如火如荼的时候，她直接把视频放到 MP4 里，我们俩就躲在顶楼看。我发现我们已经习惯了在这的生活，或者说在这里的生活变成了我们生活的一部分。我发现我们在不变中逐渐长大，她涂上了和她母亲一样的香水，她说这是她妈的味道，是橘子味的香水。我发现时间越来越久，我们隔得越来越远。

小可谈了一段恋爱。这是我去“南墙北窗”经常不见她之后发现的。她找到一个戴着眼镜，一副文弱书生模样的白皮肤的小青年，小青年比她高一级，用一首《夜空中最亮的星》征服了她的心。他们恋爱了，又分手了，因为小可发现她不是唯一。她选择离家出走。

分手事小，小可走了事大。我的悲观情绪堆积，在车站拉着她的手，看她泪如雨下，开始细数自己的痴心和那个人的罪过。她斥巨资买了酒，在“南墙北窗”学我的样子想要灌醉自己，结果刚仰头喝了几口，就跑到一边吐了。她说，尿都没那么难喝。我严肃地问她：“你喝过？”她的黑洞情绪又来了，抱着水泥柱子大哭道：“我怎么永远都那么笨，不会说话，又特别容易相信人，怪不得被欺骗，我这个人就不配得到幸福。”

那一刻我特别想嘲笑她，但更多是心疼，因为这个世界上应该不会有第二个人这么懂她了。她告诉别人，她只是有一点儿不开心，但是，她会告诉我，其实，她好难过，好难过。

我走到她身边，拍拍她的背，说："不然我跟你说件事，或许你就没那么难过了。"她扑闪着水汪汪的大眼睛疑惑地看着我。我猛吸一口气道："其实我暗恋你很久了。"

"然后呢？我还是难过。"

"至少还有人喜欢你，所以看开一点，我没人喜欢，我还不是活得开开心心。"

我的左脸挨了一巴掌，就像那天她在"南墙北窗"打我的那一巴掌一样。

我捂着脸嚷嚷道："你不开心，就打我吗？"

"谁说没人喜欢你？我跟你说过，喜欢一个人不难，难的是和他一起去生活。失去一个人不难，难的是失去之后，用喜欢一个人十倍的时间去忘记一个人。我轻易喜欢上了他，可我知道我和他不能一起去生活。我失去了你，可我真的做不到用十倍的时间去忘记你。"

那晚我就一个人待在那，就一个人待在那。

所以我时常感慨，人啊，无论多亲密到最后都会分开的，只是早晚的问题。你有这个预期，等到那一天真的来临，就不会那么难过了。

我蜷着身子看着被风吹得乱响的窗子，再看看空空的墙，我就这样坐着等时间过去，就不会难过了。

五

那天的我，像是受到神明的指示，莫名跟她说出了那些不符合年纪的话，后来想想，可能也是预兆吧。就像我曾经在网上看过一个理论，说宇宙源于一次大爆炸，但很可能之前已经爆炸重启很多次了，宇宙其实不过是一场循环，所有发生过的事，都将再次发生，还未发生的事，都早已发生了千千万万遍。你永远也无法知道你处在第几遍循环里。这事儿好像有点绝望，因为因果循环都这么多遍了，最终还是这样。

她对我说了她一生不能抹去的伤痛：

淋巴系统的分布特点，使得淋巴瘤属于全身性疾病，几乎可以侵犯到全身任何组织和器官。我妈没能挺过去，在我八岁那天过世了。医院到火葬场这一路，想想我妈从体态优雅的妇人变成瓷盅里的一把灰，我全程一滴泪都没流，总感觉哭了就代表她真的走了。爸爸带我来到了这，只要有人问我，我就会说妈妈和别人去别的城市了，因为只有这样，她才没有走，就算走了，也还会回来。

之后我没有去学校，家里人也管不住我，我就每天独自在“南墙北窗”里待着，看着日升日落，除了过耳的风，只剩宁静。我只有在这里才感觉到安全。这个被我们设定的避风港桃花源，好像已经拥有了特殊的能量，时间在这里会快一点，也许到一个节点，就不那么容易想起不开心的事了。时间不是总叫嚣着自己是最好的治愈师吗？

我看到她时，是在那个节点的最后了。

她一言不发，看了看我，提上了行李箱走了。我们的青春在漫漶，我们一转眼被推到毕业季，总是那么快。大脑一片空白，少了许多片段，不开心的事想不起来，开心的事也记不得了。

走的时候，我侧头问她：“你去哪？”她双手垂直着放在腿的旁边，嗫嚅着：“不知道，换个环境，好些。”之后我们没能再见面，深夜的小镇安静下来，脚下只有一些微弱的月光。

“挺奇怪的，这种感受，我这么开心阳光的一个人，怎么能因为这一点事，就不知道该怎么面对？这个融入我生活中的人走了，我还想让她幸福，她没给我这个机会。真的好遗憾，因为我不知道这辈子还有没有机会见到她。”我努力克制胸前的起伏，也终于体会到，原来心真的是会痛的。

“怎么可以这样呢，明明那么大一个活人，哪怕最后变得人老珠黄，枯萎凋谢，变了模样，可终归她还是我的生活，我至少要把她记住，我的回忆才完整啊。”我鼻子一酸，失声痛哭。

彼时我倒在铁蛋的肩膀上放肆地哭着。

记忆里只哭过两次，两次都是因为最重要的人离开。

我告诉自己我不能哭，我是混世大魔王，早晨七八点钟的太阳，大壮和铁蛋的老大。眼泪是弱者的勋章，我只能笑，笑才是天大的福报。

铁蛋就这么让我靠着发泄，看我哭累了，柔声道：“还记得你跟我说的庞加莱重现吗？放到宇宙那么大的标准里，每一遍循环，其实他们依然存在。我相信，大壮即便知道故事结局是这样的，预见所有悲伤，也仍愿意重复去活，因为那个世界里有你啊。”

我坐直身子，抹掉脸上铁蛋的泪，他果然哭得比我更厉害。我知道以他负能量加身的性子，能说出这段还算温暖的话，是多么不容易。我明白，如果换作是他，离去与分别不会是那么容易度过的事。

那时候离高考还有十天，我和小可在“南墙北窗”开两个人的誓师大会。她目标明确，反正就是走上重本这条不归路。她问我今后想做什么，我说，开飞机。因为我没见过真的飞机，总觉得穿上制服，好几百人的生命交在我手上，由我罩着，特别酷。她朝我敬了个礼，叫我飞机先生。我推她一下：“别给我丢脸了，那叫机长，你这叫得怎么那么像搞色情服务的啊？”

夏天快结束的时候，父亲跟我说，“南墙北窗”要被镇政府拆掉了。我第一时间就给小可发了消息，让她赶紧回来看看，结果没能联系上她，所以我只能一个人坚守阵地，又是举横幅抗议，又是跟那些监工干架。“南墙北窗”是我第二个家，里面埋了很多秘密，收容了那么多欢笑和不快乐，每一处的水泥和砖头，钢筋和破布网子，都是我们珍藏的回忆，怎么能让它们化为灰烬烟消云散？

讲实在的，我对小可一直耿耿于怀，我觉得她背叛了我们的青春，没有守护好“南墙北窗”。朋友才会变淡，我们只会不见。所以上大学那几年，她给我发的消息我都只收不回，看着她的独角戏，慢慢了解她的生活。

她用电脑设计商品包装，去风景区写生，每天的工作是写写画画，这个专业特别适合她。她成为学校的典礼御用主持，我就纳闷了，她那么一个省话机器、害羞鬼，怎么能在那么多人面前说出一个完整句子！或许她身体里原本藏了这样的天分，只是在我面前，就放肆表现她的缺点。

她跟我熟悉的小可又不一样了，或许是她越来越优秀，或许是我和她距离越来越远了。

她毕业后换了两次工作，待得最长的是在一家影视公司做设计，一做就是三年。设计这行业苦逼，谁都是你爸爸，每天听得最多的一个字就是“改”，所以久了就会失去自我。三年下来，人都变得憔悴了，才赚来一辆车。从前她时常跟我抱怨说，花了一大笔钱去驾校学车，天天被教练敲脑袋说笨，结果现在的车都是自动挡的，油门一踩车就咔咔地走了。

终于在吃了半个月的外卖快吃吐的时候，她套上厚重的棉大衣，决定开车去外面觅食。当时她的前男友就坐在她后面，但是吃饭过程中两人都没看见对方。直到结完账离开时，青年低头玩手机，没注意就跟着小可走出去了，走了段路听到身后有人叫她，才反应过来。

听到小可的名字，青年抬起头，两人惊叹。青年好像有很多话想说，到了嘴边只浓缩成三个字：你瘦了。小可莞尔一笑，本以为重逢初恋是欢喜，但青年身后的女孩走上前，牵起了青年的手。

小可晚上就给我发了信息，还附上一张照片，照片上是我们俩当年在“南墙北窗”的自拍，她傻乎乎地举着玉米和一支笔，还有我一手凉粉一手盒饭。小可说：“你猜我今晚碰到谁了？‘负心汉’！这照片是他从钱包里给我的，说他这些年一直放在钱包里，你看，他没有忘记我啊！”

青年再次成为小可生命中的过客，小可颓废了一阵子，老本花得差不多，还生了场重病，连累她父亲都去照顾了她一阵子。我好气愤，这小姑娘怎么那么不让人省心。好在她命硬，日子衰归衰，照样还得朝天老爷磕个头，认栽继续活着。她重新捯饬了自己，海投了一通简历，可竟然没一家公司肯收留她。她把自己灌醉，当然灌醉她也很容易，半瓶啤酒就可以了。她边哭边给我发消息，说她错了，她最开心的日子，就是在“南墙北窗”，她觉得亏欠我，所以过得不好感情不顺也认了。

她继续给我发消息，说：“我的人生差不多就这样了。小时候，我好恨我妈，好恨好恨，恨她为什么这么早就丢下我，可后来慢慢地也淡忘了，和父亲这几年生活，也把很多没有的东西给补上了。很多事看透之后就没了乐趣，好像没有什么是最重要的。马斯洛需求层次你知道吗？我看到那张三角形图，觉得自己没什么欲望了，我不想出人头地，不想变成厉害的人，不想有很多童话般的幻想，打从认识你那天就没想过，但是我真的好想你啊。”

我很想回：其实我也想你，我真的好羡慕那个“负心汉”。

其实在这中间，小可回来过。那个时候我和她已经很多年没见了，各自都有各自的生活，我结束了一段感情，她也结束了一段感情。

“南墙北窗”变成了一个大型超市，两边的道路加宽，跟当初的记忆完全变了样。

不过小可没与我联系，我是看到她发的朋友圈，才知道她回来过。

后来回到了城市，小可凭着过去丰富的工作经验，转行去搞文字工作，几经辗转，终于开启事业的第二春。她在一家视频公司写文案做策划，可能是曾经做过心理援助，也或许是从我这里取了经，后来的她，独当一面，特别会搬弄道理，成了人生导师。公司领导重用她，在赞助商经费允许的情况下，批了档节目给她，主持策划脚本剪片一手包，节目上线第一期就破了当时的纪录。

她的工作团队问她，为什么要起“飞机先生”这个艺名，不直接叫“小可”。她说，因为她最好的朋友的童年梦想是当机长，穿制服，罩着几百号乘客。

节目里的小可，侃侃而谈，从容淡定。她有好多故事，她在她特别喜欢的笔上，刻上了两个字——“子由”。

她曾对我说：我的名字是我妈起的，她说“子由”谐音“自由”，而我是她最好的女儿。

她曾对我说：我的小名是我爸起的，他说“小可”谐音“笑可”，就是笑得天真可爱的意思。

她曾对我说：我最喜欢的称呼是你取的，你说“石小姐，梁先生会一直守护在你身边”。

小可回来那天，站在已经消失的“南墙北窗”前，又给我发了信息。她说：“原来不用鼓足勇气，告别依然会来临。”我回她：“子由，你先去远方，不要回望，无论遇到什么都天真可爱地去面对，我会奔向更好的下一站，你也是。你还是石小姐。远远看着你的梁先生。”

我不知道小可现在在哪里，是否开心，但我知道，小可相信，世界上所有的美好依然在。

“你们看过电影《心灵捕手》吗？里面有段我很喜欢的台词：我每天到你家接你，我们出去喝酒笑闹，那很棒。但我一天中最棒的时刻，只有十秒，从停车到走到你家门口。我每次敲门，都希望你不在了，不说再见，什么都没有，你就走了，我懂得不多，但我很清楚。

“这是查克在工地上对威尔说的话,他希望看到朋友过得好,所以鼓励他向更广阔的天地去。我更想要这样的结局，所以那天回去之后，我其实去了小可的家。我不知道屋里会不会已经住进了外人，但仍敲了敲门，心里默念着，不要开门，不要开门。因为我觉得，只要门没开，最好的朋友，就只是去了远方，至少永远不会分开。”

我现在明白了，我和你之间是超越了爱情的友情，是陪伴，是不可能的一生，所以“石小姐”也好，“小可”也好，“子由”也罢，我知道，我们就像是南面的墙和北面的窗，你我看似在同一平面，却不在同一空间，分成两个世界，却在不同世界的同一经纬上遇见。所以朋友，祝你好运。

秋言

有人说，如果时光倒流，兜兜转转绕一大圈之后，该来的终究还是会来，结局依旧不会变。

如果真的可以重来，我定不会错过她，更不会让她离开。

上高中的时候，我总是盼着赶紧离开学校这种鬼地方，天天巴望着成堆的作业和试卷以及唠叨烦人的老师们都去见鬼。

如今毕业了，整个人彻底闲下来。站在这个无比熟悉的校门口，心里莫名失落。我竟然格外想念她，回忆漫上心头，忽然发现，自她出现后，整个高三都是她陪我度过的。如今，再也没有人每天都缠着我，学校里再也没有她的踪迹，耳边再也没有她叽叽喳喳的吵闹声。

我呆呆地盯着前方，此时才明白自己的心意，猛地随手打了自己一巴掌。阿猪啊阿猪，你真的是一头猪，原来你最爱的人一直都是她！

是自己的玩世不恭、年少轻狂让自己错过了她，一直守着另一段虚妄的感情。

但我已下定决心，天涯海角，我定会寻她回来！

等我，青争。

曾有一个女孩，待我极好，整天跟在我屁股后面瞎转。我的世界，从遇到她的第一天开始，就变得不一样了。

临近高考。

“阿猪，阿猪，这是我老家的电话号码，以后毕业了你去我们那儿玩，我给你免费当导游啊！”青争拿着一张刚写好电话号码的便利贴递给我。

“我才不稀罕呢！谁想去你们那儿玩了？再说你一个路痴还想给我做导游，你是想把我导到深山去卖了吧？”

“阿猪，就你这身材和颜值，白送别人都不要，顶多我把你导回山里做压寨夫人。”青争也不生气，笑嘻嘻地把电话号码放在我桌上。

那张写有电话号码的便利贴，后来也不知所踪，许是被风吹走了，许是和我的那些书本在毕业后被卖给收废品的了。

对青争的感情，我是后知后觉，此时阿猪我肠子已经悔青。我虽有满腔激情，但茫茫人海，又如何去寻？

哈，我想到了！我灵机一动，拍了下脑门，待我鸿雁传书一封，还不抱得佳人归！阿猪真聪明！

来到文具店买信纸，老板娘热情地给我打招呼。

“阿猪，高考放假了，考试还顺利吗？”

“阿姨，你认识我？”我心里直纳闷儿，她怎么知道我名字？这家店我就来过几次，还是被青争那个死丫头给骗来的。每天进出那么多学生，她怎么就偏偏记得我，还想问我考试分数？你管我的，以为你是我妈啊！

“你每次都和你那个小女朋友一起来，她总是叫你‘阿猪’，还每次都一次性帮你买很多支笔很多个作业本，我自然印象深刻。对了，今天她怎么没和你一起来啊？你们吵架啦？”这老板娘就是八卦，什么都爱瞎打听。还小女朋友，八字都还没一撇呢！

“怎么可能？我们感情好得很！她闺蜜今天过生日，来不了。”我随手拿了信纸和信封，敷衍地答道，赶紧付了钱出了文具店。

青争，这个城市还真是到处都有你的印记！

青争是个活泼好动的女孩，我一直知道她很喜欢我，但高中三年，也不知道是中邪了还是怎么了，我始终对石小姐爱慕有加。

那天上课，听写英语单词，作业本找不到了，我只好从同桌那儿扯了一张纸过来凑合着用。

英语老师是个暴脾气的中年大婶，结果可想而知，劈头盖脸就是一顿乱骂，骂得我连我妈都不认识。

下课后，青争就过来给了我一个新的英语作业本。

“阿猪，中午放学我陪你去买作业本吧？”

“才不要，这更年期的中年妇女，吃了炸药了，用一张作业纸已经很给她面子了，下次我只用半张。”说起来也奇怪，我老是过段时间就没作业本用了；考试考到一半，笔没墨了；数学题画图，不是没橡皮擦，就是找不到直尺……

班主任老是点名说我没收拾，我阿猪向来吃软不吃硬，越是这样说我，我越不想改。所有的这一切，我都将其归结为“大丈夫不拘小节”。

“你果然是头猪！算了，看在你如此可怜的分上，中午我请你吃炸鸡汉堡。”青争边说边笑。

我最爱的炸鸡汉堡？我没听错吧，这丫头转性了？“你该不会对我有什么企图吧？一个汉堡就想让我从了你？”

“嘁，小人之心！中午学校门口见，机会就一次，爱去不去哦！”

好吧，最后我还是妥协了。虽然我是一个很有原则的人，但美食当前，我也不能亏待自己。所以在午饭时间，我屁颠屁颠地跟着青争走了。

“喂，大姐，炸鸡汉堡不是往这边走吗？”我指着相反的方向。

“你怎么如此落后，那边新开了一家啊！快点走啦！”青争拉着我就往她说的那家店走去。

走到一家文具店门口，青争二话不说就把我推了进去。

“阿猪，快过来选作业本和笔！”

“不是吧，你果然骗我。”我扭头就走，却被她一把拉住。

“没骗你，买完就吃啊，哈哈！”青争边笑边指着架子上的作业本。

“老板娘，要三本这个，两支铅笔，两支中性笔，两个橡皮擦，一把直尺……”青争把一堆学习用品往柜台一扔，扭头对我说，“阿猪，快给钱啊！我去门口等你哦！”说完，青争一个人跑到门口偷着乐去了。

老板娘盯着我一阵贼笑，我只能佯装淡定，乖乖地付钱走人。

“哼，骗子！”我走到门口对着青争怒吼道，“谁让你给我选这么多了，好不容易攒的零花钱又花完了，我都可以吃几个汉堡了。”

“吃吃吃，胖死你啊！鉴于你现在态度不好，本小姐很不开心，所以炸鸡汉堡取消，你自己想办法解决午餐吧。”青争对我做了个鬼脸就跑开了。

真是莫名其妙，我提着一堆见鬼的学习用品站在原地，郁闷至极！青争，你个王八蛋，居然敢耍我，我再也不要理你了！

扫兴！实在是扫兴！难得我阿猪也有胃口不好的时候，中午随便扒了几口饭，我就回教室了。扫了一眼，青争这个王八蛋还没有来。哼，估计是心虚了吧，自知有愧不敢回来早了吧。

走到课桌前，我却突然发现桌上多了一份打包好的东西。没错，正是我最爱的炸鸡汉堡，上面贴了张字条，用好看的楷体写着：趁热吃。我认得那是青争的字迹，此时，我清楚地看到窗外有个人影一闪而过。

买好信纸、信封，我赶紧跑回家，一头钻入自己的房间，准备给青争写信。

不过……本少爷长这么大还没写过情书呢，我老爸进来怎么办？老妈知道后要和我一起写信怎么办？既然如此，锁门才是上策。

牢牢锁好房门，提笔却不知从何写起。干脆骂她一顿算了，突然就消失了，搞什么鬼？算了，我认㞞，毕竟当初是我没留住她，是我对不起她。

一个小时过去了，终于有点头绪，写入了正题。

“阿猪，吃饭了！”老妈在客厅扯着嗓子喊。

“不吃，别烦我！”我大声回道。好不容易洋洋洒洒写了一段，此时喊吃饭，不是捣乱嘛！

时钟嘀嗒嘀嗒，又两个小时过去了，到了晚上八点，我终于写完了。平整地叠好后，小心翼翼地放入信封。我真想夸夸自己，阿猪真棒！

忽然想起还没吃晚饭，天哪，我高考都没这么认真过！不得不说，青争，你真幸运，能让我阿猪为你写信，简直是你的福气。

刚打开房门，就看到门口站了两个人，吓得我抖了一下。

“爸，妈！大晚上的站在我门口干吗？吓我一跳。”

“阿猪啊，我跟你讲，失恋是正常的，不要把自己一个人关在房间里。你老爸我是过来人，有什么心事都可以和老爸讲的。”

“对啊，儿子，这么多年了，也就今天你为了感情上的事没吃晚饭，妈妈我……”

“搞什么啊？谁说我失恋了？你们等着，过两天我就把媳妇儿给你们带回来。”说完，我就拿着刚写好的那封信，跑了出去。

兴高采烈地跑了十分钟后，突然反应过来，脚步尴尬地停下。

蠢货！这个时间点去哪里寄信啊？邮局早就下班了，估计连个鬼影子都没了。

……

写给青争的信，在第二天一早便寄了出去。如今看来，也是晚矣。

缘分开始的时候往往悄无声息，很多人毫不知情，只当这是游戏。太阳朝升暮落，花草年年新生，唯独爱情，如流水逝去，再难追矣。

高三上学期开学季。

刚步入秋天，作为一名高三学生，我早就已经在埋头啃书了。

听说今天班上会转来一个借读的插班生，我和邻桌小树都在猜此人是男是女，是恐龙还是夜叉。

早自习过后，在大家的一片掌声中班主任领着一位扎马尾的女生进了教室，她身材高挑，皮肤白皙，笑起来的时候露出一排整齐的大白牙，两个小酒窝挂在脸上。

小树："阿猪，她长得还不错啊！刚刚谁说人家是恐龙的？"

我："嘁！你个八卦大王，刚刚还说她是夜叉。"

班主任："这是新来的同学，大家欢迎！"

新生："大家好！我叫青争，以后请——"

我："哈哈！清蒸！清蒸鲈鱼，清蒸馒头……"

全班也跟着一起大笑。

班主任："阿猪，滚到门口去站十分钟！"

凭什么只罚我啊？全班都笑了啊！我看这死老头就是看我不顺眼，我怀着满腔怨愤望着他。只见班主任在讲台上一脸严肃地把眼珠瞪得水牛那么大，我在他的淫威震慑下，敢怒不敢言，只得屈服。

小树这家伙在一旁幸灾乐祸，盯着我阴笑的同时，还不忘拍手叫好。

班主任："小树，你也站到门口去！"

哈哈！这样才公平嘛，班主任我爱你！我看着小树一脸无辜的样子，心里一阵暗爽。

路过新生的时候，她朝我微微一笑，为何我觉得她如此眼熟呢？

她不就是今早在校园里找我问路的那女孩嘛！竟然是她，我只能说这个世界真小，太巧了。

青争,这样看来,我们的缘分早在校门口的那个清晨就开始了。

走在一起是缘分，但我们没办法走向幸福。

人是一种奇怪的生物，很多时候喜欢作茧自缚。别人对自己好的时候，傲娇得好似小公主。他人对自己置之不理，反倒一心想用热脸去贴冷屁股。

信已经寄走，迟迟不见回音。也不知道青争是回老家了还是去了别的地方，在这些寻觅等待的日子里，我终日心不在焉，用尽各种办法从同学老师那儿打听，依旧杳无音讯。心里七上八下，我决定亲自去一趟她的老家寻找她。

按着班主任给的地址，买好火车票后我向着佳木斯出发了。一路上，我的心情复杂。青争见到我会不会很惊讶？她会原谅我当初的冷漠和幼稚吗？还是会欣喜若狂，立马给我一个熊抱？……我幻想着各种可能，时不时还发出一阵傻笑。周围的旅客时不时向我投来诧异的目光。但我无所谓，我认为智者都是孤独的，我的世界他们不懂。

火车站人潮涌动，人们大多面无表情，从一个我不知道的地方来，再忙碌地前往自己的目的地。旅客大多都是大包小包的，这是我第一次独自一人乘坐火车，行人推推搡搡，过完安检再乘电梯到楼上，再排着长长的队伍检票，再走过站台，再随众人一同钻入火车内狭小的空间。即便如此，依旧有很多人是站着的，他们没有座位，在列车上一直站到目的地。

原来，青争每次回家都这么不容易。过完春节的开学季，青争从老家给我带了好多好多的土特产，那时她瘦弱的身躯是如何挤上火车，再历经艰辛将它们拿到学校的呢?

我怅然若失，树影和电线从车窗外快速闪过。火车上各种气味夹杂在一起，有人抽烟，有人吃泡面，有人脱了鞋斜躺在座位上，闷热天气里的汗水味又为这狭窄的空间加了点料。后面一排的几个乘客在玩扑克，时不时激动地大叫一声。左方前排有个妇女带着一名婴儿，婴儿哇哇大哭起来，妇女就背过众人，解开衣衫喂奶……

车厢里的嘈杂和天气的闷热，让我有些心烦。我转头望着远处的田野山川，把平时青争缠着我给她唱的那些歌都听了一遍，依旧还没到站。

青争，我大老远跑来找你，你一定要请我吃很多很多个炸鸡汉堡，才能弥补我这一路上的辛劳。

中午的时候，广播里开始播报今天午餐的菜肴：红烧鱼、青椒肉丝、番茄炒蛋、糖醋排骨……越听越觉得肚子饿，我在精打细算的情况下点了两个荤菜、一份米饭。

众所周知阿猪我是个食肉动物，最抵挡不住美食的诱惑，在送餐员到来之前，我已经偷偷咽了很多口水了。

五分钟后，终于可以开饭了。打开餐盒，里面的菜品让我大跌眼镜。

“这是什么？说好的鱼香茄子，为何只有茄子没有鱼？”我自说自话，拿着筷子在菜里翻了一圈。

“哈哈！鱼香茄子只是菜名，‘鱼香’是一种味道，并不是真的有鱼哦！”旁边一老伯笑着解释道。

“哦，是这样吗？那……那好吧。”真是尴尬，为了掩饰我的孤陋寡闻，我赶紧挑起一根青椒说，“那……这青椒肉丝，为何只见青椒不见肉？”

“嘿嘿，火车上的菜有点肉末已经很不错了，一般我们都不会吃火车餐，又贵又难吃，也就你们年轻人觉得吃盒饭是潮流。”

老伯瞥了一眼我面前的菜，摇了摇头，继续看报纸。

我夹起茄子吃了一口，味道一般，但也没有老伯说的那么烂嘛，还是可以吃的。此时，我开始想象，青争以后做饭会不会比火车餐难吃多了，那我们两个以后在一起，岂不是要我做饭？哈哈，要是我做的比她做的还难吃，那我们俩不是要喝西北风……

我天马行空地乱想着，忍不住笑着喷出一口饭来。

“哎呀！”老伯叹了口气，“我早就说过这饭不好吃，看嘛！都难吃到被你吐出来了。”老伯放下报纸，递给我一张纸。

听完他一本正经的一番评价，我竟笑得更厉害了，一不小心就呛到了，一个劲儿地咳嗽着。

“你别激动啊！以后不吃就是了，你看你难受得脸都红了。”老伯又拍拍我的背。

此时我已经不想再做任何解释了，我还能怎么办？所有的解释此时在老伯面前都显得苍白无力。

生活时快时慢，欢笑与泪水并存，我阿猪的世界一直都是惊喜与意外并存。

某天吃了东西拉肚子，下课时去厕所发现人满了。真想一脚把门儿踢开，把里面的人给踹出来。眼看就要憋不住了，我只有捂着肚子在原地着急地踱步。

终于有人出来了，我以百米冲刺的速度去占领了坑位。哇，真舒服，好通畅！虽然肚子依旧很痛，但是痛并快乐着。

厕所上到一半，上课铃响了。操蛋！不管了，继续拉。大概又过了五分钟，我虚脱地向教室走去。刚走到门口，班主任老头一声咆哮，吓得我腿软了一下。

“阿猪！你知不知道下学期就高考了！上课这么久了，跑哪里鬼混去了？”班主任拿着教鞭往讲桌上猛地一挥，我这刚拉完肚子的人吓得一抖。

“肚子痛，拉屎啊！”我捂着肚子往座位走去。

“粪坑都被你拉满了，肯定又在厕所偷看小说。”班主任一副洞悉粪坑前线状态的表情，斩钉截铁地说。

死老头！天天这样损我！管我上天入地，还管我拉屎放屁！

“阿猪，刚刚你那个样子好猥琐，要不是哥们儿我知道你的性别，我都会以为你是孕妇。”我刚坐下，小树就在我后面一阵鸟语。

小树你怎么不去死啊！孕你妹啊！去你大爷的，竟然和台上那死老头联手来损我。

操蛋！肚子又开始痛。

“阿猪，没事吧？我请假陪你去医务室吧？”见我一脸痛苦的表情，青争关切地问道。

“小意思，最多再拉一次，绝对就好了。好了，上课吧。”这种时候，我怎么能在一个女生面前表现得很柔弱，况且，医务室的所谓医生不都是拿着放大镜对着说明书抓药的吗？我还是待在教室安全点。

青争见我不领情，就接着说：“也是哦！你壮得像头牛，再拉个几十次也没问题。”

你才像头牛，你们全家都像牛！在如此需要安慰的时刻，竟然没有人来关心我，真是天理不容啊！

每天第二节课过后是课间操时间，恰巧今日我发现青争没有到操场做操。

机会来了！让你欺负我，待会儿我一定要去打你小报告。解散后，肚子又开始隐隐作痛，我坐在操场上休息，不一会儿青争气喘吁吁地跑来扔给我一个塑料袋。

“猪头，记得吃药！”青争说完急匆匆又跑了。

“你干吗去啊？”我有些虚弱地喊道。

“管闲事的体育委员发现我今天没做操，正到处找我呢！”

我望着青争远去的背影，又看看手里抱着的一大堆药，愧疚得无地自容。

原来，青争你给我的爱一直很安静。

我是一个超级自信的人，他人的天赋我不羡慕，纵使他琴棋书画样样精通，上知天文下知地理，中间再博古通今，我依旧喜欢自己的生活方式、处世之道。而且我自信我阿猪也能巧舌如簧，也能高歌一曲，也能假装风雅。

我喜欢唱歌，还喜欢自己瞎编歌词。其实我很清楚我唱流行歌曲经常跑调还破音，哈哈，但我依旧乐此不疲。

小树这猴孙老喜欢拿唱歌这件事损我，我一般都视他为空气。

我是智者，智者都是孤独的，懒得和蠢货讲废话。

下课后我边做题边哼《听冬天想夏天》。

“眼泪只许为某人流一遍 / 划过的流星知道彼此心愿 / 听冬天 / 说夏天在爱来之前 / 你的笑 / 是印在画布上春天 / 紧紧握住牵你的风筝线 / 月光下找寻着星尘的碎片……”

“杀猪的又来了，阿猪你……”小树又架好火炮准备轰炸我。

此时青争将食指放在唇边做了个“嘘”的姿势，制止了小树。

“阿猪，你唱的这首歌里，春天、夏天、冬天都有了，唯独没有秋天。我们是在秋天认识的，你帮我写一首关于秋天的歌呗！”青争表情认真。

“你觉得我唱歌好听？你不觉得我五音不全？”我疑惑地看着青争。

青争迟疑了一下说：“是有点跑调……”

我翻了个白眼：“那算了！”

青争接着说：“我还没说完呢！我觉得你的声音很好听，像风吹树叶沙哑的感觉，有一种在秋天里诉说悲凉故事的感觉。”

第一次听见这样新奇的评价，我顿时坐直了一点，轻咳了一下说：“你叫我大神我就给你写。”

青争脱口而出：“好的，大婶。”

小树也随声附和：“好的，大婶。”

我……你俩都去死吧！

一生中最美好的时光就是青春时代，时常与死党打打闹闹，斗斗嘴，聊些不切实际的话题。上下课铃声频繁切换，又扯了女同学的小辫，又甩了墨水在前桌的衣服上，又被班主任叫去训话，又被留下来一个人做课间操……

现在，我又多了一件事，忙着甩掉青争这条新长出来的尾巴。

每次月考都会根据成绩来调换座位。深秋时节考试过后，我就在和小树商量着坐第几排第几桌。

“小树，这次选座位，你和谁一起坐？”

“那还用说，当然是美女了，不然你以为是你啊？”

“你这个重色轻友的家伙，不是说好坐我旁边吗？”这死狗，要不是想着听写英语单词的时候偷看两眼，我至于出卖色相吗？

“那好，你求我啊！你求我，今晚我就翻你的绿头牌。哈哈……”小树坏笑，还伸出手抬起我的下巴。

“噫！……鸡皮疙瘩都掉了一地。行……行啦！我求你，给我当同桌。”我赶紧拿开小树的咸猪手。

“这就对了嘛！啦啦啦……有一首歌叫《同桌的你》，就献给你了！是谁把你的长发盘起，谁为你做了嫁衣……”

小树这家伙越来越恶心了，我只能说，家门不幸。

下午的时候，我选了一个靠窗的座位，等着小树来坐我旁边。一分钟后，小树坐到了我后面，而青争却和我成了同桌。

“瘦猴，你搞什么啊？”我转身拧了一下小树的耳朵。

“肥仔，民以食为天，美食当前我怎可拒绝。”小树举起一个大大的棒棒糖在我面前炫耀，还向青争抛了个媚眼，我瞬间明白怎么回事了。

“你没人性，一个棒棒糖就把你收买了。”我伸手去抢小树手里的糖。

“我乐意。”小树赶紧舔了一下棒棒糖。

“来，阿猪，也给你一个。”青争从书包里抽出一个更大的彩色棒棒糖递给我。

“青争，你怎么这样啊？宝宝不开心了，他的比我的大。”小树一脸委屈。

“怎么样，你羡慕忌妒恨啊？来咬我啊！”真是没节操，其实我一点也不想吃糖，我想要吃肉啊！

我的内心是崩溃的，一个糖我就沦陷了。但为了挫挫小树小人得志的气焰，我一把抓过棒棒糖，在小树面前显摆。

自那以后，我再也没有收到过棒棒糖，再也没有一个女孩从书包里掏出很大一个彩色棒棒糖来说，阿猪，给你。

生命中有个人愿意默默陪着你，与你分享喜怒哀乐，愿意和你一同做任何事情，明明有更好的选择，却还是认定你，跟着你，那么，这大概就是喜欢吧。或者说，这大概就是真爱了吧。

青争刚来的时候，说我是她在这个学校认识的第一个人。此后，她总是拿一些鸡毛蒜皮的小事来烦我。

“阿猪，你的名字真搞笑，但也很可爱。”

可爱个鬼，还不是被你们叫多了就成了外号。

“阿猪，学校食堂怎么走？我们一起去吧！”

大姐，班上有那么多同学，你可以和他们一起去啊。你这搭讪方式也太低级了，虽然我承认我长得比较帅！

“阿猪，我放学后想去买纸、牙膏、香皂……这些生活用品我不知道在哪里买，你带我去吧！”

我是上辈子欠你的吗？我既不是你妈，又不是你保姆，干吗老是找我啊？

我每次都有颇多怨言，青争就一直微笑，也不反驳。小树这个猪队友总是在旁边撺掇，我最终还是心软，一一答应了她的要求。

后来，我慢慢发现，每次和青争一起，只是简单地逛逛街，买买东西，感觉也还不错。

对于感情，我真的是比较迟钝。深秋了，天气渐渐转凉。一阵风吹来，我们在教室里冷得打战。

这天上晚自习，青争来得比较迟。

“阿猪，手套，给你买的。”青争递给我一双黑色手套。

“干吗对我这么好？有事求我啊？”

“你果然是头猪，她喜欢你啊！”小树从背后拍了一下我的头。

“要死啊，打这么痛！你少胡说。”我有点尴尬。

“不信你问她喽！”小树翻了个白眼。

我看了下青争，她粲然一笑，毫不避讳地回答：“对啊！”

我愣了一下，不知该如何作答。

“逗你玩的！阿猪你不至于吧，这样就被吓到了？”青争提笔开始写作业。

“嘁！吓……吓到？我长这么大还没怕过什么呢。哪有男的戴手套的，我……”

“闭嘴！不准拒绝。你要是拒绝，我就和你绝交！”青争一把将手套塞到我抽屉里，态度强硬，怔得我半天都不敢说话。

阿猪，拒绝女孩子的心意是不道德的，但平白接受女孩子的好意，既不道德还要挨千刀。

我有各种喜好，很多人说我吊儿郎当，叫我“绰号大王”。没错，我就是喜欢给我们的各科老师取各种各样的外号。地理老师身材圆润，我就叫他“地球仪”。英语老师是个暴脾气的中年妇女，就叫“灭绝师太”。历史老师姓王，又喜欢戴大框眼镜，索性就叫“望远镜”。班主任是数学老师，都说聪明绝顶，他的头顶一天比一天光亮，哈哈，“地中海”最适合不过。

这天班主任讲完试卷下课后，青争和小树都还在专心研究那道圆锥曲线题。

闲得无聊，我又想恶作剧了。我蹲下身子假意去捡东西，趁机把小树的鞋带解散，绑到了桌腿上。

“小树，装什么认真啊？下节课又是讨厌的英语。走，出去兜兜风。”我坏笑着怂恿小树。

“滚一边儿去，别烦我。”小树不为所动。

“快走哦！”我霸王硬上弓，拖起小树就走。小树用力甩开我：“怕了你！我自己走。”

果然，小树一起身就中招了，桌子被拖得移了位。

“阿猪！你个浑蛋，我非打死你。”小树赶忙去解鞋带。哈哈哈！我笑着溜了出去。

其实，只有我自己心里清楚，虽然小树被我给戏弄了，但我也被小树的无敌臭鞋给熏惨了。我敢说，小树这臭鞋起码一年没洗。呜呼哀哉！自作自受，我还不敢告诉别人。

上课铃响了，我跑进教室，小树想报仇雪恨，张牙舞爪地向我扑来。青争一把拉住小树，和他耳语了一番。

“看在青争的面子上，我就放你一马，下不为例。”两人说完悄悄话，小树态度突然反转。

“你这禽兽转性了？青争到底和你说了什么？”我警惕地看着小树。

“嘿嘿，我答应请他吃炸鸡汉堡！”青争拉过我，一把将我按在座位上坐下。

英语课过后，又到了一天中该吃午饭的时候了。每到这个时候，我就像打了鸡血一般，浑身充满力量，恨不得最先冲向食堂。哪知我刚跨出一步，脚就被绊着了，此时我才发现我的鞋带和青争的绑在了一起。

“这是我和小树送你的礼物。”青争低头看着绑在一起的鞋带，得意地笑道。

“你俩串通一气来整我！”我气炸了。小树嘿嘿笑着抢先一步跑去食堂抢饭了。

青争傻笑着说：“这样我就又离你近一点了，我觉得挺浪漫的啊！想吃饭的话就陪我一起走去食堂吧！哈哈！”

近个鬼啊！浪漫个屁啊！女生的脑袋里一天在想些什么啊！哇哇哇……我的饭啊，去迟了就没肉了啊！小树，你给我留点啊！

秋天的夜凋零在漫天落叶里面／泛黄世界一点一点随风而渐远／冬天的雪白色了你我的情人节／消失不见爱的碎片／翻开尘封的相片／想起和你看过的那些老旧默片／老人与海的情节／画面中你却依稀在浮现……

哼完《老人与海》这首歌，在火车上又过了一个小时，窗外视野变得更加广阔。天空一直延伸到世界的尽头，那里整齐排列着洁白的棉花云。青山绵延不断，却显得低矮。田野无边，弯弯小河静静地从中间穿梭流淌而过。景色堪称壮丽！

我问老伯佳木斯是个怎样的地方，漂亮吗。

“不太清楚，我没去过那个地方。不过听旁人提起，那儿是个风景不错的浪漫小城。”老伯望了一眼窗外的风景，若有所思，“说不定，会有你意想不到的收获呢！”

没去过还说得好有道理的样子，这大概就是人老了脸皮也跟着厚了。

“各位旅客请注意，东清站就要到了，下车的旅客请提前做好准备……”广播里开始播报下一个站点。

我要在东清下车，然后坐巴士去佳木斯。于是收拾好行囊，起身和老伯告别，走到车门口等待下车。

这个站下车的人并不多，我背着背包，哼着歌到了东清。呼吸到新鲜空气，整个人精神多了。东清的天空很蓝，太阳有点刺眼，照得我眯缝起眼睛。偶有清风吹来，凉爽了不少。很久以前答应青争写的歌，已经写好，我放在背包的最里层。

此处地势很开阔，街道上绿化很好，四周都可见橄榄、丝兰、金叶女贞及一些不知名的绿植。来到汽车站，前一班开往佳木斯的巴士刚于五分钟前发出，倒霉！只能再等一个小时坐下一班。

高三真不是人过的生活，起得比鸡早，睡得比狗晚，天天还要对着一个地中海。

我正打着呵欠往教室走，小树突然从背后蹿出来拍了我一下。

“大清早的，你要死啊，打得这么痛。”

“积点口德吧！我感觉青争对你蛮好的哦，要不要考虑一下？”小树傻笑。

“她又请你吃了啥，收买了你？”我翻了个白眼。

“你不会还在想着那个遥不可及的石小姐吧？”小树极其鄙夷。

“是又怎样？不可以啊？”我把双手抱在胸前。

“石小姐是谁？”青争的声音冷不丁地在我们身后响起，我和小树都惊讶万分，一时语塞，只能面面相觑。

“我懂了。”青争将手里的两份早餐递给我们，径直朝教室走去。

“猪头，快追啊！”小树推我。

我追个蛋啊！我怎么解释？我总不能说我两年都在单相思一个对我没意思的女孩吧！

那天起，青争一个星期没有和我说话。

青春期的感情，懵懂而羞涩，隐隐在心中发芽，却又不可名状。见过一个人，思念就在心里生长。以为那就是喜欢，就是爱，就是要去追寻的美好。

两年前，也就是我刚上高中那会儿，我就喜欢上了石小姐。情窦初开的我，以为简单的好感就是喜欢。我第一次在高中看见石小姐的时候，她穿着一袭纱裙从我们班门前路过，自此，石小姐的完美形象在我心中待了三年。

高二的时候，石小姐有了意中人。有时候人就是犯贱，我阿猪也不例外，明知无果，依旧喜欢着她。

多年以后，再回头看这段感情，不过是青春期情愫萌芽时的一个幻想罢了，没有一起经历过风雨的感情又怎谈得上是感情。命运就是喜欢捉弄人，枉我阿猪聪明一世，却糊涂一时。我错过了青争对我的深情，换来了个情深缘浅的结局。

“青争，我给你说，那个阿猪就是单相思，别人石小姐早就有主了，阿猪连话都没和她说过几句。”

小树见这几天青争态度冷淡，在一旁干着急。“那个时候，阿猪都还没认识你，再说这种事情他也控制不了，不能怪他！”小树从后面探着身子，伸长脖子到青争耳边说话。

“阿猪！你给青争解释啊！”小树急得推了我一下。

“我……青争……”我有点结巴。其实我也不知道要说什么，我自己都不清楚心里是否有青争的位置。

“没事，我们依旧是好朋友嘛！”青争突然很爽快地冲我们一笑，“中午一起吃饭吧！”

这突如其来的转变让我和小树都有点傻了。小树赶紧拍手叫好，我也傻笑着跟着说：“好，好啊！”

买好车票，坐在候车厅等下一班前往佳木斯的巴士，前排有一对小情侣坐在一起。

“我想吃辣的。”女孩边吃橘子边说。

“我去那边给你买。”男孩跑到便利店，很快买了一堆零食。

“嗯，好吃，就是好辣啊！好想喝水。”女孩被辣得花容失色。

“你等一下，我再去给你买。”很快，男孩买来了水和一些甜食。

“怕你辣着，顺便买了点甜品。”男孩眼里全是宠溺。

“哇，太好了！你真好。”女孩接过水，往男孩脸上亲了一下，顺带连刚才吃零食的油水也亲到了脸上。

见到此情此景，往事历历在目，想起以前青争对我的好，内疚感不断泛起。高三的时候，她虽时常与我斗嘴，但对我的关心无微不至，对我的照顾也是面面俱到。她对我的好，我在毕业后才慢慢察觉到。我想弥补，她却消失在了我的生活中。

除了毕业集体合照，我没有留下她的任何照片。离校前几天，因为离愁别绪，大家在校园里缅怀过去。走过小竹林，穿过小花坛，路过开水房，跑到图书馆……拿起租来的相机“咔嚓、咔嚓”留下记忆中的角落。

那时青争央求与我单独合照，我噘嘴说无趣。她想让我陪她去校园里走一遭，我翻白眼说矫情。她说再去看看小池子里的小金鱼，我摊着双手说麻烦……

青争啊！你是知道阿猪这个人一向喜欢与人顶嘴的，不只对你，对小树也是，这么多年了我已习惯了。其实我这个人也是念旧的，我也是想陪你去的，但我的猪嘴一说出来就变了味道。你要是直接拖着我走，我绝对就和你去了。

那天，青争提出了一系列的建议，我都振振有词地数落了一番。最后青争妥协了，说，好吧，那算了。我问她为何不像以前一样霸王硬上弓，直接拖我去。她慢慢笑了，说不想勉强了。

我知道她生气了，难过了，但依旧说不出任何安慰她的话。最后，我生平第一次掏出我的零花钱主动请她去吃了炸鸡汉堡。

那天，她笑得很开心，吃完后对我说，那是她吃过的最好吃的炸鸡汉堡，她会永远记住那个味道。

几天后，青争就消失在了这座城市中。应该说，我根本不知道她是何时离开的。如果我知道那是青争与我最后的告别，我一定会鼓起勇气，大声告诉她：“青争，我喜欢你！”

可是，她等了许久的这句话，始终没有听见。

候车厅的时钟指向下午三点，这时，我突然有点心急，想快点见到青争。

日子跌跌撞撞，过惯了索然无味的两点一线式生活，在一个人犯傻的时候还有另一个人陪着一起犯傻，想来已是攒了许久的好运，老天厚待。

某天晚自习，大概是九点多，我觉得肚子很饿，想翘课出去吃夜宵。青争知道后，二话不说就在老师面前装病，假意让我陪她去看病。

我扶着假装感冒拉肚子的她，慢慢出了教室。走到楼下，两个“戏精”忍不住大笑起来。“我们没去好莱坞当影帝影后，简直就是浪费！”青争边笑边拍我。

“对对对！这些导演星探死哪里去了，怎么就没发掘出我们如此出众的人才？简直是被埋没了。”我接着赞美自己，顺带赞美下青争。

“怎么样，我刚刚装得像不像？哈哈！”青争又捂着肚子演起戏来。

“哈哈哈哈！太像了，英语老巫婆以为你脸都痛红了，赶紧让你去看病……”

我俩边说边笑，跑到学校后门吃夜宵去了。

“冬天的风啊/飘着雪花……走啊，走啊……”我在寒风中冷得哆嗦，颤抖地唱起歌来，“青争，你太仗义了，我们去吃点热和的！”

“那你怎么报答我？以身相许如何？”青争总是这样直言不讳地调戏我。

“老板，两锅米线！”我赶紧随意钻入一家面馆，避开这个话题。

“不！老板，大份砂锅米线一份！来两个小碗。”青争大声喊道。

“姐，这么节约啊？我们两个吃一锅，老板会怎么想我们啊！”我抽了个凳子坐下。

“你懂个屁，我喜欢！老板当然会觉得我们感情很好咯！”青争拍了一下我的头，她总是这样赤裸裸地表露对我的感情。一开始我会觉得尴尬，后来也就习惯了，也算是在心里慢慢默认了。

米线端上桌的时候，砂锅里还在不停地“咕噜咕噜”沸腾着，老板偷笑着递给我们两个小碗。青争与我相对而坐，热气氤氲着她的笑脸，她被滚热的米线烫到后像小狗一般吐着舌头，俏皮而又可爱。店内很暖和，青争的脸上慢慢泛起一片红晕，很美很好看，但我从来没对她说过。随后，她与我在斗嘴中一起开心地吃完了米线。

青争的笑容，青争的笑声，我记得，我一直一直都记得。

多年以后，我仍记忆犹新。在那个寒风凛冽的夜晚，有一个女孩装病骗过老师陪我去吃夜宵。那种温暖，至今犹在。那锅米线，是我吃过的最好的米线，没有之一。

曲径通幽处，禅房花木深。这个世界上，除了遥不可及的世外桃源、海市蜃楼外，还有一些别的特色风情美景值得我们去期待。比如，东清。比如，佳木斯小城。

抵达佳木斯，天色已经有点晚了。夕阳西下，这个干净的小城沉醉在晚霞的柔光里，乡村田野映入眼帘，红白相间的苏格兰风情民房交错环绕在铁树、棕榈和花草之中，整个小城被装点得格外美丽。

青争，你简直生活在天堂里啊！我天天在大城市里受污染，你却在仙境里享受蓝天白云。

太阳又溜下去了一截，天色渐渐暗了下来。嘿嘿，等下我见到青争，她定会让我留宿。此刻她在家里做什么呢？说不定在看动画片，想她这种少女心爆棚的幼稚青年，在家也干不了什么正事。我心情大好，许是被落日小城吸引了，又许是马上要见到青争心情很激动。一路寻着青争家的地址，我到了锦溪路 186 号。

原来，青争以前一直住在这么漂亮的房子里啊！落日余晖，红砖白瓦，花草掩映。岁月如此静好，我恍惚得有些迷离。此时，我这个背包客站在青争家门口，就好似一个流浪汉。

“叮咚！”我按了一下门铃。不一会儿，一位阿姨开了门，我猜应该是青争的妈妈。她的眼睛有点浮肿，整个人看起来格外疲惫，给人一种历经沧桑的感觉。

“阿姨，你好！我找青争。”我率先开了口。

“青争？”她有些惊讶，随后请我进了屋。

大门被关上，同时关上的还有一颗支离破碎的心。

在嬉笑打闹中，青争陪着我度过了高三的第一学期。草长莺飞的时节里，我们迎来了高中生涯的尾声，大家更忙了，每天都是试卷满天飞。

虽然青争知道我心里的人是石小姐，但她对我依旧是一如既往地好。

“青争，你以后准备去哪儿读大学？”我拿出试卷，看着一片狼藉的错题。

“你去哪儿我就去哪儿。”青争用手托着下巴，不假思索地说。

“你想赖我一辈子啊！你是跟屁虫吗？……嗝。”我突然打起了嗝。

“哈哈哈！”青争大笑，“叫你狗嘴里吐不出象牙。”

“丁零……”上课铃声响了，我依旧时隔几十秒就打嗝。地理老师在台上讲得眉飞色舞，我在下面嗝得呕心沥血。

“哪位同学来回答一下，当地的正午太阳高度是多少？”老师开始提问。

“阿猪说他知道。”青争很兴奋地叫嚷道，顺便举起我的右手。

“好，阿猪，你来说说。”老师一副寄予厚望的神情。

这突如其来的提问，让我很是绝望。我被迫站起来，心里面万马奔腾。宁可得罪小人，也不可得罪女人啊！

“嗯……嗝！……太阳直射点的纬度是……嗝！”我硬着头皮上了，一开口就在不停打嗝，在大家面前出尽了洋相。此时众人都已经像傻子一样笑疯了。

这群笑点极低的弱智，有那么好笑吗？我扭头看看小树，这家伙笑得泪花都在眼里打转。老子就是回答个问题，小树竟然感动得要哭！再看看青争，也是幸灾乐祸地在一旁看戏。最后还是仁慈的地理老师帮我解了围，让我逃离这尴尬的处境。

坐在飞机上的时候，心里特别难受，脑海里一遍遍回想着青争妈妈说的话。我不相信这是真的，青争怎么可能这么快就结了婚，而且还定居到了法国？她是不是被骗了？抑或是……不想再胡思乱想，我脑子都快炸了。我很清楚，青争对我的感情有多深，她怎么会在如此短的时间内答应嫁给一个法国男人？

抵达佳木斯的当晚，我是在青争家过的夜。随青争妈妈进屋后，偌大的房间空荡寂寥，除了她以外，似乎没有别人了。书柜、桌子、茶几上四处都有青争的照片，每一张照片上她都笑得那么灿烂，那么开心。看来青争从小就是个幸福的孩子，她的父母一定很爱她。

青争妈妈身体似乎不太舒服，精神不佳。我一再追问青争的下落，她也没有告诉我答案，只叫我先安心睡觉，一切等第二天再说。

我疑惑不已，却也不好再多问。我大概瞥了一下室内布局，青争的房间在二楼的左边，我住在她隔壁的客房。晚上的时候，我跑去敲青争的房门，没有人回应。晚上了青争还没回来啊？她去哪里了？越想越觉得奇怪，但我也只能回房休息。许是旅途奔波，我很快便带着疑惑和好奇进入了梦乡。

次日醒来，已经艳阳高照。拉开窗帘，被阳光迎面来了个热情的拥抱。天气真好，我伸了个懒腰坐起来，准备起床。溜达了一圈后，我发现这栋房子里，就我一个人，主人全都不在。不仅没有见到青争，连她妈妈也不见了，我突然觉得自己像个入室盗窃的贼。

中午的时候，我坐在门口的摇椅上，眼巴巴地盼着主人赶紧回来。

“别等了，你走吧。”青争妈妈从二楼推开窗户，突然钻了出来。我的小心脏被吓得扑通扑通跳。

“阿姨，你在家啊。青争去哪儿了？”我把手放在额头挡了挡太阳光，仰头问道。

接下来听到的回答完全出乎我的意料，我万万没想到此行会得到这样一个结果。

“青争已经结婚了，现在过得很好，和一个法国男人生活在一起。”说完，青争妈妈关上了窗。

我极度怀疑我产生了幻听。“阿姨，你在开玩笑对吗？”我对着窗户大喊，“青争是不是在生我的气，不愿意见我？”楼上没有任何声音，我不死心，直接冲到二楼去敲门。

“就算她结婚了，我也要找到她。你告诉我她在哪里，我远远看一眼她就好，如果她过得幸福，我是不会打扰她的。”我的声音有点发抖。

我站在门口，一个劲地敲门：“为什么啊？怎么会这样啊？你在骗我对不对？……”我渐渐瘫坐在地上。

过了许久，青争妈妈才带着哽咽的嗓音说：“那个人对她很好，我没有骗你，我相信这是她后半生的好归宿。他们已经定居在法国了，这是地址。”她没有开门，从门缝下面递出来一张纸条。

我拾起那张纸条，过了许久才跌跌撞撞地回屋收拾东西。心里面好痛，似有人伸手扼住了咽喉，既难受又哭不出来。

青争真的结婚了吗？这真的是后半生很好的归宿吗？那个男人真的对她很好吗？……如果是真的，阿姨，为何你没有一丝高兴，还要哭呢？

教室里阳光明媚，窗外传来清脆的鸟叫声。清风吹来，淡淡的栀子花香飘进教室，沁人心脾，令人心旷神怡。

青争梳着好看的马尾，在课桌前坐下，翻开崭新的笔记本，用好看的楷体写下：陪伴是长情的告白。我靠近她，她冲我开心一笑，露出整齐的大白牙。

“来，阿猪，过来！”

青争往教室外走去，我跟在她的身后。天空很蓝，云朵洁白，阳光灿烂，青争穿着短裙，扎着马尾，在操场上纵情奔跑。她边笑边回过头对我喊：“阿猪！你来追我啊！”

我跟在她身后，用尽全力却老是追不上她。后来，我们都跑累了。我们就摆成大字躺在塑胶草地上，两人对看一眼，哈哈大笑了半天。这样看天空真美啊！有鸟有云还有她的笑声，太阳一点也不刺眼，我痴痴地沉浸在这种幸福当中。

“阿猪，你喜欢我吗？”青争微笑着缓缓侧身正对我，她的眸子明亮如星。我笑着点了点头，算是回应。

青争坐起身，在我额头上轻轻亲吻了一下。

“我知道，你心里的人不是我，是石小姐。”青争继续笑着，“阿猪，以后我不能陪你了，我要走了。”青争离我越来越远，也越来越模糊。

“你要去哪儿啊？你别走啊！”我大喊。

“我要去法国结婚了。”青争挥手与我告别。我跑过去想要拉住她，她却消失了……

我做梦了，梦见青争了！

此时的我依然在前往法国的飞机上，许是没有遇到强大气流，飞机一路飞行都很平稳，我竟在焦躁不安的情绪中慢慢进入了睡梦。我醒来，脸上湿漉漉的，挂着泪水。

此时，我的手心里全是汗。

学生时代的标志就是穿校服，背书包，踩单车。高三的时候，课业繁重，我就住了校。青争是插班生，她老家很远，也住校。周六的日子，我们基本也都是在做模拟试卷，周日上午还要被班主任盯着上自习。一周就只有半天的休息时间，简直就是操蛋！

周日下午，青争就喜欢缠着我，让我骑车载她去玩。冬天的时候，青争让我戴上她为我买的黑色手套，用她的围巾包住我的耳朵和脖子，然后从身后紧紧抱住我。

天气很冷，街上人很少，我们一般会骑车到公园和湖畔。行人冷得缩着脖子，穿着厚厚的大衣紧紧裹住身体，时不时还会有人呵出嘴里的热气来搓搓手。

哈哈，一群屌蛋！穿那么多还冷。我骑着车路过这些人的时候，就会嘲笑他们。我妈说过，人上了年纪，就会穿很多，可穿很多还是会觉得很冷。

我扭头问青争冷不冷，她回答还好，稍微有点冷。我在心里暗笑，这丫头是半个老太婆了！

“……迎面吹来了凉爽的风 / 做完了一天的功课 / 我们来尽情欢乐 / 我问你亲爱的伙伴 / 谁给我们安排下幸福的生活……”我在寒风中放声大唱《让我们荡起双桨》。

青争把脸贴在我的背上，轻轻哼唱着梅艳芳的《怀旧》：“情是一滴泪 / 永远地牵挂着谁 / 是我始终抛不去 / 过时的一个默许 / 想到快疯癫 / 愿一切停留 / 与你有芬芳 / 却独过秋 / 在一生一世怀旧……”

“肥婆，你该减肥了！你好重啊，累死我了。”到了上坡路，我使劲踩着脚踏板，不停喘着粗气。青争把我抱得更紧了，不回答我的话，自顾自地继续哼唱着。

骑完车以后，我的胃口可好了，这时我就会想出各种理由让青争请我吃炸鸡汉堡。这丫头的零花钱可多了，每次我发出邀请信号，她都请我吃了。嘿嘿，真是美哉！不枉我每周骑车消耗掉那么多卡路里。

春夏之交的时候，青争换上了短裙，依旧在周日缠着我载她去兜风。她穿着裙子，侧身坐在后座上。一次，我们骑到坑洼地段，我没控制好方向，青争从单车上摔下来擦破了膝盖。她的双膝青肿了一月有余，才渐渐消退。青争丝毫没有怪我的意思，我却不习惯向她示好，连一句安慰她的话都没有说。

青争摔伤后，我背了她一个星期，为她买了一个月的早餐，陪她在教室吃了一个月的午餐。

后来，她告诉我，那是她最幸福的一个月。如果可以再把时间延长一点，她愿意再摔一次。我却把头摇得像拨浪鼓：“我可不要再背你一个星期，你那么重！”

飞机上偶尔有乘务员来回走动，为旅客提供茶水餐食。乘务员走到我旁边时，我尚沉浸在刚刚的梦境中，久久没回过神来。

“先生，需要点什么吗？”乘务员很有礼貌地弯腰说道。

“炸鸡汉堡。”我脱口而出。

我知道飞机上没有，接下来乘务员的解释我也听得恍恍惚惚。如今，我只想和那个女孩儿一起，再去骑车，再去吃炸鸡汉堡。

以前元旦放假的时候，青争寝室的女同学都约着去逛街。我在街上碰到了她同寝室的五个人，唯独没有她。我问青争为何没有和她们一起出来。她们答，青争没有什么要买的，要把钱攒着去吃好多好多的炸鸡汉堡。

傻丫头啊傻丫头！原来你永远也用不完的零花钱是这样来的，原来阿猪一直都有东西吃是这样来的。元旦那天那么冷，可我觉得好暖。

如果可以接着做梦，我很想回到刚才的梦中，大声对青争说：“我最喜欢的、最爱的人始终是你啊！”

我很心慌，我觉得从此以后就要失去青争了。我想放声大哭，但我哭不出来，只有悔恨在胸腔里哽咽。我想仰天长叫，但周围都是生人，并没有留给我释放的空间。

如果我当初不装傻充愣，结局是不是就会变？

如果我当初勇敢一点，是不是就不会失去你？

如果我在最后时刻抓住你，是不是就不会找不到你？

青争，阿猪想你了，你出来吧，不要再躲猫猫了。我真的找不到你啊！

青争是个爱幻想的女孩，偶尔趴在阳台栏杆上仰望蓝天，觉得空中飘着棉花糖，一会儿会变成狗，一会儿会变成小白羊。我嘲笑她幼稚，她说我呆板。她想约我毕业后一起去旅行，我却说：“你给钱我就去。”

她骂我是守财奴，我说她是吝啬鬼。

高三上学期接近尾声，又临近春节，我陪青争提早去买了回家乡的火车票，她期待着让我去送她。我一般都会逞口舌之快和她理论一番，但心里还是很乐意的。

买好票的那天，我们一起从火车站回学校，我裹了裹身上的外套对她说：“收买我，我就去送你。”

青争回：“打倒剥削阶级！你这种地主家的傻儿子就该拉出去被批斗！”青争搓了搓手，空气中清晰可见我们说话时哈出的热气。

“哼！反正我就这样，没有好处的事我是不会干的。”我很傲娇地把双手抱在胸前。

“好好好！我求你到时候一定去送我啊！我给你包几摊屎当礼物。”青争说完撒腿就跑。

“你站住！小丫头你不想混了，敢和猪哥这样顶嘴……”我穿着笨重的棉服追了上去，青争在前面边笑边跑，我的耳边回荡着她欢快的笑声。

有时候我多想时间就定格在那快乐的一瞬，凝结成永恒。

青争要回老家过年了，我心里突然有点不舍。那天清晨，我起得很早，跑到便利店帮她买了一堆吃的。送她到火车站的时候已经将近中午了。

“臭猪，给你的新年礼物！”青争递给我一个袋子，里面装了个礼物盒。

“不会真是几摊大便吧？”我嫌弃地看了一眼。

“是啊，是啊，就是大便。臭死你啊。”青争白了我一眼，扭头就走。

“开玩笑的！青争，听说你最近在减肥，我特意给你买了点零食，正好喂胖你啊！嘿嘿……”我奸笑着把吃的递给青争。

“你果然歹毒，是想我嫁不出去吗？”青争一边说着不要，一边将我手里的大包零食抢了过去。我明显看到她在背着我偷笑。

“对啊，就想你嫁不出去。咱们相识一场，嫁出去了我还要准备份子钱。”

青争突然不高兴了，我意识到自己说错了话，挠挠后脑勺赶紧改口：“你这么漂亮，多少人排队抢着要，嘿嘿……”

话还没说完，青争转身过来给了我一个猝不及防的拥抱：“我嫁不出去就赖着你！阿猪，我要回家了，你会想我吗？”

“嗯……当然啊！……想啊，想你快点回来，多给我带点吃的！……啊，哈哈。”我真蠢，语无伦次地说了一堆自己都不知所云的话。

就这样静静地站了两分钟，我拍了拍青争的背说：“时间差不多了，走吧。”

“嗯。”青争在我衣服上蹭了蹭，拿好行李准备进去。此时，我才注意到我的棉服上有一大片水渍，恰好是刚刚青争趴在我胸前时脸挨着的地方。

我赶紧追了上去。青争上了站台，我过不去。我在入口拼命挥手，大声喊着："青争，路上小心！"

我们之间隔着一道玻璃和轨道，我不知道她是否能听见，但我看见她的眼眶有点红。她孤零零一个人站在7号车厢等待区，对我说了句话，我没有听见，但我能看出她在说："阿猪是个大笨蛋！"

是啊，青争，阿猪真的是个大笨蛋。原谅我一直不会表达，不敢正视我们之间的感情。

列车来了，青争上了车，在窗边的玻璃上画了一颗大大的心。冬天想必列车内是很温暖的，玻璃上起了雾，青争画的形状很容易就显现出来。随后，她在里面写上了"青争、阿猪"。我看见她笑得很开心，开心得眼泪不住地流下，从眼眶溢出，汇集到下巴尖滴落下来。她笑起来，露出整齐而又洁白的牙齿。

青争，你这样笑，一点都不好看，一点都不可爱！你别笑了好吗？我求你，别笑了好吗？

我跳起来向青争挥手。列车开动的那一瞬间，我用尽全身力气大声喊着："青争，我会想你的！要早点回来啊！……"列车开走了，我知道她听不见，这应该是一直以来她想听的话。

列车渐渐走远，最终消失不见，我呆呆地站在原地，青争带着泪花的笑脸始终在我眼前。我看了看袋子里的礼物盒，心中猛地一痛。

失魂落魄地回到家，没有心情写作业，又想起青争送我的礼物盒，赶忙找来剪刀小心翼翼地拆开。

一套草帽海贼团的人物模型露了出来。路飞戴着草帽，依旧是永远不变的笑容，充满阳光和活力。索隆帅气地举着长刀，青春热血全写在了脸上。娜美妖娆地摆着姿势，眼神里透着坚毅的自信。乔巴张着大嘴，一副人畜无害的呆萌可爱样……

这是我心仪已久的《海贼王》人物组合，如今拥有了，却难以高兴起来，心里似灌了铅一般，慢慢沉下去。

青争，原来我说的每一句话你都记得。

刚进入高三的时候，每周还有一节体育课可以放松放松，后来直接被万恶的“地中海”抢去划为了自习课。

课间操完了之后，我靠着小树无聊地向教室走去。

“阿猪，你有偶像吗？你以后想成为什么样的人？”青争这条甩不掉的尾巴又贴了上来。

“哈哈，我是要成为海贼王的男人！”我顺口说道。

“海贼王？”青争诧异地看着我。

“对啊！海贼王是我们从小追到大的偶像。”小树笑了笑。

“一看你就是缺少童年的人，连海贼王都不知道。”我朝青争吐了吐舌头。

“喊！虹猫蓝兔哆啦A梦蜡笔小新大头儿子小头爸爸金刚葫芦娃黑猫警长宠物小精灵数码宝贝猫和老鼠阿童木柯南米老鼠唐

老鸭舒克贝塔……姐姐什么没看过！”青争一口气说了几十个动漫人物之后扬长而去。我和小树呆呆地对视了一眼，原来我们才是缺少童年的人。

现在，我看着路飞，看着这个热血阳光的草帽小子，心里却十分难受，鼻子酸酸的，眼里有什么东西马上要奔涌而出。

春节过后，天气渐渐回暖。放假的这些天，我忍不住地想念青争，我忘不了她离去前的容颜，那样让人心疼，让人心碎。

因为没有联系方式，我也不知道青争多久回来。开学前几天，保安大叔告诉我有个女孩儿找我。我跑到小区大门口的时候，人已经走了，留下两大袋东西。

保安大叔说：“这是那个女孩儿留给你的，我看见她从计程车上下来，费了好大的力气才把这两袋东西提过来，想必很重。哦，对了，她说她叫青争。”

我愣了半晌，冲出去找她。我大声喊着：“青争！青争！”天色很阴暗，飘着冰凉的冰晶。

干吗对我这么好啊！不值得啊！当初送你去车站让你带好吃的回来，都是开玩笑的啊！……

“别喊了，她放下东西就坐车走了。”保安大叔燃起一根烟，烟雾很快升腾起来。

迈着沉重的步伐把两大袋东西提回家，双手被勒出红印，我一个大男生提着尚且觉得很重，何况她是个瘦小的女孩儿。超大号购物袋里全是一些肉制食品，都是抽真空密封好的。酱板鸭、卤猪蹄、驴肉、腊排骨、麻辣兔……

购物袋里还放着一张大红色的贺卡，上面用好看的楷体写着：阿猪，给你带了点吃的，希望你喜欢。新年快乐！

老妈在客厅喊着："阿猪，你刚刚提了什么东西回来啊？"

我拿着那张大红色贺卡，轻声说了句，是爱心。

到达法国巴黎戴高乐国际机场，天已经完全黑了。夜色浓浓，虽有万千灯火闪烁，依旧让我看不清这欧洲浪漫中心的神秘面孔。夜风袭来，带来丝丝凉意。走在风情万种的花都巴黎街头，不知何去何从。

灯火璀璨的埃菲尔铁塔高耸在城市中央，流光溢彩，打在塞纳河畔，巴黎的夜景美得令人窒息。此时的我有一种身处梦境的幻觉。

青争，这是你向往已久的城市吗？此刻的你是否已经躺在爱人怀里安然入睡？胸口不禁猛烈抽痛，我站在这迷蒙的夜色中久久未动。

天越来越冷，我也越来越心烦，家中二老不知发生了什么矛盾，最近一段时间总在吵架，闹得家里鸡犬不宁。当着我的面的时候，其乐融融，相敬如宾；我一回房间或者走出家门，两人就像不共戴天的仇人，开始相互破口大骂……

有时我故意走出家门，会听到客厅里桌椅碰撞的声音，老妈尖锐的嘶吼声，老爸扯着嗓子据理力争的争吵声，用力摔门的撞击声……有时我从房间出来，会看到满地狼藉的碎物，歪斜的桌椅，空无一人的家。有时在饭桌上，我会看到老妈手上的瘀青，老爸脸上的指甲划痕，一家人心照不宣，默默吃饭……

我压抑得受不了！我想逃离。我翘了晚自习，我骑着自行车在寒风中疾驰，我去学校操场奔跑，脱下校服扔了外套，跑到流汗跑到虚脱瘫倒在地上。我买了二锅头坐在操场看台上，对着枯树残月，独自一人唏嘘，好生凄凉。

寒风凉夜中，于半空中吐出一口烟圈，柔软的烟雾飘飘然形成一个“o”，真是漂亮！于是再吸上一口，哈，又成形了，吐出了一个漂亮的烟圈，慢慢升腾到空中。

哈哈！阿猪，想不到你学习不咋样，吐的烟圈还挺好看！烟圈多自由啊，多轻快，一下就随风飘走了，不像你自己就是个笑话。想不到你这种人也会伤春悲秋，这大概就是所谓的贱人就是矫情……我喝了口酒，开始自嘲。

不知过了多久，我被小树从混乱的梦境中喊醒，太阳穴很酸胀，头痛欲裂。此时才发现，我并没有在冰凉的操场，而是在温暖的床上。

“谁送我回来的？”我勉强直起身。

“老班大大，你口中的地中海！”小树不屑地看看我。

“啥？！”我大叫，眼珠子都快瞪出来了，“惨了惨了！我被处分了对不对？”我使劲扯了扯小树的衣服。

“你算了吧！瞧你那㞞样，翘课喝酒抽烟装潇洒的时候怎么没想到处分……”小树继续火上浇油。

“哦，那算了，不重要了。”我突然如释重负，躺下去继续睡觉。

“够了哈，再不起来就迟到了。老班根本就没追究，对外宣称你感冒发烧请假了，昨晚还从操场背你回来——”没等小树说完，我激动地坐起来拉着小树惊喜地问道：“真的吗？真的吗？……”

小树一脸嫌弃：“唉！……地主家的傻儿子！”

“就你个㞞包还去当问题少年，你真是烧高香！运气真好……”小树接着摇了摇头，把我从床上拖起来去上课。

昨夜寒风呼啸，我喝着喝着，不知道什么时候睡了过去。小树告诉我，整个晚上，青争发了疯一般四处找我，最后在操场看台的阶梯上发现了我这个醉汉。

那时的我已经有点神志不清，青争把我搂在怀里，我又哭又笑。我边推开青争，嘴里还边嘟囔着：“你走……反正我不是你亲生的！”

小树和青争一起来拉我，我随口回了句：“你们赶紧离了吧，别再演戏了……”

小树和青争继续从地上把我拖起，我傻笑着说：“哈哈！小树……你站住！……青争，你吃鸡……”

后来老班就站在了我面前。我潇洒地大手一挥说：“喊，不就是个地中海吗……谁……怕你啊！”

据说当晚老班来到操场后，见到我这副鬼样子，表情非常严肃，但是没有像往常在课堂上一样发怒，也没有骂我。年近四十的他脱下大衣给我盖上，背着我回了男生寝室。一路上，我趴在他背上纵情高歌："花儿对我笑……小鸟说早早早……你为什么背上炸药包……"

小树还告诉我，我还说了诸如此类的其他许多胡话，该说的不该说的，我统统说了。清醒后的我简直就想撞墙去死，想剖腹自尽，想挖个坑把自己埋了……天啊！简直就是黑历史啊！老子的一世英名就这样毁了……苍天啊！

那晚，也不知道青争跟老班达成了何种协议，老班竟然没有追究，把这件事掩盖了过去。

我收拾好心情，照旧去上课。刚走到寝室楼下，我就看到了一个熟悉的身影。青争抱着一个保温盒站在那儿等我。

"阿猪，你头痛不？把这个喝了。"打开保温盒，里面是热腾腾的姜汤，喝到胃里暖暖的，瞬间觉得整个冬天气温都回升了。

我第一次没有和青争拌嘴，很顺从地接受了她的好意。我知道，人生有很多不如意，但也还有很多关心在意我的人，比如小树，比如青争，再比如，老班。

"青争，你怎么弄的姜汤啊？"小树很好奇。

"我舅舅给我熬的。"青争笑了笑。

"你舅舅是谁？"我和小树诧异地同时问道。

"我们的老班，嘻嘻！"青争收起保温盒，得意地走了。

我和小树呆住了，原来她还是个关系户啊！我竟然喝了地中海亲手为我熬的姜汤！三生有幸……同时，心里也百味杂陈。

来不及胡乱猜想，我和小树赶紧迎了上去，开始拍起青争的马屁。从此，我和小树开始在青争面前奉承、赞美我们的老班，“地中海”这三个字，每次到了我嘴边，我又赶紧咽了回去。

我走遍了巴黎的大街小巷，我在香榭丽舍大道上来回寻找，我在凯旋门前伫立凝望，我在咖啡馆里穿梭等待，我在林荫大道上反复闲逛……

没有，这座城市到处都没有她的身影。

香榭丽舍大道没有巴尔菲拉，阿猪的生活轨迹再不能与青争的相互穿插。骗子！一切都是假的！手里紧紧攥着青争妈妈给的地址，久久找寻未果后，纸条被我粗暴地揉成一团，使劲扔向远方。

很多年以后，我仍能清楚地记得，纸条上用好看的楷体写着的地址：法国巴黎香榭丽舍大道东段林荫大道巴尔菲拉公寓 109 号。

在巴黎待了几天，买好回国的机票，心里异常绝望。青争妈妈给了我一个不存在的地址，她一定是不想我去打扰青争的生活吧！虽然白跑了一趟，此刻的我并没有任何怨言。从此，山高路远，天涯再会！

背着行囊，望望故国方向的天空，青争若生活得幸福，阿猪我心里也就释怀了。突然想起高三时看到舒婷写的一句话：与其在悬崖上展览千年，不如在爱人肩头痛哭一晚。没有了你，时间过得再久，生命再冗长，又有什么意义呢？天地广阔，人世苍茫，你究竟在何处？

这周回家，家中二老似乎又恢复到了以前相亲相爱的状态，没有吵架，没有打骂，背着我的时候也没有指桑骂槐。前段时间的剑拔弩张、战火硝烟全都烟消云散，两人和和睦睦，还一起送我去学校。

他们在搞什么？翻脸比翻书还快。心结解开了？演技提升了？更年期过去了？……

我算是见识到了“夫妻床头吵架床尾和”的厉害，这样也好，让我省了不少心。

高考结束后，有一次偶然和老爸一起骑车去公园。路上他和我聊起去年深冬的一个晚上，有个叫青争的女孩子带着我们的班主任王老师来家里找他和老妈。

我和老爸在公园的长椅上坐下，他慢慢开始回忆：

那天晚上很冷，外面吹着刺骨的大风。已经晚上十点了，我和你妈妈还在闹情绪。

那段时间我负责公司与另一企业的项目对接，恰巧对方企业的负责人是我大学时期的恋人席珊。

我们都是年近四十的人，都早已各自成家，但为了工作上的事难免走得近些。你妈妈捕风捉影，为了这事天天在家里和我吵，后来还闹到公司去了。我们怕影响你高考，就一直在你面前遮遮掩掩，装作若无其事，没想到还是伤害了你。

青争和王老师深夜到访，让我和你妈妈很是惊讶。随后我们就知道了你在学校翘课酗酒的事。我和你妈妈在王老师的调解下达成共识，澄清了整个事件的原委，也相互约法三章，不再计较席珊的事情，之后如果还有问题也等你高考之后再说。

其实，我还挺感谢你们王老师和青争的。是他们挽回了我和你妈妈之间的感情，也减轻了你心理上的创伤……

老爸意犹未尽地回味着，嘴角微微上扬，眼里似乎浮现着当时的场景。

王老师，老班，地中海！原来他曾这样亲力亲为地为我周旋。青争，丫头，蠢猪！原来她一直在为我默默付出。我望着天空，空气里有着思念的味道，我渐渐失了神。

很久之后，我收到一封信。那是去法国寻找青争未果之后的事情了。

那个蓝色信封里，安静地躺着青争写给我的信，是在我给青争寄信去的前几天，青争从她老家写给我的。命运就是如此不公，我没有早一点收到她写给我的信，青争也没有收到我寄给她的信。彼此给对方的两封信，擦肩而过。

从法国带着疲惫的身心回到家中，保安大叔告诉我有一封佳木斯寄过来的信，已经搁置了许久。此时我才知道，青争离开佳木斯之前曾写信与我告别。

蓝色信封很厚重，上面重重叠叠贴了三张邮票，傻丫头一定又婆婆妈妈写了好多话给阿猪。当地邮戳显示为 8 月 7 号，而我寄信给青争是在 8 月 10 号。慢慢拆开信封，好看的信纸上有淡淡的桂花香。青争在信里说：

转学来的第一天，就开始喜欢你。我始终相信陪伴是长情的告白。我一直住不进你的心里，只能选择安静地待在你身边。

我故意藏起你的作业本和笔，这样我就可以经常陪你去文具店。

我把我们的鞋带系在一起，我以为你就跑不掉。

我故意从你的单车上摔下来，我的膝盖一星期就能好，但我却每天涂红药水，伪装了一个月。我以为这样你就可以背我很久，陪我吃很久的饭。

我以为把你抱得很紧，我们就能在一起。

青争，你真是个小傻瓜啊！你真当阿猪是头猪啊。你的那些小心思以为我真的不知道吗？我也就是装傻，假装不知道你藏了我的作业本，假装不知道你的腿伤已经好了。不知从何时开始，我的生活早就被你霸占满了，如果非要将你从生活中移除，非得将我撕扯得血肉模糊。如今你不负责任地离我而去，余生漫漫，我要如何去度过？

青争又在信尾说：

听说北极很美，极光是自然界中最漂亮的奇观之一，那也是北欧神话诞生的地方，诸神的黄昏是个美丽传说，我很想去看看那个神话的起源地。

向来情深，奈何缘浅！阿猪，我在高三任性了一次，把青春和欢笑留给了你，虽然没换来你的相守，但也无憾了。

爱你的时候很幸福却也很累。毕业了，我准备一个人去环球旅行了，给自己的心情放个假！

青争啊！从前你是邀请过我陪你去毕业旅行的，你一个人走的时候心里该有多凄凉。从前你对我的爱是毫无保留的，我还没开始回馈你，你放手说再见的时候心里会有多痛。

那个塞给我大大棒棒糖的傻姑娘，那个用暖水袋为我暖早餐的傻丫头，那个为我送姜汤的小女孩，那个请我吃炸鸡汉堡的小富婆……你别着急走啊！阿猪跟不上你的步伐了！

回忆似洪流铺天盖地席卷而来，我拿着信纸，泪水已打湿了青争工整而又好看的字。

秋日散去，冬天进场，圣诞伴着寒风慢慢登上十二月的舞台。每个人都穿得厚厚的，走起路来臃肿得像个粽子。

圣诞那天，青争买了三顶圣诞帽，我、小树和她自己每人一顶。

“这么幼稚的东西我才不戴！”我噘噘嘴，把手里的小红帽塞给小树。

“爱戴不戴！青争，待会儿我们去给老班戴上，一定特别可爱。”小树开始玩弄帽子，“如果老班大大发怒了，我们就一起指认是阿猪胁迫我们这么做的……”

“好呀好呀！舅舅一直最疼我了，他肯定会相信我说的话……”青争抢过那顶帽子也顺手理了理。

“老子戴还不行吗？”我不耐烦地抓过帽子戴上。这两个浑蛋居然合伙整我，啊啊啊！简直是天理难容！

教室里，疯男疯女已经乱成了一窝蜂。圣诞喷雪吐出五彩的颜色，他们相互把彼此的头发、衣服、围巾、帽子、脸喷成了彩色。礼花筒里不断炸出彩带、金粉、彩纸，地上已经狼藉一片。鬼哭狼嚎的尖叫让我并不觉得是节日氛围浓重，心疼今日打扫卫生的同学半秒钟。

“他们三个是干净的！来喷他们啊……”胖子忽然注意到了我们三个在一旁看戏的人，大吼一声，众人似饿狼一般向我们扑来。

救命啊！这要是被喷到，就算是我亲妈都认不出来。我拉起青争转身拼命就跑，小树跟在我们身后，时不时发出一声惨叫。

要死了！跑步没人能跑得过胖子，他可是我们班的体育特长生。胖子的奸笑声在后面一浪高过一浪，特别瘆人。再这样下去，我们肯定在劫难逃。

青争往后看了一眼，拽着我往四楼跑去。“小树！朝这边跑，赶紧跟上！”青争大喊。

这姑娘是要带着我们冲到办公室去避难啊！身后的小树已经开始变成彩色。冲到办公室，老班竟然不在。简直是要死了！怎么办啊？怎么办？胖子那禽兽肯定会为所欲为，我晚节不保啊！……

藏到桌子底下吧！好像还是会被揪出来，说不定死得更惨。藏到文件柜里！无奈我已经吃胖了，柜子太小容纳不下。直接投降吧！岂不是太没骨气……

“阿猪，快来帮忙啊！”小树踢了我一下，我赶紧从发愣中回过神来。局势已经如此紧迫，小树和青争使出了吃奶的劲儿抵着办公室的门，胖子如狼似虎地奸笑着推门，我们三只小绵羊就要成为他的囊中之物。

我赶紧去推办公桌：“你们顶住，我马上把这张大桌子推过来。”我咬着牙使劲儿推着中间那张实木大长桌，桌子上堆放着各种文件、书籍、茶杯、电脑和其他乱七八糟的东西。我屎都快憋出来了，桌子才动了那么一厘米。

青争和小树看了看我，一副恨铁不成钢的样子，我们都绝望了。

“你们在干什么？”办公室的角落里传来老班悠远的声音，吓得我们打了个冷战。老班在角落靠窗的那里打盹，窗帘散下来，进来的时候，他的黑色外套盖住了他的身躯，我们谁都没有发现。

老班朝我们走过来，我的身体僵硬地保持着推桌子的姿势，青争和小树还死命抵着门。

“抵门干什么？把门打开。”老班欲开门。

“不能开啊！”我撕心裂肺地喊。

“老班，不能开啊！”小树可怜巴巴地望着老班。

“舅舅，真的不能开门啊！”青争开始乞求。

“让开！”老班还是开了门。我们仨第一时间撤退到了老班之前打盹儿的窗帘背后。

“哈哈哈哈！看我喷爽你们……”胖子破门而入，我们仨同时闭上了眼睛。

老班成了大花猫，胖子偷鸡不成蚀把米。之后胖子被带到了老班家里，给老班搓澡、洗头。老班洗好了以后，就坐在沙发上听着音乐，跷着二郎腿看报纸，胖子在卫生间一把鼻涕一把泪地继续洗老班换下来的衣服。

我们仨也被罚站了，靠墙站在老班家客厅里，大家极力忍着不笑出声来。青争的舅妈做好了晚饭，叫我们大家一起吃，老班才暂时放过了我们。

校园的中心区域有一大块圆形花坛，青青绿草围成一个圆圈，包裹着中央区域的花卉。花开时节，里面开满了各色玫瑰，红的、粉的、白的、紫的，在阳光的照耀下争奇斗艳，煞是好看。偶有清风吹来，花香四溢，引得蜂蝶上下翩飞。

晚自习课间休息，青争殷勤地递给我和小树每人一包零食。

“想贿赂我们？又干了什么见不得人的勾当？”我边扯开薯

片袋边说。

“小树啊，我们待会儿把阿猪之前拉屎不带纸的事情告诉石小姐，你说好不好？”青争白了我一眼，从我刚扯开的零食袋里夹出一片薯片。

“嗯，完全可以！”小树边吃边笑着回答。

“大姐，我错了。是我小肚鸡肠，您大人不记小人过。”我很没节操地马上向青争求饶。上次上厕所没带纸，后来让小树去送，肯定是小树那大嘴巴告诉她的。这么尴尬的事就被这丫头一直记着，从此一身黑啊，跳进黄河洗不清呀！

“咳咳！”青争装模作样地咳嗽了一下，直了直身子说，“小猪子还算懂事，你将功折罪，晚上就跟本宫去后花园采花吧。”

“啥？……啊？……什么？采花？您老人家还有这爱好？我……可是良民，宁死不屈！”我把薯片抱在怀里，往后缩了缩。

“叫你去就去，哪那么多废话。”青争拍了拍桌子，我误以为她要夺我的薯片，吓得又往后缩了缩。

下晚自习后，我在青争的胁迫下鬼鬼祟祟地潜入到中央花坛地段，小树跟在我们身后。青争拿了两把伞，发了两个一次性口罩给我们戴上。

“青姐，你要干啥啊？我现在觉得我们就是国际特工。”我很不情愿地戴上口罩。

“小树，待会儿我们打着伞去花坛里面偷花，你站在这里放风，有巡逻的保安叔叔你就引开他。”青争开始指挥小树。

搞了半天这货是觊觎花坛中央的玫瑰花啊。我很不屑地说：“扯了就跑呗，还打伞戴口罩，虚张声势……”

“不懂了吧，草丛里有监控，不想上明天校报的头条就乖乖戴上口罩。”我和小树都异常惊讶，这丫头调查得仔细啊，连草丛里面有监控她都知道，看来是老司机作案啊，不得了！就冲这架势定是不达目的不罢休了。我为里面的花儿默哀一分钟，你们逃不过这货的魔爪了。

在这月黑风高，伸手只见一点点五指的夜晚，我们三人上演了一出采花大盗的戏码。费了九牛二虎之力，摘了几朵玫瑰花，装在黑色塑料袋里拔腿就跑。

还国际特工呢，三个㞎蛋一场戏！刚要返程，不料草丛里白天刚浇过水，踩到一个稀泥坑，我立马中招，鞋子上全是稀泥。来不及叫苦，做贼心虚，立马就撤了。

带着几朵躺在黑色塑料袋里的花儿，跑回宿舍楼，发现周围一片漆黑，男女生宿舍楼里都只有零星的电筒光。拉住前往开水房的同学一问，才知道今晚停电了。

停电了！停电了！！停电了！！！那就意味着没有监控，打伞戴口罩猥琐得不能再猥琐到底是为了什么……三人对视了一下，呆若木鸡。

我再次踏上熟悉的旅程，火车带我到东清，巴士载我到佳木斯，公车带我到青争家。我带着事先为青争写好的歌，步履沉重地走向陵园。

照片上青争的笑容从容恬淡，露出一排大白牙。我将一束小野菊轻轻放在墓碑前。在这一平米大的土地下面，沉睡着我的同学，我的同桌，我的爱人，我最珍贵的回忆。

泪水不停地冲刷着我的面颊，拿出歌词，我轻声细语，慢慢念给青争听。为青争写的歌叫《秋言》，像是秋天在诉说着难忘的故事，纪念我们在秋天这个季节里的相识、相遇、相知。恰巧又是初秋，我知道，秋天会替我告诉青争，她一定会听见。

我们相识在昏黄的秋天 / 多少等待淹没在荒芜岁月 / 散落时光为何不能拾起 / 回首才知纷纷老去 / 来来去去不过风烟里 / 此一生都有各自宿命 / 几时梦醒泪痕划过天际 / 近在咫尺与旧日重聚 / 让夜雨淋落床前 / 洒下漫天秋悲伤离 / 让我好好再看你一眼 / 带着无数想说的思念 / 让我为你拍掉身上的落叶 / 微风卷起把它送到湖面 / 远镇凄清寥寥无几心倦 / 空城喧嚣生死之间无眠……

我想把思念埋进土地，把呼吸埋进土地，把身体埋进土地。即便生命消失，肉体沉睡，灵魂远去，世界渐渐遗忘，在我的心里，永远住着一个你。

冰冷的石碑上印着你的照片，你依旧笑靥如花，眉目如画。往事像黑白老旧电影，一帧帧放映。那个举着大棒棒糖的女孩，在操场纵情奔跑的女孩，想去环游世界的女孩……那些年和你一起骑过的单车，吃过的夜宵，摘过的玫瑰，做过的课间操……一切一切，都是青春岁月里最好的印记。

我们的感情，比时间更长久，比美酒更香醇，比天空更广阔。我永远不说再见。对不起！如果早知道是这种结局，当初我定会牢牢抓住你。很想很想你，心脏被撕裂开来，我本以为可以笑着来见你，却仍旧止不住哭泣。

高考结束后，我们这群在笼子里被关了许久的动物躁动了，课本扔出窗外，书包扔出窗外，作业扔出窗外。把试卷卷成卷烟状，点燃吸一口，吞云吐雾的同时被呛得眼泪直流。兴奋与激动霸占了神经，在血液里四处乱窜，众人在教室里尖叫、歌唱、舞蹈。

青争靠在窗户边，叠着纸飞机，然后在机翼上写下几个字，放在嘴边吹一口气，纸飞机就飞了。盘旋一圈后，白色小飞机跌跌撞撞地朝教学楼下飞去。

我不知道她在纸飞机上写了什么，但看她微笑的样子，应该都是美好的希冀。

一个，两个……小飞机不断飞出窗外，青争靠在窗边静静看着眼下欢腾的场面。六月的阳光轻轻打在她的肩上、发丝上和微斜的侧脸上，青争嘴角上扬，挤出小巧的酒窝。

我借着上厕所的时间，绕到教学楼的后方。木栅栏上爬满了青藤，阳光肆意洒向天地间，隔着围墙能听见学校外面潺潺的流水声。三叶草长得正繁盛，上面零零星星地躺着白色纸飞机。

脚步就此停下，我望了望这座白色教学楼的三楼，在最中间窗户敞开的那个教室里，保留着我三年来的喜怒哀乐。在第三年的时候，有个女孩陪我一起经历了高中阶段最后的也是最美好的青葱岁月。

我蹲下身子，轻轻拾起一个纸飞机，洁白的机翼上用好看的楷体写着：我们要永远在一起。

目光锁在三楼窗户打开的位置，心中有一种留恋在奔涌，我把小飞机小心翼翼地叠好，顺手塞进裤兜里，转身回了教室。

教室里烟雾缭绕，疯男疯女个个情绪亢奋。青争也大笑，我看见她开心之余眼光有些红润。青争发现我在盯着她，佯装淡定，用手揉了揉眼睛，说教室里烟雾太大熏得她眼泪直冒，她必须要出去透透气。

青争快步走出教室，不让我看见她的表情。我知道她的离愁别绪发作了，我知道她舍不得。大多数人都是这样，一边兴高采烈地庆贺，一边暗自把忧伤藏在骨子里，表面上笑得合不拢嘴，一个人的时候指不定在哪儿偷偷哭泣。

下午一点的时候，全班一起去拍毕业照。站在树荫下，斑驳的树影投在地上，留下初夏的剪影。男生女生按高矮排好，老师们坐在最前面，众人表情微僵地咧着嘴，眼神聚焦到镜头，准备举行分别前的团聚仪式。

我站在青争的后面，在她头顶比了两个剪刀手。等照片洗出来，我猜她可能又会想揍我。

螳螂捕蝉黄雀在后，等拿到毕业照，我才发现小树站在我背后，学着我的姿势，一脸贼笑地在我头顶比了两个剪刀手。

“咔嚓、咔嚓”，相机闪动了几下，照片将时间定格在那一刻，青春永不老，大家永不散。

广播里在放《同桌的你》：明天你是否会想起/昨天你写的日记/明天你是否还惦记/曾经最爱哭的你/老师们都已想不起/猜不出问题的你/我也是偶然翻相片/才想起同桌的你……谁娶了多愁善感的你/谁看了你的日记/谁把你的长发盘起/谁给你做的嫁衣……

小树抱了我一下，拍拍我的肩，咬着下唇说：“阿猪，以后常聚！”我也抱了他一下，朗声回应：“必须的！”

青争递给我和小树每人一张明信片，她的眼眶里闪着晶莹的泪花，就要夺眶而出。我不想看见她哭，在我面前，她永远阳光、自信、开朗、要强，如今她却忍不住了。

气氛有些压抑，胸口沉闷，我立马转移话题：“待会儿一起去吃好吃的吧！”我拉着小树别过脸去，指着头上的蓝天说，“该死的天气，这风真大啊！吹得大家眼睛里都进沙了。”

小树也附和：“就是！这风有毒，我得揉揉眼睛。”我猜想青争趁此机会擦掉了眼泪，待我们转过头来，又是她明媚的笑容，她会开心地对我们说：“走啊，一起去吃好吃的！”

从小到大，我不轻易流泪，也不轻易在人前悲伤。但这一次，我想放纵，任凭泪水流下，渗入土地。说不出的痛苦，难以名状的思念，我抱着青争的墓碑久久抽搐不已。

我真的很后悔，如今才切实体会到了什么叫失去后才懂得珍惜。几个小时后，我慢慢接受了这个事实，情绪渐渐平复下来。

我擦掉脸上的泪痕，我不能哭泣，青争知道了会担心，会难过，我不能让她走了以后还牵肠挂肚。

我从背包里拿出一个纸飞机，这是当初青争亲手叠的，在洁白的机翼上留下了字迹。我整理了一下飞机的机翼和机身，放到青争的墓前。

初秋的微风拂过，吹翻了纸飞机，那行整齐而又好看的楷体赫然显现：我们要永远在一起。是的，我们永远都在一起。

当初看完青争从佳木斯寄过来的信，我感慨不已。忽然之间，很多事像断线的珠子串联在一起，我似乎明白了什么。

青争肯定没有结婚，信中说她去旅行了。我知道青争妈妈在撒谎，可她为何要骗我？这是青争的意思吗？思绪纷杂，心中隐隐不安，我决定再次前往青争的老家一探究竟。

坐火车到东清，在当地住了一宿后，第二天上午十点左右便到了佳木斯。再次来到青争家漂亮的花园洋房前，门窗紧闭，此时我尚不知道这空荡的屋子里封存了一颗支离破碎的心。

按了门铃之后，等了许久，青争妈妈终于开了门。她更加消瘦了，依旧精神不振，眼圈发黑，似乎很久都没睡过一个好觉了。

见到我，她并没有惊讶，整个人平静得如同宁静的湖面一般，再泛不起一丝涟漪。她柔声说道，该来的终究会来。我随这位可怜的母亲进了屋。

她开始喃喃自诉：女儿毕业后，有些忧伤，独自一人去环球旅行散心。到北极去看极光时，遇到冰面坍塌，她年轻多彩的生命同美丽的极光一起留在了北极。作为一名母亲，中年丧失爱女的切肤之痛，令我不得不对众人编织了那样一个美丽的谎言。任何人问起，我都会告诉他，我的女儿嫁给了一个很好的法国男人，找到了后半生的归宿，他们幸福地生活在一起。谎言说得多了，连我自己都有点信了，这样就像青争从来没离开过我一样，她只是暂时去了远方……

青争妈妈慢慢说完，脸色依旧平静，只是在面颊上多了两行清泪。当初她给我地址，只是为了使故事更加真切。她未曾想到我会远渡重洋，前往法国去寻找青争。

得此噩耗，我难以置信，我不敢相信善良的青争已经故去。惊慌错愕之下，我如遭五雷轰顶，世界已经一片漆黑。

北欧是世界神话体系的发源地之一，传说那里有神族与奇幻生物，他们相信世界终究是会毁灭的，也就是诸神的黄昏。

有关北欧神话的一切，是青争告诉我的。那时她趴在教室外的栏杆上，眯缝着眼睛望着远方。天空中飘着绵绵密密的棉花云，一会儿像狗，一会儿像羊羔。她笑时酒窝深陷，转过头对我说，阿猪，毕业后一起去环游世界吧！

醉过才知酒浓，爱过方知情深。当时的我在心里答应了青争，但我没有说出口。如今，我要来践行我的承诺，我沿着青争旅行的路线到了北极。

踏上极北边缘的这片土地，一个人来到这冰天雪地，周围是银装素裹的洁白世界，心情变得格外平静。青争，当初你的内心隐藏着怎样的情愫，是像我现在这般平静吗？

看着日出，万丈光芒洒向雪地，天空中的云朵变得金灿灿的。看着夕阳西下，硕大的太阳一点点沉下去，晚霞在天际晕染出浅浅的粉色。坐等夜晚的星辰升起，亮晶晶的星子布满了夜空。极光真的好美，缤纷绚丽，营造出一个奇幻的国度。

青争，你说得不错，这浩瀚的美景让我们对自然由衷升起敬畏之情。你离开这个世界的时候，可曾恐惧？是笑着走的吗？

诸神的黄昏，他们虽相信世界一定会毁灭，但也乐观地面对。这个地方，有青争向往的美景，有她的信念，她不会孤单。

有一种草本植物，我们称它为三叶草，在圣经里，是宽恕和仁爱的代表。高中校园里，三叶草随处可见，四叶草却少之又少。

寻找四叶草是青争的一个爱好，被她逮到把柄的时候，我就会乖乖跟在她屁股后面陪她去密密麻麻的三叶草堆里寻找四叶草。

“这破叶子有啥稀奇的，说得不好听，还不就是基因变异的畸形儿。”我弯腰慢慢扒着叶子，开始嘟嘟囔囔。

这时候，青争就会说我俗，给我普及四叶草的知识。青争说四叶草可以带来幸运，对着它许愿，就能得到幸福。

“那是骗你这种小妹妹的，这就是普通的草。”我随手扯了一株三叶草，扔到一边儿。

“梦想还是要有的，万一实现了呢！”青争认真地找寻着，面带微笑。

很多时候，我们都会无功而返。只有在极少数情况下会找到一株变异的，有时还是一株被虫给咬缺了的四叶草。找到的时候，青争就会大叫，像个小孩子一般高兴得跳起来。

随后，她会双手轻轻握着四叶草，慢慢转动，开始许愿。青争表情虔诚，喃喃自语：一叶带来荣誉，一叶带来财富，一叶带来爱情，一叶带来健康……

青争许愿之前，会念四叶草颂曲。第一次见她念颂曲的时候，我忍不住在一旁嘲笑她。青争停下，表情严肃，有点生气。青争一家是基督信徒，她认为这是神圣肃穆的时刻，我的行为不尊重她。后来，她许愿的时候，我就不笑了。

有一次，她把四叶草放在我手心，让我来许愿。这种浪漫文雅的事情，我怎么可能做得来，我尴尬至极。青争还是比较懂我的，她知道我在想什么，就开始用激将法激我。

“你该不会是不会吧？”青争盯着我。

“嘁，幼稚！我……我只是不屑玩这种小儿科。”我撩了撩头发。

“那你就是害羞呗！脸都红了。”青争摸了下我的脸，“哎哟，好烫啊！”随后哈哈大笑起来。

我大怒，硬着头皮装模作样许愿。“怎么样？许完了，有啥了不起的，满意了吧！”

青争过来纠正我的手势，像导演一般给我细细讲解了一番，让我再表演一次，我直接想晕倒在地上。

在家的时候我妈就是个话痨，许多小事絮絮叨叨。遇到青争以后，我更加确信，女人是种麻烦的生物。

我每年都会去看望青争，当年在她墓地周边种下的三叶草，已经长成了绿油油的一大片。我学着当初我俩在学校寻觅四叶草的动作，耐心地寻找着。

四叶草虽罕见，但依旧被我找到了。每每这时，我会对着墓碑上青争的那张笑脸说：“青争你看，阿猪又找到了一株！”

我在草地上坐下，轻声哼着小曲给青争听。秋风吹起的时候，我把好多好多的故事讲给她听。我双手捧着四叶草，慢慢转动许愿，我们要永远在一起。

一叶带来荣誉，一叶带来财富，一叶带来爱情，一叶带来健康，我们要永远在一起。

毕业后，一别就是很多年。时过境迁，物是人非，偶然在街头碰到死党小树。他还是他，只是面容多了几分沧桑。小树依旧瘦弱，见面如初，十分亲切。

真正的朋友很多年不见，也不常联系，再见依旧如当年，无话不谈，熟悉如故。

小树拍拍我，伸出右臂搭在我肩上，依旧是当年熟悉的表情，傻笑着问我：“青争和你都还好吗？”

藏在心里的伤口，随着时间的流逝，已经结痂。听到此问候，藏了多年的旧疾依旧会隐隐发作，心里似有小小针尖在扎，但我依旧平静地答道：“都好，我们一直在一起。”

秋风起，叶飘零，四周有点萧瑟冷寂。小树又问：“青争在哪儿呢？”我抬头望了望秋日的天空，微微一笑：“在秋风里。”

掉到半天鹅河

一

老爹这辈子最骄傲的事就是生了我和阿姐，凑成了一个“好”字。这是他看到四岁的阿姐笨拙地抱着他刚满月的儿子咿咿呀呀逗着的时候由衷的想法，姐弟俩如此相亲相爱，他觉得他的天伦之乐自此开启。殊不知如此安静美好的画面只是假象——“呵呵，我当时只是觉得这么小的一堆肉还有鼻子眼睛嘴巴，有点好奇罢了。”阿姐这样说。

我相信很多人都想知道有个姐姐是怎样的体验，她们善良，勤奋，听话，懂事，爱护弟弟。如果你们真的有这种幼稚的想法，呵呵，太年轻了，这种姐姐一般只存在于传说中。生平我只在电视里以及“别人家”看过。

“你就不能拣点好的说啊，我有那么差劲么？”彼时阿姐正端坐在梳妆柜前，母亲正细心地给她绾头发，她拿着一支口红涂了半天，又觉得太过鲜艳，便拿纸巾擦去了一些，结果弄得满嘴都是。

“你不会是第一次涂口红吧？哈哈哈，你这个假女人。”我指着阿姐的花脸捧腹大笑。

“对啊，你阿姐今天第一次可真多，第一次化妆，第一次穿裙子，第一次穿高跟鞋，第一次……”妈妈在一旁补了一刀。

阿姐满头黑线，脸红成猪肝色。

“还有第一次脸红。”老爹在一旁不动声色地说。

自我记事起，我与阿姐的战争便拉开序幕。阿姐大我四岁，俗话说“三岁一代沟”，由此可见我与她之间有着十万八千里的鸿沟，可能因为是一个娘胎出来的，脾气心性也是一样火暴。也是这个原因，我与她兵戎相向了十几年。我从不唤她“阿姐”，而她也从没叫过我一声“弟弟”。本应相亲相爱的姐弟俩，不知为何，见面互掐，拌嘴斗舌的那些小时光，随水流流逝了；十几年的成长历程，她伴我，我伴她。细细数起那些小日子，只叹年少不懂事，心里又淌过几丝回忆的愁苦。如今望着镜前梳妆打扮的阿姐，一身白裙，精致的妆容上也已不见少女的青涩，脸上洋溢着不自觉的笑容。我想此刻的她应是幸福至极的。只是不知为何我心里又有点不舍，眼角竟有闪动的泪水，我不是多愁善感的人，还好忍住了，不然此事一定会被她无情地嘲笑一辈子，再等几年，以她的性格，一定会教她儿子唱：“舅舅舅舅真好笑，阿姐出嫁哭鼻子……”

喏，阿姐，这也是我第一次在书里叫你阿姐呢，感谢你十几年的相伴，今天我就要把你的手给另一个爱你的人牵着了……等等，老爹你先别哭，你都五十几了，要脸吗？……

老爹：“呜呜呜……我就要丢失最爱的小马甲了，你是我的小呀小马甲……算了闺女，要不咱别嫁了……”

姐夫：“……爸，今天不是彩排。”

老爹：“滚一边去，没看到老爹正在感慨呢……”

姐夫：“……爸，别闹了，敬酒呢。”

老爹：“滚一边去。闺女，要不嫁老爹吧，老爹好着呢……”

姐夫：“……”

此刻，婚礼现场老爹喝了几杯酒哭着闹着。老爹还是老样子，完全拿阿姐没办法，自从阿姐小时候起就拜倒在了阿姐的石榴裙下，一个大写的“宠女狂魔”。都说女儿是前世的情人，不知道老爹和阿姐的前世有多相亲相爱，这辈子才能如此。也好，世间有如此爱你的三个男人，你睡着都能笑醒了。

我用我笨拙的文字，记录你我平凡的生活，谨以此故事献给我最亲爱的阿姐。

二

有句话说得好：“三岁看小，七岁看老。”所谓黄天故土，巾帼不让须眉；所谓梁家有女初长成，天王老子一个不怕；所谓……好啦，世上哪来的这么多所谓，世间所有一切，有因必有果，种桃生桃，种瓜得瓜，种下一粒芝麻，绝不会给你生出一个西瓜来。

比如这晚。

月明星稀，夜空中的薄云，似梦中的轻衫，柔柔地盖在孩子的身上。阵阵蝉鸣，如母亲的摇篮曲，伴孩子入睡。如此美丽的夜晚……是个杀人放火的好时机。

但是这个不是重点，重点是三更半夜，借着惨淡朦胧的月光，在乡间的道上，隐约可见两道鬼鬼祟祟的人影！月光下的两人走两步停一步，不时对着天空或远处的房舍指指点点，看似毫无目的地走着，实际上却是在……散步！

月光把他们的影子拉长，左边的人影高大雄壮，右边的体态显胖，貌似一个大圆球。两人低头窃语，不时有银铃般的笑声传来，在这空旷辽阔的乡间小道上显得尤为悦耳。

“夫君，你莫要怪奴家才是。”是个声音好听的妹子。

“哪里哪里，夫人近日食欲大好，我自当高兴才是。”是个声音粗犷的汉子。

“哼，都怪你，人家要拿小拳拳捶你胸口啦……害得人家今晚吃了那么多。”

“也是托了夫人的福，我的厨艺才能大增呢！”

“今晚的拌黄瓜、干煸四季豆，真是美味至极……特别是你的拿手菜‘一锅炖’真是好好吃。”

“夫人你爱吃就好。”汉子煽情地说。

“都怨我，管不住自己的嘴，总觉得肚子里有一股气，睡不着，还得拉上你出来走走。”

“夫人现在感觉如何？切莫动了胎气才是！”汉子急切地说。

“停！我觉得那股气要出来了……”

山无棱，天地合，才敢与君绝！只听一声闷响。

这夜，梁家诞下一女。

那声音粗犷的汉子自然是老爹，声音好听的妹子自然是我的妈妈。这段颇有历史意义的片段给阿姐的出生添上了浓重的神秘色彩，从此注定了她的一生决不平凡。幼年时的我将这一段听了去，深深地震撼了，在我看来这不输于任何一个神话故事，孙悟空的七十二变都没这个精彩。怀着对艺术的牺牲精神，我把这一段改成了话剧，台词是小树的姐姐给我们想的。据说她迷上了当红的琼瑶小说。我们还给这一部戏取了个十分贴切的名字叫“天降神女”。因为我有出品人的特权，老爹的角色就由我来出演，妈妈就由石小姐来演。大壮有时候不服气，也争着想演老爹，但他学不来老爹粗犷的嗓音，于是被我打压下去。

我真是天才！发现一个比过家家还好玩的游戏。

当然这一切只能秘密进行，绝对不能让阿姐知道，这是我们心照不宣的秘密，我们二年级的秘密是一定不能给六年级的人知道的，况且大家都知道阿姐的脾气。

这场由我自导自演的话剧成功出演了十几回，小院的小朋友几乎都知道了阿姐的传说。但是由于阿姐是六年级的学生，拥有威慑力，他们也只能躲在后面偷偷地笑。

我的演出很成功，至少杜绝了当时戏滥成灾的不良现象，因为当时的小朋友都觉得演戏是一件非常荣耀的事，开始之前都要高呼一声“我要开始了！”。小树正是因为爱笑场不能演戏，被大家一致认为不是个“正常人”，受到大家的白眼。

我作为这场“革命”的领袖，毫无争议地当上了孩子王。我指定石小姐为王后时，小树不服气差点和我打了一架。

但终究纸还是包不住火，一次阿姐又去抢小树的水浒卡和弹珠时，恰巧小树刚收集到了顶级金卡“及时雨宋江”，他不甘心就这样被抢了去，于是凶神恶煞地冲阿姐吼：“神女！”趁阿姐没回过神来，夺走了水浒卡，一溜烟跑了。

女人的心思聪明又细腻，这件事后阿姐多了个心眼，于是在某个黄昏，她潜伏在大院的某个角落，一举抓住了正在演出的我们。

“啊！随着一声闷响，我的阿姐就这么诞生了！她是伟大的！她是人类智慧的结晶！”

我声情并茂地念完结束语，却没有响起掌声。我闭着眼等待，周围却突然安静得可怕。我心虚地把眼睛睁开了一丝缝，却发现之前围成一个小圈的人群，现在一个人影也不见了！地上安静地躺着石小姐用来扮演孕妇的小枕头。我奇怪，莫非是“你妈喊你回家吃饭了”？这群人，回去了也不叫我一声，天也要黑了，算了，回家吃饭去。

我正弯腰拾起小枕头，猛然惊觉地上多了一个影子，小心脏扑通扑通地跳个不停。当时我妈老用人贩子来吓唬我，说不听话的小孩子都给抓起来杀了吃肉，而且人贩子专门挑落单的孩子，尤其是天黑后，袋子一套，扛走完事。

完了完了，看来我的小伙伴们也不幸遇到黑手了，我不禁悲伤了起来。这时我的脑子里突然浮现了司马光砸缸的故事，不过司马光是个砸缸的，和人贩子有什么关系啊！但司马光小朋友在我的脑海里挥之不去，直到看到地上多了一块拳头大的石头，我才明白，这一切都是命运的安排，我可是自带主角光环的人啊，怎么能这么早就牺牲了呢？古有司马光砸缸救人，今有我梁小胖砸人贩子。

妖孽看枪！

我气沉丹田，一声暴喝，以电视剧中特种兵般的矫健身手贴地翻滚飞快地捡起那块决定我命运的石头。

一击命中，我知道，我赢了。

“啊！梁老莽我要杀了你！”一声尖叫划破长空，殷红的液体洒满了天际，染红了晚霞。

是阿姐。

这夜，梁老莽，卒，英年早逝。

本故事……完。

三

有人说：生活像一杯酒，呛口呛鼻，喝下肚时，难受，但人人都争那一口难受，只为醉后，那些伤心烦恼的事也一一而去了。

十分不雅的我放了一个屁。

我说：“闻到了吗？”

有人说：“闻到了，好臭。”

我说：“这才是生活。”

他若有所思的样子，郑重其事地说："大师，我明白了！"

我轻轻点了点头就此转身离去，留下一个萧索的背影。

昨晚吃的是红薯当然臭了。

"天降神女"事件后，大院里的孩子难得消停了一阵，一个个躲在家里，不敢露面，生怕碰到"地狱修罗"阿姐。"地狱修罗"是小树给阿姐取的一个外号。那天傍晚他在"案发现场"，只不过躲在了水泥洞里潜伏着伺机而动。"作为你最好的兄弟，你死了我也得帮你收尸啊！"小树真诚地说。于是那天他眼睁睁地看着红了眼的阿姐往死里揍我，也没从洞里爬出来，也没有去帮我搬救兵，就这么从头看到尾。

"你姐打得太久了，我怕错过精彩的镜头都没有眨眼，我腿都给趴麻了。"小树委屈地说。

小树，卒。

最后，以我脸上多了几片五指山印，完全变成了一个猪头，头发被揪掉了好几撮，耳朵偏离了位置，身上无数大大小小的脚印，以及在床上完全不能动弹躺了两个星期为代价，这件事才终于告一段落。大院的孩子在集体悲恸了两天后，又没心没肺地活了过来。小孩子的生活最简单不过了，无非是一起下河摸泥鳅，上树捅马蜂窝，玩火炮炸牛粪之类的无聊事罢了，一天天的时光，也被这悠然快乐占去了。

当我一瘸一拐地站在了小伙伴们面前，我顿时有了一种气势，颇有“少小离家老大回”的悲情。好像我离家多年，我的猴子猴孙都已经长大了。又突然换了一个画面，“将军百战死，壮士十年归”，我已是风烛残年的人，我的兵将们正处于青春大好华年，国家复兴有望啊！哈哈。

“猪哥回来了！”

突然有人吼了一声，一群人齐刷刷地转过头来看我，像见到救世主一般，眼睛发亮，直勾勾地盯着我。

但不知道为什么，总有一种不祥的预感，一股寒气由脚底而生。

一大群人对我前拥后戴，感恩戴德，小树还滴了几滴眼泪，说着“没有你，我们根本玩不下去”。我深受感动，老泪纵横，原来我在人群中的地位这么重要啊！看来我的威信不但没有降低，反而提高了很多，也算是因祸得福了吧！

“既然阿……阿猪回来了，那我们就开始吧！”

阿熊不知什么时候爬到了最高处，我还没来得及想清楚为什么叫我“阿猪”而不是“猪哥”时，众人听从他的指挥一下就散开了，只把舞台留给了我。

“《地狱修罗复仇记》，开始！”

《地狱修罗复仇记》超越了《天降神女》，所以阿熊毫无争议地坐上了王座。但我想不通的是王后依然是石小姐，这让我十分困惑和难受，然后我指着鼻子骂他：“你个背信弃义的家伙，抢了我的江山还要迎娶我的王后！”

他挺直了腰杆说：“那有什么？唐高宗都能和他老子抢媚娘，

我为什么不能娶她当王后？”

我顿时哑言了，倒不是他的这个例子举得十分恰当让我很受用，而是石小姐从头到尾都没有说话，她站在阿熊的旁边，挽着他的手臂，等于是默认了立场。

我想到了小树，我觉得我变成了小树，但那时候哪懂什么爱啊情啊！就好像那是你最喜欢的玩具，忽然就被别人抢走了，只是觉得可惜和失落。

我说：“我不服气，我要和你打一架。”

阿熊瞥了我一眼，说：“你是伤员，我不和你打。”

我说：“受伤我也能打死你。”

阿熊不说话了。突然，石小姐一甩手，头也不回地走了。

（貌似偏离主题，故暂时搁放，若合适，则续之。）

俗话说得好：“取一个好名字，得一个好人生。”老爹深谙其道，据说在给我和阿姐取名字的时候，硬是把家里那本《新华字典》翻了个遍。“朝伟，好吗？儿子叫梁朝伟如何？算了，文艺点的吧，启超，梁启超，如何？”感谢老爹最后没给我取名梁朝伟或者梁启超，否则我觉得真是污辱了这两个名字。“女孩子，清秀一点吧！实秋，秋诗，梁实秋诗！”阿姐的名字就这样被定了下来。

话说中华文化博大精深，取名字也是一种功夫和文化。举个例子，名字里带有“文”“武”寓意儿子以后能文能武，前途一片辉煌，山丹丹花开红艳艳！例如我村“猪肉文”，姓文名武，专业杀猪三十年。

而名字里带“花”“香”之类的，那更是不得了，例如著名影视演员“如花”“凤香”。若是带“美”或“帅”的，才是千古绝唱！我见过太多的“天帅”“地帅”“绝帅”，这些名字主人的面孔在我眼前挥之不去，只恨……

想我阿姐，秋诗，如秋天的一幅画，美得惊心动魄……可怎么顶着如此富有诗意的名字兴风作浪了十几年！不求你沉鱼落雁闭月羞花，只请你多一点点温柔再多一点点温柔，不要一切都带走，喔……

阿姐，疼，别揪耳朵，疼！

公元一九九六年，梁家有女初长成。

此女性格刚烈，静若处子，动若脱兔，生人勿近，熟人也勿近！本院“黑社会头目”，上能“打家劫舍”，下能“以大欺小”，靠一双拳头打下这大院江山。

危险指数：五颗星。

唯一弱点：送她上学。

一个成功的女人身后，必定站满了一群男人。从我记事起每天都有一群孩子拥到我家，端茶递水，洗碗拖地做家务，好不勤快！阿姐学着老爹的样子，两条腿搭在茶几上，一会儿指挥这，地上拖干净一点，一会儿指指那，角落擦亮一点，而她则津津有味地看电视，不时往嘴里丢一个小橘子。等到老爹下班回来后，她马上跑过去抱着老爹的大腿，奶声奶气地说：“老爹，诗诗今天把家里打扫得干干净净的喔……好累好累的哦……诗诗想要……想要……十块钱！”在当时辣条还是一毛钱一袋的时代，你可以想象十块钱是怎样一笔巨款！老爹本来就对阿姐零抵抗力，宠溺地说：“诗诗……老爹没有十块零钱，只有二十的。”

我急忙大声喊道：“老爹，我也要十块！”

老爹粗声大气地吼：“滚一边去！来，诗诗，揣兜里别弄丢了哦！”

我第一次怀疑我是不是亲生的。

阿姐跑到我面前“刺啦”一声把那二十块钱撕成整整齐齐的两半，说：“弟弟乖哈，不哭不哭，阿姐给你十块钱。”

老爹呆滞半秒后，一把抓过我，使上降龙十八掌：“你个败家子！你个败家子！”

如果阿姐不动手打人的话，我想她还是个疼我爱我的阿姐。

我从没有怀疑过阿姐的战斗力，徒手爬树，抓鸡……有人传说她是黑带九段，但是谁也不知道“黑带九段”是什么意思。“就是打架很厉害的意思啦。”

对这个传说我一直是嗤之以鼻的，阿姐不过只是一个普通女孩，而且我眼中的阿姐，每天在家里头跟老爹卖萌撒娇求抱抱，简直可爱到爆。

直到有一天……

那是个燥热无比的午后，外面的太阳无比毒辣，学校放暑假，老爹和妈妈上班去了，剩下我和阿姐两人在家。那时家里哪有什么空调，就一台老式的摆头电扇。人在燥热的环境下变得急躁，易怒，坐立不安，眼睛眯成一条缝，看谁都像欠钱的。如果你在炎热的夏天使用过这种老式的电扇，应该就知道什么叫微风拂过热浪扑鼻，就会知道电风扇是用来取暖的，妈的，竟然吹出来热风，越吹越热。瘫坐沙发上的阿姐，她面前是被她扭断了头的不会摆头的摆头电扇，手里还拿着爷爷去院里看别人下棋时带着的巨大无比的“芭蕉扇”，这一团肉就这样悠闲地瘫坐在那，除了动动手扇扇风，其他的任何一个肌肉、关节、毛孔简直一动不动。

你才一动不动呢，一动不动是王八，我不是还动嘴了吗？

阿姐说：“下楼去买两根冰棍来解渴，热死了。”

这时阿姐在这惬意的环境之中半梦半醒地呼叫着我，仿佛一尊菩萨在点醒平凡的人们。

“凭什么？”

“凭我是你姐，你必须遵从，否则家法处置。”

“胖子，你搞清楚情况好不好，现在是你求我办事，还敢说话这么嚣张。”

“事情办成之后，本公主是不会亏待你的，知道了吗，猪猪侠？”

“叫我跑腿不是不行，只是条件有些高，不知道你请不请得起。”

“你说。”

“把沙发和电扇的使用权给我一个小时，还有，说出昨天老爸买的薯片的下落，最后是一块钱跑腿费。”

阿姐笑着对我说：“我可爱的弟弟，你觉得你的要求合理吗？”

“绝对合理，市场上也就这价。”

如今想起来，如果当时阿姐答应这件事，说不定现在的首富是我。我时常对阿姐抱怨，是她毁了我的青春，可每一次脸都会被扇红，要不然就是被一脚踢到五米开外的地方狠狠摔在地上。

现在一切的幻想，一切童话，一切美好的面画，在我眼里只是过往的云烟。

我想要的其实只是安定的生活，只想在和这一团肉的相处中活得更久。

“那就是没得谈咯？”阿姐笑着对我说。

“那倒不是，可我又不能这么妥协，那该多没面子啊。”

话音刚落，一声急促的巨响划过客厅，我瞬间被踢到墙上，变成了一张薄薄的饼，紧紧地粘在了上面。

有时候我真的希望她能文静一点，就算是一点点也好。

有一次她突然间问我：“你猜以后你老姐会不会找一个有钱人？”

“世界上敢要你的人不多，你就知足吧。实在不行还有我，对吧，无论如何我养你。”自从我那次遇袭之后，我惊讶地发现，我的任督二脉竟然打通了。回想起那天，无限感慨，想什么呢？少年，别老是整天想着复仇，因为给你的时间有限，这样标准配置的姐姐你找都找不到。所以事情大概是这样的：

“我不去。要去你自己去。”

别说是去楼下买冰棍了，就算让我到厨房拿西瓜，我都懒得挪一下。

“好吧，那一定要相信我，你的日子肯定不好过。”

这胖子竟然阴险到如此程度，竟然威胁我。呵呵，可惜，我不吃你这一招，老子从小到大只有欺负别人，居然还有人敢欺负我？

“不去。”我态度很强硬。

“最后一遍，去不去？”

“不去。”

很多事，你永远无法猜测，未来的每一步，永远都是未知数。人生大抵就是如此了，世事难料，比如前一秒，你坐着宾利喝着香槟怀里抱着美女，但后一秒你可能会发现，你只是在做梦而已。人生苦短，世事无常，你永远也不可能躲过突如其来的刀，永远不可能躲过突如其来的“大象腿”。

“梁实秋诗你为什么要踢我！”我揉着肚子。

“因为我热，热就生气，生气就想打人。”阿姐漫不经心地说。

“热你发什么神经？”

“因为我没有吃到冰棍，”她缓缓转过头，盯着我，一字一顿地说，“所以我想打人。”

“我去！”

有人说，80后是垮掉的一代，而我们90后，是贪玩的一代人。此话虽有些偏激，但确实如此。我们这一代人，既没有经历过饥荒，闯过粮食关，也没有……相比如今00后完全是电脑手机网络的悲剧时代产物，我们的童年还算是比较幸福的，男生大多数有一颗王者的心，街机厅里你总能看到几个背着书包、戴着红领巾的小学生叽叽喳喳地围着："我要召唤太阳神了！""看我的火神来杀你！"《拳皇》，一个时代的代名词，多少光阴，消耗在了那键杆桌台上。有多少个放学的黄昏，等到了父母深切的呼唤和手中的鸡毛掸子……

"小学生"活跃在各个时代，但他们既不是"神坑"，也不是"第六队友"，而是街机《拳皇》的最强战斗力！他们，才是真正的王者！我这一辈子唯一的耻辱，便是某个偶然路过街机厅的午后，感叹《拳皇》依在，我们却老了，然后装着高级的情怀，被一个小学生连败了四十五次，揍到机器死机。

"叔，别挣扎了，你这样浪费游戏币，我很心痛啊！"那个小学生痛心疾首地说道。岁月是把杀猪刀，想当年我也是名震天下，就凭他给我叔这个辈分，我还是很乐意和他来一局真人《拳皇》的……他哭着对我说，童话里都是骗人的。

没有一点点的防备，也没有一丝顾虑，我们就这样跌进《拳皇》的坑里，男女不论。

记得那时镇上刚开了一家游戏厅，老板是个外地来的胖子，肚子圆圆的，总是一副笑眯眯的样子，又因为是秃顶，很像一尊弥勒佛。在我的记忆里，他总是穿着一件洗得掉色的背心，穿着大裤衩，端个小板凳坐在门口，拿着个蒲扇整天扇啊扇，见着谁都是笑啊笑的，一口我们所谓的“广话”，逢人就打招呼：进来玩啊。

他身后的小黑屋里闪动着神圣的光辉，传来《拳皇》里热血激情的音乐，由此成功诱惑到了我们，一群孩子站在门口就挪不动脚了，对于我们来说里面犹如一个五彩斑斓的小世界。

但是，想要玩还得有一个东西——拳皇币。拳皇币五毛钱一个，那时候谁要是身上有个一块钱，都能挺直腰杆正步走在队伍前面，豪气冲天地说“今天的冰棍我包了”。五毛钱对于我们来说，还是很奢侈的。奢侈归奢侈，总有人在权衡利弊之后，心甘情愿地省下早餐钱。

但我不能啊！老爹不知从哪学来的狗屁“男孩穷养，女孩富养”的“新式教育”，老子身上除了这一身的肉，就没什么是老爹给我的了。所以那时候我特别想给游戏厅老板当儿子，玩游戏玩到头昏眼花手抽筋，当我知道他还兼营着卖黄色录像时我的这种想法就更加坚定了。

不行，我得想个办法。当我下定决心，鼓足勇气并且死皮赖脸地站在游戏厅门口时，我才突然发现我的世界是那么灰暗，我身边的花朵正在凋零，我的天空他妈的已经完完全全失去了颜色！

天啊！菩萨呀！为什么！为什么要这样对我！我到底做错了

什么！

居然连当一个儿子都这么困难。

“下一位！ 493号！”

游戏厅内传来呼唤，是那个铿锵有力的声音在指引我前进的方向。就在这个激动人心的时刻我拿起手中紧攥的字条疯狂向前奔跑着：“在！我在！我是493号。”

在红色碎布门帘的后面，坐着一尊弥勒佛。

这死秃头开口说话了：“你有什么才艺？”

“才艺？”

“就是你擅长什么。我可先给你提个醒，你别给我表演什么跳舞啊，朗诵啊，唱歌这些花里胡哨的，你上一个，就是那个492号——”

“你是说刚才在门外哭得像死妈一样的那个？”

“对，就是那小子，他表演的好像是他妈的什么六一节得奖的歌曲，一嗓子喊出来，除了我之外的人都不见了，幸亏我还是见过世面的，要不然真挺不住。”

“可我也没看见人往外跑啊。”

“跑？能跑就好了！你看看你脚边，他们全晕在这了，救护车应该马上来，你还有五分钟时间，请开始你的表演。”

五分钟过去了。

顿时门内门外响起了一片掌声，弥勒佛从凳子上猛地站了起来：“好！好！好！”

他接着又说：“我真他妈的第一次见到这么牛逼的人，短短的五分钟，你竟然，你竟然……”

“他妈的！一动不动！”

我挠着头说：“我想了想，我除了比一般人能吃之外，其他的都不如一般人了。”

“那你还有脸站在这？还不他妈的滚出去！”

“那我当儿子这件事呢？”

弥勒佛生气地说：“还想当儿子？当孙子还差不多。”

他身后有一个染着黄毛的小屁孩迅速站到了我的面前：“我就是他的儿子，你就甭想冒充他的儿子了，不过想当孙子也是可以的，现在叫我一声爸爸，以后给你游戏机玩。哈哈，快叫啊！”

仿佛一种无助的恐惧感空虚感影影绰绰地在我身旁跳动，莫名的委屈浸湿了我干裂的皮肤，泪水止不住地往下流。

就在这时，一只袖子把我一切的手足无措通通擦去，一只小肉手慢慢抚过我的脸颊，擦干了我的眼泪。

“哭啥？有什么好哭的？告诉阿姐是谁欺负你。”

我回头看她，站在原地愣了几秒，这几秒好像一个世纪那么长，而在这一个世纪中，在我眼前呈现的是无数次重复着的与家人生活的时光，那样的时光是那么美好，漫漶的画面不知为何又突然被想起。

“如果有一天，爸爸妈妈都不在了，那谁来照顾你？”在一棵好大好大的榕树下，阿姐和我并排坐着，晚霞烧着了半边天，云离我好近好近。

“当然是阿姐啊。”

“那如果有一天连阿姐都不在了呢？”

“那就去半天鹅河吧。”

“是吗？

“阿姐答应你，阿姐不离开你，如果阿姐不见了，你就去半天鹅河找阿姐。”

缓过了神，眼前的景象变了，黄毛蹲在墙角，用手捂着被如来神掌拍过的脸，弥勒佛惊恐地看着眼前的小女孩，身体颤动着说：“你谁啊？”

“我是他姐，就是想当你儿子却没当成的这小子的亲姐姐，刚才是不是你欺负我弟来着？”

弥勒佛冷笑着看着阿姐：“谁欺负这浑小子了？况且就算是我欺负他了，你一小屁孩能把我怎么样？”

话音刚落，一张结实的带有棱角的木制的凳子，飞速朝弥勒佛的脸上飞了过去，鲜血瞬间从鼻子里喷出，弥勒佛捂着脸痛苦地哀号，退到了沙发上。

此时四周的人们都张大着嘴，惊讶地看着眼前这一幕。只见阿姐拍了拍手说：“以后除了我之外谁都不能欺负我弟弟，记得，是除了我之外。”瞬间一种莫名的骄傲冲击着大脑，仿佛就在这一刻，我成了万众瞩目的焦点，成了世界的主宰。

我拉着阿姐的手：“姐，以后老弟就是你的头号粉丝，以后只要是老弟能做到的，你就尽管说，但你要先等老弟处理一下眼前的事。”

我抬起高傲的头颅，一步一步缓缓逼近在墙角缩成一团的黄毛。我像一头猎豹看着眼前的羔羊忍不住大笑，就这样，淡黄色的液体汇聚成水流慢慢从他的脚边漫延开来。又到了春天，万物复苏，阳光从树梢间穿过，映照在水流之上，反射着耀眼的光。小动物们都出来了，因为新的一年到了，它们会顺着水流沿途嬉戏。我微笑着站在水流边，看四季更替，迎春天等夏天盼秋天念冬天，日复日，年复年。我往水流的尽头走去，源头是深山“黄毛”的裤裆。“哈哈哈！老子终于等到这一天了，你也有吓得尿裤子的时候啊！你欺负我的，我十倍还你。”

黄毛抬起头颤抖着说：“我什么时候欺负过你啦？我连你是谁都不知道。”

“连我 97 拳皇小霸王都不知道，这就是你被我揍的理由。”

“停！”阿姐从我身后制止了我，“老弟，人不犯我，我不犯人，人若犯我，我必犯人。我们不是无事生非的人，这事就这么算了。”阿姐拉着我的手慢悠悠地走了出来，向回家的路走去。

夕阳已经被山遮住了半张脸，红光映着两个萧索的人影前行。我现在依旧记得阿姐的手在那段路途中抖得有多厉害，我才想到阿姐毕竟是个小女孩，我的眼眶湿润了。

四

布依族——一个在云贵川人口较多的少数民族，多居于贵州，是一个富于民族色彩、工艺、习俗的民族。老爹是布依族，妈妈也是布依族，所以理所应当地我也是布依族。可老爹一直否认这点。

老爹说：“布依族由古代僚人演变而来，以农业为生，是勤劳、朴实的象征。”

“所以呢？”

“所以我怀疑你不是我亲生的。”

“你说啥？难道你可爱的儿子不勤劳朴实？”

“你看看你头顶的那一撮红毛，再去看看你房间，你有脸跟我说，你勤劳朴实？”

“那这么说，阿姐也不是。”

“放屁，你阿姐长得这么可爱，一看就是布依族。”

身为家庭的一分子，我觉得我的生活正处于水深火热之中。

随着时代的变迁，所有的东西仿佛都被汉化了，我们对于自己祖辈的东西了解得越来越少。可有这么一个故事一直传了下来，妈妈的妈妈的妈妈传给妈妈的妈妈，妈妈的妈妈传给妈妈，妈妈给阿姐说，阿姐每晚对我说，这个故事叫“掉到半天鹅河”。

在我的记忆中这故事很长很长，说了这么多年，都没有说完，已经想不起内容了，可这个故事，至今一直被我们的家族传承。阿姐说，妈妈也没把这故事说完，我去问妈妈，妈妈说外婆也没把这故事说完。这故事究竟有多长？说了几代人，还是一直没有结尾。

阿姐结婚了。

我相信很多人都想知道有个姐姐是怎样的体验，她们善良，勤奋，听话，懂事，爱护弟弟。如果你们真的有这种幼稚的想法，呵呵，太年轻了，这种姐姐一般只存在于传说中。生平我只在电视里以及“别人家”看过。

“你就不能拣点好的说啊，我有那么差劲么？”彼时阿姐正端坐在梳妆柜前，母亲正细心地给她绾头发，她拿着一支口红涂了半天，又觉得太过鲜艳，便拿纸巾擦去了一些，结果弄得满嘴都是。

“你不会是第一次涂口红吧？哈哈哈，你这个假女人。”我指着阿姐的花脸捧腹大笑。

“对啊，你阿姐今天第一次可真多，第一次化妆，第一次穿裙子，第一次穿高跟鞋，第一次……”妈妈在一旁补了一刀。

阿姐满头黑线，脸红成猪肝色。

彼时我站在阿姐身后，看着一身红装盖着盖头的她。我知道再过不久就要把她的手交到另一个爱她的人手中。我还记得我曾经对她说过：“像你这么胖估计嫁不出去了，没事，以后没人要你还有老弟。”

你看着镜子中的自己，回过头对着我说：“老弟，你还记得掉到半天鹅河这个故事吗？”

我想是在每一个安静夜晚，你摸着我的头，轻轻地对我说着这个叫掉到半天鹅河的故事。故事说的是什么好像已经全忘了，但我如今仍然记得的还是……

“如果有一天，爸爸妈妈都不在了，那谁来照顾你？”在一棵好大好大的榕树下，阿姐和我并排坐着，晚霞烧着了半边天，云离我好近好近。

“当然是阿姐啊。”

“那如果有一天连阿姐都不在了呢？”

“那就去半天鹅河吧。”

“是吗？

“阿姐答应你，阿姐不离开你，如果阿姐不见了，你就去半天鹅河找阿姐。”

我知道阿姐现在正尝试着她的第一次，我也知道阿姐其实很多的第一次是为了我。为我出头，为我打架，为我把所有事情都承担着，为我被父母责备……

我真的还记得那次在夕阳下缓步前行的胖丫头手抖得多厉害。

喏，阿姐，这也是我第一次在书里叫你阿姐呢，感谢你十几年的相伴，今天我就要把你的手给另一个爱你的人牵着了……等等，老爹你先别哭，你都五十几了，要脸吗？……

老爹：“呜呜呜……我就要丢失最爱的小马甲了，你是我的小呀小马甲……算了闺女，要不咱别嫁了……”

姐夫：“……爸，今天不是彩排。”

老爹：“滚一边去，没看到老爹正在感慨呢……”

姐夫：“……爸，别闹了，敬酒呢。”

老爹：“滚一边去。闺女，要不嫁老爹吧，老爹好着呢……”

姐夫：“……”

此刻，婚礼现场老爹喝了几杯酒哭着闹着。老爹还是老样子，完全拿阿姐没办法，自从阿姐小时候起就拜倒在了阿姐的石榴裙下，一个大写的“宠女狂魔”。都说女儿是前世的情人，不知道老爹和阿姐的前世有多相亲相爱，这辈子才能如此。也好，世间有如此爱你的三个男人，你睡着都能笑醒了。

很多年前一个妇人对着一个孩子说：“我今天给你说一个故事，你必须要记住，你以后有孩子，就说给你孩子听，一代接着一代。”

“可这个故事好短好短。”

“不，这故事很长很长，几辈子都说不完。”

妇人是祖外婆，孩子是外婆。

后来妈妈对阿姐说：“这个故事，你们一定要传下去。”

在从前的每一个夜晚阿姐都对我说着相同的一个故事。

这个故事叫掉到半天鹅河，这故事只有一句话，一句世代相传的话：

“我们家的鹅一根毛也不能少，我们家的人聚着就散不了。”

好想再看你一眼

一

“你母亲是个苦命的人。”

外婆对我说过最多的一句话，似乎是这一句。

我的孩童时代，只能归于平淡。我是家中老幺，上面还有一个姐姐。农村人重男轻女，何况我还是千求万盼中才降生的。自然而然地，我成了家中的“顶梁柱”。父亲在我记事时就外出打工，家中大大小小的事全由母亲打理。

农村农活重，我却莫名其妙地过上了“衣来伸手饭来张口”的生活，上山下田之类的事，我从来都没有“染指”过。那奔腾呐喊的生活啊！可姐姐就没这么好过了，她上得厅堂下得厨房，爬得了山，下得了田，扛着比自个还大几倍的柴都不带喘气的。所以现在她的身体和同龄的女孩子相比显得又细又小，但肱二头肌比我还硕大，抡我都不用使劲的。母亲半开玩笑半认真地说：“我们家欠你姐的最多了，你看她身材那个细哟……”我却在背后打马虎眼：“要我说她还得谢谢您呢！你看她那细藕一样的手臂，闪电般的身材……”然后捏着腰间像紧身呼啦圈一样的赘肉，难过得想死。

可是好像真的对不起姐姐。

虽在乡下生长，但我并没有乡村古惑仔的人生经历，如大多数人一样，小时候的细枝末节，理所当然地被时间抹去了。很多事，在我的记忆中好像不曾发生过，或者说那个人并不是我。但母亲却相反，以前的事到现在她仍能记得清清楚楚，无论是当时的一句话，还是眼神。她曾对我说："我这辈子都会记得。"

她咬字很重，一字一顿从嘴里颤抖着蹦出来。

母亲的记性一直很好，比如她清楚地记得我是中午十一点三十六分出生，出生时是六斤二两；喜欢吃鸡蛋；小时候说过要讨刘亦菲做老婆；在街上吵着非要买裙子，母亲说你是男生这东西你穿不得，后来把母亲给姐姐买的裙子戴在了头上去逛大街，于是屁股肿了几天。

母亲偶尔谈起这些趣事时，看母亲笑得前俯后仰，我却感到莫名其妙，这一段段记忆，恶作剧般地被抹去了，就是有一种失忆一样的感觉。母亲常回忆道："那时候我们家里真的很穷很苦。"

但这一点我想我可以反驳她了，相反，我觉得那时我们家过得非常好。比如其他同学都穿哥哥姐姐的衣服裤子，上面打了无数个补丁，袖管裤管卷了一圈又一圈，而我可以穿母亲亲手织的花花绿绿的毛线衣。那时候毛线衣还是稀奇货，但我能变着花样穿。还有吃的方面，虽说不至于大鱼大肉，但我至今都还馋于母亲做的“鸡辣子”。我一直很好奇，把一堆辣椒和油混炒过后，加上炒熟的三黄鸡与猪蹄汤熬制三小时，怎么会有这样浓香刺骨的味道。这是家乡的一道名菜，基本每家每户都会做，可母亲做的我却怎么都吃不腻。家里条件不宽裕，只有年末春节才会做，而且时常是辣椒多肉少，经常吃得大汗淋漓，就算有时辣至肺腑，抱着肚子在地上打滚，躺在床上抽搐，甚至进医院，都没能改得了这“破毛病”。母亲时常上山寻野菜，放在有“鸡辣子”的火锅里，就算没有肉，到最后汤也就着饭一起吃。我现在想起那时的日子，心中也会荡出浓浓的甜蜜。

说来惭愧，孩童时代，也就这些印象深刻。谈起这些时，我丝毫不吝啬对母亲的赞美，直夸她是贤妻良母。而母亲则羞红了脸，摆手道：“说这些干什么，很多事你不懂的……”

但也好，至少我记忆中的童年还算快乐。

那些远去的日子，只有在母亲的提起下才有了一番色彩。如今回想，只觉温馨。我又何尝不知道家里穷呢？只是不觉得苦罢了。

四十瓦的钨丝灯光随着不稳的电压有规律地跳动着，像是随时都要罢工。母亲暂时还没空理我，把我晾在一边。我只能无聊地数着脚趾头。

母亲在灶前生火，昏暗的灯光，又勾勒出了那个曾经让我有过一段时间阴影的影子：她弓着腰，灯光把她的影子拉得细长，映到被浓烟渍黑的水泥墙上。瘦瘦长长的影子，头上长了一对又尖又长的犄角，随着熊熊燃烧的火光影影绰绰，显得狰狞可怖。

我的母亲是一个怪兽。

我记得父亲的故事里说过，一个人的影子才是他真正的面目。于是在认知有限的年纪里，我武断地下了结论。虽然她对我很好，但是一想到她是怪兽这个不为人知的秘密，我对她只有恐惧。她抱我我就哭闹着不让。做我最爱吃的蛋花卷我也能闭着眼睛不吃，担心她在里面放了毒药。和我说话我就跑开，然后大哭，口里神神道道地念着：怪兽妈妈快走开，太上老君急急如律令，赐我无上力量……

她大概有点难过和困惑，但她永远也不知道我在五岁那年的某一天早晨早起推开虚掩着的灶门看到了那一幕。看她难过的样子我也难过了，毕竟她是我母亲。所以我打算帮她保守这个秘密。但一个五岁的孩子能守得住什么秘密呢？

难得母亲不在家，我按捺不住，独自悄悄地打了父亲的电话，于是有了这段对话。

我："爸爸，爸爸，你回来好不好，我怕……"

父亲："你怎么了？"

我："爸爸……你很喜欢怪兽么？"

父亲："……什么？"

我："你为什么找了一个怪兽做老婆……"

父亲："……"

我："我跟你说哦，其实我妈是个怪兽！那天我看到……"

父亲："嗯……你妈有时候是挺怪的。"

我："我不要怪兽当妈妈！你重新给我找一个妈妈好不好……"

父亲："……"

我："我觉得我们语文老师挺好的，我想让她当我妈妈……"

父亲："……"

后来我还把这个秘密告诉了我的小伙伴们。他们都一脸痛心的表情，深深同情我有这样一个怪兽妈妈。不知哪个二货提了一句："你离家出走吧！怪兽把你养得白白胖胖了就会吃了你！"

当时真是吓得都尿裤子了，回想怪兽妈妈经常给我做各种好吃的，每顿都软硬兼施强迫我吞下一碗饭，这更加印证了她图谋不轨。然后我用五毛钱请了正在读二年级的堂哥口传了我的"遗嘱"：我走了，你不要来找我……

因为第一次离家出走没有什么经验，我的小伙伴都热情地给我提供了很多金点子。他们让我躲在学校，我否决了，因为当时母亲在学校代课，每个地方她都比我熟悉。后来我们一致认为把我藏在村头的那棵老树的树洞里最好。那棵树比我们都大，据说和父亲是一辈的，现在已经枯死了，中间被掏空了，刚好有一个洞口能钻进去，平时我们捉迷藏时躲在里面谁都不会发现，何况是母亲。但是衣服呢？母亲看到我的衣服没带走肯定不相信我离家出走的。然后我做了一个至今都默默点赞的聪明举动：把衣服全部装到袋子里，然后，扔河里去了！我还不忘加了两块石头，好让它们沉到湖中心不让别人发现……

万事俱备，我像宇航员杨利伟一样在小伙伴的殷切注目中走进了我的“神舟五号”，即将完成我的伟大事业。第一感觉是黑，但不觉得多害怕，只是阵阵袭来的腐木味道让我反胃。因为太黑了，我没写成作业（带了作业本去的！而如今……算了，请让我向我逝去的红领巾默哀并致敬！），然后好像是睡着了。最后只记得母亲提着手电把我倒提出来，一大群人挤挤挨挨地站在树前，我的小伙伴们齐刷刷站成一排，低着头没脸见我，我就知道是他们出卖了我。我还嘟囔着他们不仗义时，母亲一个巴掌打在我屁股上，我正要哭，她却先哭了：“你这个浑小子，不要命了你……”

打了我还有理先哭了，这不太科学啊。

后来知道我把衣服丢进河里之后又没少了一顿好打。

稍大一点后自然明白了那只是影子的游戏。和父亲的对话与离家出走事件不可避免地成了母亲的笑谈：“你是不知道那时候我多担心哦……还有，你怎么会把衣服丢河里……”影子那件事我没有说，因为我知道说了一定会被笑话得更惨。她后来一直挑离家出走这件事来说，念得我烦了，直接吼：“五岁我就能离家出走！有什么好笑的！”她被震住，但依旧碎碎念，我模糊听到的是：“离家出走算个屁！我五岁就能……”

彼时我在昏暗逼仄的灶房坐立不安。烟囱年久失修已经塌了，呛鼻的浓烟四散开来，熏得我一把鼻涕一把泪。何时受过这种委屈？真想一走了之。但母亲面不改色地坐在灶前，像被抽走了灵魂一样镇定自若地坐着，浓烟在她面前缠绕，她眼皮都不眨一下。

何况我还是有罪之身。

母亲待锅热后，先往锅里添上一层薄薄的猪油，洗净一个碗口大的勺，再涂上事先调好的蛋液。母亲操着大勺，从锅沿慢慢向中心靠拢，不多不少，刚好制成又薄又圆的蛋皮。母亲时间把握得很准确，焦黄脆口而又不至于煳掉。她先用勺子掀起一角，再轻轻地吹一口气，整张蛋皮便丝毫无损地脱落下来。然后母亲拿出她特制的馅：花生、大蒜颗粒、马蹄和青葱。母亲得意地说这是外婆教她的秘方，比起那些全是肉的馅不知好吃多少倍。

嗯，确实比那些全是肉的馅好吃了多少倍。

就这么一个蛋卷，我吃了十六年。

母亲端上还在冒着热气的蛋卷，香气挑逗似的拨弄着我的鼻子，也像刀子一样一刀一刀地捅入，抽出，再捅入。生不如死。

母亲：“招不招？”

我：“不招！”

母亲：“我只做了四个哦。”

我：“不招。”

母亲：“你爸爸干活那么累，给他一个。”

我："不招……"

母亲："你姐姐读书那么用功，算一个。"

我："不招……不招……"

母亲："还有两个，嗯……"

我："给我吧……咱俩一人一个。"

母亲："那你招不招？"

我："招啥招……没了。"

母亲："什么没了？"

我："花没了。你看我这衣服和鞋，好看吧？八百多！"

母亲："八百多？！还有呢？"

我："吃点东西啊，玩玩啥的，就没了。"

"啪！"我左脸被抽肿。

"你怎么能这样？你知道我攒了多久吗？你怎么一下就花完了……"

我这脾气一下就上来了，正要拍案而起，她却先发制人了——她哭了。

母亲很少哭，但也很爱哭。

十八年我只记得母亲哭过三次，三次为我。

我目瞪口呆手足无措，安慰却不知如何安慰，走更不是东西。

母亲蓦地站起，踉踉跄跄地朝门外走去，含糊不清地念叨着："我要报警，我要去报警……"

我大笑："报啥报，这是家事，警察管不着。"

母亲恶狠狠道："家贼也是贼！"

我哭丧着脸："您也忍心送儿子蹲号子啊，虎毒还不食子呢。"

母亲沉吟道："你还未成年，坐不了牢，顶多被揍一顿，揍了就老实了……"

我正色道："妈，我错了，我以后一定好好学习，争取做一个对国家对社会有用的人……"

自动道歉模式开启，这套平时用来糊弄老师的话脱口而出，这一招叫不战而屈打成招。

母亲犹豫了，若有所思道："不行，还是得揍一顿……"

我撒娇："揍我您不心疼啊？"

母亲无奈："算了，跪吧。"

我诧异："跪什么？"

我发誓如果让我知道是哪个挨千刀的发明了搓衣板这种刑具，我一定……

哎哟，疼，疼，疼，膝盖疼。好好的一块板子你非要设计出一深一浅的沟壑，就算是为了让洗衣服更加方便，但你想过我们男性同胞的感受吗？还有，第一个发明跪搓衣板这种酷刑的女人，我代表全体男同志谢谢您了哈……哎哟，疼，疼，疼，膝盖疼。

我才多大，就提前享受了婚姻生活的最高待遇，算是为了以后打基础吧，免得以后在老婆面前丢人现眼。母亲也是为我好，这是知道要从小抓起呢……

母亲热情地贴近我，嘴里的蛋卷咬得吱吱作响，笑眯眯地说：“疼吧？起来休息一下吃个蛋卷吧。”

“哎呀你还别说本来都不疼了你一说就疼了休息就休息一下吧……”

脱离搓衣板的那一刻，我就知道，我已经离不开它了。

双腿早已麻木，无力感一瞬间充满全身，又重重地跪了下去。

“妈妈妈妈妈妈妈疼疼疼疼疼啊啊啊啊啊啊啊妈妈妈妈妈妈妈……”

顿时传来一阵惊天地泣鬼神的咆哮。

母亲恨铁不成钢地翻了个白眼，往我嘴里塞了一个蛋卷，走了。

姜还是老的辣啊，不，蛋卷真好吃啊。

母亲戴了副眼镜，端着个本子，一脸正色，问我：“作案时间？”

我：“什么？”

母亲：“作案时间！”

我：“前天晚上……”

母亲：“作案人员？”

我：“宇宙无敌大美女的儿子宇宙无敌大帅哥阿猪……”

母亲：“嗯……作案地点？”

我：“书柜第二批第六本和第七本夹层后面的一个盒子。”

母亲："这都能发现？"

我："嗨，这简单！你把那么大个盒子塞那，你侧着仔细看……"

母亲："严肃点！你还好意思了你。"

我："我那么天衣无缝，你怎么发现的？"

母亲："你妈有一个坏习惯也是好习惯，每天睡前我都坚持把钱数一遍。"

我："哎呀，大意了，大意失荆州啊……"

母亲："这事交你爸处理吧。"

我："您不要命了？！您不要您儿子的命了？！"

母亲："不揍不长记性。你爸最恨的就是贼了。"

我："……妈，您信佛吗？"

母亲："……佛？"

我："对，佛代表无量代表宽容代表布施代表……"

后来我还是被揍了个半死，身上的皮带印一个星期都还没消掉。

这是人生第一课：不做贼。

二

一个青春期的少年，注定会碰上一个更年期的母亲。

绝配。

青春期和更年期一样，都是成长。

我长大了，她变老了。

我的喉咙长起了喉结，她的皱纹爬上了鬓角。

我的声音变得雄浑，她的眼角多了鱼尾纹。

我的手变得有力，她的手拧不开一瓶雪碧。

我走路脚下生风，她走路老态龙钟。

我黑发浓密，她频频脱发。

我向往诗和远方，她着急柴米油盐。

其实她什么也没变，只是更老了。

我也想象过，有那么一天，天是蓝的，云是白的，空气是让我们忍不住大口呼吸的。水是绿的，树也是绿的，草地是让我们觉得柔软舒适的。那时你肯定老了，头发肯定白了，老花眼镜不离身，手中也多了拐杖。

我牵着你的手，一定是在你的左边。我们早晨就出发，无所谓走到哪里，只是走，毫无目的地走。若阳光太过刺眼，我便撑起遮阳伞。若下雨了，雨大我们就找个地方躲雨，有个亭子、石桌石凳，那么再好不过了。我们坐着，看着，看这倾盆大雨，看这焕然一新的大地，闻着好闻的泥土清香。若是细雨，那么无妨，大可把伞收去。雨丝打在头发上、脸上、肩膀上、手臂上，一丝丝清凉浸透着惊喜。若是走得累了，或是遇上了好景，便可就地打坐。拨弄一株草，摘一朵花，采一片嫩叶。坐到夕阳落尽，我们沿着原路返回，我一定在你左边，牵着你毫无知觉的左手，缓缓向家的方向走去。

那一天不会太远，但也不会来。

变故发生在2015年。外出工作的父亲终于回家。他挣了点钱，便打算翻建旧屋。那段时间我在县城上高中，寄宿，一个月回一次家。

那天我像往常一样回到家，老远就看到母亲坐着，坐在院子里的合欢树下。母亲眼神无光，双目呆滞地看着地面，我走进门她都没看到。往常这个时候她会快步从里屋走来，拿下我肩上的重物，然后下一大碗鸡蛋面，看着我哧溜哧溜地吃完。

但是今天没有，我预感有不好的事发生了。

直到我走到了她的面前，她才抬头看我，勉强露出一丝笑颜。

"妈，手怎么了？"我注意到她的手上打了石膏，她正费力地藏在身后不让我看到。

"没什么没什么……"

父亲低头解释："我本不让你妈帮忙的，但她非要，你看，她就是坐不住。柱子倒下来，谁也没注意她在下面……还好只是伤着手。"

"伤得很重。医生说，可能以后手都使不上劲了……"

我黯然，本想呵斥母亲为何那么不小心，但是，母亲的笑让我无论如何都没了责怪她的勇气。此刻她就像一个孩子，再也不是那个雷厉风行走在我前面的母亲了，孩子一样羞红着脸，怕我责怪她，低头不敢说话。

这一场景很熟悉，但是如今换了位置。就像儿时我犯错时在母亲面前大气都不敢出一样。可是，现在犯错的孩子变成了母亲。也是在这一刻，我才有一种强烈的想要保护母亲的念头。她老了，她有时会失神，不懂得保护自己，有时变得不唠叨，有什么话都憋在心里，有时在家里对着电视一天，啥都不做。我知道到我照顾她的时候了。

所以我走上前，握住她的手。

“妈，没事，会好起来的。”

母亲说：“我这一辈子，要是能吃上一口龙肉就好了。”

我打趣她：“妈，你发什么神经，龙都没有，哪来的龙肉。”

母亲固执地说：“有的，有的，有的……”

我发现母亲死死地盯着我，我慌了：“妈，你望子成龙也不用这样吧，我还没变成龙呢……”

母亲叹了口气：“我跟你说这个‘龙肉’的故事吧。”

接下来的一个小时里，我含着泪听完了这个故事。

我想，如果有龙肉，无论它如何珍贵难求，就算它在珠穆朗玛峰顶上，在太平洋最深的海底，我都会为母亲寻来。

因为，这是我的责任。

我亲爱的母亲。

三

母亲的童年在二十世纪七十年代，一个很偏很远的村寨。

外太爷原本是土地主，据母亲所说，就是家里请得起十几个长工和用人的那种，说是家财万贯也不为过，标准的土豪。

土地改革时，外太爷这种大佬级别的地主肯定首当其冲。外太爷携妻带儿逃到乡下，过着深居简出的生活。老人家接受不了这巨大的打击和落差，悲愤之下断了气。家里的东西缴的缴，收的收，什么也没留下，倒是外公落下了一身的少爷病。

到母亲出生时，母亲家已经彻底沦落为普通的农户了。母亲感叹："我啊，这辈子就没享福的命。"

母亲也是家中老幺，有一个大哥和一个姐姐。但她这老幺当得没我称职。大舅随外公的性子，不学无术，好吃懒做，农活家事什么都不管，置身事外。用母亲的话说就是："一个天王老子，一个天王小子。"

外公好喝酒，常喝得酩酊大醉。酒醉了发酒疯要打人的。他宝贝儿子，不打，于是就打女人，不管是大人还是小孩，喝红了眼提起来就抽。

也亏他找了个能干的老婆，不然这个家，早给他打没了。

后来我去看过他。山间一个扁平的土包，杂草丛生，碑都没一块。我从没见过他，因为他"英年早逝"，四十多岁就撒手归西了，原因是酗酒，酒精中毒。

外婆是个伟大的女人，仅靠她一双手，生生撑起了这个没落残破的家，而且还过得有声有色。所以我想到母亲和姐姐，这一定是遗传啊，传女不传男。而母亲冷笑道："这就是我们女人，只有我们当了母亲的女人才能干出的事。"说话的时候，母亲仰着面，不让眼泪淌出来。

母亲从小就不比她姐姐，她身子骨弱，或许是营养不良的原因，她柔弱得像猫一样。那时农家人的观念不像如今的女孩子追求瘦得像纸片一样的身材，那时候拼的是力气，力气大，干活麻利勤快，能生儿子，这才是一个好媳妇。否则谁会请个病秧子回家当老佛爷一样供着呢？

外婆可怜母亲，就尽量不让她干活。但母亲从小乖巧懂事，太重的活干不了，家务事她便主动地全揽下。

拖地，做饭，洗碗……小小的身影每天在家里欢快地跑着，也算是添了一抹亮色。

农村人迷信。一天外婆带着母亲上街走着，一个算命的老太婆拉着母亲的手就不肯松开了，直夸她是女文曲星，以后有铁饭碗端……

当时的年代，穷困没落的农村，"铁饭碗"三个字意味着什么？外婆高兴坏了，张罗着要让母亲上学。

那时候，上学的都没几个，何况还是女孩子。外公第一个站出来反对，理由是女娃家不用上学，以后嫁了人就走了。大舅第二个出来反对，理由是经济条件有限。外婆打算让母亲上学让大舅辍学回家，反正大舅也是扶不起的阿斗。

反对理由很充分，也很现实。但外婆咬住算命这个借口，铁了心要送母亲上学。最后经历了九九八十一难，母亲才得以上学，也成了当时她那个班上唯一的女同学。

后来我向外婆求证这段历史时，外婆笑了，说：“其实我最不信命了，这种骗人的话我怎么会相信呢？这个借口，是给你外公，给你大舅，给外人听的。我就是想让你妈学知识，以后能走出农村，过得不那么苦罢了。”

可怜天下父母心。

母亲也确实天资过人，她很珍惜这个来之不易的机会，所以很努力地用功读书，因此名列前茅，成了当时轰动一时的最有希望上大学的女学生。

可最后还是没上成，因为她遇上了我父亲。

说幸运也是不幸，但这是后来的事了。

不谙世事的少女哟，怎么承受住一个汉子火热的心？母亲很快沦陷。我一直很好奇这一场风花雪月的往事，但父亲和母亲都羞红脸闭口不谈，最后还是从外婆那里听来了完整版。

母亲后来的考试毫无意外地落榜了，好像是差了几分。父亲也落榜了，差得不多，也就两百多分吧。

结果出来后，外婆很诧异也很生气，便要母亲复读。但母亲坚决不肯，受了父亲的“蛊惑”，吵着要出去打工，实际是私奔！

外婆一听，这还了得，母亲一个女孩子，何况那时的母亲，我看过照片，完完全全是现在的“森林系元气少女”。外婆也是聪明人，觉得不对劲，一查，就逮着父亲了。

对于父亲年轻时的韵事我一直怀着无比崇高的敬意，能让母亲如此神魂颠倒，一哭二闹三上吊。我也曾向他请教过这个深奥的问题，他却敲我的头，大骂：“不学好！”

这怎么就不学好了？

结果是必然的，母亲被强制复读，读了两年，总是差几分。外婆后来也灰了心。恰好当时隔壁村寨招高中代课老师，外婆托了关系把母亲硬塞了进去，老师在当时也算铁饭碗了，如果转正的话。

值得一提的是，父亲也去应聘了。

然后他们成了同事。

所以现在那个“隔壁村寨”成了我家。

结婚前的某一天，母亲上街买东西。母亲看到街上有个算命的，她也算是个知识分子，对这些迷信自然不会相信。但是或许是算命也算改变了她的命运，所以她走了过去。

算的是她以后的婚姻生活。

“小妹，我们算命界讲的就是真实，你这个卦象不太好，但是，我还是得原原本本地说给你听，你要做好心理准备。”

“你以后的生活不太顺利，与公公婆婆不和，与老公也不和，吵架、打架是家常便饭，以后可能要离婚……”

算命的老神棍说了一大堆，哪不好他就挑哪说，我很佩服他的职业精神。

你和一个快结婚的女人说这些?

母亲耐心地听完了，手一直在颤抖。

然后母亲发飙了，硬是把人家摊给砸了。老神棍眼镜都碎了。

母亲说到这时笑得像个孩子一样，说那时候太冲动脾气太烈了。我打趣说算命的就是乱说，现在她和父亲不也没离婚，一家人还不是融融洽洽地过着。

说着说着发现母亲脸色不对劲了，半晌，她才缓缓开口：“他算的确实是真的。”

母亲苦笑：“也是要谢谢人家，我就是不信命，偏要不按他说的走，要不是我时常想着他的话，我早和你爸离婚千八百遍了。”

我无语。

小时候我一直好奇姐姐的生日怎么比父亲母亲的结婚日期还要早，这已经能列为我儿时的未解之谜了。这不科学啊，书上不是说结婚后才会有宝宝？问母亲，母亲只会恶狠狠地敲我的头。

长大后我才明白了这其中的奥秘。

我只能说我父亲真聪明。

一般人没想到的，他想到了，一般人不敢尝试的，在他那都不是个事。我似乎继承了父亲的特征，从没放弃过，也从未害怕过某一件事的来临。

有这么一句话他一直挂在嘴边：能受天磨为铁汉，不遭人嫉是庸才，打铁还靠本身硬。

不知道那时候的他有没有做到。我依旧在走他前行的路，时至今日，他曾经的年月不会回来，而我的人生还一直在继续，这时的我但愿也是那时的他。

母亲要和父亲结婚，外婆第一个跳出来反对。

毕竟是女儿的终身大事，母亲一直是她最疼爱的孩子。所以她查了我父亲的家谱。这一查，不得了了。

父亲还好，主要是他家里人，也就是我奶奶，人送外号“灭绝师太”，这个外号我小时候叫过，然后被她扒了一层皮。

我奶奶，是个神秘而伟大的老太太，在我家的地位和贾母差不多。直到现在我都不敢和她说话，碰见她时脚都是颤抖的。

不得不说我奶奶是很典型的农村封建老顽固，如果当时有女强人这一说的话，不用评，公认的第一名。

她和我外婆一样，也是靠一双手打下了江山。但是让她闻名遐迩的不是这个，而是她的一张嘴。

没读过书，不识字，但是她那张嘴能说出花来，损人不动刀，骂人不见血，字字“珠玑”。长这么大，我天不怕地不怕，就怕她老人家开口，一开口保准让人像哈巴狗一样服服帖帖。

母亲身子骨弱，干活不麻利。外婆知道我奶奶是个狠角色之后，多了个心眼，怕母亲被欺负，死活不同意，甚至以死相逼。

可是谁年轻时没叛逆过呢，母亲随外婆，也是以死相逼。

最后母亲赢了，因为她怀了姐姐。

出嫁的时候，外婆没收我父亲一分钱的彩礼，反而给了一笔在当时丰厚得不能再丰厚的嫁妆。

出嫁那晚，外婆亲自为母亲打扮。抹口红，涂腮红，绾头发，画眉，穿嫁衣，一个步骤都不少。母亲说，那是她最漂亮的一天。

此前，此后，都再无。

外婆对她说："不知不觉你也到了嫁人的年龄了，这是你自己做的决定，我劝过你，你不听我的话。所以，以后你受了什么苦，受了什么欺负，不要找娘家人，不要找我诉苦。"

这是第一句。

"嫁出去的女儿泼出去的水，你本本分分地当家，本本分分地做个媳妇，做个妻子，做个母亲。"

这是第二句。

"很多事情当了妈你才知道不容易，你现在年轻气盛，我劝不动，但是，这是一辈子的事，以后不管发生什么，咬咬牙就过去了。"

这是第三句。

母亲带着这三句话，看着这生活了二十年的家，流着泪走了。

她那时只是个被爱情冲昏了头脑的小姑娘，完全不知婚后生活会这么苦。

我奶奶也给了母亲三句话。

“你是大儿媳妇，威儿（我父亲）还有一个弟弟一个妹妹，你要多担待。

“地里的活你干不了，家务事得包了吧。你上课的时候，可以带带孩子，老二老三都还小，你也得帮忙照顾。

“家庭总会有些摩擦，既然有缘分凑成一个家，你心眼要放宽一点，扛扛就过去了。”

母亲那时在村里的小学当代课老师，一个月工资两百块，在九十年代的农村，两百块也不算少了。当时还未分家，家里总共八张嘴，母亲每天早起给一家人做好早饭，然后挺着个大肚子去上课，中午回来做好饭菜之后又继续回学校上课。晚上也是如此。

她也知道奶奶的厉害，所以她尽力做好一个儿媳妇。家务事她打理得井井有条，自己的工资也用来补贴家用。就算奶奶再厉害，这些她也看在眼里，所以一家人相处得还算融洽。

母亲虽然很累，但是比起外婆说的那些，也算不了什么。她也想过，如果就这样过下去，也挺好。

但是，错就错在，她生的是女儿。

有时候农村人的思想很简单但也很复杂，重男轻女的思想在这个家庭得到了登峰造极的发展。母亲说，她清楚地记得分娩那天，痛得生不如死，醒来后奶奶进来，没有慰问，看都不看她一眼，径直撩开婴儿的袍子，皱了下眉头：“哦，女娃啊。”

然后轻轻放下，转身走了。

母亲和姐姐的生日奇妙地是同一天，大年初四。

那年母亲二十岁。

母亲第一次坐月子，没什么经验，外婆送来一只鸡、一只鸭子、一斤猪肉，简单交代了坐月子要记的几件事，就回去了。

因为结婚的事，当时母亲和外婆还在“冷战”，母亲不好意思回娘家坐月子，她把攒下来的钱全都用来买了很多的补品。奶奶还笑她：“坐月子哪用这么讲究哟！当年我坐月子，哪里吃过什么大鱼大肉哦，能吃上个包子就算了不起了，哪像你吃得这么好。家里又没有多少钱，你一个人吃了我们全家一年吃的好货了！”

母亲脸皮薄，自然听出了奶奶话中的不满，吞着混着眼泪的饭菜，是咸的。

当时计划生育抓得紧，母亲和父亲都是教师，就意味着他们只能有一个孩子。姐姐出生后，很多事都变得不一样了。母亲要照顾孩子，还要上课，两头忙着。而父亲年轻时也“淘气”，母亲不仅需要照顾姐姐，还要打理繁重的家事。

母亲和父亲都接受过先进思想教育，都觉得儿子和女儿还不都是一样的， 但是奶奶和爷爷却不会这么想了。他们眼里，生不出儿子的，都是“没本事”的人。母亲当时也觉得这种思想过于腐朽过于可笑，但是当她受到了太多的冷言冷语之后，这成了她的软肋，让她无论如何也抬不起头。

有一年，家里种了烟草，收成很好，卖了个好价钱，奶奶高兴坏了，将要过年，商量着给家里的成员买过年的礼物。那时还未分家，家里的钱都归奶奶管。村里离镇上的集市很远，还没有车，只能走着去。有什么需要花钱的地方都要开一个家庭会议，把买的东西拍板下来之后，由奶奶到集市统一采购。

小叔争着说："我要买学校里流行的军大衣和喇叭裤！"

奶奶笑着说："好好好！"然后转头问母亲，"年轻人穿的我也不懂，你参谋参谋呗，买长的好还是短的好？"

母亲愣了一下，说："现在孩子都喜欢这个，买长的吧，长的好，以后长高了还能穿。"

然后奶奶在本子上画了个衣服和裤子，注名小叔。

小姑吵着说："我要买裙子！"

奶奶笑着说："大冬天穿什么裙子，还是买棉衣吧！"然后转头问母亲，"用不用给她买裙子呢？女孩子穿裙子才好看吧？"

母亲愣了一下，幽幽地说："女孩子还是要穿裙子的，可以夏天穿。"

然后奶奶在本子上画了一件棉衣和裙子，注名小姑。

爷爷要了一个烟斗，父亲想要一块表，他看上了一块那种上发条的石英表，当时要两百多块，算是很贵的了。

奶奶没说什么，还是给父亲记下了那块表，但是脸色变得有点难看，母亲看到了，也不再好意思提什么了。

然后又敲定了一些过年的年货，密密麻麻的，写满了一张纸。奶奶来来回回地清点着，生怕漏了什么。小叔的新衣啊，小姑的裙子啊，爷爷的烟斗啊，她自己的棉帽啊……数了好几遍，确定没落下什么，才小心地折叠好，揣进兜里。

姐姐当时还在襁褓之中，还不会说话，自然就不能撒娇拿到她的礼物，只能无辜地转着黑乎乎的眼珠，咿咿呀呀地哼着。

所有人都忘了这个小家伙，只有母亲记得。

母亲看不下去了，心一横，颤抖着问："妈……秋儿呢？也给她买一点吧？"

奶奶愣了愣，幽幽地说："秋儿……还这么小，长得快，买好看的衣服可能明年就穿不了了，不是浪费吗？"

母亲也愣了愣，哽咽着说："那给我捎两卷毛线吧，我给她打件毛线衣好了。"

第二天晚上，奶奶提了一大袋东西回来。小叔翻着他的新衣忙不迭地穿上了，小姑拿着她的裙子痴痴地笑着，爷爷换了新烟斗吧嗒吧嗒抽着烟，父亲拿了他的表不知道去谁家炫耀了。

母亲翻着那个大袋，怎么都找不到她的那两卷毛线。

"哎哟，怪我怪我，我怎么把这忘了，真是人老了记性也不好，那天你说得晚，没记在本子上，下次再给你补买吧。"

奶奶在镜子前摆弄着她的新棉帽，漫不经心地说。

母亲怀中的姐姐还不知道自己的礼物怎么无缘无故没了，只能无辜地转着黑乎乎的小眼睛，咿咿呀呀地哼着。

母亲看不下去，也忍不下去了，寒声问道：“不用这么欺负人吧？所有人都记得，你家里人的你都买了，就算你没把我当过你家里人，我也没要你买什么，但是秋儿呢？”

奶奶冷声道：“你这是什么意思？我不是说忘了吗，下次补给你们娘俩行了吧？”

母亲哭了：“就这么点小东西也不肯买么？我又不要求什么贵的东西。你当我是外人，但是秋儿怎么也是你家的孩子吧？”

“对对对，我是生不出儿子，你对我有意见，但是秋儿又做错了什么呢？礼物你不给她买，毛线你也能忘了，其他的你怎么不忘了呢？”

母亲当时寒心透了，死抓着不放。

最后母亲和奶奶吵了一架，后来母亲被父亲训斥，后来母亲便无话可说。那晚怀中的姐姐无辜地转着黑乎乎的眼睛，咿咿呀呀地哼着。

母亲整夜睡不着，泪水沾湿了半边枕头。

因为工作的原因，母亲只能要一个孩子，如果超生，工作也会丢。

母亲放弃了老师这个铁饭碗，然后有了我。

前段时间国家出台二胎政策，母亲幽幽地说：“要是等个十年八年再生你就好了。”然后盯着我自言自语，“可是，我还是咽不下这口气啊。”

母亲说，有一件事她记得很清楚，毕生难忘。

有一年冬天，寒流毫无预兆地入侵南方，飘起了几十年都未见过的大雪。大雪堵塞了道路，路上的积雪几乎有成年人的小腿那般深。南方从来都没有过如此大的雪，也没有过如此冷的冬天。

一场大雪弄得人心惶惶。

说到那场雪，我有了印象。而母亲说的那件事，我也记起来了。

那场雪实在是太大了。学校早早就停了课，就意味着我那个冬天没有了玩伴。厚厚的大雪压倒了成片的电线杆，电断了，电视也看不了了。

当时我家拥有全村第一台彩电，而我作为全村第一个家里拥有彩电的孩子，自然而然地混成了孩子王。只要我一开电视，门框边，窗子后，前前后后攒满了人头，全是小孩子。大人也来，大人晚上才来，但是那时候电视的使用权就不归我了。他们经常放一些只有两个人演的电视剧，一男一女，从头到尾都在说着我们听不懂的话。我看不懂，也不喜欢看，但其他大人都看得津津有味，有时还插上几句，争得面红耳赤。我是不太喜欢看那种无聊的电视的，我只喜欢看《奥特曼》，看动画片儿，要是他们看抗战剧我也还能坐一会。所以那时用“门庭若市”形容我家也绝对不为过。

但停电了，电视也不能看了，这可苦了我们这群孩子。玩什么呢？还能玩什么呢？满天都是雪。雪？可以玩雪啊！打雪仗，堆雪人，如何？好啊好啊，走吧，玩雪去！

雪仗打得很开心，出了一身热汗。玩是玩得开心了，回家就惨了。

因为寒冬，天气很冷，小孩子又什么都不懂，玩的时候没有什么保护措施，回到家后，热汗变成了冷汗，冷得难受，又发烧。

母亲急得团团转，路被大雪封死了，人都很难走，车影都没一个。街上最近的医院离这都有十几里路，而且还都是山路。

怎么办呢？

母亲当然不会像电视里演的那样背着我顶着寒风踏着雪一步一步送我去医院……

她用的是土方法。先脱下了我那冻得像冰块一样的棉衣，生起一塘大火，熊熊燃烧着的大火，在黑暗中格外亮眼。

母亲烧了一锅热水，拿了个大盆，架个小凳子，把我按在中央不让我乱动。我还不知道母亲要干吗，只是觉得冷。当她把一锅热水倒进盆里，拿了一张厚厚的毛毯把我遮得严严实实后我才知道厉害——热气跑不出来，全往我身子里钻。只是觉得热，很热，像有一团火在身体里燃烧着，随时都要爆掉。

我那时还小，哪知道忍耐。我拼命挣扎，号啕大哭。我哭，母亲安慰我，但还是死死按住我，轻轻说着：“小立儿乖……不哭不哭，忍忍就好了，忍忍就好了……”

母亲估摸时间差不多后，才把我抱起。我已经奄奄一息了，像一条死狗一样瘫着，昏了过去。身上全是湿答答的夹着汗液的水汽，母亲想拿旁边的毛巾给我擦一下，但因为抱着我，够不着。

而奶奶当时也在火边坐着，位置刚好能够着毛巾。母亲面露难色。这么简单的事情不就是叫奶奶顺手拿一下递过来就好了吗？但是那时母亲和奶奶之间依然还有矛盾，而且母亲性子很倔，她常教导我们：自己能做到的事情就不要麻烦别人。

母亲半弓着腰，费力地拿那条毛巾，但还是差一点。她不想放弃，也不吭声。而这时奶奶瞥见，也没有想要搭把手的意思，像看不见似的还转过头去。母亲看见了，脸憋得通红，愈觉委屈，还有心酸。

她猛地一发力，因为起身太急，没稳住脚，一下就扑到火堆里去了。

我意识很模糊，只听见有人尖叫，有人哭喊。突然觉得像掉到了一个火炉里，灼热难耐。

母亲事儿不大，佛祖保佑，只是轻微的烫伤。父亲是孝子，可还是责怪了奶奶，奶奶也挺自责，一边摸着我的头，一边安慰着母亲。

她们的关系好了许多，或许正如母亲所说，从那时起，她才真真正正走进了“家”大门。

后来有一次母亲问我，我最想要的生活方式是什么，用十六个字来总结。我说，吃饱喝足，大富大贵，艳福不浅，陪着你笑。

我的脸让母亲打红了，后来母亲的眼睛也红了。

一直以来把最容易变质的东西藏在心里，其实我知道，我最想要的是什么，五年以前是这样，现在是这样，五年以后依然是这样。

最美好的生活方式莫过于：微风拂面，笑靥如花，小憩故乡，似马非马。

四

其实傻不可怕，可怕的是没钱。

其实丑不可怕，可怕的是没钱。

其实黑不可怕，可怕的是没钱。

其实矮不可怕，可怕的是没钱。

其实胖不可怕，可怕的是没钱。

其实你集齐以上五点于一身都不可怕，可怕的是还没有认清自己。

就算你认不清自己也不可怕，可怕的还是连钱也没有。

其实没钱也不可怕，可怕的是用属于我的钱，给姐姐买裙子。

让她又白，又漂亮，又聪明，而且还有钱买裙子！

为什么要留下我独自一人又黑，又矮，又胖，又丑，还没钱！

我："还我。"

母亲："还你什么？"

我："我的青春。"

母亲："我什么时候拿了？"

我："青春就是时间，时间就是金钱。还我金钱。"

母亲："你去找来福要吧，都给它买狗粮了。"

我："你骗谁，这只土狗，还吃狗粮？"

母亲："不然呢？你不如别人就行了，还要它不如别的狗？"

我："呸！来福自从来到我们家，就一直被你虐待和欺凌，每天起早贪黑地工作，连口饭都不给吃，你竟然还用它的生命作为幌子把钱骗走。来福已经看透你了，它将要和我离去。"

母亲："那你问问它愿不愿意跟你走。"

我："走，来福，我们离开这，这里已经无法容下我们了。"

我用脚踢了踢脚边的它，它没动，鼻子前面的泡泡忽大忽小，嘴巴张开，露出一口白牙，嘴角上翘，口水流到了地上，头上飘着一朵云，云里出现了几只贵宾、藏獒……

我："你看看，就连来福都只有做梦来维持生活了。"

我把它踢醒，它惊醒后抬头看我，然后再看看碗，然后再看看我，然后再看看碗……

我："看什么看，还没到吃饭时间。"

刚说完它又趴在了地上准备再次进入梦乡。

我："此时此刻，我才知道世间的冷暖，我才知道一只中华田园犬的希望和梦想被抹杀之后的无奈与绝望，我为它而感到心痛。"

母亲："那你把它带走吧，反正钱肯定是不会给你的。我像你这么大的时候能吃饱穿暖就不错了，哪里有支配钱的资格。”

母亲：“来福，你愿意和他走吗？”

我：“你不用问了，问了也是白问，它是我最忠心——咦？来福？来福，你去哪？”

只见一只狗对我回眸一笑，抬起一只爪子，和我挥手，爪子缝里还有一条白手绢。

母亲：“你看到了没，连来福都嫌弃你，你还有在这个家待的必要吗？”

我：“好你这只无情无义的死狗，亏我还这么信任你，你竟然出卖我，老子跟你拼了。”

来福：“呜呜呜。”

我：“你别挠我，老子不吃这套。”

来福：“呀呀呀。”

我：“别以为用这样可怜兮兮的眼神看我我就会原谅你。”

来福：“汪汪汪！”

我：“你别以为你用嘴含住我的手指我会原谅你。”

来福：“唔唔唔。”

我：“你别以为你把我手指含出血我就会原谅你。”

嗯？

啊！老妈救命啊，出血了！

突然之间世界仿佛静止，又好像山洪一般暴发。

来福被一只猛烈的、迅速的、精准的、如狂风般的拖鞋命中，飞到了墙角抱着肚子奄奄一息。

老妈恶狠狠地走了上来，抓着我被咬的那根手指头："你有病啊！你没事惹它干吗！"

"我……我……我只是……"

"只是个屁啊！你知不知道会死人的！"

母亲说狗咬到人，狗病毒就会进入到人体，要把毒吸出来，还要去县城打针。

于是母亲张开了她的大嘴用力吸着我的伤口，一边吸一边吐口水，一边吐口水一边还骂我："让你不听话！让你不听话！这次知道疼了吧！这都是报应！会死人的你知不知道！你死了我还活着干吗！……"母亲哭了。

我把如同画布的生活一点一点地展开，发现被泪水浸湿的地方总是与成长的平面接壤，这些参差不齐的平面绽开来成为无数的点，这些点又慢慢绘制出了我的一生。

母亲也在和我一样的年龄期盼着我在这个年龄期盼着的事。母亲说，我给你讲一个"龙肉"的故事吧。

这是母亲这辈子唯一的愿望。那时她和我一般大，在正青春时期盛开的花朵，伴随着天真与纯净到来，那是母亲的春天。在贫瘠笼罩着的那片天空下，她也在那样的生活中，寻找属于她的快乐。外婆对母亲说："你只要好好读书，勤劳一点，多顾家，以后找个好人家啥没有？"

"能吃饱饭吗？"

“当然。”

“能吃上肉吗？”

“肯定啊。”

“不会还能吃糖吧？”

“别说吃糖，连龙肉都有。”

“龙肉？”

“对啊，龙肉。”

母亲在很小很小的时候便承担了家里的家务，很多脏活累活都是她干，做菜做饭她也都行。每天早晨五点起床去上学，外面还是黑漆漆的一片，母亲胆小，便唱着歌去上学，没手电筒，天太黑，路太崎岖，跌跌撞撞，走到天亮才到学校。手中的铅笔只剩半根小拇指长，舍不得写，放学拿着树枝在地上比比画画。母亲的年代很苦，母亲在那个年代的同龄人中最苦。母亲在和我一般大时，承载着一个家庭，我在这么大时，却拖累着一个家庭，母亲为了家里，放弃读书，我为了不读书，想尽一切方法，这就是时代的特征，在不同时代中我们的思想在变化，越来越不懂得珍惜。

母亲的龙肉盼望了很多年，终于到结婚前一天，外婆把一个严严实实的布包给母亲，对母亲说，省着点吃，你爸和我结婚的时候，他家里给的聘礼，说是龙肉，好几十年，没打开过，给你。你也苦了这么久，这是你该得的。

母亲把布包放在我的手上，对我说，这东西放了很长一段时间了，我一直没舍得吃，你在外面辛苦，拿来补补身体吧，这是龙肉。

很多年之后当我小心翼翼地打开一层又一层裹得严严实实的布包时，我才知道，这一代一代遗留下来，无比珍贵的东西，就是一块长了毛的硬得像石头一样的腊肉。

我突然发现母亲和我一样天真地相信这世界上所有的话，我发现我和母亲一样舍得，把一切的爱，给我们最重要的人。一代一代遗留下来的不是龙肉，而是爱。

每当我出门时母亲都会跟我说：别忘记我爱你。

每当再看见母亲时，我都会对母亲说：好想再看你一眼。

遗忘北城

一

我一直都知道，人是有感情的，亲情，友情，或是爱情。

它们穿插着一生，从小到大，从生到死。

无论当初是怎么刻骨铭心，到头来只会变成回忆的烙印。

总有一座城市承载了你许多的感情。

总有一个地方你无法融入，只想逃离，遗忘。

2008 年，北京。

大锤：“北京，老子来了！跪着唱《征服》吧！”

松子：“北京，你是迷一样的女子，等着我把你摸透吧！”

小刚：“三哥真脏……”

松子：“小屁孩懂什么，打你的游戏去！”

我：“你是电，你是光，你是唯一的神话……”

大锤：“老二真土！”

松子：“活该单身！”

我：“我只爱你……”

小刚：“二哥求你别唱了……我这和妹子开着麦呢……”

我：“小刚你大爷的！再说哥以后不带你玩了。”

小刚：“别别……别啊二哥，上次你说的那个妹子号码我帮你拿到了……”

我：“可以考虑……号码拿来，既往不咎……”

大锤：“打住打住。大家都说说，为什么要来北京，为什么选择了这里。”

松子：“我跟我女朋友一块来的……”

大锤：“没骨气！我来这里，一定要出人头地！”

小刚：“大哥真厉害……我倒是没什么追求，在哪里都一样，我妈给我报的。”

大锤：“老二呢？”

松子：“靠，睡着了，这么快。平时都是他最来劲了。”

大锤：“或许，他只是不想说罢了。”

小刚：“嗯嗯，我早就看出来了，二哥是个有故事的人……”

我：“小刚你闭嘴！睡觉了睡觉了，忙了一天累死了……”

松子：“睡吧睡吧。”

大锤：“希望，我们大家都能过上想过的生活。”

好梦。

关于2008年的北京，记忆碎片零零散散，寻不到头，找不着尾。那些过往，本该理所当然地被时间抹去，但或许是太沉太重，已烙进骨子里。有时候，一句话，一个场景，都能让人在脑中勾勒出当日的种种，不由得驻足沉思。

那年夏天，我只身一人，来到京城。

这个城市，承载了太多的梦。无数年轻人视这里为筑梦之地，只为了心中那虚无缥缈的梦想。

而我，仅仅只是为了逃避。

不愧为首都，放眼望去，人头攒动。我根本就是被熙熙攘攘的人流给推着走的，无力反抗也无法反抗。也罢，反正也不知道路。

我并没有太过沉重复杂的行李，就只背着母亲给我缝的一个布包，里面有通知书之类的相关证件，一件长裤，再无其他。乍一看不像一个独上异乡求学的学生，倒更像一个市井小民。

正值酷夏，气温高得可怕。我傻傻地以为北方的城市就像想象中的那样一年四季都在下雪，所以穿了件厚实的棉衣，哪知道夏天也是这般热。周围摩肩接踵，没时间脱下，烈日下一件笨拙的棉衣显得滑稽搞笑，吸引到不少周围人的眼球。身上还一层又一层地沾着棉衣上的绒毛，又痒又难受。

脱离人群后，我坐在街口的石阶上，点了一支烟，第一次感到了无助。

我以前生活的城市，只是小城市，没有地铁，人也没有这般多，楼也没有这般高。虽然此行之前已经对这座城市做了粗略的了解，但当站在这里时，对异乡的恐惧与无助不减反增。来来往往的人，每一张脸都是那么陌生。阵阵吹来的微风，带来的每一丝气味都不同。就连阳光带来的温暖都是不同的温度。就像一个人面对着如海一般辽阔的麦田，手中的镰刀，无处安放。

网上有个段子，说是来到北京，长城可以不爬，故宫可以不逛，升旗可以不看，但是出租车不能不坐。北京的出租车司机可是出了名的，看家本领就是胡言乱侃。比如我现在搭的车上这位，从我上车起，除了银行卡密码没问之外，其他统统问了个遍。上到天文，下到地理，无所不谈，就连我这个不喜欢说话的人，都能和他有一搭没一搭地聊着。学校离这还有点远，我也正好能好好观察这座将容纳我的城市。它繁华，充满现代化的气息，不像我想象中的古城的样子，几百年历史的沉淀也渐渐被蒸发了，说不上是喜是悲。

学校只是二流学校。我的成绩一般，若要报其他城市也还是能上更好的，但我还是固执地选择了这里，因为这座城市，对于我有着不一样的意义，虽然这个意义现在已经没有意义了。

我还在等一个等不到的人，尽管很多疑问已经有了答案。

我们都没有违背当初的诺言，去了自己想去的地方，找回了曾经丢失的人，就算这个人不再是曾经的那个人，早已面目全非，可那又如何？我依旧是我。

因为提前几天报到，所以校内还是有些空荡。学校略小，但好在绿化还过得去，阳光穿过层层树叶，打在脸上的，只有属于植物的清凉。

宿舍在二楼，我开始担心会不会离街道太近噪声太大影响休息，但是后来发现这个担心多余了。相反的是，这里是男生宿舍的黄金楼层，千金难求，原因是在一些寂寞难耐的夜里，打开窗户就是世界。

一推门，一股浓重的空气清新剂味刺激着我的双眼和鼻腔。一个寸头大汉，正光着膀子，灰头土脸地从床下钻出来，嘴上骂骂咧咧：这些孙子！走了就走了，还剩这么多垃圾在这，我问候你们家先人！

我顿时哑口无言了，这块头，至少能顶我两个吧？这就是我的室友么？看一眼都令人畏惧啊。这要是戴上个金项链，再文个身，活脱脱的一个黑社会大哥啊。

或许是被他这强大的气场震慑住了，我竟不敢进去，转身走也不是，就这么像个傻子一样站着，听着他把上届这个宿舍的毕业生的亲人从上到下问候了个遍，看着他把所有的垃圾都扫出来，这时他才抬头看到我。

“兄弟，杵那干啥呢？进来啊！”

看我没反应，他直接大步跨过来，不顾手上沾着的垃圾，给了我一个大大的拥抱，一身疙瘩肉硌得我喘不过来气。

“我叫大锤！来了这宿舍，以后咱就是兄弟了。”

而后，松子、小刚也陆续来了。一样的是，他们都对大锤敬而远之，搞得大锤不好意思。这也不怪他，谁叫他这个体格实在太吓人，不是胖，而是壮，实打实的肌肉，像一尊战神一样。但他性格豪爽，很快也就和我们打成一片。

松子是温州人，原谅我这人爱打地图炮，温州人在我看来都是清一色的死抠，吓死人不偿命的吝啬鬼。但以偏概全了，松子是最不像温州人的温州人了，大大咧咧，没心没肺，常挂在嘴边的一句就是：女人如衣服，金钱如粪土。但也只是嘴上说说，看似花花公子的样子，实际很重感情，无论是对女朋友还是兄弟，都是掏心掏肺。

最后就是小刚了，云南人。这家伙乍一看就像发育不良的样子。木讷，和我一样。专业宅男，游戏高手，一副七八百度的厚片眼镜架在那，整天不是抱着电脑就是拿着手机。人又细小，皮包骨头那种，看上去才八九十斤，还取了个名字叫罗耀刚，和他这体格完全不匹配啊，也只是性别匹配，站在那我估计一股风都能把他掀翻。

就这样，四个来自不同地方的人，凑成了这个异乡的小家庭。大锤是老大，我其次，松子老三小刚老四。四个不同的人，却莫名其妙地建立了深厚的感情，穿插着整个大学时代，牵连着一生。

大锤说，年轻人，一定要有梦想才行，说完蹦蹦跶跶地往图书馆钻。我没他那样的觉悟，目前我只有一个梦想：吃饱。说来惭愧，已经很久没有享受到饱的滋味了，每天蹭完小刚的零食，又去蹭松子的。蹭来蹭去，竟然让我给蹭胖了，这真是一个奇迹。松子打趣说："我觉得你应该去养猪啊。"

人在屋檐下不得不低头，不是我舍不得花钱，实际是真没钱，我放言不用家里一分钱，然后……就没有然后了。所以沦落到如今这般田地，纯属自作孽不可活。

这时候她找到我的宿舍，给了我一大袋零食。

她："笑立，你饿给你吃。"

我："呜呜呜……你怎么这么好。"

她："以后你饿了来找我吧，我有好多好多零食，都给你吃。"

我："呜呜呜……你太好了。"

她："你是没钱吗？我这身上还有，要不先给你吧。"

我："呜呜呜……有钱了不起啊……还真了不起……"

我心想，这姑娘还真是个好人，提这么一大袋零食给我。藏起来吧，锁在柜子里，慢慢吃。

吃饱了才有力气找工作。找来找去，人家不是嫌我太瘦身材太好，就是嫌我长得太帅。等等，太帅也是一种错吗？我不甘心地问老板娘，可老板娘不搭理我，眼神充满鄙夷：长得帅有个屁用？你也不看这是什么地方，敢来老娘的地盘撒野，你丫的不要命了？

说完几个彪形大汉冲出来，不等我理论，直接把我扔出去。抬头一看，只见招牌上赫然写着：×××月嫂服务中心。

真是欲哭无泪，难道偌大个北京就没有我的容身之处？我不甘地仰头长啸。突然，天上掉下个“林妹妹”。一个老头咻地出现，这老头直直地打量着我，不停地点头，像是欣赏着什么东西一样，看得我胆战心惊。我正想拔腿就跑，说时迟那时快，老头两手箍住我的两肩，又从上摸到下，不放过一处细节，暗自感叹：手臂修长，五指匀称，真是百年难得一遇的奇才啊！

这是什么玄幻剧本？屌丝少年偶遇神秘老头得绝世神功，从此走上人生巅峰拯救地球？

这老头鹤发童颜，面色红润，精神抖擞，一身唐装，头发梳得发亮，颇有一股仙风道骨的气质，一看就是高人。老头高声道：“小兄弟，我看你筋骨奇佳，可愿随我？”

“愿意愿意！”我急忙点头。

“好，你跟我来。”

老头露出爽朗的笑，七拐八拐带我来到一扇门前。

“准备好了么？”

“好了！”

“好，小芳，碗让他洗，你回前台吧。”

……

两千多个碟子，一百块钱。五分钱一个，数钱数到手抽筋。

这时她找到我的宿舍，给我提了一大袋零食。

她：“阿猪，你饿给你吃。”

我：“呜呜呜……你怎么这么好。”

她："你不要再去洗碗了好不好？"

我："呜呜呜……不去洗碗我怎么吃饭啊……"

她："那我下次不带零食了，给你带饭吧。"

我："呜呜呜……你太好了……"

她："你是没钱吗？我家有很多钱，我分你一点吧。"

我："呜呜呜……有钱了不起啊……还真了不起……"

我心想，这姑娘还真是傻，提这么一大袋零食给我。藏起来吧，锁在柜子里，慢慢吃。

还是大锤拯救了我。他受不了我常在宿舍里鬼哭狼嚎，把我推到他一个朋友开的酒吧里驻唱。你还别说，人家要的就是我这样的人才。在台上放着电子舞曲唱着摇滚，其实就是又摇又滚。因为我长得清秀，竟有了不少粉丝，身价也涨了不少，但在北京这样高消费的城市，也仅仅是混得个温饱，小康还需努力。石小姐不喜欢那里的环境，去一次吐一次，我心疼她就不让她去了。说实话我也不喜欢，我本能排斥染发文身的人，但是工作需要，不得不戴上别扭的假发，贴文身贴。

酒吧里鱼龙混杂，什么人都有：一言不合就打架的，玩嗨了脱衣服脱裤子的，吸毒的……就像身处于阳光照射不到的地球另一面，外面的人听不到里面的喧嚣，里面的人看不到外面的风景。每个人都是来这里放纵自己的，甘愿堕落，不愿走出。

这时她找到我的宿舍，给我提了一大袋零食。

她："阿猪，你饿给你吃。"

我："呜呜呜……你怎么这么好。"

她："你不要再去酒吧唱歌了好不好？"

我："呜呜呜……不去酒吧唱歌我怎么吃饭啊……"

她："我以后不能给你带零食了，我爸爸要送我出国了。"

我："你不要哭啊……出国好啊……"

她："我家有很多钱，我分你一点吧。"

我："呜呜呜……有钱了不起啊……还真了不起……"

她："以后你饿的时候会不会想我？"

我："饿了我柜子里还有两袋零食……"

我心想，这姑娘还真是单纯，提这么一大袋零食给我。藏起来吧，锁在柜子里，慢慢吃，慢慢吃，连着那两袋零食，慢慢吃完。

她走那天我没去送她，我在宿舍吃完了那三袋零食。

有点咸。

2012 年，北京。

大学四年一晃眼就过去了，谢天谢地，我还没死，依旧顽强地活着。四年，说短也长，足以改变一个人了。举个例子说：以前我们说"今天上的什么课"，现在是"今晚到哪个场子集合"，生活的改变，抵得上身体里的新陈代谢。

大锤还没毕业就为工作和房子发愁了。松子整天挑灯夜战英语忙着考托福，吼着：“去不了美国我他妈不姓王！”

嗯嗯，年轻人有理想是好事，值得鼓励。但我和小刚就没这么好过了，应该说是得过且过。自从石小姐走了之后，我就和他臭味相投。网吧，宵夜摊，寝室，三点一线，吃吃睡睡，猪一样，醉生梦死。

当时正值毕业季，我的导师指着鼻子骂我：“你小子交不了论文就别想毕业！”

论文？什么东西？

“等等，老师，我学的是什么专业来着？”

一时心直口快，问完我就后悔了，不出意料，他手上的讲义朝我脸上飞过来，我直接被他张牙舞爪地撵了出来。唉！路漫漫其修远兮，吾将上下而求索！人生嘛，不就是在失败和跌倒中度过的吗？什么大坎过不了？今朝有酒今朝醉，不管了，小刚，喝酒去！

兄弟中我和小刚最铁。玩游戏时爆出什么极品装备他都让我捡，喝酒都抢着付钱。别看他瘦小，喝醉酒发起疯来我都抢不动他。别的可以抢，这个我认屄。没办法，二哥没钱。

其实我还是有点钱的。走的时候母亲往我的布包里塞了一张卡，我也没在意。男人仗剑走天涯，岂能用你一个女人的钱？但一分钱难倒一个好汉。上次她过生日的时候，我想送给她一个包包。于是我顶着北京的艳阳生生揽了六个兼职，干得我生不如死，现在想想也是佩服自己。但到最后也还是差了一点。想到了那张卡，然后不知从哪个犄角旮旯里翻出来。希望母亲能多给一点，够了才好。

卡一插，输入密码。我的天！这这这……数一下，1，2，3，4，5……这么多钱！发财了发财了，幸福来得太突然，怎么花怎么花！有这么多钱我还那么拼命打工干什么？我还用得着饿肚子吗？我忍不住手舞足蹈，搞得旁边的人骂我神经病。不过冷静下来仔细一想，母亲是没有这么多钱的。她是从大城市来的，不像其他从小在大山生长的媳妇，男人的活撸起袖子就能干。她身子骨弱，体力活干不了，但会些针线活，给人做些衣裳，也能勉强养活我们娘俩。唯一可能的就是他的了，他至少在外地当过大老板（如果他没骗我的话）。有这钱也还能说得过去。

但是他的钱，我不愿意碰一分。

后来我东借西借凑够了钱，卡也不记得随手放哪了。

彼时我和小刚二人正在热火朝天地喝着酒。其实头几天我就看出这小子出问题了，也不去玩，就天天躺在床上睁着大大的两眼望着天花板，时而皱着眉头捂住被子鬼哭狼嚎。啧，哥好歹也是过来人了，这情况一看就是失恋了。

其实他那个姑娘我也不看好，仗着小刚老实木讷，成天欺负他。换个男人早就受不了了，但小刚这人也痴情，一副没心没肺的样子，还是嬉皮笑脸。我们都为他感到不值，但又不好说什么。呵，分了才好。先让你哭几天，过几天哥再来安慰你哈。

小刚全程开启和尚模式，一副看破红尘的样子，只是不顾酒戒，不停地往嘴里灌酒。

我说："你这至于么，不就是失个恋？"

他冷冷地瞥了我一眼，透过八百度的镜片射来一道寒光："哟，当初也不知道是谁，哭爹喊娘的，还说什么？炸飞机啊？炸啊！你他妈怎么不去炸啊……"他恶狠狠地回击。

我老脸一红，赶紧往他嘴里塞了个鸡腿，他倒也实在，接过去啃得吱吱作响。

"到底怎么回事？"我问他。他不回，还在费力地和那只鸡腿缠绵。

"不会是跟别人跑了吧？"话音刚落，气氛顿时诡异起来。他缓缓停下手中的动作，直视我的眼睛："三年，我和她在一起三年。"他抽出一张纸巾擦过嘴，灌了一大口啤酒，两眼发红，低沉的声音像是卡在喉咙里不愿出来，"老子他妈戴了三年的绿帽子！"

他狠狠地把杯子往地上一砸。老板在一旁冷笑："还好我聪明，就知道你们要来事，早给你们换了一次性杯子了。"杯子躲过了，瓶子躲不过，"啪啦"一声，瓶子应声而碎。

他就像一个孩子一样放声大哭起来，哭得歇斯底里，喊得声嘶力竭。我伸出手想去帮他擦眼泪，手却停在半空中落不下去。

我凭什么安慰他？我拿什么去安慰他？对待感情，我想应该不会有人比我更差了。也真真正正是在这一刻，我感到了孤独。沉寂已久的孤独感在这瞬间无限放大。

我什么也没有了。

我扶起他的头，正色道：“小刚，爱情有两种，一种是你想牵她的手，在街上、在超市里走。你们做饭，给对方夹菜。你们看电视。你们在一起，像两头驴子一样转啊转，把时间磨成粉末，然后用时间揉面，做成包子饺子面条，吃下去心满意足。还有一种，是远远地，用一点微弱的想象，给这暗下去的岁月，涂抹口红。”

他听完脸上露出思考状，若有所思地点了点头。我以为他要大彻大悟了，正欲欣慰时，这二货又哭了……

电话响了，大锤打来的。小刚已经不省人事了，也正好叫他们来拖我俩回去。

“在哪？快回来，有个老头找你，在宿舍楼下等着呢。”

“老头？”我心里咯噔了一下，“他说什么了？”

“你来看就知道了。问他他也不说，就报了你的名字，其他什么也不说。哦，走路看上去好像还有点不方便。”

顿时酒醒了大半，我嘱托老板看好小刚后，打了个的飞奔着往学校赶。

他怎么来了？

我跑得上气不接下气，远远就看见他和大锤、松子站在楼下。

看他们的样子好像还谈得很开心。

他什么都没变，只是更老了。

“你小子一天跑哪去了，让舅舅等了这么久！”大锤笑着给我一拳。这一拳不重，但是突然间难受，哽得难受。

舅……舅？

“没事没事，他做大事忙哩……忙才好……”他眼神躲闪，不敢看我。

“这么晚了，我给……给……舅舅找个地方休息吧，你们先去老板那里接小刚回来。”

他马上就懂了我的意思，提起脚下一个胀鼓鼓的大包交给大锤：“这是他娘托我给他捎的东西，全是我们贵州的土特产，你们带上去吧。”

这么大个包，连大锤接过去都明显感到吃力。

他怎么找到学校的？

他就这么提过来的？

我走在左边，他走在右边。他还是老样子，喜欢穿深蓝色的中山装，配着他那斑斑点点的白发，四十几岁的年纪硬生生活出了六十岁的样子。因为腿的缘故，他走得很慢，我不时需要停下来等他。他赶上来，涨红了脸，摆手叫我不用等。我等得有些烦躁了，干脆直接绕到他右边扶起他就走。他愣了一下，也仅仅只是愣了一下。

“那个……你妈想你了，她想看看你……大城市，她自己又来不了……”他扭捏地解释说。

我含糊地嗯了一声。

“你把电话号码写给我呗……我保证不打！让你妈打……你们娘俩好好说话……你妈想你……你妈最疼你了……”

我含糊地嗯嗯了两声。

“家里什么都好……你好不好？”

我嗯嗯嗯嗯嗯，到最后听不见自己的声音。

路过一家旅馆，他抬手指着说就这个。旅馆很小，设施也很差，但便宜。我说换一家吧，他说住哪里都一样，说着就把包里的东西取了出来。那个包我一看就知道是母亲自己缝的，用得久了染上了一层黑。他取出一条裤子、一件长衫，还掏出个黑匣子，是个相机。

“这是大壮让我带来的……他让我带上这个，拍几张照片，带回去，也让大家开开眼界……”

“你多久回去？”

他一下就慌了起来：“没有没有，你要是忙的话，我明天就能走，话捎完了，不打扰你就好……”

“我不是撵你的意思，我是说你待多久，我安排事情。”

“哦哦……你带我去看看长城和天安门就好……大家都念着那两个地方……”

我挑了挑眉头："腿不好就不去爬长城了吧？"

"没事,到边上看看也好,人家不是说不到长城非好汉嘛……"

"好吧，你先休息吧，明天我来这接你。"

我关上门，眯了眯眼睛。很多不愿提起的回忆再次被唤醒。我已褪去了年少时的稚嫩和冲动，但有些事到现在也还是不能处理好。就像站在一个你曾经伤害过的人面前，哪怕他已不再恨你，你还是感到不自然，何况这个人还是你的父亲。

第二天我去找他时，他已经准备好了，正襟危坐，像是等了很久的样子。昨晚的酒劲还没缓过来，头还有点疼。也不多说，直接就走。

一路上他很少说话。我也是。

他偶尔提起我不回家的这几年小镇的变化：哪里拆了，哪里又新建了；阿信找着了媳妇；哪个我小时候很亲的老人过世了……说了很多，但我无心听。他很少提他自己，我也没问。他也不敢多问我的情况，我也没说。

看到一个好看的风筝，他兴奋地说："我还记得你小时候挺喜欢风筝的。"见我没反应，像是得到我的允许似的，又说，"那个时候你还小，看见人家有你也想要，我又不会做，你打电话哭哭啼啼要我做。你妈手巧，我叫你妈给你做，你偏不，非要我做的。嘿，你也真是……"

头很疼，又听到他在说起我小时候，一股无名火就上来了："别再提我小时候了！你不配！"

他呆住了，张着嘴却说不出话来。

一路上，两个人都选择了沉默，默默地赶路。我领着他去了天安门和长城，拍了几张照片。照片中的两人都有意无意保持着一段距离。只有一张照得最好，是在长城拍的，我爬累了下意识地把手搭在他肩膀上。那一张他笑得最开心。

回到他住的旅馆，好久没走这么长的路了，我脚上起了好几个大泡，一碰就破，疼得我龇牙咧嘴。他一边给我上药一边笑我："还是年轻人呢，我都比不过，你看我脚上哪起泡了……"

笑着笑着突然停了下来，像是意识到了什么，像做错了事情的小孩，偷偷地看了我一眼。

我有点心酸。

脚太疼了走不了，房间里的床也挺大的，就决定不走了。看得出他很高兴，跑进跑出，烟也不抽了，洗了澡，换了身干净的衣服。

我平时属夜猫子的，现在还早，翻来覆去睡不着。他以为我嫌床小，我动弹一次，他就往墙边挪一次。动一次，挪一次。直到我发觉床变宽了时，我才看见他几乎贴着墙边了。他身子又小，缩成小小的一团，像猫一样。

这时，他说话了。

“儿子，你是不是嫌弃我？”

“儿子，你是不是看不起我？”

我没有回答。

良久，他叹了一口气。

二

2016 年，北京。

天渐黑了，街道旁的路灯一盏接一盏地亮起。这座城市在沉寂了一天之后，又恢复了它的喧嚣。我拉了拉身上的大衣，尽量使它让我更暖和。已入深秋，夜里气温急骤下降，北方的城市，已有似刀子的寒风吹起，刮得我阵阵生疼。我不时看表，一边埋怨大锤的失约，一边跺脚取暖。川流不息的车灯刺痛我的双眸，无奈只好抬头看天。北京的夜晚，难得有像今夜这么空旷、清澈、安心。整片天空就像一块暗蓝色的画布，没有星星与隐约的光亮，黑暗尽头仍是黑暗。现在已经很难看到星星了，或许在夏季能看到，太阳炙烤留下满地狼藉之后，运气好的话。那当然不是记忆中家乡的夜里那样的满天繁星，闪着无数宝石一样的光，数也数不清，只是寥寥几颗，点缀着这单调的夜而已。可那时候又有谁会浪费时间停下脚步观望一会呢？手机里的光，可比那亮得多了。星星还是那几颗，天空也还是这一块，只是数星星的人已长大。

正欲掏出电话催大锤时，他已到了，停在我旁边疯狂地按喇叭。我看着他，不满地将行李塞进后备厢。其实也没有多少东西，就几件衣服而已，我在这个城市留下的不多，带走的自然也不会多。

原本就只想安安静静地走，正如那首诗：“我挥一挥衣袖，不带走一片云彩……”可大锤执意相送。他的脾气我知道，不能拂了他的意。我是一个不善言辞的人，不似那些朋友成群、兄弟无数之人，知心朋友也就那么几个，他待我最好。细细想来，也应该与他认真地告别。

上车时，我犹豫了一下，打开了副驾驶的门。

门一开，一股浓重的烟味四散开来，几乎快使我窒息。大锤转过头，布满血丝的双眼望向我，像是随时都要闭上。头发松软凝结油脂，脸上写满了疲惫。看到他这副模样，我心里已略微懂了。

刚坐下，他递给我一支烟，我没接。

他尴尬地收回，插回烟盒时却不小心折断了。烟丝脱离了烟纸的束缚，纷纷散落。

“怎么，又失败了？”我问他。

“你也要走了……陪我喝一杯吧。”大锤回答得牛头不对马嘴。

不觉转到了大学时我们常去的夜宵摊。它依旧坚挺着，黑夜里，寒风中。远远就看到了热气腾腾的摊位和正热火朝天忙着的老板。老板体胖，忙一会就大汗淋漓，抬手胡乱地擦去，脸上沾上了白面，憨憨地笑，带着家的温暖。

褪色的灰墙，暗淡的灯光，火光旁映出依旧年少的我们。大锤停住车，顺着他的眼睛，看到几滴清泪。

真的是很久、很久都没回来过了呢。

老板看见我们走过来，先是一愣，来不及擦手，便激动地给了我们一个大大的拥抱。

待他招呼完最后一批客人之后，整条街已冷落了，一盏灯，独一家，略显凄清。

“小刚和松子呢？”老板端上几箱酒，看这架势，是要不醉不归了。

“小刚回云南了，松子去了美国。”我接过话，末了，想了想，又加上一句，“我也要回贵州了。”

“大锤呢？”老板问他。他却像是听不到似的，我拍了他一下，他才猛然回过神，却不知刚才的问话，笑着摸出烟只顾发给老板。

大学四年，兄弟四人，常来老板这吃夜宵。一来二去，与老板相熟，老板也对我们额外照顾。毕业后，兄弟四人，聚少离多，但每次仍选择在这里相聚。

这里，葬了我们太多的故事。

大锤排行老大，毕业后仍留在北京工作——我们都心照不宣——为了他那可笑的爱情。

对方是土生土长的北京大妞，家里则是封建老一辈的北京土著，没钱没房，谁看得上你？大锤仍与她纠缠不清。今天再见他时，便已有了猜测。或许这对他是一个好的结局。

大锤酒一杯又一杯地灌，烟一支接一支地抽。现实的残酷，已将他内外打磨得棱角全无。回想大学四年，他一直是同龄人中的佼佼者，毕业后更是找了份十分抢手的工作，混得风生水起。大起之后遭遇大落，如今也落魄成这般模样，让人不觉有些伤感。

生活就是这样啊！一杯酒，一滴泪，洗净所有铅华。

大锤大醉，不指望他能送我去了。我拖着他回到车上，他已醉成一摊烂泥，神志不清，一直念着姑娘的名字。临走时，我给他开了电台，正放着民谣歌曲《玫瑰》，我愣了一下。关门时我看到大锤动了动。他在哭。

我想起席间他问我："你还会回来么？"

我答不上话，对于未来我总是害怕去猜测。他看我支支吾吾，给了我一支烟："以后常联系。"

或许岁月的过往中那些来来去去的人，就好像大锤手里的烟一样，绽放时一瞬间明亮，随后散落四方。

如今他就像一只泄了气的皮球，也好似看淡了尘世的垂暮老人。而我又不知如何去安慰。我看到他的右手小指好像缺失了，但也仅仅只是感到震惊罢了。这些年他的事，我也只是从其他朋友那里略知一二。

时间，真是一剂良药，消去了回忆，留下了距离和隔膜。没有针，当然刺不破。

那些年曾青春悸动的我们，如今也将在青春的结尾，一一谢幕了。至于过往，只能在人生的列车上叹息了。

风愈寒了，刺骨地冷。奈何附近却没有一家还在营业的便利店，空荡的街道上，一辆车也没有。远处的街灯下树影婆娑，我顶着寒风蹒跚前行。恍然间，看到对面路边停着一辆黄色的出租车，安静地嵌在黑暗中，若不是仔细看的话，都看不出那里有一辆车。灯还在亮着。我快步走去。

走近一看，车身很脏，散发着残旧的气息，应该有很多年头了。不会是遇上黑车了吧？管他呢！黑车就黑车，也比在这吹冷风遭罪强。唉，不想了，上车！

我拉开了车门，门没锁。车上没有开暖气，我皱了皱眉头。驾驶位上有个人直躺在座位上休息。灯光很暗，看不清长啥样，但能分辨出是个男人，寸头，精瘦。

他醒过来揉了揉睡眼，嘟囔着："不接了，今晚不跑了。"

一听这话我就知道他葫芦里卖的什么药了，不跑的话你不回家停在这里干什么？不想与他多说："火车站，多少钱？"

计程的话我预算是三十元左右，如果他开出五十我也能欣然接受，但如果他非要开出一百，那么也只能咬碎牙往肚子里吞了。

提到钱，他倒来了精神："火车站……嗯……两百吧……"

"两百？你黑我呢？"我大声地质问。

我这一吼，他倒不好意思了："火车站……那里远……天冷，路滑……"

我竭力控制不知因为冷还是激动而颤抖的牙："你先把空调开了。"

我正奇怪这司机这么冷的天在车内竟然没开空调时，他却从怀中丢出一个东西，竟是个热水袋！

他不好意思地挠了挠头，憨笑道：“空调坏了……天气变化得快……没空去修呢……你先用这个，将就一下吧……”我无语了，还好热水袋还算暖。

这时我才看清他，挺年轻的样子，胡子很厚很黑，若不是刻意蓄的话，应该是很久没刮过了。这么冷的天，就套了件迷彩短袖和一件薄薄的羽绒服，肩头上还破了一个大洞，应该是被烟头烫的，露出焦黄的棉絮。

看他单薄的样子，我猜他吃硬不吃软。

我故意吓他：“有你这么坑人的吗？火车站到这多远我不知道？你吓唬谁呢？”

奈何车是人家的，他也不和我争辩，直接就放出了大招：“爱去不去，不去下车，热水袋还我……”

嗬，还不好对付，没事，我还有招：“哥……这么冷的天，我哪找车去啊……行行好，好人一生平安啦……”

他为难地看了我一眼，有点犹豫。

我一看有戏，赶紧趁热打铁：“火车站那么远，难道你要我走着去啊……”

他咬了咬牙：“一百，爱去不去……”

我也咬了咬牙：“只有五十……”

或许是天太冷了，发动机怎么都发动不起来，他一个劲地挠头解释：“车太旧了，不好意思哈，再发动一会烫了就能走了……”

万般辛苦终于点着了，但声音一喘一喘的，跟农用拖拉机似的，像是随时都要熄火。

他转头看了我一眼，那眼神好像藏着：没骗你吧？说走就能走……让你等了这么久不好意思啊……

我心颤了一下，怕是要哭。

攀谈中我得知：他来自广西，本想来北京这样的大城市好好打拼，但初中都没上完，又没什么技能，四处碰壁，又不甘心就这样回去，于是买了这辆不知是几手的车……

“嗬，你这个黑心司机，刚刚怎么要收我两百？”谈了几句之后，我打趣着问他。

“人家老司机不都这样嘛……今天我狠了心，也想要坑他一回！但还是狠不下心，下不去手……”

“我爹从小教我，做人要……要实诚，记着的呢……没忘。”他拍了拍自己的胸口，也像是拍着我的胸口。

我看着这个人，或许他大不了我几岁。他没学问，没上过大学，什么都不懂，什么也不会。但至少，他懂了这个社会我们很多人都不懂做人的道理。就凭这几分钟的接触，我不敢武断地认为他是一个好人。但至少，他给了我内心极大的震撼，让我在这寒夜里感受到了一丝丝触不可得的温暖，这就足够了。像他这样的人，并不是凤毛麟角，这个世界上还有很多很多，也许是大人物，也许是小角色。但愿，这个现实的社会，能手下留情保留他们的一点真心，不要将他们染成像我们一样的人。

下车时，我除去该用的钱，还有富余，留了两百放在座椅上。

无他，只是希望，即便是在寒风暴雨夜，他也能伸出手，拉一拉我们这些走夜路的人。

下车，进站，人并没有我想象中的那般多。现在选择乘火车的人已经比原来少了，很多都选择坐飞机。飞机快又舒适，火车相比之下就显得寒碜了，但在以前，在飞机还没有大众化之前，火车，就代表了远方。

这么多年来，我依旧钟情于火车。它虽然慢，但自然。一节接一节，似是拼接着生活的全部。形形色色的人，上车，路过，继而下车，像是走完了一生。

还没到点上车，在候车室也等得无聊，便想出去走走。刚刚打了个电话给母亲，说了我要回家的事。她激动得哭了起来，一直重复着：回来就好……回来就好……

我知道，这是一个母亲，一个女人，在有人为她分担生活的重担之后无法克制的激动。我自认为不是一个好儿子，从没尽到一个好儿子的责任。高中毕业之后我只有一个念头：离开这里，越远，越好。至于原因，很多，理不清也道不明。

可能是小时候的经历让我生性冷淡，对一切事情都很慢热。八年，没回过一次家。除了父亲在我快毕业的那段时间到北京看过我一次之外，连电话都很少打回去。

我问母亲，父亲怎么样了。

母亲总是很急，挂了电话，传来一阵忙音。

附近竟有家电影院，思前想后，还是决定放弃。离出发只有一个小时左右的时间了，是看不完一场电影的。就像很多事，明明已经知道了结局，为何还要抱着不知从何而来的希望去触碰?结局前的退场，遗憾和沉痛只能自己承受。

拐进楼下的咖啡馆。店名很有意思：独下孤桥。

店面很小，但里面空间很大，人却寥寥无几。屋子里充溢着粉红色的暖调，放着舒缓的古典乐，声音很轻，却声声入耳。身后是一排排书架，零零散散堆放着许多书：《呼啸山庄》《简·爱》……很有意境的咖啡馆，心情也随之舒畅起来。点了一杯拿铁咖啡，贵得惊人。等待之际，起身抽出一本书，想融入这柔美的环境中，翻开一看，却发现只是书套，尴尬地放回原处。服务员含笑提醒我：先生，这只是用来做摆设的。

咖啡很快端上来，冒着热气在白瓷杯里飞快地打着旋，搭配着天蓝色的格子桌布，也有了诗一般的格调。我虽不是时常到咖啡馆喝咖啡的闲人雅士，但也一口便尝出了这杯咖啡的虚实，我甚至怀疑它是不是和我用的是一个牌子的速溶咖啡。服务员看到我的苦笑，微笑问我：先生，需要加糖吗?

他们，假得那么真实。

我心疼那昂贵的价钱，含着泪喝完了这杯咖啡。正欲走时，一片丁零响吸引了我——一个女人付账时钱包里的硬币不小心撒落一地，正慌乱地捡起。

她脸上的表情，那么像她。

“能不能不要走？留下来吧……”

“我们都不小了。”

“这么多年了，你甘心吗？”

“放手吧，你好自为之。”

广播通知旅客上车。检票，进站，上车，一切如行云流水。上车前，我特意转过身对这座城市，无比庄重地鞠了个躬，引得旁边的乘务员掩嘴偷笑。

那些年我们曾怀着无数幻想来到这里。

现实的残酷摧残着如蝼蚁一般的我们。

我知道这座城市给了我太多的刻骨铭心。

但我终究也会随着这列火车，去到一个我也不知道的远方。

无法融入，所以只有逃离。

再见北城，我将在记忆深处把这里慢慢抹去。

火车开动的那一刻，这里的故事，再也没有了。

三

还好，我的位置是靠窗的。

我把背包背在胸前，这是多年乘坐火车养成的习惯，虽然现在火车上治安比以前好了太多。这个习惯，也仅仅来自父亲的一句叮嘱。

他说，在火车上，最好谁也不要相信，什么人也不要结识。

凌晨三点，火车开了，我去了另外一个故乡。

天将明，暗蓝色的天际，渐渐地、渐渐地迫近黎明，天空中的云露出了轮廓。黑夜散去，晨雾浓郁，白昼初起，窗外植物结上剔透冰晶。车上的人大多放下了一天的疲惫，进入了梦乡。

酒劲到现在才发作，头像炸裂般痛，怎么也睡不着。

掏出手机,一打开,就看到了一大堆信息,大多都是“一路平安”之类的，我也懒得一个一个地去回复了。逐一往下翻，竟发现还有她的，这是我想不到的。算算时差，她或许刚刚下班，或许正在约会也说不定。

思前想后，我回她：谢谢。

没想到她马上就回复了我：你还恨我吗？

这没头没脑的问题使我不禁哑然失笑，但我打算和她开玩笑：恨啊，为什么不恨？还加上了一个咬牙切齿的表情。

我以为她不理我了，但头像旁边一直显示“对方正在输入”。良久，她发了长长的一段文字过来，还没细看，她又加上一句：

我累了，我睡了。

笑立：

或许，我的离开对你来说是一种解脱，一场错爱的解脱吧。我们之间隔了一条长长的河，只能相望。如同南面的墙和北面的窗，同一平面，不同空间。

太多年了，我们走了太多路，分分合合，可我现在才明白你未曾懂过我，而我亦未曾爱过你，只能互相刺痛着彼此的心。离开，才是最好的结束方式。

希望你不要再沉寂了，我们的美梦碎了，再也无法黏合了。我知道你爱的是她，我不是她的影子，也不是候补，你不知道，你给我的一切不是爱情，仅仅只是习惯。

她的头像已经暗了下去，我的手停在黑了的屏幕上不肯拿开。明明已经对自己说过要忘了的，但那些过往又如潮水般涌上心头。太多泛起无边苦楚的往事，在那即将干涸的心河上，日渐泛滥。那些原本缓缓顺流的经过，在这一刻竟逆流而上，猝不及防。

“如果相遇真的会在某时发生，”她说，“我再也不叫石小姐，叫我她吧。”

是啊！我找回了她，却在最后丢下了石小姐。

最后我把所有都弄丢了。

终究，我还是无法学会怎样去爱一个人，我无法在最冷的夜，给她一个拥抱，也无法在最早的晨，给她一杯浓郁的鲜奶。无法在最亮的天空，给她许下一个最美的诺言，无法在最远的彼岸，回到最初的当年。

所以，你倦了我不怪你。

天渐渐亮了起来，黎明转为白昼，黑暗如潮水般退去。第一缕朝阳射到我的眼睛里，带着初升的温暖。

恍然间，我想起父亲了，想到他背对着我抽泣。

他问我：“你是不是看不起我？”

我：“不会，你是我爸。”

他问我：“你是不是嫌弃我？”

我：“不会，你是我爸。”

他问我：“我是不是让你丢脸了？”

我：“不会，你是我爸。”

对啊，你毕竟是我爸。

但是那时候，或许是年少气盛，或许是积蓄已久的怨气到了临界点，我发疯似的朝他大吼：“对，我是看不起你，我是嫌弃你，你没有一个父亲的样子，是你让我抬不起头，是你，全部都是因为你！”

我不知道这对他是多么大的打击，对于一个父亲来说，最大的悲痛莫过于此了吧。那种撕心裂肺的痛，单薄的身体伴随着阵阵的哽咽抽泣，黑夜里显得那么孤独。而我就在他的身后，背靠着背，却始终没有伸出手抚摸一下他，而是选择了沉默。沉默过后是死寂，略微悲凉。

从一出生起，只有母亲伴我，我从没见过他一面。对于他的一切，我无从知晓。母亲对我的疼爱，一定程度上弥补了这份缺失的父爱。但渐渐长大后，这种缺失感便被无限放大。直到上了学后，一个同学问我："你没有爸爸吗？怎么从来都没见过他来接你？"

他或许只是童言无忌，却不知道这对我造成了多大的伤害。所有的委屈在这一刻像决堤的洪水般喷涌，我毫无征兆地大哭，谁都劝不住。

我哭着问母亲："我是一个没有爸爸的孩子吗？"

母亲笑了，亲昵地摸着我的头，慈祥地说："才不是呢，你爸爸可是一个很能干的人呢！像笑立一样是一个顶天立地的男子汉呢！只是他现在忙着在外地挣大钱，所以没有时间陪你而已。"

母亲脸上不觉露出了幸福的微笑，但我仍不信，委屈地说："那他是不要我了么？怎么从来都不来找我？"越说越委屈，又放声大哭。

母亲见哄不住我，轻轻地叹了口气，背着我走到了镇上。镇上离家很远，母亲就这样背着我慢慢地、慢慢地走。她带我走进了一家商店里面，和老板打了个招呼后，便去摆弄一个红盒子。多年之后我才知道那是电话。

母亲按了几下后，用我听不懂的方言对着红盒子说了几句话，像是念咒语一样。不一会儿，她把听筒放到我耳边：“和你爸爸说话吧。”

爸爸？难道我的爸爸在这个盒子里？他是被怪兽抓起关在这里了吗？所以他才不能来见我？想到这里，我又哭了起来，是我误会他了。

耳边传来一声低沉的声音：“笑立？”

听到这一声，血液中好像有什么东西沸腾起来了。我没有理由地相信，他就是我爸爸，虽然这之前我从来没和他说过话。

那天我们说了很多很多，我把我在学校里受的委屈一股脑地说给他听，他也一直安静地听着。

最后我问他：“爸爸，你能回来看我么？”

电话那头是良久的沉默。我突然发疯一样抱起红盒子狠狠地摔在地上，摔得稀巴烂。双手抓着老板的脸，大叫：“快把我爸爸放出来，你这个坏人，快把我爸爸还给我……”

老板从未见过如此匪夷所思的事情，两只眼睛瞪出眼眶，镇静后淡定地说：“赔钱。”

从那以后我每个星期都能给父亲打一次电话。我很喜欢父亲的声音，低低的，像流水一样敲出悦耳的乐章，让我安心。父亲也像良心发现一样，给我寄了很多以前从没有见过的玩具、漫画书和好看的衣裳。我总是喜欢带着它们从小伙伴面前走过，这极大满足了我的可笑的虚荣心。我也不忘表扬他一番：“这些是我爸爸给我买的！”

于是大家就都知道了我有一个牛气得不得了的爸爸，而他也确实是牛得不行：年轻时独自一人下海经商，打拼多年，白手起家，有了自己的公司。这简直是一个梦幻级的父亲，我常在脑中勾勒出他的模样：那时候流行抗日剧《铁道游击队》，我总是喜欢把他想成既有刘洪大队长的血气方刚但又不失政委那样的温和儒雅。

他在我的心里是一个神秘而又伟大的人。

我为有这样的父亲而自豪。

天空渐明，能看到太阳露出了半边脸。不觉已坐了这么久，从黑夜看到天明。没有黑暗是永恒的，所有的黑暗最终都会被光明取代。同样地，光明也会被黑暗吞噬。就像那些我们都不愿提起，选择将它们封进记忆深处暗尘的日子。那些灰暗的时光，带走了我们该有的快乐，给了我们承受不了的疼痛和伤痕。我变得沉默，父亲也是。我们再也不像以前那样了，看到他，我只会感到愤怒和屈辱。而他，也只能默默承受我的怒火继而看着我转身离去。我不知道他藏了多少的眼泪，藏了多少的故事。他没有选择诉说，我也无心倾听。

还是忘不掉，历历在目。那么荒唐的行为，我无法想象他当初是如何撑住的。就像揭开了结痂的伤口，血淋淋的疼痛蔓延全身。直至长大后，我才发觉我是那么幼稚甚至是……该死。他在无人的夜里，会不会……哭？

如果不是那一天来得那么快，我想在以后的生活中我们也不会在争吵和误解中度过了。我真希望它不要到来，让我的父亲活在我的幻想中。

那天我像往常一样回家，还没进门，就远远看到了家里挤满了人。平时是没有这样的情况的，心中有了猜想，或许是父亲回来了。

我小跑着，只希望早点看到思念已久的父亲。刚一进门，就看到母亲坐在院子里捂着脸哭。

她身后的合欢树开了，那棵合欢树从我记事时就在了，母亲说那是父亲走时亲自种下的，如今长得已经比房子还要高了。小时候，树下就是我玩乐的场所。那个温馨的画面多年后仍然存在我的记忆中，母亲总是那样坐着，手中忙着针线活。她有时会停下，静静地看着我，露出安详的微笑。我有时调皮，为了抓栖息在树上的鸟儿爬到树上，她轻轻呵斥我。我不听话，她急急忙忙地站起身，张开手在树下护住我。我觉得好笑，鸟没抓到，倒是摔了下来。她又恨又爱地骂我："你去抓那个做什么！你去抓它干什么……"一边骂一边掉眼泪。

一晃眼，十五年了。

哦，那天花开了。

哦，那天花散了。

散落在庭院的每一个角落，从那以后，花再也没开过，人再也没有见过。

母亲拉过我的手，放到另一个人的手上。我无法形容那是怎样的一双手，就像一张干枯的树皮，粗糙而又扎手。手背上硌人的纹路，突兀的骨头，只被一张老皮紧紧裹着。

“笑立，快叫你爸爸。”

我爸爸?

这是我父亲?他怎么会是我父亲?

他完全没有我想象中父亲的模样。他的头发落满了白雪。眼球深深陷入眼眶，带着风尘仆仆的疲惫和饱经风霜的沧桑。脸上沾满了灰屑，胡子脏乱。宽大的夹克披在他瘦弱的身板上，我看到他的右腿，还打上了石膏。

“笑立。”

他叫我，熟悉的声音，现在听起来却是那么尖锐刺耳。这也证明了，他就是我父亲，那个我日日夜夜思念的人。

那时的我，感到的就只有欺骗。

我抽出他紧紧攥着的手，不顾一切地大喊：“你不是我爸爸!你不是我爸爸……”

我推开了他，他也确实如他瘦小身板一样弱不禁风，一下子就倒在地上。他想要爬起来，奈何腿动不了，干脆放弃。他躺在地上看着我，或许是看到他从未见过的儿子现在已长得这么高大了，露出了欣慰的笑。可在我眼里，这笑是一种莫大的讽刺。他凭什么能笑得出来?

我发疯似的夺门而出，不顾母亲在身后的哭喊和旁人诧异的目光。当然，也看不到他脸上凝固的表情和眼睛里暗淡下去的光芒。

就这样，我有了一个父亲。

他好像是想要将这么多年来欠我的父爱全部补回来，给我送餐，还买了一辆三轮车接我放学。可这些，我都一一避过，我不想让我的同学议论我说：“嘿，笑立，你的爸爸是个瘸子。”

他的出现打乱了我生活的全部，我变得焦躁，易怒。我总害怕有人对我指指点点：这就是你说的那个牛得不行的爸爸？

我害怕和他沾上一丁点的关系。我甚至恶毒地诅咒，想让他消失。

我宁愿没有这个父亲。

但这个世界上没有不透风的墙。那天学校开家长会，我特意叮嘱母亲一定不要让他来。母亲懂我的想法，流着泪答应了我。但是那天，家长会上，我看到了他一瘸一拐地走上讲台自我介绍：“我是笑立的父亲。”台下一片躁动，我看到有人震惊，有人在掩嘴偷笑，仿佛发现了一个惊天的大秘密。

我用一种凶狠的眼神看着他，威胁着让他不要再说下去。可他像是没看见一样，很快把眼光移向别处。这让我更加愤怒了，眼睛瞪得血红，紧紧攥着拳头，真想把他……

我不敢想下去，在还没失去意识之前，落荒而逃。

我完全是飞奔着回到家的，冲进我的屋子，把那些他曾经送给我的让我引以为豪的东西统统翻了出来。

我要把它们全部毁掉。

母亲拦住我，哭着去抢东西。争执中我狠狠地推了她一下，她倒在地上。

“你为什么要让他去学校！你们想看我的笑话吗？你们还让不让我活了……”

我愤怒地朝母亲大吼。我一再叮嘱她千万不要让他去，可他还是去了，这其中一定有母亲的原因。当时怒气上脑，全都撒到她身上了。她怔了一下，停止了哭泣，面无表情地看着我，像是不再认识我这个儿子。她坐起来，将头贴在膝盖上，就这么静静地看着我把这个家里属于他的全部东西扔到院子中央，浇上汽油。

火光亮起的那一刻，我是真的露出了笑。那些东西，在火焰的高温里扭曲、熔化、升腾，最后灰飞烟灭，留下满地狼藉。地上裸露出一块黑得刺眼的地皮，暗红的火光印在我的脸上，尽显狰狞可怖。我像报了血海深仇般如释重负地深深呼了口气，满是肆意畅快，转身离去。

这场大火并没有这么轻易灭去，以至于之后的多年来，它一直存在于我黑夜里独自醒来的噩梦中。它依旧熊熊燃烧着，反而更猛烈，梦里无论我怎么哭着喊着，就是扑不灭，它烧着我，就像我烧着他的东西一样，扭曲、熔化、升腾，最后灰飞烟灭。它真真切切炙烤着我的身体，疼痛到窒息。

这场大火，烧掉了一个儿子的良知和人性，烧死了一个父亲的心。

我总把这件事归为年少的无知和青春期的叛逆，但仍然消除不了一丁点的罪恶感。我承受的痛苦，可能都不及他的百分之一，千分之一，万分之一。我无法想象，那么黑的夜里，他是如何度过的。

那晚他回到家，守着一地的灰烬，抽了一宿的烟。

人真是最无情的动物，羊还有跪乳之恩，乌鸦尚知反哺，可人呢？对父母，只有索取，只有伤害。上帝给了我们丰富的感情，是为了让我们能更好地感受这个世界。但是最美最好的我们却忽略了，只剩最恨最痛的残存心里，发酵。

打这以后，我们对这件事都闭口不谈，母亲也和我们一样变得沉默了。他开始自觉从我的生活中退出。我去上学时，他还没起床，放学时他已睡下了。我们就像两个时空的陌生人，在这个小小的家里，编织交错却不能碰面。

他开始酗酒，常喝得酩酊大醉。母亲打扫他的呕吐物。母亲受不了这恶心的气味，不住地干呕。我看得心疼，想找他理论。母亲拉住我，眼神中竟是乞求。

我看着这个柔弱的女人，时光改变了她的容颜，皱纹爬上了她的眼角。闪着泪花的眼睛，也模糊了我的双眼。

我一横脖子，头也不转地回了我的房间，在她看不到的地方抹去滚落下来的泪珠。

母亲每天以泪洗面。

他每天酗酒。

我更恨他了。

我选择了逃。

四

母亲不时发信息，问我到哪里了。我笑笑，母亲还是那么着急。我抬头看了看窗外，昼夜更替，又到了一天之始。不知不觉已坐了一天一夜，大地还是回到了黎明时的静谧，仿佛时间的轴没有滚动一样，安安静静，还是昨天。

我回母亲：待到天明，晨光出现时，我就到了。

下车后，突然觉得所有的压力，潮水般全部退去了。深深吸了一口空气，竟是甜的。

还是在家舒心。

远远就看到母亲在东张西望，好久没见了，母亲好像愈来愈瘦了，变成小小的一个黑影。想和她开个玩笑，绕到她后面去，一把将她抱起。

“哎哎哎！来人啊……啊……笑立！你这个浑小子，快放我下来！”

“妈！”我甜甜地叫她。

迎着朝阳，她眼里亮晶晶的，是盈盈的泪花。

“爸呢？他怎么没来接我？”

母亲冲我翻了一个白眼，提着我的东西负气似的走了。

我莫名其妙。

回到家，还是熟悉的那个家。院子里飘来了阵阵花香，合欢树又开花了啊。

它是父亲的树。

终于见着父亲了。嗬，看这父亲当的，儿子回家都不笑一下，真是的。

“哟，还挺潮，上次在北京给你弄的发型不错吧？现在就流行这个。

“还嘴硬说不喜欢，还不是留到现在？

“你怎么还穿这件中山装，中山装是老年人穿的！你个四五十岁的人瞎凑什么热闹！

“我说过多少次了，这件衣服显老。

“来来来，换上我给你买的这件。你看，这样穿多年轻！

“怎么头发又白了这么多？

“叫你少抽点烟少抽点烟，你就是不听，你看你，还抽，还一抽就是好几根……

“爸？爸？你怎么不说话？

“爸！爸！我问你话呢！

“爸……爸……你说话啊……”

母亲在一旁落泪。

“爸，咱家还没照过全家福呢，照一张吧。”

在那个安静的午后，我左手抱着父亲，右手搂着母亲，在院子里的合欢树下，照下了这个家的第一张全家福。

“你看你，照全家福这么重要的事，你也不肯笑一下。”

我埋怨父亲，伸手去搭他的肩。

哦，那天花开了。

我站在屋顶，在这满天繁星的夜
回顾我这些年所见的笑颜
遗忘残缺信纸上的碎片
那些人，那些事
如若隐若现的星
点缀我人生的夜
天明过后，将是新的一天
城外的人选择进来，城里的人选择离开
咦，我去过哪？
对了，我一直在家

“是吧？爸。”

他在我身旁默默抽着烟。

开往十年后

“你怀念过去？”

男人双手插袋，斜挎着一个黑色的旧布包。他目不转睛地盯着窗外的雨看了至少十分钟。少年终于耐不住性子，小心翼翼地问。

男人不动声色，用手指来来回回擦拭着窗玻璃上的水，不急不缓地说：“我记得你应该看过《盗梦空间》吧？你觉得他们一群人在梦里兜兜转转寻觅的，究竟是什么？”

少年没想到他会问这种问题，一时间答不上来。

男人也没有追问这个问题，继续看雨。

“是逃避，也是追忆。”

男人自言自语。

一

小屋内外黑咕隆咚一片，繁华的 CBD 难得散去了它的霓虹与喧嚣。看样子应该是停电了。唯一的光源是窗外断断续续的闪电，伴随着震耳欲聋的雷声、稀里哗啦的雨声让人升起一股无名火。

耀眼夺目的闪电下，我恍惚看到了那个雨夜，暴雨中骑着 180 马力的摩托的少年，路灯下瑟瑟发抖的少女。少女一边拿毛巾给少年擦头一边大骂："冒着这么大的雨就是给我送一把伞，自己倒是淋成了个落汤鸡，要是感冒了怎么办？你倒是对得起你的名字了，阿猪，真是头猪啊你！"

少年也不说话，低着头听着她的数落，静静地感受她的手在头上摩擦带来的温软。

电光一闪而过之后，小屋又陷入了久违的黑暗。

已不见少年，亦不见少女。

我记得柜子的左边抽屉里应该还有半包蜡烛。那包蜡烛是住对面的小男孩送给我的。那晚也是停电，但没有闪电也没有雷声，只是电工失误搭错了电线。一筹莫展之际有人敲了我的门，轻轻地敲。

我开门一看，是个男孩，一个很可爱的孩子，两颊像瓷娃娃一样通红剔透。他说："叔叔，停电了，你要不要蜡烛？"我虎着脸说："你看我长得像你叔叔么，你喊我叔叔？"他急忙改口说："哥哥，你要蜡烛么？"或许是被这孩子逗笑了，我说要，然后摸了摸口袋找出一张五块钱的纸币给他。他却羞红了脸把蜡烛塞到我手上，摆手说："哥哥，我不是卖蜡烛的！我是住在你隔壁的邻居，停电了，我妈妈叫我给你送蜡烛。"然后扮了个鬼脸，蹦蹦跳跳地走了。

但今晚不会有人给我送蜡烛了，那个男孩一年前被查出白血病，他妈妈带他四处奔波求医，离开了这里。走的时候男孩已经很虚弱了，他还是轻轻敲开我的门，手里紧紧抱着一个变形金刚。他说："哥哥，我最喜欢擎天柱了，但现在我生病了不能照顾他，哥哥你帮我照顾他好不好？"

变形金刚被反复摩擦，色泽已经暗淡，边角处的塑料磨得发亮。阿熊也有这样一个变形金刚，在大家都狂热地把汽车人领袖擎天柱视为偶像的少年时代，他却另类地收藏了一堆威震天的模型。我们的模型都是塑料的，他的却是少见的合金的。他把模型视为珍宝，除我之外谁都不给碰一下。

他说过一句话：正义还是邪恶，从来都是我们说了算，不是么？事物的正反两面，正面也可以是反面。就像擎天柱也可以是威震天，而威震天也可以成为擎天柱。

我那时对他这大彻大悟的话嗤之以鼻，大叫着把我的擎天柱和他的威震天厮打在一起，却没注意到他眼中流露的若有若无的低落愁绪。

最后擎天柱折断了威震天的一条手臂。

我和男孩说好，然后把擎天柱和断臂的威震天摆放在床头，每天说一句晚安。

蜡烛还在，还好烛芯没有潮湿，孤零零地缩在抽屉一角，还有三四根的样子，节约着点应该能度过今夜。

火光亮起来的那一刻，小屋里名叫孤独的衰仔，才战战兢兢地隐到角落。

小小的包竟没有装满。这个包是我离开的时候母亲亲手给我缝制的，这么多年了还是没有舍得换掉，因为它独一无二。关门的时候偶然瞥见那两个变形金刚，像兄弟一样极其和谐地摆着战斗姿势，金色的瞳孔依旧熠熠生辉。脑中快速想起了某些片段，想了想还是把它们塞进包里。

还是有太多的回忆，镌刻在骨子里。那些快乐的、甜蜜的，抑或是痛苦的、屈辱的回忆，紧紧地把我箍住，让我喘不过气。我不知道自己为何如此执着于逝去的回忆，明知终究只是回忆，已如流沙散于手掌之间。它们都散了不是么？它们都走远了不是么？为何还是不能放下，还是想要努力改变某种结局，想要某种不同结局下的生活？

终究也只是徒劳。

我不停地走，却还是忍不住回头观望那座城——我的故城。

三天前我接了一个电话，是一个陌生的号码，但归属地是我家乡，所以我就犹豫着没接。

但还是一直响个不停。

“喂，哪位？”出于礼貌，我问。

电话那头没有回话，但从我说话起就抽泣，一声一声，像蚊子一样细细地抽泣。

通常这种无聊的电话我会不耐烦地挂掉,但那一刻我愣住了。

我听出来了，是母亲在哭。

“中秋节要到了,你回家一次好不好?”母亲嗓音颤抖着问。

“妈……我这边忙得很，你知道的……”

话没说完，母亲突然加大了哭泣的力度，口齿不清地叨念着：“你爸他……”

公交车突然一个急刹车,车上的一个小孩没抓紧手中的苹果，苹果一骨碌滚到我的脚边。孩子手中没了东西，就哭了起来，他的母亲弯腰捡起苹果，拍着他的背，口里呢喃着：“乖……不哭哭，哎，没事，捡起来了啊……”

我看得愣了，直到母亲叫了我一声名字，我才回答她：“好。”

直到现在我还是不愿叫出那个我曾在梦里无数次叫过的称呼。我习惯叫他“喂”，或者是“哎”，但大多数时间都是什么也不叫。我们的交集不多，唯一相处的时间是晚饭的时候同时坐在方桌的对面。吃饭的时候有时他给我夹菜，我不拒绝，默默地低头啃他夹过来的排骨。但我们就是什么话也不说。他或者是很想对我说吧，问问我成绩也好，问我有没有早恋也好，反正就是随便问点什么。虽然我不确定我会不会回答他，但是觉得好像问了的话，缺失的东西才能补回来。

我曾忤逆地吼过他，说就算你累了老了笑了哭了还是怎么怎么样了都跟我半毛钱的关系都没有。

可现在他死了啊。

车祸，抢救无效。

突然好想再看一眼他的脸，一眼也好。

有多久没回过家了？到今天，刚好十年了吧。

那辆火车，应该在等我了吧。

我一直不知道自己在逃避的是什么，那虚无缥缈可笑的念头，一直在我脑海里，渐渐扭曲再融合成一张脸。

我的脸。

二

我赶的是凌晨三点的火车。母亲坚持让我先休息一会，保持精力充沛。我只想走，急于走进外面的世界，翻来覆去就是闭不上眼，满脑子都是对我未来生活的憧憬。

想着想着就睡着了，母亲敲开门的时候，已经两点了。我火速起床，飞上飞下。母亲拦住我，说：“我给你下了碗面，你吃完了再走吧。”我在刮胡子，嘴上全是泡沫，含糊地说：“不吃了不吃了，出去还差一碗面吃么？我赶时间，不然赶不上火车了。”

母亲说：“没事的，赶得上。我还给你做了你最爱吃的蛋花卷，你吃吧，去外面了就没地儿吃了。”

我急了，哪还有时间吃面？她又拉我，死倔着非要让我吃了再走，像个孩子一样把我的包藏在背后，说不吃完就不让我走。

一拉二扯把我脾气也带起来了，我吼她说：“你老人家要闹哪样？让不让我走了？面哪里不可以吃？不吃会不会死啊？不会死让我走吧，我不饿，我到外面随便吃点就行了啊……”

或许是我声音太大，她忽然就啪嗒啪嗒掉眼泪了，一边拿手抹眼泪一边转过头去不让我看到，嘴里嘟囔着：“你不吃就不吃呗，好心当成驴肝肺。我还不是没睡，不是想着你不吃东西饿嘛。你晚饭就没好好吃，出去了还能吃到你老娘下的面么？这么好吃的蛋花卷你去哪找？好吧好吧你走吧走吧，你不吃我自己吃好了吧？祝你一路顺风……”

她把包递过来，我竟一下子没反应过来，不敢接。突然角落里传来一声叹息：“你妈也是为你好，时间不急，坐下好好吃吧。最后一次也说不定。”

既然他都发话了，我也顺着台阶下了，坐下来盯着她的面。母亲做面很有一手，其实面条还不都是超市里买的，但是母亲做的味道就是不一样。她钟情于细根的面，下锅后要守着，把握好时间，不能太硬但也不至于过软。捞起来后只能加一点汤，不能太多，只是让面不要脱水干燥，不然就像嚼蜡一样。然后切一点葱花，大蒜我不喜欢吃就不加了，辣椒一定要管够，谁不知道我们贵州人视辣如命？最后再拿出母亲的终极调料，这比老干妈不知道好吃了多少倍，我学了这么多年也只能学到皮毛，据说比熬一锅大骨汤还要耗时间。顶上再加两个母亲自制的蛋花卷，绝对碾压所有面馆。

这么好吃的面啊，后来真的再没吃到过了。

母亲喜笑颜开，忙前忙后，说："烫不烫啊？你慢点，没人和你抢！我没放盐，够了吗？好吃吧？以后常回家看看你老娘啊，回家我给你做……"

"嗯嗯嗯，好吃好吃。吃完了，那我走了啊。"

这时他站起来，提过我脚边的包，说："我们送你。"

我想拒绝，但是他眼中闪过一丝不容拒绝的坚定目光，我接不下，就没再说话。

夏天的夜晚，天亮得可怕，星星影影绰绰，一闪一闪眨着眼睛，像蓝宝石一样散发着柔柔的光。

街道上这时候已经没什么人了，只有街灯还在工作。惨淡的灯光把模糊不清的影子映照在坑坑洼洼的水泥路上，影子拉得老长。晚上风很大，把衣服都鼓起来了，有了一丝凉意。

我们三个人并排走着，我走中间，他和母亲伴我左右。我考虑到他腿不方便，说："包给我提吧。"他摇摇头没说话，执意不肯松开包的带子。我也不再坚持，只是嘴唇嚅动了一下，终究没说出来。

还是太陌生了啊。

到站的时候火车还没到，工作人员打着哈欠说可能是晚点，这种事很常见，还得等。

所以剧本中就没了我在火车上看着母亲哭着说离别的话，车开了她还在使劲挥手，一边哭一边追着火车，然后我像电视里演的那样也哭了的桥段。

就是不知道他会说些什么。会哭吗？会追着火车跑吗？一瘸一拐地追的话我可能真的会哭吧。

“那么，我们走了。”

他放下包，拉着母亲走了。

母亲还想再说什么，被他一拽，尴尬地笑了笑，随他走了。

他们走得很慢，母亲一步三回头，大声说：“儿子你要照顾好自己啊！妈会想你的！”

他不紧不慢地走，始终没回头。我竟然有点奢望他能回头看我一眼，一眼就好，一眼也行啊。

他好像听到了我内心说的话，转身回头看着我，四目对视。我竟受不了他的眼神，很坚定，我形容不上来，像个要上战场的兵，也像个隐居多年的高人，也像个乞讨中的乞丐，也像个失败的君主面对他丢失的江山。

我不知道这是永别，和他的永别。

车一直晚点，等得我都打起了瞌睡，火车就算晚点也不可能迟到这么久吧？在三杯速溶咖啡和七支烟的陪伴下，它都还没来。毫无头绪的等待之后，无奈，我只能去问一下工作人员是什么情况。

值班的是个眉心长了颗大痣的大妈，大妈揉了揉惺忪的睡眼，仇视着这个问这种二愣子问题打扰她美梦的人。大妈丢过来一个白眼，扯着嗓子说："哟，这位小哥，敢情您是没坐过火车啊？没见过火车晚点吧？我要是您我准坐飞机回去，那玩意儿快，还不晚点。"

第四杯咖啡下肚之后我再也承受不住睡意，晕乎乎地睡着了。我知道自己睡着了是因为不知道什么时候有人轻轻拍了一下我的肩头，吓得我一回神摔了个狗啃泥。

"先生，您是 K147 列车的旅客吗？列车快进站了，请检票吧。"

我想我摔得如此悲壮是有原因的——面前不知何时多了一个大眼睛美女，一身深紫色的西装制服，一尘不染的白衬衫搭配着天蓝色格子领带，头发精致地绾好盘到配套的水手帽里，得体而不失优雅。

这这这……刚刚那个大妈呢？又是从哪冒出这么一个火车站女神？

"哦哦……哦，是，我是。"

我怎么结巴了？

"那么，请跟我走吧。"

她嘴角上扬，露出微笑，给我留下一个婀娜的背影。

我提着包屁颠屁颠地跟在她后面，心想：现在的火车站都这么牛了么？连定时提醒这种人性化的服务都有。要不要这么高级？

这是 VIP 通道？话说我到底睡了多久啊？刚刚那么多人都走了么？一个人也看不见。

“先生，请把票和身份证拿出来，检票才能进站。”

她拿出一个类似刷卡机的机器，示意我把身份证和票放到相应的位置。

“身份认证通过，祝您旅途愉快！”

机器发出一声拟人化的女声，却把我吓傻了。我是多久没坐过火车了啊，火车站都先进到了这种程度？是不是读书读傻了，现在科技都发展到了什么地步？真是一日不出门不知天下事！

“先生，请收好您的身份证。”她把身份证递给我，“票是一次性的，已经作废，所以抱歉就不能给您了。”

她缓缓拉开玻璃门，像是打开了一个新世界。

我发现月台竟然是室内的。因为天花板上的水晶灯太刺眼，光滑的大理石地板反射着醉人的光。广播正放着轻缓的纯音乐，月台设有的木板长凳上已坐有人，他们戴着帽子塞着耳机，看样子也是和我一样等着同一列车。

“旅客请注意，列车还有五分钟进站。”

五分钟后列车缓缓停下，车厢很短，只有三节。我从没见过这样的火车，或者说这种火车现在不是应该被淘汰了么？它还保持着 20 世纪 90 年代的绿皮火车的样式，车轮还是以前的联动式，而且从刚才鸣笛的时候黑色车头冒出的白烟我推断它的驱动炉还是烧煤的。要不是车身标着“K147”我都怀疑是不是弄错了车。

其他旅客已陆续从长凳上站起，他们并没有对这列在我看来不应该出现的火车露出一丝的惊讶，好像已经习以为常。我注意到旁边的一个十五六岁的少年在火车停下后眼神中的火热已按捺不住，像是随时都要喷薄而出。

车内并没有我想象中的奇怪的恶心味道，反而散发着野菊花的清香。车厢的灯很暗，是让眼睛舒适的亮度。我很快就找到了我的位子，因为并不挤，而且很宽松，确切地说是一路上基本上没碰到什么人，全是空位子。

我的对面坐着一个人，这人西装革履，打扮得很仔细，但头发像是几天没洗过，油得发亮，乱糟糟地卷成一团，黑框眼镜后面是看不透的眼神。我观察他那么仔细是因为从我一上车起他就正襟危坐，一直在看着我，挂着若有若无的淡淡微笑，像是一直在等我。

“嗨，你好。”

他十指交叉，把手放在桌面上，和我打招呼。

“嗯？呃，你好。”

我对搭讪陌生人不太感冒，何况他还是用狮子盯上猎物的眼神看着我，看得我直发毛。

“我能问你一下今天的日期么？”

“9 月 15，农历八月十五。”

“嗯……我问现在是哪年。”他挑眉道。

现在还有记不住年份的人么？我无奈地说：“2016。”

他若有所思，眉头拧成一团，又很快舒展开来。

“我想我到站了。”他盯着我的包，好像陷入了某种回忆，半晌，又问我，“你这是去外地读书吗？”

“嗯，对。”

“你父亲和母亲身体还好吗？”

他没来由地问了这一句，又好像意识到自己的失态，尴尬地笑了笑，随后抓起身边的包，站起来。他的包已经很旧了，破损得很厉害，染上了一层黑。我又不自觉地看了看自己的包，让我惊讶的是我们的包竟是一个款式，而这个包是母亲亲自给我缝的，独一无二。

他掏出一个擎天柱的模型放到桌上。

“这个，送给你。”

他脸上浮现一抹微笑，下车走了。

火车开动的时候，我隐约看到月台上有人在向我挥手送别，少年嘴角飞扬，脸上挂着淡淡的笑。

那少年俨然是我的模样。

他嘴唇嚅动，说了一句我听不到的话。

“欢迎乘坐 K147‘开往十年后’列车，祝您旅途愉快！”

广播响起机械的拟人化女声。

尾声

列车缓缓停下，熟悉的故城又映入我眼中。它还是一点没变，至少在我的记忆中。

少年拘谨的样子让我不禁发笑，这就是十年前的我么？他眼中的稚气还留在十七岁的夏天。

看到那个包的时候我想起了母亲，确切地说是想起了母亲的面。真是好久没吃过了啊，甚是想念，不知这次回去还能不能吃到呢。

还有那个人……他……我的父亲。

还有铁蛋、大壮、阿熊……

你们好吗，老伙计们？

我曾踏上这列火车，寻找不同结局的生活。十年后的我，又想回到十年前的故城。我想，我是一个灵魂无处安放的人。我努力想找到一个能让我安心栖居的港湾，兜兜转转，却又回到起点，梦开始的地方。

我的故城。

下车的时候我又变成了十七岁的那个少年，少年嘴角飞扬，脸上挂着淡淡的笑。

我看着列车上那个“十年后的我”,他西装革履,打扮得很仔细，但头发像是几天没洗过，油得发亮，乱糟糟地卷成一团，黑框眼镜后面是看不透的眼神。

“祝你好运。”

我嚅动嘴唇，轻轻地对他说。

“我回来了，我的故城。”

图书在版编目（CIP）数据

故城 / 梁谈笑立著. -- 长沙：湖南文艺出版社，2019.9
ISBN 978-7-5404-9072-0

Ⅰ. ①故… Ⅱ. ①梁… Ⅲ. ①散文集－中国－当代 Ⅳ. ①I267

中国版本图书馆CIP数据核字(2019)第019244号

GU CHENG
故城

作　　者　梁谈笑立
出 版 人　曾赛丰
责任编辑　唐　明
特约校对　百愚文化
排版制作　嘉泽文化

出版发行　湖南文艺出版社
地　　址　长沙市雨花区东二环一段508号　邮编：410014
网　　址　http://www.hnwy.net
经　　销　新华书店

印　　刷　湖南志翔印务有限公司
版　　次　2019年10月第1版
印　　次　2019年10月第1次印刷
开　　本　880mm×1240mm　1/32
印　　张　14
字　　数　325千字
书　　号　ISBN 978-7-5404-9072-0
定　　价　48.00元